Universale Economica Feltrinelli
I CLASSICI

Franz Kafka nasce a Praga nel 1883 da una famiglia di commercianti ebrei. Compiuti gli studi in giurisprudenza nel 1908 trova lavoro presso un istituto di assicurazioni. Figura tormentata e solitaria, la sua vita è segnata dal difficile rapporto col padre (*Lettera al padre*, 1919), mentre nelle relazioni sentimentali con Felice Bauer, Milena Jesenká e l'ultima compagna Dora Dymant cerca una impossibile stabilità (*Lettere a Felice*, 1912-17; *Lettere a Milena*, 1920-23). Al primo libro, *Contemplazione* (1912), raccolta di prose brevi seguono i racconti *Il verdetto* (1913), *La metamorfosi* (1915), *Nella colonia penale* (1919). Scrittore che ha sentito come pochi il bisogno di scrivere come forma di salvezza, affida tuttavia all'amico e biografo Max Brod un gran numero di inediti perché alla sua morte vadano distrutti. Brod ne cura invece la pubblicazione. Escono così postumi i tre romanzi scritti nel decennio 1912-22 e rimasti incompiuti: *Il Castello* (1922), *Il processo* (1925) e *America* (1927). A Brod si devono anche le prime edizioni dei *Diari* (1910-23), del ciclo di racconti *Durante la costruzione della muraglia cinese* (1914-24) e di vari testi contenenti frammenti, aforismi, riflessioni filosofiche, tra cui *Gli otto quaderni in ottavo* (1916-18) e le *Considerazioni sul peccato, il dolore, la speranza, la vera via* (1917-18). Dopo una lunga malattia Kafka muore nel sanatorio di Kirling, presso Vienna, nel 1924.

FRANZ KAFKA
LA METAMORFOSI
e tutti i racconti pubblicati in vita

Prefazione di Klaus Wagenbach
Traduzione e cura di Andreina Lavagetto

Feltrinelli

Traduzione dal tedesco di
ANDREINA LAVAGETTO

© Giangiacomo Feltrinelli Editore Milano
Prima edizione nell' "Universale Economica" - I CLASSICI
novembre 1991

ISBN 88-07-82022-6

La presente traduzione dei racconti di Franz Kafka pubblicati, in
volume o in riviste, durante la vita dell'autore è stata condotta sul-
l'edizione:

Franz Kafka, *Sämtliche Erzählungen*, hrsg. von Paul Raabe, S. Fischer, Frankfurt a.M. 1970

con le eccezioni di:

Colloquio con l'orante (*Gespräch mit dem Beter*), condotta sul testo
edito da Fritz Martini nel volume: *Prosa des Expressionismus*, Stuttgart 1972, pp. 59-66.

Gli aeroplani a Brescia (*Die Aeroplane in Brescia*), condotta sul te-
sto edito da Malcolm Pasley nel volume:
Max Brod-Franz Kafka, *Eine Freundschaft. Reiseaufzeichnungen*,
S. Fischer, Frankfurt a.M. 1987, pp. 19-26.

Primo capitolo del libro Richard e Samuel (*Erstes Kapitel des Buches* Richard und Samuel), condotta sul testo edito da Malcolm Pasley
nel volume:
Max Brod-Franz Kafka, *Eine Freundschaft. Reiseaufzeichnungen*,
cit., pp. 193-206.

Prefazione

di Klaus Wagenbach

In questo volume sono raccolti i testi dei sette libri pubblicati in vita da Franz Kafka: tre racconti, un "frammento", due antologie di brevi brani in prosa e un volume di quattro racconti.

In tutto si tratta di meno di duecento pagine (poca cosa forse in confronto alle migliaia di pagine, se si contano anche le lettere e i diari, pubblicate – contro la volontà di Kafka – dopo la sua morte). Molte di esse appartengono oggi alla *Weltliteratur*; volendo solo dare il nome dei testi conosciuti oggi a milioni di lettori, bisognerebbe ricordarne almeno dodici: *Desiderio di diventare indiani, Gli alberi, Il verdetto, La metamorfosi, Nella colonia penale, Un medico condotto, In galleria, Davanti alla legge, Il messaggio dell'imperatore, Il cruccio del padre di famiglia, Relazione per un'accademia, Un digiunatore.*

E questa non è che una rassegna minima (si potrebbero aggiungere ancora *Riflessioni per cavallerizzi, Primo dolore* e *Josefine la cantante*), utile, tuttavia, per mostrare come Kafka sia divenuto un autore universale non solo per merito delle figure, così diverse tra loro, dei signori K., eroi dei romanzi *Il processo* e *Il castello*, ma, in misura uguale – se non, probabilmente, maggiore – come maestro nella forma breve. Kafka, l'inventore di storie. L'inventore del "singolare apparecchio" della colonia penale, l'inventore dell'"insetto immondo" della *Metamorfosi*, della cavallerizza da circo, del messaggero che non arriva mai, dell'uomo che aspetta invano davanti alla porta della legge, della scimmia parlante, del digiunatore.

Queste "invenzioni" sono rimaste nella memoria dei lettori e con esse una lingua che per concisione e freddezza le rende ancora più vivide ed efficaci. L'una e le altre, lingua e immagini, affondano le loro radici nel mondo di Kafka, il quale nacque a Praga – capitale della Boemia nell'allora impero austro-ungarico – il 3 luglio 1883, in una famiglia di commercianti ebrei.

I genitori riflettevano entrambi la varietà esistente nello stato plurinazionale: il padre proveniva da un minuscolo villaggio della Boemia meridionale, da una povera famiglia di macellai, in territorio ceco, la madre da una piccola cittadina sull'Elba, dov'era cresciuta in un'agiata famiglia di birrai di origine ebreo-tedesca. Tutti e due erano venuti a Praga pochi anni prima della nascita di Kafka, rispettando con ciò, appieno, la tendenza alla diaspora di molti ebrei di quell'epoca, i quali fuggivano dinanzi al crescente nazionalismo, spostandosi nelle città più grandi e liberali. Il padre di Kafka aprì un negozio di "galanterie" (calze, bigiotteria, pantofole), nel quale era occupata anche la madre. Fu così che Kafka crebbe (prima da solo, poi con tre sorelle) affidato alle cure di cuoca, cameriera e governante, come usava nelle famiglie della borghesia. Frequentò una scuola tedesca e l'università tedesca, vale a dire l'istituzione culturale di una minoranza (secondo il censimento del 1900 Praga era abitata per il 93% da cechi e per il 7% da tedeschi) che occupava però quasi tutte le posizioni di vertice all'interno della società: industriali, funzionari, ufficiali; il tedesco, inoltre, era la lingua franca nell'impero austro-ungarico.

Tuttavia i circa 35.000 tedeschi di Praga (in prevalenza ebrei) vivevano entro un'isola linguistica; la più vicina regione di lingua tedesca, in sé compatta, distava oltre settanta chilometri. Il tedesco di Praga divenne così un tedesco ufficiale piuttosto povero di lessico, astratto e privo di inflessioni dialettali. Con tutto ciò Kafka fu uno dei pochi scrittori praghesi (e scrittori volevano diventarlo quasi tutti, questi colti figli di incolti commercianti) che accettò la situazione linguistica e non cercò di lasciarsela alle spalle come volle fare per esempio Rainer Maria Rilke, il quale, negli anni della maturità letteraria, andava ancora alla ricerca di vocaboli insoliti nei lessici tedeschi della Biblioteca Nazionale di Parigi.

All'università tedesca di Praga Kafka studiò giurisprudenza, evidentemente per desiderio del padre, giacché la monarchia austro-ungarica era solita reclutare il suo inesauribile fabbisogno di funzionari dalla riserva di abili giuristi. Non andò così, però. Dopo la laurea, nel 1908, Kafka entrò, venticinquenne, all'"Istituto di assicurazioni contro gli infortuni sul lavoro per il Regno di Boemia", una delle prime assicurazioni sociali d'Europa, fondata soltanto quindici anni prima per proteggere i lavoratori, in caso di infortunio, dalle conseguenze più gravi e, sia detto tra parentesi, per impedire loro di dare voti alla socialdemocrazia. In qualità di giurista Kafka aveva la responsabilità dei processi che l'Istituto patrocinava contro gli imprenditori; doveva inoltre controllare la suddivisione dei rischi in categorie (in base alla quale si stabiliva il massimale assicurativo); era competente per l'antinfortunistica e doveva infine sincerarsi, spesso di persona, della reale situazione nelle fabbriche. La sua zona operativa era la Boemia settentrionale, una delle regioni industriali più avanzate all'inizio del nuovo secolo, con gigantesche industrie tessili, per la fabbricazione di motori e del vetro.

Kafka fu così uno dei pochi autori del suo tempo che non solo poteva dire di aver visto dall'interno una fabbrica, ma che disponeva anche di precise cognizioni circa il processo di produzione e le condizioni delle forze lavorative. L'"alienazione" della società industriale era una realtà quotidiana nei documenti che passavano sulla scrivania di Kafka. E da questa scrivania – nonostante alcuni tentativi di matrimonio e di trasferimento – egli non si staccò più. Nel 1922, dopo che nel 1917 si era ammalato di tubercolosi polmonare, fu collocato a riposo. Negli ultimi anni Kafka visse spesso in campagna (a Zürau, Schelesen, Merano, Planà) o in sanatorio (come negli Alti Tatra), trascorse infine l'inverno 1923-24, quello della grande inflazione, a Berlino. Morì il 3 giugno 1924.

Del mondo Kafka ha visto quanto era possibile, agli inizi del nostro secolo, per un impiegato con uno stipendio medio e pochissime ferie: Berlino, Weimar e qualche altra città della Germania, Vienna e Budapest, Parigi, Lugano, l'Italia settentrionale (Venezia, Milano, Riva; nel 1909, sempre interessato ai più recenti sviluppi della tecnica, visitò persino un meeting di volo a Brescia).

Il primo libro di Kafka, *Contemplazione*, apparve quasi contro la volontà dell'autore: durante un viaggio a

Weimar, Max Brod, l'amico fedele, lo aveva presentato a Lipsia, nel giugno 1912, all'editore Rowohlt, al cui desiderio di veder raccolti "alcuni brevi brani in prosa" egli condiscese nell'agosto di quell'anno – in dicembre usciva già il libro, stampato in caratteri giganti (corpo sedici).

Cinque dei brani in prosa (*Bambini sulla strada maestra, L'imbroglione smascherato, La gita in montagna, Vestiti, Gli alberi*) vanno inquadrati nel disegno di una precedente novella, *Descrizione di una battaglia*, che Kafka lasciò con ciò da parte; i primi due, *Vestiti* e *Gli alberi*, erano scritti già intorno al 1904, sotto l'impressione vivissima suscitata dalla famosa *Lettera di Lord Chandos* di Hugo von Hofmannsthal. Del 1906-07 sono *Il commerciante, Guardando fuori distratti, Tornando a casa, Due che passano correndo, Il passeggero, Il rifiuto, La finestra sulla via*. Questi racconti appartengono dunque tutti, approssimativamente, al periodo degli studi. Due racconti, che anche riguardo al contenuto (Kafka imparò a cavalcare in questo periodo) formano un'unità, *Riflessioni per cavallerizzi* e *Desiderio di diventare indiani*, furono scritti già nel 1909-10, agli inizi della professione. Altri quattro brani Kafka li trascelse (con lievi modifiche) dal suo diario: *Infelicità* (autunno 1910), *L'infelicità dello scapolo* (novembre 1911), *La passeggiata improvvisa* (gennaio 1912) e *Decisioni* (febbraio 1912).

Il rapporto di Kafka con questo suo primo libro fu sempre contrastante, non solo perché gli era stato per così dire estorto, ma anche perché una distanza talvolta persino di dieci anni separava i singoli brani e, infine, perché solo a partire dal settembre 1912 la sua opera iniziò per lui ad avere qualche validità. Coerentemente egli dispose allora nel suo testamento che *Contemplazione* non venisse mai ristampato.

Il settembre del 1912 o, più precisamente, la notte dal 22 al 23 settembre, quando scrisse d'un fiato *Il verdetto*, segna per Kafka la svolta nella sua attività letteraria. "Solo così si può scrivere," notava nel diario, "solo in una tale connessione di tutte le parti, con una tale assoluta apertura del corpo e dell'anima."

Tutti i romanzi e i racconti maggiori Kafka li scrisse in questo modo: di getto, spesso di notte, nella "connessione di tutte le parti", intervallando lunghi periodi di inattività. Anche *Il fuochista* e *La metamorfosi* nacquero così, dal diario, facendo immediatamente seguito al *Verdetto*. *Il fuochista* fu scritto nel settembre-ottobre 1912; è il primo capitolo del romanzo *America*, rimasto frammento, che Kafka avrebbe voluto intitolare *Il disperso*. *La metamorfosi* fu compiuta nel novembre-dicembre 1912.

Tutti e tre i racconti apparvero nella famosa collana "Il giorno del giudizio" dell'editore Kurt Wolff, nella quale furono pubblicate anche le opere di molti grandi espressionisti, tra cui Georg Trakl, Gottfried Benn, Carl Sternheim, Franz Werfel. *Il fuochista* uscì nel 1913, *La metamorfosi* nel 1915, *Il verdetto* nel 1916. Furono anche le uniche tre opere a essere ristampate ancora vivente l'autore e a raggiungere complessivamente una tiratura tra i 3000 e i 5000 esemplari. (*Contemplazione* era apparso in una edizione di 800 esemplari, degli altri due libri non furono stampate più di 2000 copie.)

Nella colonia penale fu scritto all'inizio di ottobre del 1914, poco dopo lo scoppio della guerra. Quanto si scostasse dai testi patriottici della maggior parte degli autori tedeschi e quanto poco si accordasse con il clima generale, lo mostra il fatto che l'editore pubblicò il racconto soltanto nel 1919, in un'edizione per bibliofili.

Nell'inverno 1916-17, dopo una lunga parentesi, Kafka ricominciò a scrivere, in un luogo famoso: in una delle minuscole case nella Alchimistengasse, sulla collina fortificata di Praga, che Ottla, la sorella prediletta, aveva affittato e ceduto a lui, da sempre sensibile al rumore, per le sue veglie notturne di scrittore. In questi mesi videro la luce tutti i racconti del volume *Un medico condotto*, con due eccezioni, *Davanti alla legge* e *Un sogno*, che fanno parte entrambi del romanzo *Il processo*, di cui Kafka scrisse i capitoli essenziali negli ultimi mesi del 1914. Tutti gli altri racconti furono messi per iscritto nell'inverno, al più tardi entro l'aprile 1917, a eccezione di due che furono scritti soltanto nell'aprile-maggio (poco prima dello "sbocco di sangue" che preannunciò la malattia mortale): si tratta de *Il cruccio del padre di famiglia* e di *Relazione per un'accademia*. Kafka voleva che anche questo libro fosse pubblicato più rapidamente di quanto non fu: uscì infatti nel 1920 (con l'*imprimatur* 1919).

L'ultima opera di Kafka, *Un digiunatore*, apparve nel 1924, poche settimane dopo la morte. Il primo racconto di questo volume in ordine di tempo, *Primo dolore*, fu scritto nell'inverno 1921-22, all'incirca il periodo in cui Kafka (gennaio 1922) iniziò la stesura del suo terzo romanzo, *Il castello*. Poco più tardi, nella primavera del 1922, fu scritto *Un digiunatore*. Gli altri due racconti videro la luce a Berlino: *Una donnina* (sulla locatrice del suo appartamento) nell'ottobre 1923 e *Josefine la cantante, ovvero il popolo dei topi* nel marzo 1924. Pochi giorni prima della morte Kafka ne correggeva ancora le bozze.

LA METAMORFOSI
E TUTTI I RACCONTI PUBBLICATI IN VITA

La presente traduzione dei racconti di Franz Kafka pubblicati, in volume o in riviste, durante la vita dell'autore è stata condotta sull'edizione:

Franz Kafka, *Sämtliche Erzählungen*, hrsg. von Paul Raabe, S. Fischer, Frankfurt a.M. 1970

con le eccezioni di:

Colloquio con l'orante (*Gespräch mit dem Beter*), condotta sul testo edito da Fritz Martini nel volume: *Prosa des Expressionismus*, Stuttgart 1972, pp. 59-66.

Gli aeroplani a Brescia (*Die Aeroplane in Brescia*), condotta sul testo edito da Malcolm Pasley nel volume:
Max Brod-Franz Kafka, *Eine Freundschaft. Reiseaufzeichnungen*, S. Fischer, Frankfurt a.M. 1987, pp. 19-26.

Primo capitolo del libro Richard e Samuel (*Erstes Kapitel des Buches* Richard und Samuel), condotta sul testo edito da Malcolm Pasley nel volume:
Max Brod-Franz Kafka, *Eine Freundschaft. Reiseaufzeichnungen*, cit., pp. 193-206.

La storia dei testi tracciata nell'appendice prende in considerazione esclusivamente le edizioni dei testi autorizzate da Kafka e pubblicate tra il 1908 e il 1924.

Parte prima
I RACCONTI PUBBLICATI IN VOLUME

CONTEMPLAZIONE

Bambini sulla strada maestra

Sentivo i carri passare davanti al cancello del giardino, a tratti li vedevo anche attraverso i vuoti debolmente mossi del fogliame. Come scricchiolava nel calore dell'estate il legno dei raggi e delle stanghe! Braccianti tornavano dai campi e ridevano che era una vergogna.

Sedevo sulla nostra piccola altalena, mi stavo riposando fra gli alberi nel giardino dei miei genitori.

Davanti al cancello non accennava a finire. Bambini a passo di corsa erano spariti in un istante, carri di grano con uomini e donne sui covoni e tutt'intorno oscuravano le aiuole; verso sera vidi un signore col bastone andarsene lentamente a passeggio e due ragazze, che gli venivano incontro a braccetto, farsi da parte, salutando, sul ciglio erboso.

Poi uccelli si alzarono in volo come un getto di scintille, li seguii con lo sguardo, li vidi salire in un istante, finché non credetti più che salissero, ma che fossi io a cadere, e tenendomi stretto alle corde cominciai, per debolezza, a dondolare un poco. E già dondolavo più forte, quando l'aria prese a spirare più fresca e in luogo degli uccelli in volo comparvero stelle tremanti.

Alla luce delle candele mi diedero la cena. Spesso tenevo entrambe le braccia sul piano di legno e, già stanco, addentavo il mio pane imburrato. Le tende dai grandi ricami traforati si gonfiavano nel vento caldo e talvolta qualcuno che passava fuori le tratteneva con le mani, se voleva vedermi meglio e parlare con me. Di solito la can-

17

dela non tardava a spegnersi e nel suo fumo scuro si agitavano ancora per un poco le zanzare. Se qualcuno dalla finestra mi chiedeva qualcosa, io lo guardavo come se contemplassi le montagne, oppure, semplicemente, il vuoto, e neanche a lui interessava molto avere risposta.

Se poi qualcuno saltava oltre il davanzale e annunciava che gli altri erano già davanti a casa, allora io mi alzavo, ma sospirando.

"No, perché sospiri così? Cos'è successo? È una sventura particolare, una sventura irreparabile? Non ce ne riavremo più? È davvero tutto perduto?"

Nulla era perduto. Correvamo davanti a casa. "Grazie a Dio, eccovi finalmente!" "Tu però arrivi sempre in ritardo!" "Perché io?" "Proprio tu, resta a casa, se non hai voglia di venire." "Nessuna pietà!" "Cosa? Nessuna pietà? Ma cosa vai dicendo?"

Sfondavamo la sera con la testa. Non c'era giorno e non c'era notte. Ben presto i bottoni dei nostri panciotti si arrotavano gli uni agli altri come denti, ben presto correvamo tenendoci a distanza costante, il fuoco in bocca, come animali ai tropici. Come corazzieri in antiche guerre, pestando i piedi e sollevandoci alti in aria, ci spingevamo a vicenda giù per il breve viottolo e poi, con quella rincorsa nelle gambe, su per la strada maestra. Alcuni entravano nel fossato a lato della strada, e non erano ancora scomparsi contro la scarpata scura che già erano in alto sulla via dei campi, come stranieri, e guardavano in basso.

"Venite giù!" "Venite voi quassù!" "Perché ci buttiate di sotto? Neanche per idea, siamo ancora abbastanza furbi per capirlo." "Abbastanza vigliacchi, volete dire. Provate a venire, provate!" "Davvero? Voi? Proprio voi ci butterete di sotto? Ma chi credete di essere?"

Attaccavamo, ci colpivano al petto e noi ci stendevamo nell'erba del fossato, assecondando la caduta. Tutto aveva un calore uniforme, nell'erba non sentivamo né caldo né freddo, soltanto la stanchezza ci invadeva a poco a poco.

Se ci si girava sul lato destro, e si metteva la mano sotto l'orecchio, veniva voglia di addormentarsi. In verità ci si voleva riscuotere per balzare su col mento levato, ma per cadere poi in un fosso più profondo. Allora, con il braccio obliquo davanti al viso, le gambe sollevate di sghembo, ci si voleva gettare contro l'aria con la certezza di cadere in un fosso ancor più profondo. E non si sarebbe mai voluto smettere.

Ancora non si pensava quasi a come, nell'ultimo fosso, ci si sarebbe distesi davvero, fino allo stremo, a come si sarebbero distese soprattutto le ginocchia, per dormire davvero, e, con la voglia di piangere, si giaceva come ammalati sul dorso. Si sbattevano le palpebre se qualche ragazzo, con i gomiti serrati ai fianchi, saltava sopra di noi con suole scure dalla scarpata alla strada.

La luna era già a una certa altezza, una vettura della posta passava nella sua luce. Un vento leggero s'alzava tutt'intorno, lo si sentiva anche nel fosso, e lì vicino il bosco cominciava a frusciare. Allora nessuno ci teneva più tanto a esser solo.

"Dove siete?" "Venite qui!" "Tutti insieme!" "Ma perché ti nascondi, non fare sciocchezze!" "Non lo sapete che la posta è già passata?" "Non è possibile, già passata?" "Certo, è passata mentre tu dormivi." "Io dormivo? Ma figurati!" "Stai zitto, ti si vede in faccia." "Ma fa' il piacere." "Venite!"

Correvamo più stretti gli uni agli altri, alcuni si davano la mano, la testa non la si teneva mai abbastanza alta, perché la strada era in discesa. Uno urlava un grido di guerra indiano, sentivamo nelle gambe un galoppo mai conosciuto, nel salto il vento ci sollevava per i fianchi. Nulla avrebbe potuto trattenerci; eravamo così presi nella corsa che anche nel superare gli altri potevamo incrociare le braccia e guardarci intorno tranquilli.

Sul ponte sopra il torrente ci fermavamo; quelli che eran corsi oltre, tornavano indietro. Di sotto, l'acqua batteva contro le pietre e le radici come se non fosse già tarda sera. Non c'era motivo perché uno non saltasse sul parapetto del ponte.

Da dietro i cespugli in lontananza usciva un treno, tutti gli scompartimenti erano illuminati, i finestrini certamente abbassati. Uno di noi prendeva a cantare una canzonetta, ma tutti volevamo cantare. Cantavamo assai più in fretta del treno in corsa, dondolavamo le braccia perché la voce non bastava, finivamo con la voce in una ressa in cui ci sentivamo bene. Quando si mescola la propria voce ad altre voci, si è come presi all'amo.

Così cantavamo, col bosco alle spalle, all'orecchio dei

19

lontani viaggiatori. Gli adulti vegliavano ancora nel villaggio, le madri preparavano i letti per la notte.

Era ora di andare. Baciavo quello che mi stava accanto, ai tre che seguivano porgevo solo la mano, prendevo la via del ritorno, nessuno mi chiamava. Al primo incrocio, dove non potevano più vedermi, deviavo e tornavo nel bosco per i sentieri dei campi. Anelavo a quella città del sud di cui si diceva nel nostro villaggio:

"Quella è gente! Pensate, non dormono mai!"

"E perché non dormono?"

"Perché non sono mai stanchi."

"E perché non sono mai stanchi?"

"Perché sono pazzi."

"E i pazzi non sono mai stanchi?"

"Come potrebbero i pazzi stancarsi!"

L'imbroglione smascherato

Finalmente verso le dieci di sera arrivai, con un uomo che tempo addietro avevo conosciuto di sfuggita e che quella volta, d'improvviso, si era di nuovo aggregato a me e mi aveva trascinato per due ore per le vie, davanti al palazzo signorile nel quale ero invitato a una serata.

"Bene!" dissi io e battei le mani per indicare che era assolutamente necessario prendere commiato. Avevo già fatto alcuni tentativi meno decisi. Ero stanchissimo.

"Sale subito?" chiese lui. Nella sua bocca sentii un rumore simile a un battere di denti.

"Sì."

Ero invitato, glielo avevo detto subito. Ma ero invitato a salire là dove già da tempo sarei voluto essere, e non a stare in piedi qui sotto davanti al portone a guardar la strada oltre le spalle del mio interlocutore. E ora, oltre tutto, ad ammutolire insieme a lui, come se ci fossimo risolti a una lunga sosta in quel luogo. E a quel silenzio subito parteciparono le case intorno, e il buio sopra di loro fino alle stelle. E i passi di gente invisibile che andava a passeggio, il cui cammino non s'aveva voglia d'indovinare, il vento che continuava ad abbattersi sul lato opposto della strada, un grammofono che cantava contro le finestre chiuse di una qualche stanza – affioravano da quel silenzio come se fosse loro proprietà da sempre e per sempre.

E il mio accompagnatore si rassegnò per parte sua e, dopo un sorriso, anche per parte mia, tese in alto il braccio destro lungo il muro e ad esso appoggiò il viso, chiudendo gli occhi.

Ma quel sorriso non lo vidi finire, perché la vergogna mi costrinse d'improvviso a voltarmi. Solo da quel sorriso, dunque, avevo capito che si trattava di un imbroglione, nient'altro. Eppure ero in quella città da mesi, avevo creduto di conoscere gli imbroglioni uno per uno, di sapere come di notte ci vengano incontro da stradine laterali come osti, con le mani protese; come si aggirino intorno alla colonna delle affissioni presso la quale ci troviamo; come spiino almeno con un occhio, per giocare a nascondino, e da dietro la curvatura della colonna; come d'improvviso, agli incroci, quando ci assale la paura, ci si materializzino dinanzi sullo spigolo del marciapiede! Eppure li capivo così bene, erano stati le mie prime conoscenze cittadine nelle piccole osterie, e a loro dovevo il fatto di aver visto per la prima volta un'inflessibilità della quale ormai non riuscivo più a concepire la mancanza, al punto che già cominciavo a sentirla in me. Come continuavano a starci davanti, anche quando ormai si era loro sfuggiti, quando ormai non c'era più niente da imbrogliare! E non si sedevano, non cadevano, ma ci fissavano con sguardi che, seppure solo da lontano, continuavano a convincere! E i loro mezzi erano sempre gli stessi: ci si piantavano dinanzi, quanto più saldamente potevano; tentavano di distoglierci dalla meta cui tendevamo; ci offrivano in compenso una dimora nel loro petto, e se infine ogni nostro sentimento insorgeva, prendevano quella ribellione come un abbraccio nel quale, a precipizio, si gettavano.

E quei vecchi trucchi questa volta li avevo riconosciuti, dopo una vicinanza così lunga. Mi ferii le punte delle dita sfregandole insieme, per cancellare la vergogna.

Ma il mio uomo era ancora là appoggiato, continuava a considerarsi un imbroglione, e la contentezza del suo destino gli arrossava la guancia libera.

"Riconosciuto!" dissi io e, nell'andarmene, gli battei

leggermente sulla spalla. Poi corsi su per le scale e l'immotivata fedeltà sul viso dei servitori in anticamera mi rallegrò come una bella sorpresa. Li guardai tutti uno dopo l'altro, mentre mi toglievano il cappotto e mi spolveravano gli stivali. Traendo un respiro di sollievo e tendendo tutte le membra entrai poi nella sala.

La passeggiata improvvisa

Quando la sera sembra ci si sia definitivamente risolti a restare a casa, si è indossata la veste da camera, dopo cena si siede al tavolo illuminato e si è iniziato un qualche lavoro o gioco, concluso il quale d'abitudine si va a dormire, quando fuori c'è un tempo ostile che rende naturale il rimanere a casa, quando ormai si è rimasti fermi così a lungo accanto al tavolo che l'andarsene non potrebbe che suscitare la sorpresa generale, quando le scale sono già buie e il portone sbarrato, quando ora, nonostante tutto, ci si alza presi da un disagio improvviso, ci si cambia la giacca, si ricompare subito vestiti per uscire, si dichiara di dover andare, e lo si fa senz'altro dopo essersi brevemente accomiatati, si pensa, giudicando dalla rapidità con cui la porta è stata sbattuta, di essersi lasciati alle spalle più o meno contrarietà, quando ci si ritrova in strada, con membra che rispondono con particolare mobilità alla libertà inattesa che si è loro procurata, quando per quest'unica decisione si sente raccolta in sé ogni capacità di decisione, quando con evidenza maggiore del solito si comprende che, più che il bisogno, si ha la forza di operare e di sopportare facilmente il cambiamento più repentino, e quando si cammina così per le lunghe vie – allora, per quella sera, si è usciti del tutto dalla propria famiglia, che s'allontana nel nulla, mentre noi, saldissimi, neri per l'assoluta nettezza dei nostri contorni, battendo con le mani dietro le cosce, ci si innalza alla nostra vera figura.

Tutto si rafforza se, a quell'ora di notte, si va a trovare un amico, per vedere come sta.

Decisioni

Sollevarsi da uno stato di abbattimento dev'esser facile persino con energia intenzionale. Mi strappo dalla sedia, cammino intorno al tavolo, rilasso la testa e il collo, faccio avvampare gli occhi, ne tendo i muscoli all'intorno. Lotto contro i sentimenti, saluto A., ora che arriva, con trasporto, tollero gentilmente la presenza di B. nella mia stanza, a casa di C. assorbo in me a lunghe sorsate, nonostante il dolore e la fatica, tutto quanto vien detto.

Ma anche quando le cose vanno così, l'insieme – il leggero e il pesante – si arresterà a ogni errore, impossibile a evitarsi, e io dovrò aggirarmi in cerchio in senso opposto.

Per questo è pur sempre la scelta migliore accettare tutto, comportarsi come una massa morta anche se ci si sente spazzati via, non lasciarsi strappare un solo passo inutile, guardare l'altro con occhi d'animale, ignorare il rimorso, in breve, soffocare con le proprie mani tutto ciò che, come un fantasma, ancora resta della vita, accrescere l'ultima quiete di tomba e non lasciare che nulla sussista all'infuori di essa.

Movimento caratteristico di un simile stato è il mignolo che passa sulle sopracciglia.

La gita in montagna

"Non so," esclamai senza suono, "non lo so. Se non viene nessuno, vorrà dire che non viene nessuno. Non ho fatto niente di male a nessuno, nessuno mi ha fatto niente di male, ma nessuno vuole aiutarmi. Nessuno nessuno. No, non è così. È solo che nessuno mi aiuta, altrimenti nessuno nessuno sarebbe carino. Mi piacerebbe davvero – perché no? – fare una gita con un gruppo di soli nessuno. Naturalmente in montagna, e dove sennò? Come si accalcano questi nessuno, con tutte quelle braccia tese di traverso e agganciate le une alle altre, con tutti quei piedi, separati da minuscoli passi! Tutti sono in frac, si capisce. Ce ne andiamo così in giro, il vento soffia nelle fessure lasciate aperte da noi e dalle nostre membra. Le gole si liberano, in montagna. È un vero miracolo se non cantiamo."

L'infelicità dello scapolo

Sembra così grave rimanere scapolo, e da vecchio, volendo trascorrere una serata fra la gente, pregare di essere accolti conservando a fatica la propria dignità, essere ammalati e dall'angolo del proprio letto guardare per settimane la stanza vuota, accomiatarsi sempre davanti al portone d'ingresso, mai correre su per le scale accanto alla propria moglie, avere in camera soltanto porte laterali che conducono in abitazioni estranee, portare a casa la cena tenendola in una mano, dover contemplare bambini sconosciuti e non poter ripetere in continuazione: "Io non ne ho," darsi l'aspetto e le maniere di quei pochi scapoli dei ricordi giovanili.

Così andranno le cose, solo che davvero si sarà là di persona, ora e in seguito, con un corpo e una testa vera, e dunque anche con una fronte per batterci la mano.

Il commerciante

È possibile che ci sia gente che ha compassione di me, ma io non me ne accorgo. Il mio negozietto mi riempie di preoccupazioni che mi dolgono, dentro, alla fronte e alle tempie, ma senza farmi sperare in una qualche soddisfazione, perché il mio negozio è piccolo.

Con ore di anticipo debbo prendere disposizioni, debbo tener desta la memoria del commesso, mettere in guardia da errori temuti e calcolare in una stagione le mode della stagione successiva, non come esse saranno fra la gente del mio ambiente, bensì presso irraggiungibile gente di campagna.

Il mio denaro è in mano a sconosciuti; non riesco a capire le loro condizioni di vita, né riesco a immaginare la sciagura che potrebbe colpirli; e come potrei stornarla! Forse sono diventati prodighi e danno una festa nel giardino di un'osteria e altri, in fuga per l'America, si trattengono un attimo a questa festa.

Quando la sera di un giorno feriale il negozio viene chiuso e io mi vedo improvvisamente dinanzi ore e ore nelle quali non potrò far nulla per gli ininterrotti bisogni del mio negozio, allora l'agitazione che al mattino ho mandato avanti si riversa in me come una marea che torna, ma non sopporta di fermarsi in me e senza meta mi trascina con sé.

E tuttavia non posso mettere a frutto questa disposizione d'animo e non mi resta che andare a casa, perché ho il viso e le mani sporchi e sudati, il vestito macchiato e pieno di polvere, il berretto da lavoro in testa e gli stivali graffiati dai chiodi delle casse. E allora cammino come sulle onde, schiocco le dita di entrambe le mani e accarezzo il capo ai bambini che mi vengono incontro.

Ma la via è troppo breve. Sono già a casa, apro la porta dell'ascensore ed entro.

Vedo che ora e d'improvviso sono solo. Altri, che debbono salire le scale, si stancano un poco, debbono aspettare con polmoni ansanti che si venga ad aprire loro la porta d'ingresso, ne traggono motivo di contrarietà e d'impazienza, poi entrano in anticamera, dove appendono il cappello, e solo quando arrivano nella loro stanza dopo esser passati davanti, in corridoio, a molte porte a vetri, sono soli.

Ma io sono subito solo nell'ascensore e, facendo forza sulle ginocchia, guardo nello stretto specchio. Quando l'ascensore comincia a salire, dico:

"State fermi, fatevi indietro, volete insinuarvi nell'ombra degli alberi, dietro i tendaggi delle finestre, nelle volte del porticato?"

Parlo fra i denti, e i corrimano delle scale scivolano giù per i vetri opachi come l'acqua di una cascata.

"Volate via; le vostre ali, ch'io non ho mai visto, vi portino nell'agreste vallata oppure a Parigi, se è là che desiderate andare.

"Ma godetevi la vista dalla finestra, quando le processioni giungono da tutte e tre le strade, non si scansano, si fondono e fanno sì che la piazza vuota riemerga fra le ultime file. Sventolate i fazzoletti, siate esterrefatti, siate commossi, lodate la bella signora che passa in carrozza.

"Attraversate il ruscello sul ponte di legno, fate cenno ai bambini che fanno il bagno e stupite dell'urrà dei mille marinai sulla lontana corazzata.

"Inseguite pure quell'uomo dall'aspetto modesto e, quando l'avrete spinto in un androne, derubatelo e seguitelo poi con lo sguardo, tenendo ciascuno le mani in tasca, mentre se ne va triste per la sua strada svoltando nella via a sinistra.

"La polizia che, sparsa qua e là, galoppa sui suoi cavalli, frena gli animali e vi respinge. Lasciateli fare, le strade vuote li renderanno infelici, lo so. Già cavalcano via, guardate, a coppie, lenti agli angoli di strada, al volo attraverso le piazze."

A questo punto devo scendere, mandar giù l'ascensore, suonare il campanello, e la cameriera apre la porta, mentre io saluto.

Guardando fuori distratti

Cosa faremo in questi giorni di primavera che ora rapidamente arrivano? Stamattina il cielo era grigio, ma se ora si va alla finestra, si è sorpresi e si appoggia la guancia alla maniglia della finestra.

Sotto si vede la luce del sole, che però già tramonta, sul viso della ragazza dal fare fanciullesco che se ne va per strada guardandosi attorno, e al contempo si vede, su quel viso, l'ombra dell'uomo che arriva alle sue spalle, camminando più rapido.

Poi l'uomo è già passato e il viso della bambina è tutto chiaro.

Due che passano correndo

Quando di notte si passeggia per una via e, già visibile da lontano – perché la strada dinanzi a noi è in salita e

26

c'è la luna piena –, un uomo corre verso di noi, noi non lo agguanteremo, anche se è debole e cencioso, anche se qualcuno lo rincorre urlando, bensì lo lasceremo andare.

Perché è notte, e non abbiamo colpa se dinanzi a noi la strada è in salita nella luna piena, e oltre tutto quei due hanno forse inscenato la caccia per loro divertimento, forse entrambi inseguono un terzo, forse il primo viene inseguito pur essendo innocente, forse il secondo vuole uccidere, e noi diverremmo complici dell'assassinio, forse i due non sanno nulla l'uno dell'altro e corrono a letto ciascuno sotto la propria responsabilità, forse sono sonnambuli, forse il primo è armato.

E infine, non abbiamo forse il diritto di essere stanchi, e non abbiamo bevuto tanto vino? Non ci par vero che anche il secondo sia ormai scomparso alla vista.

Tornando a casa

Che forza di convinzione ha l'aria dopo il temporale! I miei meriti mi si rivelano e mi travolgono, sebbene io non opponga resistenza.

Cammino a passo di marcia e il mio ritmo è il ritmo di questo lato della via, di questa via, di questo quartiere. Sono responsabile con ragione di tutti i colpi battuti alle porte e sui piani dei tavoli, di tutti i brindisi, delle coppie di amanti nei loro letti, fra le impalcature delle case in costruzione, schiacciati contro il muro nelle vie buie, sulle ottomane dei bordelli.

Valuto il mio passato opponendolo al futuro, ma li trovo entrambi eccellenti, non riesco a dar la preferenza all'uno o all'altro e debbo solo biasimare la provvidenza iniqua che mi favorisce tanto.

Solo quando entro nella mia stanza sono un poco pensoso, ma senza aver trovato, mentre salivo le scale, qualcosa su cui riflettere. Non mi è di grande aiuto il fatto di spalancare la finestra e che in un giardino la musica suoni ancora.

Il passeggero

Sono in piedi sulla piattaforma del tram e mi sento del tutto insicuro riguardo alla mia posizione in questo mondo, in questa città, nella mia famiglia. Neanche approssimativamente sarei in grado di indicare quali esigenze potrei far valere con ragione in una qualsiasi direzione. Non posso in alcun modo giustificare il fatto di trovarmi su questa piattaforma, di tenermi a questa cinghia, di farmi portare da questa vettura, il fatto che la gente scansi il tram, o cammini quieta, o sosti dinanzi alle vetrine. – Nessuno lo pretende da me, è vero, ma non ha importanza.

Il tram si avvicina a una fermata, una ragazza si accosta ai gradini, pronta a scendere. Mi appare con nitidezza straordinaria, come se l'avessi toccata. È vestita di nero, le pieghe della gonna sono quasi immobili, la camicetta è aderente e ha un colletto di pizzo bianco a maglie sottili, la mano sinistra la tiene aperta contro la parete, l'ombrello nella destra è appoggiato sul secondo gradino. Il suo viso è bruno, il naso, lievemente schiacciato ai lati, ha la punta rotonda e larga. Ha una capigliatura folta e scura e singoli capelli ancora corti sparsi sulla tempia destra. Ha piccoli orecchi aderenti, ma io, essendole molto vicino, vedo tutto il retro del padiglione destro e l'ombra alla radice.

Mi chiesi in quel momento: "Come mai non è stupefatta di se stessa, come mai tiene la bocca chiusa e non ne fa parola?"

Vestiti

Spesso, quando vedo dei vestiti con ogni genere di pieghe, *ruches* e gale, che si avvolgono belli sopra un bel corpo, penso che non si conserveranno così a lungo, che prenderanno pieghe impossibili a togliersi, che si riempiranno di polvere, la quale, penetrando fitta nelle decorazioni, non se ne andrà più, e che nessuno vorrà rendersi così patetico e ridicolo da mettersi ogni giorno, la mattina, lo stesso prezioso vestito per poi toglierselo la sera.

Eppure vedo ragazze, che sono senz'altro belle e mostrano tanti incantevoli muscoli e ossa delicate e pelle tesa e masse di capelli sottili, presentarsi però tutti i giorni in quell'unica mascherata naturale, prendersi sempre lo stesso viso nelle stesse mani e lasciare che esso si riverberi nel loro specchio.

Solo a volte la sera, quando tornano tardi da una festa, esso sembra loro, nello specchio, consunto, gonfio, impolverato, già visto da tutti e impossibile a portarsi.

Il rifiuto

Quando incontro una bella ragazza e le chiedo: "Fammi la cortesia, vieni con me" e lei prosegue senza rispondere, intende col suo silenzio: "Tu non sei un duca dal nome alato, non sei un americano massiccio con corporatura da pellerossa, con occhi che riposano orizzontali, con pelle levigata dall'aria delle praterie e dei fiumi che le attraversano impetuosi, tu non hai fatto viaggi ai grandi laghi o su di essi, quei laghi che si trovano non so dove. E allora dimmi, perché una bella ragazza come me dovrebbe seguirti?"

"Dimentichi che non c'è un'automobile che ti porti ondeggiando in lunghe bordate per la via; non vedo gli uomini del tuo seguito, stretti nei loro vestiti, camminarti alle spalle in preciso semicerchio, mormorando benedizioni per te; i tuoi seni sono ben raccolti nel busto, ma le cosce e i fianchi vendicano quella continenza; porti una veste di taffettà pieghettato, di quelle che hanno fatto la nostra gioia l'autunno passato, e tuttavia sorridi talvolta – con quel pericolo mortale sul corpo."

"Sì, abbiamo ragione entrambi, e per non rendercene conto con chiarezza irrefutabile, è meglio, non è vero, che ciascuno se ne vada a casa da solo."

Riflessioni per cavallerizzi

Nulla, se ci si pensa bene, può indurre a voler essere il primo in una corsa di cavalli.

La gloria di essere considerato il miglior cavaliere di un intero paese procura, all'attaccare dell'orchestra, una gioia troppo forte perché, il mattino dopo, sia possibile impedire il rimpianto.

L'invidia degli avversari, gente astuta e piuttosto influente, non può che addolorarci nello stretto spazio fra le due ali di folla che ora percorriamo a cavallo per raggiungere quella spianata che, prima, ben presto si fece deserta dinanzi a noi, tranne che per alcuni cavalieri doppiati, che cavalcavano minuscoli incontro al filo dell'orizzonte.

Molti dei nostri amici corrono a incassare le vincite e solo da sopra la spalla ci urlano il loro urrà dai lontani sportelli; gli amici migliori invece non hanno puntato affatto sul nostro cavallo, perché temevano di doverci portar rancore in caso di sconfitta, ma ora che il nostro cavallo è il primo ed essi non hanno vinto nulla, si voltano al nostro passaggio e preferiscono guardare lungo le tribune.

I concorrenti rimasti indietro, saldi in sella, cercano di calcolare la sventura che li ha colpiti, e il torto che in qualche modo vien loro fatto; assumono un'aria distesa, come se dovesse cominciare un'altra corsa, e finalmente seria dopo questo gioco da bambini.

A molte signore il vincitore sembra ridicolo, perché si gonfia d'orgoglio e in realtà non sa cosa fare con quell'eterno stringere mani, mettersi sull'attenti, inchinarsi, far cenni di saluto in lontananza, mentre gli sconfitti hanno chiuso la bocca e battono di sfuggita sul collo dei loro cavalli che per lo più nitriscono.

Alla fine, dal cielo fattosi torbido, comincia addirittura a piovere.

La finestra sulla via

Chi vive abbandonato e vorrebbe tuttavia, ogni tanto, stringere amicizia con qualcuno, chi, tenendo conto dei mutamenti dell'ora, del tempo, della professione e di cose simili, vuole assolutamente scorgere un braccio qualsiasi cui potersi sostenere – costui non andrà avanti a lungo senza una finestra sulla via. E se la sua situazione è tale che egli non cerca proprio nulla e si contenta, da uomo stanco, di andare al davanzale, alzando e abbassando gli occhi fra i passanti e il cielo, e non vuole e ha reclinato un poco il capo all'indietro, pure in strada i cavalli lo trascinano nel loro seguito di carrozze e di frastuono, e con ciò finalmente verso la concordia umana.

Desiderio di diventare indiani

Se almeno si fosse indiani, subito pronti, e sul cavallo in corsa, obliqui nell'aria, si fosse continuamente scossi da brevi tremiti sopra il terreno tremante, finché non si abbandonassero gli speroni, perché non c'erano speroni, finché non si gettassero le redini, perché non c'erano redini, e si vedesse dinanzi a sé solo la terra come prateria rasa, già senza collo di cavallo e testa di cavallo.

Gli alberi

Perché siamo come tronchi nella neve. In apparenza poggiano appena in superficie, e con una piccola scossa si dovrebbe poterli spinger via. No, non si può, sono saldamente congiunti al terreno. Ma guarda, anche questo è solo apparenza.

Infelicità

Quando ormai s'era fatto insopportabile – una volta, verso sera, in novembre – e io correvo sullo stretto tappeto della mia stanza come in un ippodromo, spaventato alla vista della via illuminata, tornavo a voltarmi, e nel profondo della stanza, nel fondo dello specchio trovavo tuttavia una nuova meta, e gridavo, per sentire solo l'urlo cui nulla risponde e nulla toglie la forza del gridare, che quindi s'innalza, senza contrappeso, e non riesce a finire anche quando tace, allora nella parete si aperse la porta, così in fretta, perché la fretta era necessaria, e persino i cavalli che trainavano le carrozze giù sul selciato si impennavano, offrendo la gola, come destrieri impazziti nella battaglia.

Il piccolo fantasma era un bimbo che giunse dal corridoio oscuro in cui non era ancora stata accesa la lampada, e si fermò sulle punte dei piedi, su un'asse del pavimento che oscillava impercettibilmente. Subito accecato dal debole chiarore nella stanza, fece l'atto di prendersi rapido il viso fra le mani, ma s'acquietò poi d'improvviso con lo sguardo volto alla finestra, davanti ai cui infissi a croce il vapore esalato dalle lanterne in strada s'arrestava infine contro il buio. Con il gomito destro il bimbo si sosteneva alla parete dinanzi alla porta aperta, e lasciava che la corrente d'aria proveniente da fuori gli accarezzasse le caviglie e gli corresse lungo il collo, lungo le tempie.

Io ristetti un poco a guardare, poi dissi "buon giorno" e presi la giacca dal parafuoco, perché non volevo starmene là mezzo nudo. Per un poco tenni la bocca aperta, affinché l'agitazione se ne andasse attraverso la bocca. Avvertivo un sapore amaro, in faccia mi tremavano le ciglia, in breve, non ci mancava altro che quella visita del resto attesa.

Il bimbo stava ancora nello stesso posto accanto alla parete, teneva la mano destra premuta contro il muro e, con le guance coperte di rossore, non si saziava del fatto che la parete imbiancata fosse di grana grossa e solleticasse la punta delle dita. Io dissi: "È davvero da me che viene? Non si tratta di un errore? Niente di più facile che sbagliarsi, in questo palazzo così grande. Io sono il signor tal dei tali, abito al terzo piano. Sono proprio io colui cui vuole far visita?"

"Calma, calma!" disse il bimbo da sopra la spalla, "va tutto bene."

"Allora venga avanti, vorrei chiudere la porta."

"La porta l'ho appena chiusa. Non si disturbi. E comunque si calmi."

"Non parli di disturbo. Ma in questo corridoio abita una gran quantità di gente, naturalmente li conosco tutti; la maggioranza sta tornando adesso dai negozi; quando sentono parlare in una stanza, credono semplicemente di avere il diritto di aprire la porta e di guardare che cosa succeda. Ormai è così. Questa gente ha appena finito il suo lavoro quotidiano; a chi mai si piegherebbero nella provvisoria libertà della sera! Ma del resto lo sa anche lei. Mi faccia chiudere la porta."

"Insomma, che c'è? Che cos'ha? Per me può pure entrare tutto il palazzo. E poi, le ripeto: ho già chiuso la porta, crede di essere il solo a saper chiudere la porta? Ho persino chiuso a chiave."

"Allora va bene. Non chiedo di più. Non c'era bisogno che chiudesse a chiave. E ora si metta a suo agio, visto che ormai è qui. È mio ospite. Si fidi completamente di me. Si metta comodo senza timore. Non la costringerò né a restare né ad andarsene. C'è bisogno che lo dica? Mi conosce così poco?"

"No. Non era davvero necessario che lo dicesse. Anzi, non avrebbe dovuto dirlo affatto. Io sono un bambino; perché fare con me tante cerimonie?"

"Non è poi tanto grave. Naturalmente, un bambino. Ma non è poi così piccolo. È già adulto. Se fosse una bambina non potrebbe chiudersi con me, con tanta naturalezza, in una stanza."

"Di questo non dobbiamo darci pensiero. Volevo solo dire: il fatto che io la conosca così bene serve assai poco a proteggermi, serve solo a lei per essere dispensato dalla fatica di mentirmi. Eppure fa complimenti con me. La smetta, la invito davvero a smetterla. A ciò si aggiunge che io non la conosco proprio per niente, soprattutto con questo buio. Sarebbe molto meglio se facesse accendere la luce. No, meglio di no. Comunque mi ricorderò che mi ha già minacciato."

"Come? Io l'ho minacciata? Ma per favore. Sono così contento che finalmente sia qui. Dico 'finalmente' perché è già tanto tardi. Non riesco a capire perché sia venuto così tardi. Allora è possibile che nella gioia io abbia parlato senza pensarci e che lei abbia inteso in questo senso. Ammetto dieci volte di aver parlato così, anzi l'ho minacciata con tutto quello che vuole. – Purché non ci siano liti, per l'amor del cielo! – Ma come ha potuto crederlo? Come ha potuto offendermi così? Perché vuole guastarmi a tutti i costi questa sua breve permanenza qui? Un estraneo sarebbe più comprensivo."

"Lo credo; non è una gran scoperta. Comprensivo come può esserlo un estraneo io lo sono già per natura. Lo sa anche lei, perché dunque questa malinconia? Se vuol fare la commedia, lo dica, e io me ne vado all'istante."

"Come? Anche questo osa dirmi? La sua audacia va forse un po' troppo oltre. Alla fin fine è pur sempre nella mia stanza. Strofina come un pazzo le dita contro la mia parete. La mia stanza, la mia parete! E quanto dice è anche ridicolo, oltre che sfacciato. Sostiene che la sua natura la costringe a parlare con me in questo modo. Davvero? La sua natura la costringe? È carino da parte della sua natura. La sua natura è la mia, e se io sono gentile con lei per natura, anche lei non ha il diritto di fare altrimenti."

"Questo è gentile?"

"Parlo di prima."

"Lei lo sa, come sarò più tardi?"

"Non so niente."

E andai verso il comodino, sul quale accesi la candela. A quell'epoca non avevo né gas né elettricità in camera mia. Rimasi ancora un poco seduto al tavolo, finché anche questo non mi tediò, indossai il soprabito, presi il cappello dal canapè e spensi la candela. Uscendo m'impigliai nella gamba di una sedia.

Sulle scale incontrai un inquilino dello stesso piano.

"Esce di nuovo, farabutto?" chiese, appoggiandosi alle gambe divaricate su due scalini.

"Cosa debbo fare?" chiesi. "Ho appena avuto un fantasma in camera."

"Lo dice con lo scontento di chi ha trovato un capello nella minestra."

"Lei scherza. Ma si ricordi, dunque: un fantasma è un fantasma."

"Verissimo. Ma come si fa, quando non si crede ai fantasmi?"

"Perché, lei pensa forse che io creda ai fantasmi? Ma a che mi serve questo non credere?"

"Semplicissimo. Non deve più aver paura, quando un fantasma davvero viene da lei."

"Sì, ma è una paura secondaria. Quella vera è la paura della causa dell'apparizione. E questa paura rimane. Questa paura l'ho in me in maniera addirittura grandiosa." Dal nervosismo cominciai a rovistarmi in tutte le tasche.

"Ma visto che non ha avuto paura dell'apparizione in sé, avrebbe ben potuto informarsi della sua origine!"

"Si vede che non ha mai parlato con i fantasmi. Da quelli non si può mai avere un'informazione precisa. Nicchiano sempre. Questi fantasmi sembrano avere più dubbi sulla propria esistenza di quanti non ne abbiamo noi, cosa di cui del resto non c'è da stupirsi, vista la loro caducità."

"Ho sentito però che li si può allevare."

"Vi hanno informato bene. Si può. Ma chi lo farà?"

"Perché no? Se, per esempio, è un fantasma donna," disse lui e si issò sul gradino superiore.

"Ah, capisco," dissi io, "ma anche in quel caso non ne vale la pena."

Riflettei. Il mio conoscente era già così in alto, che per vedermi doveva sporgersi in avanti sotto una delle arcate della scala. "Comunque," dissi io, "se lassù mi porta via il mio fantasma, fra noi è finita per sempre."

"Ma era solo per scherzo," disse e ritrasse il capo.

"Allora va bene," dissi io e adesso, in effetti, avrei potuto tranquillamente andarmene a spasso. Ma siccome mi sentivo così abbandonato, preferii salire e andai a dormire.

IL VERDETTO

Un racconto per la signorina Felice B.

Era una domenica mattina nell'epoca più bella della primavera. Georg Bendemann, un giovane commerciante, era nella sua stanza privata al primo piano di una delle case basse, costruite in materiale leggero, che fiancheggiavano il fiume in lunga fila, distinguendosi quasi solo per altezza e colore. Aveva appena terminato una lettera a un amico di gioventù che si trovava all'estero; la chiuse con studiata lentezza e poi, con il gomito appoggiato alla scrivania, guardò dalla finestra verso il fiume, il ponte e le alture sull'altra sponda, con il loro pallido verde.

Pensò a quell'amico che, scontento della sua esistenza nel paese natale, già alcuni anni prima s'era letteralmente rifugiato in Russia. Ora esercitava un commercio a Pietroburgo, che all'inizio aveva dato ottime speranze, ma che da tempo ormai – come l'amico lamentava nelle sue visite, che si facevano sempre più rare – sembrava languire. Così egli si logorava all'estero in un lavoro inutile, la barba dalla foggia straniera mal copriva il viso così familiare fin dall'infanzia, e la pelle giallastra sembrava rivelare l'avanzare di una malattia. Come egli stesso raccontava, non aveva veri contatti con la colonia locale dei suoi connazionali, ma neanche, quasi, relazioni sociali con le famiglie del luogo, e si disponeva così a un celibato definitivo.

Cosa scrivere a un uomo simile, che aveva evidentemente sbagliato strada, un uomo che si poteva compatire, ma non aiutare? Gli si doveva forse consigliare di tornare a casa, di trasferire qui la sua esistenza, di riprendere i vecchi legami d'amicizia – cosa cui, in effetti, nulla ostava – e affidarsi per il resto all'aiuto degli amici? Il che equivaleva però a dirgli, e in maniera tanto più offensiva quanto più riguardosa, che i tentativi da lui finora intrapresi erano falliti, che era tempo di desistere, che doveva tornare e lasciare che tutti lo guardassero a bocca aperta come coloro che tornano per sempre, che solo i suoi amici sapevano cavarsela e che lui era un bimbo invecchiato che doveva semplicemente dare ascolto a quelli che, rimasti a casa, avevano avuto successo. E si era poi certi che il tormento che era necessario infliggergli servisse a qualcosa? Forse non si sarebbe neppure riusciti a riportarlo a casa – lo diceva lui stesso che non capiva più le condizioni di vita in patria – e così, nonostante tutto, se ne sarebbe rimasto nella sua terra straniera, amareggiato dai consigli e ancora più estraneo agli amici. E se invece avesse davvero seguito il consiglio e fosse poi stato umiliato – non di proposito, naturalmente, ma dai fatti stessi –, se non fosse più riuscito a cavarsela, né fra i suoi amici né senza di loro, se si fosse vergognato, se ora, davvero, non avesse più avuto né patria né amici, allora non era molto meglio per lui che restasse dov'era, all'estero? Era pensabile, in queste circostanze, che facesse qui veri progressi?

Per queste ragioni, sempre che si volesse mantenere il contatto epistolare, non gli si potevano fare vere comunicazioni, come invece si sarebbe agito senza timore anche con i conoscenti più lontani. Erano ormai più di tre anni che l'amico mancava da casa e giustificava il fatto, in maniera assai poco plausibile, con l'instabilità della situazione politica in Russia, che secondo lui non avrebbe consentito la più breve assenza a un piccolo uomo d'affari, mentre centinaia di migliaia di russi viaggiavano tranquilli per tutto il mondo. Ma nel corso di quei tre anni proprio per Georg erano cambiate molte cose. Della morte della madre di Georg, avvenuta circa due anni prima e in seguito alla quale Georg viveva insieme al vecchio padre, l'amico aveva avuto notizia, e in una lettera aveva espresso il suo cordoglio con un'aridità spiegabile solo con il fatto che il dolore per un evento simile diventa all'estero del tutto inimmaginabile. A partire da quell'epoca, però, Georg aveva preso in mano le redini della sua ditta, come pure di ogni altra cosa, con risolutezza maggiore. Forse il padre, quando la madre era viva, volendo imporre in negozio solo la propria volontà, gli aveva impedito di avere un'attività che davvero gli appartenesse; forse il padre, da quando la madre era morta, pur continuando a lavorare in negozio, s'era fatto più riservato; forse – cosa veramente molto probabile – circostanze fortunate giocavano un ruolo ben più importante: in ogni caso, in quei due anni la ditta aveva avuto uno sviluppo inaspettato, il personale aveva dovuto essere raddoppiato, il volume d'affari si era quintuplicato e si poteva contare con certezza su ulteriori progressi.

Ma di quei cambiamenti l'amico non sapeva nulla. Prima, forse per l'ultima volta, doveva averlo fatto in quella lettera di condoglianze, aveva cercato di convincere Georg a emigrare, e si era dilungato nel descrivere le prospettive che Pietroburgo offriva proprio per il ramo d'affari di Georg. Le cifre erano ridicole se confrontate con le dimensioni che la ditta di Georg aveva ora assunto. Ma Georg non aveva avuto voglia di scrivere all'amico dei suoi successi commerciali, e farlo ora, a posteriori, sarebbe parso ben strano.

Così Georg si limitava ogni volta a scrivere all'amico di fatti senza importanza, di quelli che s'affollano senz'ordine alla memoria quando, in una tranquilla domenica, ci si mette a pensare. Non voleva altro che lasciare intatta l'idea che nel lungo intervallo di tempo l'amico doveva essersi fatto della città natale e alla quale s'era ormai adeguato. Accadde così a Georg di annunciare all'amico, per tre volte in lettere piuttosto distanti nel tempo, il fidanzamento di un giovane qualsiasi con una ragazza qualsiasi, finché davvero l'amico, contro le intenzioni di Georg, cominciò a mostrare interesse per quella stranezza.

Ma Georg preferiva di gran lunga scrivere cose simili che confessare che lui stesso s'era fidanzato un mese prima con una certa signorina Frieda Brandenfeld, una ragazza di famiglia agiata. Spesso aveva parlato alla sua fidanzata di quell'amico e del particolare rapporto epistolare che lo legava a lui. "Allora non verrà alle nostre nozze," aveva detto lei, "eppure ho il diritto di conoscere tutti i tuoi amici." "Non voglio disturbarlo," aveva risposto Georg, "non fraintendermi, probabilmente verrebbe, almeno credo, ma sentirebbe d'esser costretto e offeso, forse mi invidierebbe, sicuramente sarebbe scontento e, incapace di liberarsi mai di quella scontentezza, ripartirebbe da solo. Solo – lo sai cosa significa?" "Sì, ma non potrebbe venire a sapere in altro modo del nostro matrimonio?" "Questo non posso impedirlo, ma il suo modo di vivere lo rende assai improbabile." "Se hai amici simili, Georg, non avresti dovuto fidanzarti." "Sì, è colpa di entrambi; ma, anche adesso, non vorrei che le cose stessero diversamente." E quando poi lei, respirando affannosa sotto i suoi baci, aveva sussurrato ancora: "Eppure mi offende, a dir la verità," lui aveva pensato che davvero non c'erano insidie nello scrivere tutto all'amico. "Sono fatto così, e così lui deve prendermi," s'era detto. "Non posso fare di me, di punto in bianco, una persona che sarebbe forse più adatta a un'amicizia con lui di quanto non lo sia io."

E in effetti, nella lunga lettera che aveva scritto quella domenica mattina, Georg riferiva all'amico l'avvenuto fidanzamento con le seguenti parole: "Ho serbato per ultima la novità migliore. Mi sono fidanzato con una certa signorina Frieda Brandenfeld, una ragazza appartenente a un'agiata famiglia che si è stabilita qui molto tempo dopo la tua partenza, e che quindi tu non dovresti conoscere. Ci saranno altre occasioni per comunicarti ulteriori particolari sulla mia fidanzata, per oggi ti basti sapere che sono molto felice e che nel nostro rapporto si è modificato qualcosa solo nel senso che ora, anziché un amico del tutto normale, avrai in me un amico felice. Inoltre con la mia fidanzata, che ti manda cordialissimi saluti e che presto ti scriverà lei stessa, tu acquisti un'amica sincera, il che, per uno scapolo, non è cosa del tutto priva di importanza. So che molte cose ti trattengono dal farci visita, ma il mio matrimonio non potrebbe essere l'occasione giusta per far piazza pulita di tutti gli ostacoli? Comunque sia, agisci senza alcuna preoccupazione e solo nella maniera che ritieni migliore."

A lungo, con questa lettera in mano, Georg era rimasto seduto alla scrivania col viso rivolto alla finestra. A un conoscente che, passando, lo aveva salutato dalla via, aveva risposto appena con un sorriso assente.

Infine si mise la lettera in tasca, uscì dalla sua stanza e, attraversando in diagonale il piccolo corridoio, andò nella camera di suo padre, in cui non era più stato da diversi mesi. Non ce n'era peraltro alcuna necessità, perché era continuamente insieme a suo padre in negozio, a mezzogiorno pranzavano insieme in un ristorante e la sera, sebbene ciascuno provvedesse a sé come meglio credeva, restavano d'abitudine ancora un poco, ciascuno col suo giornale, nel salotto comune, se Georg, come accadeva quasi sempre, non era con gli amici oppure, ora, non andava a trovare la sua fidanzata.

Georg si stupì del buio che regnava nella stanza del padre anche in quella mattina di sole. Così profonda era dunque l'ombra che gettava l'alto muro che s'innalzava oltre lo stretto cortile. Il padre sedeva alla finestra in un angolo ornato da diversi ricordi della madre defunta, e leggeva il giornale, che teneva di lato davanti agli occhi, cercando in quel modo di compensare una certa debolezza della vista. Sul tavolo c'erano i resti della colazione, della quale non molto sembrava essere stato consumato.

"Ah, Georg!" disse il padre, e gli andò subito incontro. La pesante veste da camera gli si aprì nel camminare, i lembi gli svolazzarono intorno. "Mio padre è ancora un gigante," si disse Georg.

"Ma qui c'è un buio insopportabile," aggiunse poi.

"Sì, in effetti è buio," rispose il padre.

"Hai chiuso anche la finestra?"

"Preferisco così."

"Fuori fa caldo," disse Georg, come in aggiunta a quanto aveva detto prima, e si sedette.

Il padre sgomberò le stoviglie della colazione e le mise su un cassettone.

"Volevo solo dirti," continuò Georg, che seguiva come incantato i movimenti del vecchio, "che poi, invece, ho annunciato il mio fidanzamento a Pietroburgo." Trasse la lettera un poco fuori della tasca e la lasciò ricadere.

"Perché a Pietroburgo?" chiese il padre.

"Ma al mio amico," disse Georg e cercò gli occhi del padre. "In negozio è completamente diverso," pensò, "con che imponenza se ne sta seduto, qui, e come incrocia le braccia sul petto."

"Sì. Al tuo amico," disse il padre marcando le parole.

"Tu sai, papà, che in un primo momento volevo tacergli il mio fidanzamento. Per riguardo, per nessun altro motivo. Lo sai anche tu, è una persona difficile. Mi dicevo: che venga pure a sapere del mio fidanzamento da altre fonti, anche se la sua vita solitaria lo rende poco probabile – questo non posso impedirlo –, ma non sarò io a dirglielo."

"E ora hai cambiato idea?" chiese il padre, posò il grosso giornale sul davanzale della finestra e sul giornale gli occhiali, coprendoli con la mano.

"Sì, ho cambiato idea. Se è un buon amico, mi sono detto, allora il fatto che io sia felicemente fidanzato è una fortuna anche per lui. Per questo non ho più esitato ad annunciarglielo. Ma prima di imbucare la lettera, ho voluto dirtelo."

"Georg," disse il padre allargando la bocca sdentata, "ascoltami! Per questa faccenda sei venuto da me, per consigliarti con me. Il che, senza dubbio, ti fa onore. Ma non è niente, è peggio di niente, se ora non mi dici tutta la verità. Non voglio sollevare questioni che ora non c'entrano. Dalla morte della nostra adorata madre si sono verificati alcuni fatti poco gradevoli. Forse, anche per quelli viene il momento, e forse viene prima di quanto non si pensi. In negozio molto mi sfugge, forse non me lo si nasconde – non voglio pensare che me lo si nasconda –, non sono più forte abbastanza, la mia memoria cede, non ho più l'occhio per tante cose tutte insieme. In primo luogo, è il corso naturale delle cose, e in secondo luogo la morte della nostra mammina mi ha colpito assai più di quanto non abbia colpito te. – Ma visto che ci troviamo a parlare di questa circostanza, di questa lettera, ti prego, Georg, non ingannarmi. È una piccolezza, non vale la pena di sprecare il fiato, e allora non ingannarmi. Hai davvero questo amico a Pietroburgo?"

Georg si alzò imbarazzato. "Lasciamo stare i miei amici. Mille amici non valgono mio padre. Sai cosa penso? Non ti riguardi abbastanza. Ma la vecchiaia reclama i suoi diritti. In negozio mi sei indispensabile, lo sai bene, ma se il negozio dovesse minacciare la tua salute, lo chiuderei per sempre già da domani. Così non va. Dobbiamo iniziare per te un nuovo regime di vita. Ma in maniera radicale. Te ne stai al buio mentre in salotto avresti tanta luce. Tocchi appena la colazione invece di nutrirti come si deve. Tieni la finestra chiusa quando l'aria ti farebbe così bene. No, papà. Chiamerò il medico e seguiremo le sue prescrizioni. Scambieremo le stanze, tu ti trasferirai nella camera sul davanti e io qui. Non sarà un cambiamento, porterai con te tutte le tue cose. Ma per questo c'è tempo, ora mettiti ancora un poco a letto, hai assoluto bisogno di riposo. Vieni, ti aiuto a svestirti, vedrai che ne sono capace. Oppure vuoi andare subito nella camera sul davanti, così ti stendi provvisoriamente nel mio letto? Sarebbe del resto una cosa molto ragionevole."

Georg era in piedi vicinissimo a suo padre, che aveva chinato sul petto il capo con i capelli arruffati.

"Georg," disse il padre piano, senza muoversi.

Georg si inginocchiò subito accanto al padre; nello stanco viso vide, immense all'angolo degli occhi, le pupille puntate su di sé.

"Tu non hai amici a Pietroburgo. Sei sempre stato un buffone e non hai avuto ritegno neanche con me. Com'è possibile che tu abbia un amico proprio là! Non posso crederci."

"Rifletti un attimo, papà," disse Georg, sollevò il padre dalla poltrona e gli sfilò la vestaglia, mentre lui, debole, se ne stava là in piedi; "fra non molto saranno tre anni che il mio amico è stato qui da noi in visita. Mi ricordo che a te non piaceva molto. Almeno due volte ho negato, davanti a te, la sua presenza, sebbene proprio in quel momento lui si trovasse nella mia stanza. Capivo benissimo la tua avversione nei suoi confronti, il mio amico ha le sue stranezze. Ma poi invece hai cominciato a conversare molto bene con lui. Ero così fiero, allora, che tu lo ascoltassi, annuissi e gli facessi delle domande. Se ci pensi, non puoi non ricordarti. Lui raccontava allora storie incredibili sulla rivoluzione russa. Raccontava per esempio di aver visto a Kiev, durante un viaggio d'affari, un prete su un balcone che, mentre erano in corso dei disordini, si incideva nel palmo una grande croce sanguinosa, levava la mano e chiamava la folla. Tu stesso raccontavi poi in giro, di quando in quando, quella storia."

Intanto Georg era riuscito a far sedere di nuovo il padre e a togliergli con cautela i calzoni di maglia che portava sulle mutande di lino, quindi le calze. Alla vista della biancheria non particolarmente pulita, si rimproverò di aver trascurato il padre. Sarebbe stato sicuramente suo dovere anche di sorvegliare che suo padre cambiasse la biancheria. Con la sua fidanzata non aveva ancora affrontato l'argomento di come intendessero organizzare il futuro del padre, perché, tacitamente, erano partiti dal presupposto che il padre sarebbe rimasto solo nella vecchia casa. Ma ora Georg decise rapidamente e con la massima fermezza che il padre avrebbe fatto parte della sua futura vita familiare. Sembrava quasi, a ben guardare, che le cure che là gli sarebbero state prestate, sarebbero giunte troppo tardi.

Prese il padre in braccio e lo portò a letto. Una sensazione orribile lo assalì quando si accorse, nel compiere i pochi passi che lo separavano dal letto, che sul suo petto il padre giocava con la catena dell'orologio. Non riuscì neanche a deporlo subito sul letto, tanto forte egli si teneva alla catena.

Ma non appena fu a letto, tutto sembrò risolto. Si coprì da solo e si tirò la coperta particolarmente in su sopra le spalle. Alzò gli occhi verso Georg con un'espressione non ostile.

"È vero che ti ricordi di lui?" chiese Georg e gli fece un cenno di incoraggiamento.

"Sono ben coperto adesso?" chiese il padre, come se non potesse accertarsi se i piedi fossero coperti abbastanza.

"Allora ci stai bene, nel letto," disse Georg e gli sistemò intorno le coperte.

"Sono ben coperto?" chiese il padre di nuovo e parve attendere con particolare attenzione la risposta.

"Sta' tranquillo, sei ben coperto."

"No!" gridò il padre, e la risposta cozzò contro la domanda, gettò indietro la coperta con forza tale che essa, per un istante, si dispiegò tutta nel volo, e fu in piedi nel letto. Solo con una mano egli si appoggiava leggermente al soffitto. "Volevi coprirmi, lo so, tesoro mio, ma coperto non sono ancora. E se anche sono le ultime forze, bastano per te, sono troppo per te. Il tuo amico lo conosco bene. Sarebbe un figlio secondo i desideri del mio cuore. Perciò lo hai ingannato in tutti questi anni. Perché altrimenti? Credi forse ch'io non abbia pianto per lui? Per questo ti chiudi nel tuo ufficio, nessuno deve disturbare, il capo è occupato – solo perché tu possa scrivere le tue letterine bugiarde per la Russia. Ma per fortuna non c'è bisogno che nessuno insegni al padre come intuire le intenzioni del figlio. E adesso credevi di averlo sopraffatto, sopraffatto al punto da potertici sedere sopra senza che lui si muovesse, e allora il mio signor figlio ha deciso di sposarsi!"

Georg levò lo sguardo all'immagine orrenda di suo padre. L'amico di Pietroburgo, che il padre improvvisamente conosceva tanto bene, gli toccò l'animo come mai prima. Lo vide perduto nell'immensa Russia. Lo vide sulla porta del negozio vuoto e depredato. Fra le rovine degli scaffali, fra le merci straziate, fra i bracci penzolanti dei lumi a gas egli riusciva appena a stare in piedi. Perché aveva dovuto andarsene così lontano!

"Ma guardami!" gridò il padre, e Georg, quasi distratto, corse verso il letto, per afferrare tutto, ma si arrestò a metà strada.

"Perché ha alzato le sottane," cominciò a cantilenare il padre, "perché ha alzato le sottane così, quell'oca disgustosa," e mimando la scena, sollevò la camicia finché non comparve, sulla coscia, la cicatrice della ferita riportata in guerra; "perché ha alzato le sottane così, così e così, tu le sei corso appresso, e per soddisfarti indisturbato con lei hai profanato la memoria di nostra madre, hai tradito l'amico e messo tuo padre a letto, affinché non possa muoversi. Ma può muoversi o no?"

Ed era in piedi senza alcun sostegno e dimenava le gambe. Raggiava d'intelligenza.

Georg stava in un angolo, il più lontano possibile dal padre. Molto tempo prima aveva preso la decisione di osservare tutto con la massima precisione, perché non si potesse sorprenderlo in qualche modo per vie traverse, alle spalle o dall'alto. Ora si ricordò di quel proposito da tempo dimenticato, e lo dimenticò, come si passa un breve filo attraverso una cruna.

"Ma l'amico non è tradito!" gridò il padre, e mosse l'indice di qua e di là a rafforzare la sua affermazione. "Io sono stato il suo difensore qui sul posto."

"Commediante!" gridò Georg senza potersi trattenere, subito si rese conto del danno e – con gli occhi sbarrati – si morse, ormai troppo tardi, la lingua fino a piegarsi dal dolore.

"Certo che ho fatto la commedia! Commedia! È la parola giusta! Quale altro conforto restava al vecchio padre vedovo? Dimmi – e per l'istante della risposta sii ancora il mio figlio vivo –, cosa mi restava, nella mia stanza sul retro, perseguitato da personale infedele, vecchio fino al midollo? E mio figlio andava esultante per il mondo, concludeva affari che io avevo preparato, faceva capriole di gioia e passava davanti a suo padre con il viso compunto del galantuomo! Credi che non ti abbia amato, io, dal quale hai preso inizio?"

"Adesso si china in avanti," pensò Georg, "almeno cadesse e si sfracellasse!" Questa parola gli attraversò in un sibilo la testa.

Il padre si chinò in avanti, ma non cadde. Siccome Georg non si avvicinava, come lui si era aspettato, si alzò di nuovo.

"Resta dove sei, non ho bisogno di te! Tu credi di avere ancora la forza per venire fin qui e pensi di non muoverti solo perché lo vuoi. Come ti sbagli! Io sono ancora, e di gran lunga, il più forte. Da solo avrei forse dovuto cedere, ma la madre mi ha lasciato la sua forza, con il tuo amico ho stretto una splendida alleanza, e la tua clientela ce l'ho qui in tasca!"

"Persino nella camicia da notte ha le tasche!" si disse Georg e credette, con questa osservazione, di togliere ogni credibilità al padre in tutto il mondo. Un pensiero che durò un istante, perché Georg continuava a dimenticare tutto.

"Prendi a braccetto la tua fidanzata e vienimi incontro! Te la spazzo via di dosso, vedrai come!"

Georg fece delle smorfie d'incredulità. Il padre, a conferma della verità delle sue parole, si limitò a fare un cenno verso l'angolo di Georg.

"Come mi hai divertito oggi, quando sei venuto a chiedere se dovevi scrivere al tuo amico del fidanzamento. Lui sa tutto, sciocco ragazzo, sa tutto! Gli ho scritto io, perché hai dimenticato di portarmi via la carta e la penna. Per questo non viene da anni, sa tutto cento volte meglio di te, spiegazza nella mano sinistra, ancora chiuse, le tue lettere, mentre nella destra tiene le mie per leggerle!"

Per l'entusiasmo agitava il braccio sopra la testa. "Sa tutto mille volte meglio!" gridava.

"Diecimila volte!" disse Georg per schernire il padre, ma la parola, ancora in bocca, acquistò un suono mortalmente serio.

"Sono anni che attendo, in agguato, il momento che tu ponga questa domanda! Credi che mi preoccupi d'altro? Credi che legga i giornali? Qua!" e gettò a Georg un foglio di giornale che chissà come s'era trascinato dietro nel letto. Un vecchio giornale, con un nome già del tutto sconosciuto a Georg.

"Quanto hai esitato, prima di maturare! La mamma è morta, non ha potuto vivere il grande giorno, l'amico va in rovina nella sua Russia, già tre anni fa era giallo da buttar via, e io, lo vedi tu stesso come sono ridotto. Per questo ce li hai gli occhi!"

"Dunque mi hai atteso al varco!" gridò Georg.

Compassionevole, il padre disse, quasi incidentalmente: "Questo, probabilmente, volevi dirlo prima. Adesso è fuori luogo".

E più forte: "Dunque ora sai cosa è esistito oltre a te, finora sapevi solo di te! In verità, sei stato un bimbo innocente, ma ancor più in verità sei stato un essere diabolico! – E allora sappi: io ti condanno alla morte per acqua!"

Georg si sentì cacciato fuori dalla stanza e portò con sé, nell'orecchio, il colpo con cui il padre, alle sue spalle, si abbatté sul letto. Sulla scala, volando sui gradini come su un piano inclinato, travolse la domestica, che stava salendo per riordinare la casa dopo la notte. "Gesù!" gridò la donna e si coprì il volto col grembiule, ma lui era già sparito. Saltò fuori dal portone, anelava, oltre la carreggiata, all'acqua. Già serrava fra le mani la ringhiera, come un affamato stringe il cibo. Si lanciò dall'altra parte, da quell'eccellente ginnasta che, per l'orgoglio dei suoi genitori, era stato in gioventù. Mentre, con mani che cedevano via via, si reggeva ancora, scorse fra le sbarre della ringhiera un autobus, che con facilità avrebbe coperto il suono della caduta, e gridò piano: "Cari genitori, io vi ho sempre amato," e si lasciò cadere.

In quel momento c'era sul ponte un traffico quasi infinito.

IL FUOCHISTA

Un frammento

Quando il sedicenne Karl Roßmann, che i suoi poveri genitori avevano mandato in America perché una domestica l'aveva sedotto e aveva avuto un bambino da lui, entrò nel porto di New York sulla nave già fattasi lenta, scorse la statua della libertà, che già da tempo stava osservando, come avvolta in un raggio di sole che d'improvviso si fosse fatto più intenso. Il braccio con la spada pareva essersi appena levato, e intorno alla figura spiravano liberi i venti.

"Com'è alta!" si disse e, siccome ancora non pensava ad andarsene, venne spinto a poco a poco contro il parapetto dalla crescente folla dei facchini che lo oltrepassavano.

Un giovane, che aveva conosciuto di sfuggita durante il viaggio, disse passando: "Be', non ha ancora voglia di scendere?" "Sono pronto," disse Karl con una risata, e per spavalderia, e perché era un ragazzo forte, prese la valigia in spalla. Ma seguendo con gli occhi il suo conoscente, che già s'allontanava con gli altri dondolando un poco il bastone, si accorse sgomento di aver dimenticato l'ombrello giù nella nave. In fretta pregò il conoscente, che non ne parve molto felice, di attendere cortesemente un attimo presso la sua valigia, abbracciò la situazione con uno sguardo d'insieme per ritrovar la strada al ritorno e corse via. Con suo rincrescimento, di sotto trovò chiuso per la prima volta, probabilmente in seguito allo sbarco dei passeggeri, un corridoio che gli avrebbe abbreviato di molto il cammino, e dovette faticosamente farsi strada attraverso un'infinità di piccole stanze, per brevi scale che si susseguivano senza tregua, attraverso corridoi che incessantemente svoltavano, attraverso una stanza vuota con una scrivania deserta, finché, in effetti, siccome aveva percorso quella via solo un paio di volte e sempre in compagnia di diverse persone, si smarrì completamente. Nella sua confusione, non incontrando nessuno, e continuando solo a sentire sopra di sé lo scalpicciare di migliaia di piedi e, di lontano, come in un soffio, gli ultimi giri delle macchine già ferme, cominciò, senza riflettere, a battere a una porticina qualsiasi, di fronte alla quale si era arrestato nel suo vagare.

"È aperto," gridò qualcuno da dentro, e Karl aperse la porta con un franco respiro di sollievo. "Perché batte alla porta come un pazzo?" chiese un uomo gigantesco senza quasi volgere lo sguardo verso Karl. Da un qualche finestrino nel soffitto una luce torbida, che s'era ormai consumata di sopra sulla nave, cadeva nella miserevole cabina, nella quale un letto, un armadio, una sedia e l'uomo stavano stretti l'uno all'altro, come stivati. "Mi sono perduto," disse Karl, "durante il viaggio non me ne sono reso conto, ma è una nave di grandezza spaventosa." "Sì, questo è vero," disse l'uomo con un certo orgoglio, senza smettere di trafficare con la serratura di una valigetta, che continuava a chiudere con entrambe le mani tendendo l'orecchio allo scatto della molla. "Ma venga dentro!" continuò l'uomo. "Non vorrà starsene lì fuori!" "Non disturbo?" chiese Karl. "Macché, perché dovrebbe disturbare!" "Lei è tedesco?" cercò di scoprire Karl, perché aveva sentito molto parlare dei pericoli che minacciano i nuovi arrivati in America soprattutto da parte degli irlandesi. "Son tedesco, son tedesco," disse l'uomo. Karl esitava ancora. Allora l'uomo afferrò d'improvviso la maniglia e trasse dentro verso di sé, insieme alla porta che richiuse rapidamente, anche Karl. "Non sopporto che mi si guardi dentro stando in corridoio," disse l'uomo che aveva ripreso a lavorare alla sua valigia, "passa chiunque e guarda dentro, chi riesce a sopportarlo?" "Ma il corridoio è tutto vuoto," disse Karl che, a disagio, stava schiacciato ai piedi del letto. "Sì, adesso," disse l'uomo. "Si tratta pur di adesso," pensò Karl; "è difficile parlare con quest'uomo." "Si stenda sul letto, avrà più posto," disse l'uomo. Karl strisciò dentro meglio che poté, e rise forte per il fallimento del primo tentativo di slanciarsi dall'altra parte. Ma non appena fu sul letto gridò: "Santo

cielo, ho completamente dimenticato la mia valigia!"
"Dov'è la valigia?" "Sopra coperta, un mio conoscente la
sorveglia. Ma come si chiama?" E da una tasca segreta
che sua madre gli aveva cucito per il viaggio nella fodera
della giacca trasse un biglietto da visita. "Butterbaum,
Franz Butterbaum." "Le serve molto, la valigia?" "Naturalmente." "E allora perché l'ha data a un estraneo?"
"Avevo dimenticato quaggiù il mio ombrello e son corso
a prenderlo, ma non volevo trascinarmi dietro la valigia.
E poi in più mi sono perso." "È solo? Senza nessuno che
l'accompagni?" "Sì, sono solo." "Dovrei forse restar vicino a quest'uomo," fu il pensiero che attraversò la mente
di Karl, "dove trovo un amico migliore?" "E per giunta
ora ha perso la valigia. Per non parlare dell'ombrello." E
l'uomo si sedette sulla sedia, come se la vicenda di Karl
avesse acquistato per lui un qualche interesse. "Credo
però che la valigia non sia ancora perduta." "Beato chi
ha fede," disse l'uomo grattandosi vigorosamente fra i
corti e folti capelli scuri, "sulle navi i costumi cambiano
col cambiare dei porti. Ad Amburgo il suo Butterbaum
avrebbe forse sorvegliato la valigia, qui, con ogni probabilità, non c'è più traccia di entrambi." "Allora devo andar subito su a vedere," disse Karl guardandosi intorno
alla ricerca di una via d'uscita. "Rimanga invece," disse
l'uomo e, addirittura rude, con una spinta della mano
contro il petto lo costrinse a ricadere sul letto. "E perché?" chiese Karl contrariato. "Perché non ha senso," disse l'uomo, "fra poco vado anch'io, possiamo andar via insieme. O la valigia è stata rubata, e allora non c'è niente
da fare, oppure il suo conoscente l'ha lasciata lì, e allora
la troveremo tanto meglio quando la nave si sarà svuotata. Lo stesso vale per il suo ombrello." "Lei è pratico della nave?" chiese Karl diffidente e gli parve che il pensiero, del resto convincente, che sulla nave vuota le sue cose
sarebbero state più facili a trovarsi, nascondesse un tra-
nello. "Sono fuochista!" disse l'uomo. "Lei è fuochista!"
esclamò Karl gioioso, come se quel fatto superasse tutte
le sue aspettative e, puntando il gomito, prese a osservare l'uomo con più attenzione. "Proprio davanti allo stan-
zone in cui dormivo con lo slovacco c'era un boccaporto
attraverso il quale si poteva guardare nella sala macchine." "Sì, io lavoravo lì," disse il fuochista. "Mi son sempre un poco interessato di tecnica," disse Karl restando

in un determinato corso di pensieri, "e certamente sarei diventato ingegnere, se non fossi dovuto venire in America." "Perché è dovuto venire?" "Nulla, nulla," disse Karl, liquidando tutta la storia con un gesto della mano. E intanto guardava sorridendo il fuochista, come a chiedergli indulgenza anche per quanto non aveva confessato. "Ci sarà stato un motivo," disse il fuochista e non si capì bene se con ciò volesse esortare al racconto o invece allontanarlo. "Adesso potrei anche diventare fuochista," disse Karl, "adesso ai miei genitori è del tutto indifferente che cosa diventerò." "Il mio posto si libera," disse il fuochista e, nella piena consapevolezza delle sue parole, si infilò le mani in tasca e gettò sul letto, per distenderle, le gambe vestite di un paio di calzoni spiegazzati, color ferro, che sembravano di pelle. Karl dovette spostarsi verso la parete. "Lei lascia la nave?" "Sicuro, oggi ce ne andiamo." "Perché? Non le piace qui?" "Be', questa è la situazione, non sempre conta ciò che ci piace o meno. Ma del resto ha ragione, non mi piace qui. Probabilmente lei non pensa sul serio di diventare fuochista, ma proprio in questi casi è più facile che lo si diventi. Bene, io glielo sconsiglio con fermezza. Se in Europa voleva studiare, perché non vuol farlo qui? Le università americane sono infinitamente migliori di quelle europee." "Può darsi," disse Karl, "ma io non ho quasi soldi per studiare. È vero che ho letto di qualcuno che di giorno lavorava in un negozio e di notte studiava, finché non si è laureato ed è diventato, credo, sindaco, ma ci vuole una gran costanza, non è vero? E temo che quella mi manchi. E inoltre a scuola non ero granché, il distacco dalla scuola davvero non mi è pesato. E le scuole qui sono forse ancor più severe. L'inglese non lo so quasi per niente. E in generale, credo, qui si è molto prevenuti nei confronti degli stranieri." "Se n'è accorto anche lei? Be', allora va bene. Allora andiamo d'accordo. Vede, siamo su una nave tedesca, appartiene alla linea Amburgo-America, perché non siamo tutti tedeschi qui? Perché il capo macchine è rumeno? Si chiama Schubal. È incredibile. E quel farabutto ci sfrutta, noi che siamo tedeschi, su una nave tedesca. Non creda," – gli mancò il respiro, agitò la mano – "che io mi lamenti tanto per lamentarmi. So bene che lei non ha voce in capitolo ed è a sua volta un povero ragazzo. Ma è davvero troppo!" E batté più volte il pugno sul tavolo, senza distoglierne lo sguardo mentre batteva. "Ho prestato servizio su tante navi, ormai," – e citò una ventina di nomi uno dietro l'altro come se fossero un'unica parola, Karl si confuse tutto – "e mi sono distinto, sono stato encomiato, sono stato un lavoratore come piaceva ai miei capitani, sono stato sullo stesso mercantile a vela persino per alcuni anni di seguito," – e si alzò, come se quello fosse il vertice della sua vita – "e qui su questo cassone, dove tutto fila secondo le regole, dove non occorre intelligenza, qui sono un buono a nulla, sto sempre fra i piedi a Schubal, sono un fannullone, merito di essere sbattuto fuori e mi fanno una grazia a darmi lo stipendio. Lei lo capisce? Io no." "Ma non deve permettere che la trattino così," disse Karl agitato. Aveva quasi perduto la nozione di trovarsi sul suolo incerto di una nave, sulla costa di un continente sconosciuto, tanto bene si sentiva lì sul letto del fuochista. "È già stato dal capitano? Ha già fatto valere i suoi diritti presso di lui?" "Ma via, se ne vada, è meglio che se ne vada. Non voglio averla qui. Non ascolta quanto dico e pretende di darmi consigli. Come faccio ad andare dal capitano!" E, stanco, il fuochista tornò a sedersi e si prese il viso fra le mani.

"Non ho consigli migliori da dargli," si disse Karl. E pensò, comunque, che avrebbe fatto meglio ad andarsi a prendere la valigia, anziché star lì a dar consigli che venivano giudicati stupidi. Quando il padre gli aveva consegnato per sempre la valigia, aveva chiesto per scherzo: "Per quanto tempo ti durerà?" e ora quella preziosa valigia era forse davvero già perduta. La sola consolazione era che il padre non sarebbe potuto venire a sapere della sua situazione presente, anche se avesse fatto indagini. La compagnia navale avrebbe potuto dire al massimo che era arrivato a New York. A Karl spiaceva però di non aver usato gli oggetti contenuti nella valigia, sebbene da tempo, per esempio, avrebbe avuto bisogno di cambiarsi la camicia. Aveva dunque risparmiato nel punto sbagliato; ora che, all'inizio della sua carriera, gli sarebbe stato necessario comparire in un abito pulito, avrebbe dovuto invece presentarsi con la camicia sporca. Altrimenti la perdita della valigia non sarebbe stata così grave, perché il vestito che aveva addosso era addirittura meglio di quello nella valigia, che era in realtà solo un vestito d'emergenza che la madre aveva dovuto rattoppargli ancora un attimo prima della partenza. Ora gli venne anche in mente che nella valigia c'era un pezzo di salame di Verona che la madre gli aveva messo nel bagaglio come regalo extra, del quale aveva però potuto mangiare solo una minima parte, perché durante la traversata gli era mancato completamente l'appetito e la minestra che veniva distribuita sotto coperta gli era largamente bastata. Ora però avrebbe voluto avere il salame a portata di mano per poterlo offrire al fuochista. Perché si fa presto a conquistare quella gente, se gli si mette in tasca una qualche piccolezza, Karl l'aveva imparato da suo padre, che distribuendo sigari si conquistava tutti gli impiegati di livello inferiore con cui aveva a che fare per lavoro. Ora Karl aveva solo il denaro da regalare, e visto che la valigia probabilmente l'aveva perduta, non lo voleva toccare. I suoi pensieri tornarono alla valigia, e davvero ora non riusciva a capire perché durante il viaggio l'avesse sorvegliata con tanta attenzione, quasi da perderci il sonno, per poi lasciarsela portar via con tanta facilità. Si ricordò delle cinque notti in cui, ininterrottamente, aveva sospettato che un piccolo slovacco che dormiva due posti alla sua sinistra avesse messo gli occhi addosso alla valigia. Quello slovacco aspettava solo il momento in cui Karl, vinto dalla stanchezza, si sarebbe assopito un attimo, per poter tirare a sé la valigia con una lunga pertica con la quale giocava o si esercitava tutto il giorno. Di giorno lo slovacco aveva l'aria innocente, ma non appena calava la notte si alzava di quando in quando dalla sua cuccetta e guardava triste verso la valigia di Karl. Karl se n'era accorto perché sempre qualcuno, con l'inquietudine dell'emigrante, accendeva un lume, sebbene fosse proibito dal regolamento della nave, e cercava di decifrare incomprensibili opuscoli delle agenzie d'emigrazione. Se una di quelle luci era vicina, Karl poteva assopirsi un poco, ma se era lontana oppure tutto restava buio, allora doveva tener gli occhi bene aperti. Quello sforzo lo aveva sfinito, e ora forse era stato inutile. Quel Butterbaum, se lo avesse rincontrato da qualche parte!

In quel momento risuonarono fuori, lontanissimi, penetrando nella quiete perfetta che aveva fino allora regnato, piccoli brevi colpi, come di piedi infantili; si avvicinarono con un rumore crescente, ed ora era un tranquillo marciare di uomini. Evidentemente, com'era naturale nello stretto corridoio, camminavano in fila, e si sentiva un tintinnio come di armi. Karl, che stava per allungarsi nel letto in un sonno libero da preoccupazioni per valigie e slovacchi, balzò su spaventato e diede di gomito al fuochista per richiamare infine la sua attenzione, perché la testa del corteo sembrava aver raggiunto in quel momento la porta. "È la banda della nave," disse il fuochista, "hanno suonato di sopra e ora vanno a fare i bagagli. Adesso è tutto a posto e noi possiamo andare. Venga!" Afferrò Karl per la mano, all'ultimo momento prese ancora, dalla parete sopra il letto, un'immagine incorniciata della Vergine Maria, se la ficcò nella tasca interna della giacca, prese la valigia e uscì in fretta con Karl dalla cabina. "Adesso vado in ufficio e dirò a quella gente ciò che penso. Ormai non ci sono più passeggeri, non occorre più avere riguardi." Il fuochista ripeté variamente quella frase, e camminando cercò di schiacciare con colpi laterali del piede un topo che gli attraversava la strada, ma non fece che spingerlo ancora più rapidamente nel buco che quello aveva raggiunto in tempo. Era lento in tutti i movimenti, perché aveva gambe pesanti, seppur lunghe.

Attraversarono un reparto della cucina dove alcune ragazze in grembiule sudicio – li sporcavano apposta – lavavano i piatti in grandi mastelli. Il fuochista chiamò a sé una certa Line, le circondò i fianchi col braccio e se la portò dietro per un tratto, mentre lei gli si stringeva con civetteria al braccio. "Adesso danno la paga, vuoi venire?" chiese. "Perché dovrei scomodarmi, portami il denaro qui," rispose lei, gli sgusciò da sotto il braccio e corse via. "Dove hai pescato quel bel ragazzo?" chiese ancora, ma senza attendere risposta. Si sentivano le risa di tutte le ragazze, che avevano interrotto il lavoro.

Essi invece proseguirono e giunsero a una porta sormontata da un piccolo frontone sorretto da minuscole cariatidi dorate. Per essere l'arredamento di una nave, l'insieme aveva un'aria sfarzosa. Karl notò di non essere mai venuto in quella zona, che probabilmente durante la traversata era rimasta riservata ai passeggeri di prima e seconda classe, mentre ora, prima delle grandi pulizie in tutta la nave, erano state tolte tutte le porte. Infatti avevano già incontrato alcuni uomini con scope in spalla, che avevano salutato il fuochista. Karl si stupì di tutto quel fervore d'attività; sotto coperta ne aveva avuto ben poco sentore. Lungo i corridoi si tendevano anche i fili di condutture elettriche, e si sentiva il suono ininterrotto di una piccola campana.

Il fuochista bussò rispettosamente alla porta e, quando sentì esclamare "Avanti!" invitò Karl, con un cenno della mano, a entrare senza timore. E Karl entrò ma rimase sulla porta. Davanti alle tre finestre della stanza scorse le onde del mare e il cuore gli batté alla vista del loro movimento gaio, come se non avesse visto il mare, ininterrottamente, per cinque lunghi giorni. Grandi navi vi incrociavano e cedevano al moto delle onde solo per quanto lo consentiva la loro stazza. Se si socchiudevano gli occhi, quelle navi sembravano ondeggiare per pura gravità. Sugli alberi portavano bandiere strette ma lunghe, che il movimento tendeva, ma che pure si agitavano di qua e di là. Risuonavano, probabilmente da navi da guerra, colpi a salve; i cannoni di una di quelle navi, che passava poco distante, rilucenti di riflessi della loro copertura d'acciaio, erano come carezzati dalla rotta sicura, liscia e tuttavia non orizzontale. Le navi piccole e le barche si potevano osservare solo da lontano, almeno stando sulla porta, dove esse, numerosissime, si insinuavano nelle aperture fra le navi grandi. Ma dietro a tutto si ergeva New York e guardava Karl con le centomila finestre dei suoi grattacieli.

Sì, in quella stanza si sapeva dove si era.

A un tavolo rotondo sedevano tre uomini; il primo era un ufficiale della nave in uniforme blu, gli altri due erano funzionari della capitaneria di porto, in nere uniformi americane. Sul tavolo, in alte pile, s'ammucchiavano diversi documenti, che l'ufficiale scorreva dapprima con la penna in mano, per poi porgerli agli altri due, che ora leggevano, ora prendevano appunti, ora li mettevano nelle loro cartelle, se l'uno, che quasi ininterrottamente produceva un leggero rumore con i denti, non dettava al suo collega qualcosa che questi scriveva in un verbale.

Accanto alla finestra sedeva a una scrivania, con le spalle voltate alla porta, un uomo piuttosto piccolo, che trafficava con grossi volumi allineati davanti a lui, all'altezza della testa, su un massiccio scaffale. Accanto a lui c'era una cassaforte aperta, almeno al primo sguardo vuota.

La seconda finestra era vuota e offriva la vista migliore. Nelle vicinanze della terza c'erano invece due uomini che conversavano a mezza voce. Uno si appoggiava alla parete accanto alla finestra, portava anch'egli l'uniforme della nave e giocava con l'impugnatura della spada. Il suo interlocutore era voltato verso la finestra e scopriva ogni tanto, muovendosi, una parte della fila di decorazioni sul petto dell'altro. Era in borghese e aveva un sottile bastone di bambù che, siccome egli teneva entrambe le mani ferme sui fianchi, sporgeva a sua volta come una spada.

Karl non ebbe molto tempo per osservare tutto, perché subito un usciere avanzò verso di loro e chiese al fuochista, con uno sguardo che ne sottolineava l'estraneità in quel luogo, che cosa volesse. Col medesimo tono sommesso con cui gli era stata rivolta la domanda, il fuochista rispose che voleva parlare col primo cassiere. L'usciere respinse per parte sua quella preghiera con un cenno della mano, ma andò tuttavia, in punta di piedi ed evitando con un gran giro il tavolo rotondo, dall'uomo con i volumi. Questi – lo si vide chiaramente – si irrigidì addirittura alle parole dell'usciere, ma si volse infine verso l'uomo che desiderava parlargli e, in segno di reciso rifiuto, agitò la mano contro il fuochista e, per maggior sicurezza, anche contro l'usciere. Allora l'usciere tornò dal fuochista e gli disse con un tono come se gli confidasse qualcosa: "Sparisca immediatamente dalla stanza!"

A quella risposta il fuochista guardò verso Karl, come se questi fosse il suo cuore al quale lamentava muto il suo dolore. Senza pensarci oltre Karl partì, attraversò la stanza in diagonale, tanto che sfiorò persino leggermente la sedia dell'ufficiale; l'inserviente corse piegato in avanti con le braccia pronte ad afferrare, come stesse dando la caccia a un insetto, ma Karl arrivò per primo al tavolo del primo cassiere e vi si afferrò, nell'eventualità che l'inserviente cercasse di trascinarlo via.

Naturalmente, subito, tutta la stanza si animò. L'ufficiale seduto al tavolo era balzato in piedi, i signori della capitaneria guardavano pacati ma attenti, i due uomini alla finestra si erano allineati l'uno di fianco all'altro, l'usciere si fece da parte, credendo di essere ormai fuori luogo, dal momento che i superiori mostravano interesse. Il fuochista, sulla porta, aspettava teso il momento in cui il suo intervento si sarebbe reso necessario. Finalmente il primo cassiere fece, nella sua poltrona, un ampio giro a destra.

Frugando nella sua tasca segreta, che non esitò a esporre agli sguardi di quella gente, Karl tirò fuori il passaporto e lo posò sul tavolo in luogo di ulteriori presentazioni. Il primo cassiere sembrò giudicare irrilevante quel passaporto, perché con due dita lo buttò da parte, al che Karl, come se quella formalità fosse stata espletata, ripose il passaporto.

"Mi permetto di dire," cominciò poi, "che a mio avviso al signor fuochista è stato fatto un torto. C'è qui un certo Schubal, che lo infastidisce. Il fuochista ha già prestato servizio con piena soddisfazione su molte navi, che vi può nominare tutte, è diligente, ha i migliori intenti riguardo al suo lavoro, e davvero non si capisce perché proprio su questa nave, dove il servizio non è certo enormemente pesante come per esempio sui mercantili a vela, dovrebbe far male il suo dovere. Può dunque trattarsi solo di calunnie, che gli impediscono di progredire nella sua carriera e gli sottraggono quell'apprezzamento che altrimenti non gli mancherebbe di certo. Io ho descritto solo l'aspetto generale della questione, il fuochista stesso vi esporrà le sue particolari lamentele." Con il suo discorso Karl si era rivolto a tutti i presenti, perché in effetti tutti ascoltavano e sembrava assai più probabile che fra tutti loro si trovasse un uomo giusto, piuttosto che quello giusto fosse il primo cassiere. Per furbizia Karl aveva inoltre taciuto di conoscere il fuochista da così poco tempo. E del resto avrebbe parlato ancor meglio se non fosse stato sviato dal viso rosso dell'uomo col bastone di bambù, che Karl, da quella posizione, vedeva ora per la prima volta.

"È tutto vero parola per parola," disse il fuochista ancor prima che qualcuno gli chiedesse qualcosa, anzi ancor prima che qualcuno guardasse verso di lui. Questa intempestività del fuochista sarebbe stata un grave errore, se l'uomo con le decorazioni, che, come ora Karl si rese conto, era senz'altro il capitano, evidentemente non avesse già deciso per suo conto di dare ascolto al fuochista. Tese infatti la mano e disse al fuochista: "Venga qui!" con una voce così solida da poterla battere col martello. Adesso tutto dipendeva dal comportamento del fuochista, perché, per quanto riguardava la giustezza della sua causa, Karl non nutriva dubbi.

Per fortuna si mostrò in quell'occasione che il fuochista era molto esperto del mondo. Con calma esemplare trasse al primo colpo dalla sua valigetta un fascio di carte e un taccuino per appunti, e con quelli, come se fosse assolutamente naturale, ignorando completamente il primo cassiere, andò dal capitano e dispose sul davanzale le sue prove. Al primo cassiere non restò che scomodarsi per andare fin là. "Quest'uomo è un noto attaccabrighe," disse come spiegazione, "è più alla cassa che in sala macchine. Stia a sentire," disse rivolgendosi al fuochista, "con la sua invadenza sta andando davvero troppo oltre. Quante volte è già stato buttato fuori dall'ufficio stipendi, come lei merita con le sue richieste interamente, pienamente e assolutamente ingiustificate? Quante volte è già venuto di corsa, di là, alla cassa centrale? Quante volte le è già stato detto, con le buone, che Schubal è il suo diretto superiore, il solo con il quale, in quanto sottoposto, lei debba mettersi d'accordo? E adesso viene addirittura qui quando c'è il capitano, non si fa scrupolo di molestare persino lui, anzi non si vergogna nemmeno di portarsi dietro come portavoce ammaestrato delle sue volgari accuse questo ragazzino, che tra l'altro vedo per la prima volta sulla nave!"

Karl si trattenne con uno sforzo dal balzare in avanti. Ma anche il capitano era già là e disse. "Stia a sentire per una volta quest'uomo. Schubal si sta facendo comunque, col tempo, troppo indipendente per i miei gusti, col che, però, non ho detto niente in suo favore." Le ultime parole erano per il fuochista, era più che naturale che non potesse schierarsi subito dalla sua parte, ma tutto sembrava aver preso la strada giusta. Il fuochista cominciò a spiegare e si fece forza all'inizio nominando Schubal con il titolo di "signore". Com'era felice Karl allo scrittoio abbandonato del primo cassiere, dove continuava a schiacciare, per la gran contentezza, una bilancia per la posta. Il signor Schubal è ingiusto! Il signor Schubal preferisce gli stranieri! Il signor Schubal ha mandato il fuochista fuori dalla sala macchine e gli ha fatto pulire i gabinetti, il che non era certo competenza del fuochista! – Una volta venne addirittura messa in dubbio la capacità professionale del signor Schubal, che veniva ritenuta più presunta che reale. A quel punto Karl fissò il capitano con tutta la sua forza, affettuosamente, come se fosse un suo collega, affinché non si lasciasse influenzare a sfavore del fuochista per quel suo modo maldestro di esprimersi. Dai molti discorsi non si capiva comunque nulla di preciso, e sebbene il capitano continuasse a guardare dinanzi a sé, con negli occhi la risolutezza di ascoltare questa volta il fuochista fino in fondo, gli altri signori si fecero impazienti, e ben presto la voce del fuochista cessò di dominare incontrastata nella stanza, il che faceva sorgere qualche timore. Fu per primo il signore in borghese a mettere in azione il suo bastone di bambù picchiandolo, seppur sommessamente, sul parquet. Gli altri signori guardavano naturalmente di qua e di là, i signori della capitaneria di porto, che erano palesemente di fretta, tornarono alle loro carte e ripresero, anche se un po' distratti, a esaminarle, l'ufficiale della nave si accostò di nuovo al suo tavolo e il primo cassiere, che credeva di avere il gioco in mano, sospirò forte per ironia. Solo l'usciere sembrava esente dalla distrazione che stava dilagando, partecipava alle sofferenze del pover uomo posto fra i grandi e, serio, faceva a Karl cenni con la testa, come se volesse dichiarare qualcosa.

Intanto, davanti alle finestre, la vita del porto proseguiva; una piatta nave da trasporto con una montagna di botti, che dovevano esser stivate in maniera mirabile perché non rotolassero giù, passò e quasi oscurò la stanza; piccole barche a motore, che Karl ora, se avesse avuto tempo, avrebbe potuto osservare da vicino, sfrecciavano via diritte seguendo i guizzi delle mani di un uomo in piedi al timone; strani corpi galleggianti affioravano da soli qua e là dall'acqua senza quiete, venivano subito risommersi e affondavano davanti allo sguardo stupefatto; le barche dei transatlantici venivano spinte avanti da marinai che remavano furiosamente ed erano piene di passeggeri che sedevano dentro silenziosi e pieni d'attesa così come erano stati stipati, anche se alcuni non riuscivano a trattenersi dal voltare la testa verso i mutevoli scenari. Un movimento senza fine, un'inquietudine trasmessa dall'elemento inquieto alla gente indifesa e alle sue opere!

Ma mentre tutto esortava alla fretta, alla precisione, all'esatta descrizione, cosa faceva il fuochista? Si scioglieva, parlando, in sudore, ormai da tempo non riusciva più a tenere con le mani tremanti le carte alla finestra; da tutti i punti cardinali gli convergevano addosso lamentele su Schubal, ciascuna delle quali, secondo lui, sarebbe bastata a seppellirlo definitivamente, ma tutto ciò che egli riusciva a esporre al capitano era un triste e vorticoso confondersi di tutte. Già da un pezzo il signore col bastone di bambù fischiettava sommesso verso il soffitto, i signori della capitaneria di porto trattenevano ormai l'ufficiale al loro tavolo e non davano cenni di volerlo lasciar andare, il primo cassiere visibilmente si tratteneva dall'intervenire solo per la calma del capitano, l'usciere aspettava sull'attenti che da un istante all'altro il suo capitano gli desse un ordine relativo al fuochista.

Allora Karl non riuscì più a restare inattivo. Andò lentamente verso il gruppo e camminando rifletté tanto più in fretta come avrebbe potuto affrontare la cosa con la massima abilità. Bisognava davvero agire subito, ancora un attimo ed entrambi avrebbero potuto esser sbattuti fuori dall'ufficio. Il capitano poteva pure essere una brava persona, e inoltre proprio adesso, così sembrò a Karl, pareva avere un motivo particolare per mostrarsi nelle vesti del superiore giusto, ma infine non era uno strumento col quale si potesse operare a proprio piacimento – e proprio così lo trattava il fuochista, certamente dal profondo della sua anima smisuratamente indignata.

Karl disse allora al fuochista: "Deve raccontarlo con maggior semplicità, con maggior chiarezza, il signor capitano non può valutare i fatti, se lei li espone così. Non conosce mica tutti i macchinisti e i fattorini per cognome o addirittura per nome di battesimo da saper subito di chi si tratti, non appena lei ne menziona uno. Metta ordine fra le sue lamentele, dica prima la più importante e poi via via le altre, forse poi la maggioranza risulterà superflua. A me ha sempre spiegato tutto con tanta chiarezza!" Se in America si possono rubare le valigie, si può anche mentire ogni tanto, pensò Karl come scusa.

Se almeno fosse servito a qualcosa! Non era forse troppo tardi? Il fuochista si interruppe sì subito, non appena udì la voce conosciuta, ma, con gli occhi accecati dalle lacrime dell'onore virile offeso, dei terribili ricordi, dell'estrema difficoltà presente, non riusciva già più a riconoscere Karl. E come avrebbe potuto ora – Karl lo comprese tacendo dinanzi al fuochista che ora taceva –, come avrebbe potuto cambiare d'improvviso il suo modo di parlare, ora che gli sembrava di aver già detto tutto quanto c'era da dire senza aver ottenuto il minimo riconoscimento e d'altro canto di non avere ancora detto nulla e di non potere ora imporre a quei signori di ascoltare tutto? E in un momento simile ci si mette anche Karl, l'unico suo seguace: gli vuol dare buoni insegnamenti e invece gli mostra che tutto, tutto è perduto.

"Se fossi venuto prima, invece di guardare dalla finestra," si disse Karl, chinò il viso davanti al fuochista e si batté le mani lungo i fianchi, a segnalare la fine di ogni speranza.

Ma il fuochista lo fraintese, intuì forse in Karl qualche segreto rimprovero contro se stesso e, con il buon intento di fargli cambiare idea, cominciò ora, a coronamento delle sue gesta, a litigare con lui. A litigare proprio ora che i signori al tavolo rotondo erano, da un pezzo, indignati per tutto quell'inutile rumore che disturbava il loro importante lavoro, ora che il primo cassiere cominciava a trovare incomprensibile la pazienza del capitano ed era molto vicino a esplodere, ora che l'usciere, di nuovo interamente nella sfera dei suoi padroni, squadrava il fuochista con sguardi selvaggi, ora che infine il signore col bastone di bambù, verso il quale persino il capitano volgeva di quando in quando uno sguardo cordiale, già completamente indifferente al fuochista, anzi disgustato di lui, aveva tirato fuori un piccolo quaderno per appunti e, evidentemente occupato in tutt'altra faccenda, lasciava vagare lo sguardo avanti e indietro fra il quaderno e Karl.

"Lo so, lo so," diceva Karl, che faticava a respingere l'impeto del fuochista, ora diretto contro di lui, ma che riuscì a conservare per lui, nel corso di tutta la lite, un sorriso da amico, "lei ha ragione, ragione, di questo non ho mai dubitato." Per timore dei colpi gli avrebbe volentieri tenuto ferme le mani vaganti all'intorno, ma ancor più volentieri lo avrebbe spinto in un angolo per sussurrargli un paio di sommesse, tranquillizzanti parole che nessun altro doveva sentire. Ma il fuochista era fuori di sé. Karl cominciò addirittura a trarre una sorta di conforto dal pensiero che in caso di necessità il fuochista con la forza della disperazione avrebbe potuto vincere tutti i sette uomini presenti. In effetti c'era sullo scrittoio, come uno sguardo in quella direzione subito rivelò, un rialzo con numerosissimi pulsanti dell'impianto elettrico; e una mano, semplicemente abbassata su di essi, avrebbe potuto far insorgere l'intera nave con tutti i suoi corridoi pieni di gente ostile.

In quel momento il signore col bastone di bambù, apparentemente così disinteressato, avanzò verso Karl e chiese, non troppo forte, ma distintamente sopra le urla del fuochista: "Ma lei come si chiama?" Nello stesso istante, come se qualcuno, fuori della porta, avesse atteso quelle parole, bussarono. L'usciere guardò verso il capitano, questi annuì. L'usciere andò alla porta e l'aperse. Fuori, in una vecchia giacca a code, c'era un uomo di corporatura media, che a giudicare dall'aspetto non pareva davvero adatto al lavoro alle macchine, e invece era – Schubal. Se Karl non l'avesse capito dagli sguardi di tutti, che esprimevano una certa soddisfazione, dalla quale non era esente neppure il capitano, con suo terrore avrebbe dovuto vederlo nel fuochista, che, con le braccia tese, stringeva i pugni in maniera tale da far credere che quella stretta fosse la cosa principale in lui, alla quale sarebbe stato disposto a sacrificare tutto ciò che aveva nella vita. Lì riposava ora tutta la sua forza, anche quella che ancora lo teneva in piedi.

E là era dunque il nemico, disinvolto e riposato nel vestito della festa, un registro sotto il braccio, probabilmente i ruolini di paga e i certificati di lavoro del fuochista, e, con l'aperta ammissione di voler verificare innanzi tutto lo stato d'animo dei presenti, guardò tutti, uno dopo l'altro, negli occhi. E i sette erano già tutti suoi amici, perché, se prima il capitano aveva avuto, o forse solo simulato, certe riserve nei suoi confronti, ora, dopo le noie che il fuochista gli aveva cagionato, anche lui trovava probabilmente che su Schubal non ci fosse assolutamente nulla da ridire. Contro un uomo come il fuochista i provvedimenti non erano mai abbastanza severi e se a Schubal si doveva rimproverare qualcosa, era di non aver saputo spezzare, nel corso del tempo, la riottosità del fuochista, tanto che questi aveva osato, oggi, comparire dinanzi al capitano.

Ora si poteva forse ancora presumere che la contrapposizione fra il fuochista e Schubal non avrebbe mancato di produrre anche dinanzi a quegli uomini l'effetto che avrebbe avuto davanti a un tribunale superiore, perché, anche se Schubal era capace di fingere, non era detto che riuscisse a sostenere la sua parte fino alla fine. Un breve saettare della sua malvagità sarebbe bastato per renderla visibile ai signori, a questo avrebbe pensato Karl. Conosceva ormai superficialmente l'intelligenza, le debolezze, gli umori dei singoli signori, e da questo punto di vista il tempo trascorso lì finora non era perduto. Se soltanto il fuochista fosse stato più saldo al suo posto, ma lui non sembrava assolutamente in grado di combattere. Se gli avessero messo davanti Schubal, gli avrebbe pestato coi pugni il cranio tanto odiato. Ma a stento riusciva a far due passi verso di lui. Perché Karl non aveva previsto ciò che era così facilmente prevedibile, il fatto che Schubal sarebbe infine arrivato, se non per sua iniziativa, almeno chiamato dal capitano? Perché arrivando non aveva discusso con il fuochista un preciso piano di guerra, anziché, come invece avevano fatto, entrare semplicemente, irrimediabilmente impreparati, là dove c'era una porta? E il fuochista era ancora in grado di parlare, dire sì o no, come sarebbe stato necessario nell'interrogatorio che, peraltro, si sarebbe tenuto solo nel migliore dei casi? Se ne stava là, le gambe divaricate, le ginocchia incerte, il capo un poco rialzato, e l'aria gli andava avanti e indietro dalla bocca aperta come se dentro non ci fossero più polmoni ad accoglierla.

Ma Karl si sentiva così pieno di forze e così lucido come forse a casa non era mai stato. Se almeno i suoi genitori avessero potuto vederlo combattere per il bene in terra straniera, davanti a personalità di rilievo e, anche se non era ancora riuscito a giungere alla vittoria, apprestarsi tuttavia all'ultima battaglia! Avrebbero modificato la loro opinione su di lui? Lo avrebbero fatto sedere in mezzo a loro per lodarlo? Lo avrebbero mai guardato una volta, una volta sola, negli occhi, a loro tanto devoti? Domande incerte, poste nel momento meno opportuno!

"Sono venuto perché credo che il fuochista mi accusi di qualche disonestà. Una delle ragazze della cucina mi ha detto di averlo visto mentre veniva qui. Signor capitano, signori, sono pronto a confutare ogni accusa presentando i miei documenti e servendomi all'occorrenza delle dichiarazioni di testimoni imparziali e non influenzati, che sono qui fuori della porta." Così parlò Schubal. Erano indubbiamente le chiare parole di un uomo, e a giudicare dai cambiamenti sui volti degli ascoltatori si sarebbe potuto credere che per la prima volta dopo tanto tempo ascoltassero di nuovo suoni umani. Non si accorsero però che anche quel bel discorso presentava delle lacune. Perché la prima parola obiettiva che gli veniva in mente era "disonestà"? Forse che le accuse si sarebbero dovute concentrare su quel punto, anziché sui suoi pregiudizi nazionali? Una delle ragazze della cucina aveva visto il fuochista andare verso l'ufficio e Schubal aveva subito capito? Non era per caso la consapevolezza di essere in colpa che gli aguzzava l'ingegno? E s'era anche portato dei testimoni, che oltre tutto definiva imparziali e non influenzati? Era un farabutto, null'altro che un farabutto. E quei signori tolleravano questo e lo consideravano per giunta un comportamento corretto? Perché aveva lasciato che tanto tempo intercorresse fra l'avviso della ragazza e il suo arrivo qui? Ma certo, con l'unico scopo di lasciare che il fuochista stancasse tanto quei signori da far loro perdere la lucida capacità di giudizio, che era la cosa da cui Schubal aveva più da temere. Non aveva forse atteso, per bussare, dopo essere rimasto a lungo dietro la porta, proprio il momento in cui aveva potuto sperare, a seguito dell'incidentale domanda di quel signore, che il fuochista fosse liquidato?

Tutto era chiaro e anche Schubal, contro la sua stessa volontà, lo presentava così, ma a quei signori bisognava mostrarlo in altro modo, ancor più concretamente. Avevano bisogno di essere scossi. Forza, Karl, affrettati, sfrutta almeno ora il tempo, prima che i testimoni entrino e sommergano ogni cosa!

Ma proprio allora il capitano fece cenno a Schubal di interrompersi, e Schubal si fece subito da parte – perché la sua faccenda sembrava essere rimandata di qualche tempo – e cominciò una sommessa conversazione con l'usciere, che subito gli si era avvicinato, durante la quale non mancarono sguardi obliqui verso il fuochista e Karl, come pure convintissimi gesti delle mani. Schubal sembrava prepararsi al suo prossimo grande discorso.

"Non voleva chiedere qualcosa a quel ragazzo, signor Jakob?" disse il capitano nel silenzio generale, rivolto al signore col bastone di bambù.

"Certo," disse questi, ringraziando per la gentilezza con un lieve inchino. Poi ripeté a Karl la sua domanda: "Ma lei come si chiama?"

Karl, nella convinzione che fosse nell'interesse della questione principale che egli liquidasse in fretta quel contrattempo dell'ostinato inquisitore, rispose brevemente, senza presentarsi come d'abitudine esibendo il passaporto, che avrebbe dovuto cercare: "Karl Roßmann."

"Ma," disse l'uomo che era stato interpellato con il nome Jakob e fece un passo indietro, sorridendo quasi incredulo. Anche il capitano, il primo cassiere, l'ufficiale, anzi persino l'usciere mostrarono chiaramente un esagerato stupore a causa del nome di Karl. Solo i signori della capitaneria di porto e Schubal mantennero un contegno indifferente.

"Ma," ripeté il signor Jakob e avanzò verso Karl con passi un poco rigidi, "allora io sono tuo zio Jakob e tu sei il mio caro nipote. Ne ho avuto l'intuizione per tutto il tempo!" disse rivolto al capitano, prima di abbracciare e baciare Karl, che rimase immobile e muto.

"Come si chiama?" chiese Karl dopo che sentì sciogliersi l'abbraccio, in tono cortese ma del tutto distaccato, e si sforzò di prevedere le conseguenze che quel nuovo avvenimento avrebbe potuto avere per il fuochista. Per il momento nulla rivelava che Schubal avrebbe potuto trarre giovamento da quella circostanza.

"Giovanotto, cerchi di rendersi conto della sua fortuna," disse il capitano che credette offesa dalla domanda di Karl la dignità della persona del signor Jakob, il quale si era messo alla finestra, evidentemente per non dover mostrare agli altri il volto agitato, che s'asciugava inoltre con un fazzoletto. "È il senatore Edward Jakob che si è dichiarato a lei come suo zio. L'attende ormai, certamente contro le attese che ha nutrito finora, una brillante carriera. Cerchi di capirlo, per quanto sia possibile in un primo momento, e si ricomponga!"

"Ho effettivamente uno zio Jakob in America," disse Karl rivolto al capitano, "ma se ho capito bene Jakob è solo il cognome del senatore."

"È così," disse il capitano pieno di aspettativa.

"Bene, mio zio Jakob, che è il fratello di mia madre, si chiama invece Jakob di nome, mentre di cognome dovrebbe naturalmente essere uguale a quello di mia madre, che da ragazza di chiamava Bendelmayer."

"Signori miei!" esclamò il senatore, tornando rinfrancato dal suo posto alla finestra, riferendosi alla spiegazione di Karl. Tutti, a eccezione dei funzionari della capitaneria, scoppiarono a ridere, alcuni come commossi, altri in maniera impenetrabile.

"Non era mica ridicolo, quel che ho detto," pensò Karl.

"Signori miei," ripeté il senatore, "contro la mia e contro la vostra volontà state prendendo parte a una piccola scena familiare, e quindi non posso fare a meno di darvi una spiegazione, perché credo che solo il capitano" – questa menzione ebbe come conseguenza un reciproco inchino – "sia al corrente di tutto."

"Adesso debbo davvero fare attenzione a ogni parola," si disse Karl e si rallegrò nel notare, guardando di lato, che un po' di vita cominciava a rifluire nella figura del fuochista.

"In tutti i lunghi anni del mio soggiorno americano – il termine soggiorno è però poco adatto per il cittadino americano che sono con tutta l'anima – in tutti questi lunghi anni, dunque, ho vissuto completamente separato dai miei parenti europei, per ragioni che, in primo luogo, non c'entrano, e che, in secondo luogo, mi turberebbe davvero troppo esporre. Ho persino timore del momento in cui sarò forse costretto a raccontarle al mio caro nipote, dove purtroppo sarà impossibile evitare un giudizio franco sui suoi genitori e su tutta la cerchia familiare."

"È mio zio, non c'è dubbio," si disse Karl e tese l'orecchio, "probabilmente ha fatto cambiare il suo nome."

"Il mio caro nipote è stato semplicemente buttato fuori dai suoi genitori – diciamo pure le parole che realmente definiscono la circostanza – come un gatto che si sbatte fuori della porta quando dà fastidio. Non voglio certo giustificare quel che mio nipote ha fatto per essere punito in tal modo, ma la sua colpa è tale che basta nominarla ed è subito scusata."

"Fa piacere sentirlo," pensò Karl, "ma non voglio che lo racconti a tutti. E del resto non può neanche saperlo. E come potrebbe?"

"È stato infatti," proseguì lo zio e, piegandosi piano piano, s'appoggiò al bastone di bambù puntato dinanzi a lui, riuscendo così a togliere alla faccenda l'inutile solennità che avrebbe altrimenti avuto, "è stato infatti sedotto da una domestica, Johanna Brummer, di circa 35 anni. Con la parola 'sedotto' non voglio minimamente offendere mio nipote, ma è difficile trovarne un'altra che sia più adatta."

Karl, che si era già avvicinato di molto allo zio, si voltò a questo punto, per leggere sui volti dei presenti l'impressione prodotta dal racconto. Nessuno rideva, tutti ascoltavano pazienti e seri. In fondo non si ride del nipote di un senatore alla prima occasione che si presenta. Piuttosto si sarebbe potuto dire che il fuochista, anche se appena appena, sorridesse un poco a Karl, cosa che era innanzi tutto piacevole come nuovo segno di vita e in secondo luogo scusabile, visto che Karl nella cabina aveva voluto tener particolarmente segreta questa cosa che ora veniva resa pubblica.

"Ora questa Brummer," proseguì lo zio, "ha avuto un bambino da mio nipote, un maschietto sano, che è stato battezzato Jakob, indubbiamente pensando alla mia modesta persona, la quale deve aver fatto una grande impressione alla ragazza, anche solo per gli accenni certamente fuggevoli di mio nipote. Per fortuna, dico io. Perché i genitori, per evitare il pagamento degli alimenti o altro genere di scandalo che avesse potuto toccarli – sottolineo che non conosco né le leggi che vigono là né la situazione dei genitori –, i genitori, per evitare il pagamento degli alimenti e lo scandalo, hanno fatto trasportare in America il figlio, il mio caro nipote, con un equipaggiamento, come si vede, irresponsabilmente scarso; e il ragazzo, senza i simboli e i miracoli che avvengono ormai soltanto in America, abbandonato a se stesso, sarebbe probabilmente finito subito nei guai in un vicolo del porto di New York, se quella domestica, in una lettera a me indirizzata, che mi è giunta l'altro ieri dopo lunghe peripezie, non mi avesse comunicato tutta la storia insieme con la descrizione di mio nipote e, saggiamente, anche il nome della nave. Se ci tenessi a divertirvi, signori, potrei leggervi alcuni passi di quella lettera" – e trasse di tasca, sventolandoli, due giganteschi fogli coperti di fitta scrittura. "Farebbe certamente effetto, perché è scritta con una furbizia un poco semplice ma sempre in buona fede, e con molto amore per il padre del bambino. Ma non voglio né intrattenervi più di quanto non sia necessario alla spiegazione, né ferire forse, proprio all'accoglienza, i sentimenti probabilmente ancora vivi di mio nipote, che, se vorrà, potrà leggersi la lettera, per sua informazione, nel silenzio della camera che già lo aspetta."

Ma Karl non aveva sentimenti per quella ragazza. Nella confusione di un passato che s'allontanava sempre più la vide in cucina accanto alla credenza, sul cui piano ella appoggiava i gomiti. Lo guardava mentre lui entrava e usciva dalla cucina, per prendere un bicchier d'acqua per suo padre o per fare una commissione per sua madre. A volte, in una posizione contorta a fianco della credenza, scriveva una lettera e traeva ispirazione dal volto di Karl. A volte si copriva gli occhi con la mano, e allora non c'era parola che le giungesse. A volte si inginocchiava nella sua stretta stanzetta accanto alla cucina e pregava davanti a una croce di legno; e allora Karl la osservava con timore, passando, dallo spiraglio della porta semiaperta. A volte correva per la cucina e si ritraeva, ridendo come una strega, quando Karl la incrociava. A volte chiudeva la porta della cucina dopo che Karl era entrato e teneva in mano la maniglia finché Karl non chiedeva di uscire. A volte prendeva cose che egli non voleva avere affatto e, muta, gliele metteva in mano. Ma una volta disse "Karl" e lo portò, mentre lui ancora si stupiva dell'inattesa apostrofe, sospirando e contorcendo il viso, nella sua stanzetta, che chiuse a chiave. Col respiro che le mancava, gli mise le braccia al collo e mentre lo pregava di svestirla, svestì lui davvero e lo mise nel suo letto, come se non volesse, d'ora in poi, lasciarlo più a nessuno e volesse accarezzarlo e curarlo fino alla fine dei giorni. "Karl, oh Karl!" diceva, come se lo vedesse e confermasse a se stessa il proprio possesso, mentre lui non vedeva niente e si sentiva a disagio fra le molte, calde coperte che ella sembrava aver ammucchiato apposta per lui. Poi gli si distese accanto e volle che lui le raccontasse chissà quali segreti, ma egli non seppe dirgliene ed ella si arrabbiò per scherzo o sul serio, lo scosse, ascoltò il suo cuore, gli offrì il seno perché anch'egli ascoltasse, senza però indurre Karl a farlo, premette il ventre nudo contro il suo corpo, cercò con la mano – in maniera così ripugnante che Karl sollevò, scuotendoli, la testa e il collo dai cuscini – fra le su gambe, spinse poi più volte il ventre contro di lui, gli sembrò che ella fosse una parte di lui, e forse per questo lo assalì uno spaventoso bisogno d'aiuto. Finalmente, dopo molti arrivederci da parte di lei, era tornato piangendo nel suo letto. Era stato tutto qui, eppure lo zio sapeva farne una grande storia. E dunque la cuoca aveva pensato anche a lui e aveva avvertito lo zio del suo arrivo. Era stato bello da parte sua e lui avrebbe cercato, un giorno, di ricompensarla.

"E ora," esclamò il senatore, "voglio sentire apertamente da te se sono tuo zio oppure no."

"Sei mio zio," disse Karl, gli baciò le mani e ricevette a sua volta un bacio in fronte. "Sono felice di averti incontrato, ma ti sbagli se credi che i miei genitori parlino solo male di te. Ma anche a prescindere da questo ci sono nel tuo discorso alcuni errori, ossia, credo che le cose in realtà non siano andate così. Ma da qui non puoi davvero giudicare le cose con esattezza, e credo inoltre che non sarà un danno particolare se i signori non saranno ben informati dei dettagli di una questione che davvero non può interessarli molto."

"Ben detto," disse il senatore, condusse Karl davanti al capitano, che visibilmente aveva a cuore la cosa, e chiese: "Non ho un magnifico nipote?"

"Mi rallegro," disse il capitano con un inchino di quelli che sanno fare soltanto le persone con istruzione militare, "di aver fatto la conoscenza, signor senatore, di suo nipote. È un onore per la mia nave essere stata il luogo di un tale incontro. Ma la traversata sotto coperta dev'esser stata dura, già, come si fa a sapere chi venga trasportato. Be', noi facciamo il possibile per rendere il meno disagevole possibile la traversata alla gente sotto coperta, assai più, per esempio, di quanto non facciano le linee americane, ma a trasformare in un piacere una tale traversata non siamo ancora riusciti."

"Non mi ha fatto male," disse Karl.

"Non gli ha fatto male!" ripeté il senatore ridendo fragorosamente.

"Solo, la mia valigia, temo di aver..." e con questo si ricordò di tutto quello che era accaduto e che ancora restava da fare, si guardò intorno e vide che tutti i presenti restavano al loro posto muti di rispetto e di stupore, con gli occhi puntati su di lui. Solo i funzionari della capitaneria lasciavano trasparire, per quanto lo consentissero i loro volti severi e soddisfatti di sé, il rammarico di essere giunti in un momento così inopportuno, e l'orologio da tasca, che ora avevano dinanzi a sé sul tavolo, era per loro probabilmente più importante di tutto ciò che accadeva nella stanza e forse poteva ancora verificarsi.

Il primo a esprimere, dopo il capitano, la sua partecipazione, fu stranamente il fuochista. "Mi congratulo di cuore," disse e strinse a Karl la mano, col che voleva esprimere anche qualcosa di simile alla stima. Quando poi si accinse a rivolgersi con le medesime parole al senatore, questi si ritrasse, come se il fuochista valicasse con ciò i confini dei suoi diritti; e il fuochista desistette subito.

Ma gli altri adesso compresero cosa c'era da fare e subito si affollarono, in una gran confusione, attorno a Karl e al senatore. Accadde così che Karl ricevesse persino le congratulazioni di Schubal, e lo ringraziasse. Per ultimi, dopo ch'era tornato il silenzio, si aggiunsero i funzionari della capitaneria e dissero qualche parola in inglese, producendo un effetto comico.

Il senatore era ora dell'umore giusto per assaporare interamente il piacere di riportare alla memoria, a se stesso e agli altri, particolari secondari, il che naturalmente venne non solo tollerato, ma anzi accolto da tutti con interesse. Così fece osservare di essersi annotato nel taccuino i principali segni di riconoscimento di Karl che la cuoca menzionava nella sua lettera, per usarli nel momento in cui probabilmente si sarebbero resi necessari. Durante le insopportabili chiacchiere del fuochista, poi, con l'unico scopo di distrarsi, aveva estratto il taccuino e aveva cercato per gioco di collegare le osservazioni della cuoca, non certo esatte come quelle di un detective, con l'aspetto di Karl. "E così si trova il proprio nipote!" concluse con un tono come se volesse nuove congratulazioni.

"Cosa accadrà ora al fuochista?" chiese Karl ignorando l'ultimo racconto dello zio. Nella sua nuova posizione credeva di poter esprimere tutto quello che pensava.

"Al fuochista accadrà quel che merita," disse il senatore, "e quel che il capitano ritiene giusto. Credo che del fuochista ne abbiamo abbastanza e più che abbastanza, ciascuno dei signori presenti vorrà sicuramente convenirne."

"Non è questo che importa, in una questione di giustizia," disse Karl. Stava fra lo zio e il capitano e, forse influenzato da quella posizione, credeva di avere la decisione in mano.

E tuttavia il fuochista non sembrava sperare più niente per sé. Teneva le mani mezzo affondate nella cintura dei calzoni che, in seguito ai suoi movimenti concitati, aveva fatto capolino insieme a una striscia di camicia a disegni. Il che non lo preoccupava minimamente; aveva lamentato tutto il suo dolore, e ora gli altri potevano vedere pure i pochi stracci che aveva addosso, prima di portarlo via. Pensò che sarebbero stati l'inserviente e Schubal, i due di rango più basso, a fargli quell'ultima cortesia. Poi Schubal sarebbe stato in pace e non si sarebbe mai più disperato, come il primo cassiere s'era espresso. Il capitano avrebbe potuto assumere solo rumeni, dappertutto si sarebbe parlato rumeno, e forse sarebbe andato tutto bene. Nessun fuochista avrebbe più dato fastidio alla cassa principale, solo le sue ultime chiacchiere sarebbero rimaste come un ricordo abbastanza gentile, perché la vicenda, come il senatore aveva esplicitamente dichiarato, aveva fornito l'occasione indiretta per il riconoscimento del nipote. Quel nipote del resto aveva più volte cercato di aiutarlo e s'era dunque sdebitato più che a sufficienza, con molto anticipo, per i servizi da lui resi alla causa del riconoscimento; al fuochista non veniva certo in mente di pretendere altro. Del resto, per quanto fosse il nipote di un senatore, non era certo un capitano, ma era per bocca del capitano che la sentenza sarebbe infine stata pronunciata. – Coerente con i suoi pensieri, il fuochista cercò di non guardare verso Karl, ma purtroppo in quella stanza di nemici non restava ai suoi occhi altra possibilità di sosta.

"Non fraintendere la situazione," disse il senatore a Karl, "si tratta forse di una questione di giustizia, ma anche di una questione di disciplina. Entrambe le cose, e soprattutto la seconda, sono sottoposte al giudizio del signor capitano."

"È così," mormorò il fuochista. Chi lo notò e lo comprese, sorrise stupito.

"E inoltre abbiamo già tanto ostacolato il capitano nei suoi affari d'ufficio, che di certo si accumulano incredibilmente proprio all'arrivo a New York, che è tempo per noi di lasciare la nave, per non trasformare oltre tutto, immischiandoci senza ragione, questa minuscola lite fra macchinisti in un evento. Comprendo perfettamente il tuo modo d'agire, caro nipote, ma proprio questo mi dà il diritto di portarti via di qui con la massima fretta."

"Farò subito liberare una barca per lei," disse il capitano, senza sollevare, con sorpresa di Karl, la benché minima obiezione alle parole dello zio, che indubbiamente potevano essere viste come un'umiliazione che lo zio avesse imposto a se stesso. Il primo cassiere corse precipitosamente alla scrivania e per telefono trasmise al responsabile delle barche l'ordine del capitano.

"Il tempo stringe," si disse Karl, "ma non posso far nulla senza offendere tutti. Non posso lasciare adesso lo zio, dopo che mi ha appena ritrovato. Il capitano è senz'altro cortese, ma nulla di più. La sua cortesia si ferma là dove inizia la disciplina, e lo zio gli ha sicuramente letto nel pensiero. Con Schubal non voglio parlare, mi dispiace persino di avergli stretto la mano. E tutti gli altri non contano niente."

E lentamente, assorto in tali pensieri, andò verso il fuochista, gli trasse la mano destra dalla cintura e la tenne giocando nella sua. "Perché non dici nulla?" chiese. "Perché accetti tutto?"

Il fuochista si limitò ad aggrottare la fronte, come cercando le parole per quel che aveva da dire. Per il resto teneva gli occhi abbassati sulla mano di Karl e sulla sua.

"Ti hanno fatto un torto, come a nessun altro sulla nave, lo so bene." E Karl mosse le dita fra le dita del fuochista, che si guardava attorno con occhi lucenti, come se provasse una voluttà che però nessuno poteva rimproverargli.

"Ma tu devi difenderti, dire sì o no, altrimenti questa gente non avrà idea della verità. Mi devi promettere che mi ubbidirai, perché io, come temo con buone ragioni, non potrò aiutarti più." E ora Karl piangeva, baciando la mano del fuochista, e prese poi quella mano screpolata, quasi senza vita, per premerla alla guancia, come un tesoro che si è costretti ad abbandonare. – Ma al suo fianco era già lo zio senatore e lo trasse via, sia pure con una costrizione leggera.

"Il fuochista sembra averti incantato," disse, lanciando al capitano, sopra la testa di Karl, uno sguardo eloquente. "Ti sei sentito abbandonato, hai trovato il fuochista e ora gli sei riconoscente. È un sentimento lodevole. Ma, almeno per amor mio, non esagerare e impara a comprendere la tua posizione."

Fuori della porta si produsse uno strepito, si sentirono delle grida e sembrò quasi che qualcuno venisse spinto brutalmente contro il battente. Un marinaio, dall'aspetto arruffato, entrò con addosso un grembiule da ragazza. "C'è gente, fuori," disse e agitò un'ultima volta il gomito, come se fosse ancora nella ressa. Infine si riebbe e cercò di mettersi sull'attenti dinanzi al capitano, notò allora il grembiule, se lo strappò di dosso, lo gettò a terra e disse: "È disgustoso, mi hanno messo un grembiule da ragazza." Ma poi batté i tacchi e scattò sull'attenti. Qualcuno cercò di ridere, ma il capitano disse severo: "Questo sì che mi sembra buon umore. Chi c'è, là fuori?"

"Sono i miei testimoni," disse Schubal avanzando d'un passo, "chiedo umilmente scusa per il loro contegno sconveniente. Quando gli uomini sono al termine del viaggio, a volte sono come pazzi."

"Li faccia entrare!" ordinò il capitano e voltandosi subito verso il senatore parlò cortesemente ma in fretta. "Abbia ora la bontà, egregio senatore, di seguire con suo nipote questo marinaio che la porterà alla barca. Non occorre che le dica, senatore, quale piacere e quale onore mi abbia procurato fare la sua conoscenza. Spero solo di avere presto occasione, senatore, di poter un giorno riprendere con lei il colloquio, oggi interrotto, sulla situazione della flotta americana e di poter forse essere di nuovo interrotti in maniera così piacevole come oggi."

"Per il momento mi basta quest'unico nipote," disse lo zio ridendo. "E ora grazie infinite per la sua gentilezza, e auguri. Del resto non è poi troppo impossibile che noi" – strinse Karl a sé, di cuore – "nel nostro prossimo viaggio in Europa ci incontreremo con lei per un tempo maggiore."

"Ne sarei davvero felice," disse il capitano. I due uomini si strinsero la mano, Karl riuscì solo a porgere muto e in fretta la mano al capitano, perché questi era già occupato con i circa quindici uomini che, sotto la guida di Schubal, un poco intimiditi, ma pur sempre molto chiassosi, stavano entrando. Il marinaio chiese al senatore il permesso di precederli, e tagliò poi la folla per lui e Karl, che passarono facilmente fra gli uomini che si inchinavano. Sembrava che quella gente, del resto di animo buono, prendesse la lite fra Schubal e il fuochista come uno scherzo, il cui lato comico non veniva meno neppure davanti al capitano. Fra loro Karl notò anche la sguattera Line, la quale, ammiccando divertita verso di lui, si stava mettendo il grembiule gettato via dal marinaio, perché era il suo.

Sempre seguendo il marinaio uscirono dall'ufficio e svoltarono in un piccolo corridoio, che dopo qualche passo li condusse a una porticina, dalla quale una breve scala portava alla barca che era stata preparata per loro. I marinai sulla barca, dentro la quale la loro guida subito saltò con una sola frase, si alzarono e si misero sull'attenti. Il senatore stava esortando Karl a scendere con prudenza, quando Karl, ancora sul primo gradino scoppiò in un pianto convulso. Il senatore gli mise la mano destra sotto il mento, lo strinse a sé e lo accarezzò con la mano sinistra. Così scesero gradino per gradino ed entrarono stretti l'uno all'altro nella barca, dove il senatore scelse per Karl un buon posto proprio di fronte a sé. A un cenno del senatore i marinai si scostarono dalla nave e subito presero a remare con forza. Non appena si furono allontanati di qualche metro dalla nave, Karl fece l'inaspettata scoperta che si trovavano in quel momento su quel lato su cui si aprivano le finestre della cassa principale. Tutte e tre le finestre erano occupate da testimoni di Schubal, che salutavano e facevano cenni con grandissima gentilezza; persino lo zio ringraziò, e un marinaio, senza interrompere i regolari colpi di remo, fece l'acrobazia di mandare un bacio con la mano. Era davvero come se il fuochista non ci fosse più. Karl fissò lo zio, contro le cui ginocchia quasi urtavano le sue, con maggior attenzione, e dubitò che quell'uomo avrebbe mai potuto sostituire il fuochista. E lo zio evitò il suo sguardo e fissò le onde che lambivano la barca.

LA METAMORFOSI

I

Quando Gregor Samsa si svegliò una mattina da sogni inquieti, si trovò trasformato nel suo letto in un immenso insetto. Era disteso sul dorso duro come una corazza e, se sollevava un poco il capo, scorgeva il proprio ventre convesso, bruno, diviso da indurimenti arcuati, sulla cui sommità la coperta, sul punto di scivolare del tutto, si tratteneva ancora a stento. Le numerose zampe, miserevolmente sottili in confronto alle dimensioni del corpo, gli tremolavano incerte dinanzi agli occhi.

"Cosa mi è successo?" pensò. Non era un sogno. La sua stanza, una vera stanza da essere umano, soltanto un po' piccola, stava tranquilla fra le quattro familiari pareti. Sopra il tavolo – sul quale, tolto dalla sua valigetta, era sparso un campionario di tessuti (Samsa era commesso viaggiatore) – era appeso un ritratto che di recente egli aveva ritagliato da una rivista illustrata e messo in una graziosa cornice dorata. Raffigurava una signora che, in cappello e stola di pelliccia, sedeva eretta e tendeva all'osservatore un pesante manicotto di pelliccia in cui era scomparso l'intero avambraccio.

Lo sguardo di Gregor si volse poi alla finestra, e il cattivo tempo – si sentivano le gocce di pioggia battere sul davanzale – lo immalinconì. "Forse sarebbe meglio ch'io dormissi ancora un poco e dimenticassi tutte queste sciocchezze," pensò, ma era un proposito irrealizzabile, perché era abituato a dormire sul fianco destro, e nel suo stato attuale non riusciva a mettersi in quella posizione. Sebbene si gettasse con tutta la sua forza sul lato destro, ricadeva sempre, dondolando, sul dorso. Provò infinite volte, chiuse gli occhi per non vedere il dimenarsi delle zampe e desisté solo quando cominciò ad avvertire nel fianco un dolore mai sentito, leggero e sordo.

"Oh Dio," pensò, "che mestiere faticoso mi sono scelto! Ogni giorno in viaggio. Le preoccupazioni professionali sono assai maggiori che stando a casa in ditta, e in più mi è inflitto questo tormento del viaggiare, l'affanno per le coincidenze dei treni, i pasti irregolari e scadenti, rapporti umani sempre mutevoli, mai duraturi, mai cordiali. Che vada tutto al diavolo!" Avvertì un leggero prurito in alto sul ventre; si spinse lentamente sul dorso verso il capezzale per poter alzare meglio il capo; trovò la zona che prudeva, tutta coperta di puntolini bianchi che non seppe spiegarsi; e cercò di tastarla con una zampa, ma la ritirò subito, perché al contatto fu avvolto da brividi di freddo.

Scivolò di nuovo nella posizione di prima. "Questo alzarsi presto," pensò, "fa diventare idioti. Tutti devono poter dormire abbastanza. Ci sono commessi viaggiatori che vivono come le donne di un harem. Quando per esempio torno in albergo nel corso della mattinata per trascrivere le ordinazioni ricevute, quei signori stanno ancora al tavolo della prima colazione. Dovrei provarci con il mio principale; mi licenzierebbe in tronco. Ma chissà, forse sarebbe un bene per me. Se non mi trattenessi a causa dei miei genitori, mi sarei licenziato da tempo, sarei andato dal principale e gli avrei detto chiaro e tondo come la penso. Sarebbe caduto dalla scrivania! È uno strano modo di fare, sedersi sulla scrivania e parlare di lassù agli impiegati, che per di più, siccome il capo è sordo, debbono farglisi proprio sotto per rispondere. Bene, non tutte le speranze son perdute, non appena ho messo insieme i soldi per pagargli il debito dei miei genitori – ci vorranno ancora cinque o sei anni –, lo faccio di sicuro. Allora ci sarà un bel taglio netto. Per il momento però debbo alzarmi, perché il mio treno parte alle cinque."

E guardò la sveglia che ticchettava sul comò. "Dio del cielo!" pensò. Erano le sei e mezzo, e le lancette procedevano tranquille, era addirittura la mezza passata, era già quasi il quarto. Che la sveglia non avesse suonato? Dal letto si vedeva che era puntata sulle quattro; di sicuro aveva suonato. Sì, ma era possibile non sentire, continuando tranquillamente a dormire, quella suoneria che faceva tremare i mobili? Be', tranquillo non aveva dormito, ma probabilmente tanto più profondamente. Ma adesso cosa doveva fare? Il prossimo treno partiva alle sette; per prenderlo si sarebbe dovuto affrettare come un pazzo, e il campionario non era ancora pronto, e lui non si sentiva per niente riposato e sciolto. E anche se avesse preso il treno, sarebbe stato impossibile evitare la collera del principale, perché il fattorino della ditta aveva aspettato al treno delle cinque e da tempo ormai aveva comunicato quella sua mancanza. Era una creatura del principale, senza spina dorsale e senza cervello. E darsi ammalato? Sarebbe stato estremamente spiacevole e sospetto, perché nei suoi cinque anni di servizio Gregor non si era ammalato neanche una volta. Sicuramente il principale sarebbe venuto con il medico della mutua, avrebbe rimproverato i genitori per quel figlio così pigro, e avrebbe respinto tutte le obiezioni rinviando al parere del medico della mutua, per il quale esistono comunque solo persone sane, ma senza voglia di lavorare. E in questo caso, del resto, aveva proprio torto? A parte una sonnolenza davvero incomprensibile dopo un sonno così lungo, Gregor si sentiva infatti benissimo e aveva persino una gran fame.

Mentre rifletteva in tutta fretta, senza risolversi a scendere dal letto – in quel momento la sveglia batté le sette meno un quarto – bussarono con cautela alla porta a capo del letto. "Gregor," disse qualcuno (era la madre), "sono le sette meno un quarto. Non volevi partire?" Oh, la dolce voce! Gregor si spaventò nel sentirsi rispondere, con una voce che era inconfondibilmente la sua di prima, nella quale però, come salendo dal basso, si mischiava un doloroso e insopprimibile pigolio, che solo in un primo momento, letteralmente, lasciava le parole nella loro nitidezza, per poi distruggerle nell'eco in maniera tale che si dubitava di aver sentito bene. Gregor voleva rispondere esaurientemente e spiegare tutto, ma in queste circostanze si limitò a dire: "Sì, sì, grazie mamma, mi alzo subito." Per via della porta di legno, evidentemente, da fuori non si notava il cambiamento nella voce di Gregor, perché la madre si tranquillizzò a quella spiegazione e si allontanò strascicando i piedi. Ma quel breve colloquio aveva attirato l'attenzione degli altri membri della famiglia sul fatto che Gregor, contro le aspettative, era ancora a casa, e già, a una delle porte laterali, bussava il padre, debolmente, ma con il pugno. "Gregor, Gregor," chiamò, "cosa succede?" E dopo un poco tornò ad ammonire con voce più fonda: "Gregor! Gregor!" All'altra porta laterale, però, si lamentava piano la sorella. "Gregor? Non ti senti bene? Hai bisogno di qualcosa?" Gregor rispose in entrambe le direzioni: "Sono pronto," e si sforzò, pronunciando le singole parole con cura estrema e separandole con lunghe pause, di togliere alla sua voce tutto ciò che potesse sembrar strano. Infatti il padre tornò alla sua colazione, ma la sorella sussurrò: "Gregor, ti supplico, apri." Ma a Gregor non veniva neanche in mente di aprire, e lodò anzi la prudenza, imparata viaggiando, di chiudere a chiave, anche a casa, tutte le porte durante la notte.

Intanto voleva alzarsi in pace e senza fretta, vestirsi e soprattutto fare colazione, e solo dopo pensare al resto, perché, lo vedeva bene, restando a letto a riflettere non sarebbe giunto a nessuna conclusione ragionevole. Ricordò di aver provato più di una volta, a letto, un qualche lieve dolore provocato forse da una posizione sbagliata nel dormire, un dolore che s'era poi rivelato, al momento di alzarsi, una pura invenzione, ed era curioso di vedere come le sue fantasie di oggi si sarebbero gradualmente dissolte. Che i cambiamenti nella voce non fossero altro che i prodromi di un gran bel raffreddore, la malattia professionale dei commessi viaggiatori, era fuori di dubbio.

Liberarsi della coperta fu semplicissimo; gli bastò gonfiarsi un poco ed essa cadde da sola. Ma di lì in avanti tutto si fece difficile, soprattutto per quella sua straordinaria larghezza. Avrebbe avuto bisogno, per raddrizzarsi, di braccia e di mani; invece aveva solo le numerose zampette, che si muovevano ininterrottamente nelle maniere più diverse e che egli, oltretutto, non sapeva controllare. Se voleva piegarne una, la prima cosa che questa faceva era distendersi; e se infine gli riusciva di eseguire con quella zampa quel che voleva, le altre, come lasciate libere, si dibattevano nel frattempo nella massima, dolorosa agitazione. "L'importante è non trattenersi inutilmente a letto," si disse Gregor.

Dapprima cercò di uscire dal letto con la parte inferiore del corpo, ma questa parte inferiore, che egli del resto non aveva ancora visto e della quale non riusciva a farsi un'idea precisa, si rivelò troppo pesante nei movimenti; ci volle tanto tempo; e quando infine, diventato quasi pazzo, si spinse in avanti con tutte le forze e senza riguardi, sbagliò la scelta della direzione, batté con violenza contro la spalliera ai piedi del letto, e il dolore bruciante che sentì gli insegnò che proprio la parte inferiore del corpo era al momento forse la più sensibile.

Tentò allora di tirare fuori del letto prima il torso, e cautamente voltò la testa verso il bordo del letto. Non fu difficile, e la massa del corpo seguì lentamente, nonostante l'ampiezza e il peso, il movimento del capo. Ma quando infine ebbe la testa sospesa fuori del letto, lo assalì la paura di spingersi avanti in quella maniera, perché se si lasciava cadere così solo un miracolo avrebbe potuto impedire che la testa si ferisse. E per nessuna ragione, ora, doveva perdere i sensi; era preferibile, piuttosto, restare a letto.

Ma quando, sospirando dopo un'altro sforzo, si ritrovò disteso come prima, e vide le sue zampette lottare daccapo, anzi peggio di prima, l'una contro l'altra, e non scorse alcuna possibilità di portare quiete e ordine in quella confusione, tornò a dirsi che non poteva restare a letto e che la cosa più ragionevole era fare qualsiasi sacrificio, se soltanto esisteva la minima possibilità di liberarsi del letto. Ma non trascurò, contemporaneamente, di richiamarsi ogni tanto alla memoria che la riflessione tranquilla, anzi tranquillissima, era assai meglio di decisioni disperate. In quei momenti puntava gli occhi, con la massima precisione possibile, alla finestra, ma dalla vista della nebbia mattutina, che nascondeva addirittura l'altro lato della stretta via, c'era purtroppo da trarre ben poca fiducia e coraggio. "Già le sette," si disse sentendo di nuovo battere la sveglia, "già le sette e ancora una nebbia simile." E per qualche tempo ristette quieto respirando debolmente, come se dal silenzio perfetto attendesse forse il ritorno di una situazione reale e ovvia.

Ma poi si disse: "Prima che suonino le sette e un quarto, debbo assolutamente esser fuori del letto. Del resto a quell'ora sarà arrivato qualcuno del negozio a chiedere di me, perché il negozio viene aperto prima delle sette."

E stavolta si mise a spingere fuori del letto, dondolandolo, il corpo tutto intero e in tutta la sua lunghezza. Se si lasciava cadere dal letto in questo modo, la testa, che al momento della caduta egli intendeva sollevare deciso, sarebbe rimasta presumibilmente illesa. La schiena sembrava esser dura; cadendo sul tappeto non le sarebbe accaduto nulla. I dubbi più forti gli venivano pensando allo schianto che inevitabilmente si sarebbe sentito, e che probabilmente avrebbe destato dietro tutte le porte, se non spavento, almeno preoccupazione. Ma si doveva ugualmente tentare.

Mentre spuntava fuori del letto già per metà – il nuovo metodo era più un gioco che una fatica, bastava che continuasse a dondolarsi a scossoni –, a Gregor venne in mente quanto tutto sarebbe stato semplice se qualcuno lo avesse aiutato. Due persone forti – pensò a suo padre e alla domestica – sarebbero bastate; avrebbero dovuto soltanto far passare le braccia sotto la sua schiena arcuata, sfilarlo fuori del letto, chinarsi reggendo il peso e poi aspettare con prudenza che egli compisse il salto sul pavimento, dove poi le zampette – si sperava – avrebbero acquisito un senso. Bene, a parte il fatto che le porte erano chiuse a chiave, avrebbe davvero dovuto chiamare aiuto? Nonostante tutte le difficoltà non poté soffocare, a quel pensiero, un sorriso.

Era ormai al punto che, dondolandosi più forte, stentava a conservare l'equilibrio, e presto avrebbe dovuto infine risolversi, perché fra cinque minuti sarebbero state le sette e un quarto – quando suonò il campanello della porta. "È qualcuno della ditta," si disse e giacque impietrito, mentre le zampette danzavano tanto più ansiose. Per un istante tutto rimase in silenzio. "Non aprono," si disse Gregor, catturato in una sua dissennata speranza. Ma poi, naturalmente, la domestica, come sempre, andò con passo fermo alla porta e l'aprì. A Gregor bastò sentire la prima parola di saluto del visitatore per sapere chi fosse – il procuratore in persona. Ma perché Gregor era condannato a prestare servizio presso una ditta in cui la minima mancanza subito sollevava il massimo sospetto? Davvero gli impiegati al completo erano dei farabutti, davvero non c'era fra loro una sola persona fedele e devota che, se per caso sottraeva alla ditta un paio d'ore mattutine, non diventasse folle per il rimorso e non fosse neanche in grado di scendere dal letto? Non bastava mandare un apprendista a informarsi – ammesso che tutte quelle domande fossero poi necessarie –, doveva proprio presentarsi il procuratore in persona, e si doveva con ciò mostrare a tutta la famiglia innocente che l'esame di quella questione sospetta poteva essere affidato soltanto alla competenza del procuratore? E in seguito all'agitazione in cui lo gettarono quelle riflessioni, più che in seguito a una vera decisione, Gregor si slanciò con ogni sua forza fuori del letto. Ci fu un forte colpo, ma non un vero schianto. La caduta venne in parte attutita dal tappeto, e inoltre la schiena era più elastica di quanto Gregor avesse pensato, per cui ne risultò un tonfo sordo non troppo allarmante. Solo la testa non era stata sorretta con la necessaria prudenza, e aveva battuto sul pavimento; per la rabbia e per il dolore, Gregor la volse e la strofinò contro il tappeto.

"Là dentro è caduto qualcosa," disse il procuratore nella stanza attigua a sinistra. Gregor cercò di figurarsi se al procuratore non potesse un giorno capitare qualcosa di simile a quanto capitava oggi a lui; bisognava almeno ammetterne la possibilità. Ma con una sorta di brutale risposta a quella domanda, nella stanza accanto il procuratore mosse qualche passo risoluto e fece scricchiolare gli stivali di vernice. Nella stanza di destra la sorella sussurrò, per avvertire Gregor: "Gregor, c'è il procuratore." "Lo so," disse Gregor fra sé; ma non osò alzare la voce a sufficienza perché la sorella lo udisse.

"Gregor," disse ora il padre dalla stanza di sinistra, "il signor procuratore è qui e vuole sapere come mai non sei partito con il primo treno. Noi non sappiamo cosa dirgli. E inoltre vuole parlare con te personalmente. Quindi, per favore, apri la porta. Il procuratore avrà la bontà di scusare il disordine della stanza." "Buon giorno, signor Samsa," interloquì gentilmente il procuratore. "Non sta bene," disse la madre al procuratore, mentre il padre ancora parlava accanto alla porta, "non sta bene, mi creda, signor procuratore. Mai, altrimenti, Gregor perderebbe un treno! Quel ragazzo non ha in testa altro che la ditta. Io mi arrabbio quasi, perché alla sera non esce mai; ora è stato otto giorni in città, ma è rimasto a casa tutte le sere. Sta seduto con noi al tavolo e legge in silenzio il giornale, oppure studia gli orari ferroviari. È già una distrazione per lui se si mette a fare dei lavoretti al traforo. Per esempio, in due o tre sere ha intagliato una piccola cornice; si stupirebbe nel vedere quant'è graziosa; è appesa dentro in camera sua; la vedrà subito, appena Gregor aprirà. Sono felice che lei sia qui, signor procuratore; da soli non saremmo mai riusciti a convincere Gregor ad aprire la porta; è così ostinato; e sicuramente non sta bene, anche se stamattina ha detto che non era vero." "Vengo subito," disse Gregor lentamente e con cautela, e non si mosse, per non perdere una parola di quei discorsi. "Anch'io, signora, non riesco a darmi altra spiegazione," disse il procuratore, "speriamo che non sia niente di grave. Anche se, d'altra parte, debbo dire che noi uomini d'affari – purtroppo o per fortuna, come si vuole – spesso dobbiamo semplicemente ignorare, per motivi professionali, un lieve malessere." "Allora il signor procuratore può già entrare?" chiese impaziente il padre e bussò di nuovo alla porta. "No," disse Gregor. Nella stanza di sinistra subentrò un silenzio penoso, nella stanza di destra la sorella cominciò a singhiozzare.

Perché la sorella non andava dagli altri? Probabilmente si era appena alzata dal letto e non aveva ancora cominciato a vestirsi. Ma perché piangeva? Forse perché lui non si alzava e non faceva entrare il procuratore, perché correva il rischio di perdere il posto e perché poi il padrone avrebbe ripreso a perseguitare i genitori con le richieste di un tempo? Ma per il momento erano preoccupazioni inutili. Gregor era ancora qui e non pensava affatto ad abbandonare la famiglia. Per il momento era disteso sul tappeto, e nessuno che avesse conosciuto la sua condizione avrebbe preteso sul serio che egli facesse entrare il procuratore. Ma non era certo possibile che, per quella piccola scortesia, per la quale si sarebbe poi trovata facilmente una scusa adatta, Gregor venisse cacciato subito. E a Gregor sembrava che sarebbe stato assai più ragionevole lasciarlo in pace, anziché disturbarlo con lacrime e tentativi di persuasione. Ma era appunto l'incertezza che opprimeva gli altri e ne scusava il comportamento.

"Signor Samsa," disse ora il procuratore alzando la voce "che succede? Lei si barrica nella sua stanza, risponde a monosillabi, dà ai suoi genitori gravi, inutili preoccupazioni e trascura – questo sia menzionato solo incidentalmente – i suoi doveri professionali in un modo, a dire il vero, inaudito. Parlo in nome dei suoi genitori e del suo principale, e la prego con tutta serietà di darmi un'immediata e chiara spiegazione. Mi meraviglio, mi meraviglio. Credevo di conoscere in lei una persona tranquilla, ragionevole, e ora, d'un tratto, lei sembra voler cominciare a mettersi in mostra con strani capricci. È vero che il principale, stamattina, mi ha accennato a una possibile spiegazione per le sue inadempienze – riguardava l'incasso che di recente le è stato affidato –, ma io sinceramente ho quasi dato la mia parola d'onore che quella spiegazione era sbagliata. Ora però ho modo di vedere la sua incredibile ostinazione e mi passa ogni voglia di intervenire per difenderla. E la sua posizione in ditta è tutt'altro che solida. Prima volevo dirglielo a quattr'occhi, ma visto che lei mi fa perdere tempo inutilmente, non vedo perché non dovrebbero apprenderlo anche i suoi genitori. Negli ultimi tempi il suo rendimento è stato molto insoddisfacente; è vero che non è la stagione adatta per fare affari particolari, di questo ci rendiamo conto; ma una stagione per non fare affari, signor Samsa, non c'è, non deve esserci."

"Ma signor procuratore," gridò Gregor fuori di sé e nell'agitazione dimenticò tutto il resto, "apro subito, immediatamente. Un leggero malessere, un attacco di vertigini, mi hanno impedito di alzarmi. Sono ancora a letto. Ma adesso sono di nuovo in forma. Sto scendendo dal letto. Solo un attimo di pazienza! Non sto ancora bene come pensavo. Ma va già meglio. Che strani questi attacchi improvvisi! Ieri sera stavo ancora benissimo, i miei genitori lo sanno, o meglio, già ieri sera avevo un leggero presentimento. Si sarebbe dovuto vedere. Perché non ho avvertito la ditta? Ma si pensa sempre di superare la malattia senza rimanere a casa. Signor procuratore! Risparmi i miei genitori! I rimproveri che lei ora mi rivolge sono del tutto infondati; nessuno me ne ha fatto parola. Forse lei non ha letto le ultime ordinazioni che ho spedito. A proposito, mi metto in viaggio con il treno delle otto, queste poche ore di riposo mi hanno dato forza. Non si trattenga qui, signor procuratore; vengo subito in ditta, e lei abbia la bontà di dirlo e di salutare per me il principale!"

E mentre, con furia, pronunciava quel torrente di parole, senza neanche sapere cosa stesse dicendo, Gregor si era avvicinato con facilità al comò (sicuramente in seguito all'esercizio già acquisito a letto) e ora tentava di alzarsi in piedi aggrappandosi a esso. Voleva davvero aprire la porta, davvero farsi vedere e parlare con il procuratore; era ansioso di sapere cosa gli altri, che ora tanto richiedevano la sua presenza, avrebbero detto nel vederlo. Se si fossero spaventati, Gregor non avrebbe più avuto responsabilità e sarebbe potuto star tranquillo. Se invece avessero preso tutto con calma, non avrebbe più avuto motivo di agitarsi e, se si affrettava, poteva in effetti essere alla stazione per le otto. All'inizio scivolò alcune volte lungo il legno liscio del comò, ma infine si diede un ultimo slancio e fu in piedi; al dolore al ventre non badava ormai più, per quanto fosse forte. Poi si lasciò cadere contro lo schienale di una sedia vicina, ai cui bordi si tenne con le zampette. Con ciò aveva però acquisito anche la padronanza di sé e ammutolì, perché ora poteva ascoltare il procuratore.

"Avete capito una sola parola?" chiese il procuratore ai genitori. "Si prende gioco di noi?" "Per l'amor del cielo," esclamò la madre già in lacrime, "forse è gravemente ammalato e noi lo tormentiamo. Grete! Grete!" gridò poi. "Mamma?" chiamò la sorella dall'altra parte. Si parlavano attraverso la stanza di Gregor. "Devi andare immediatamente dal dottore. Gregor è ammalato. Va' in fretta a cercare il dottore. Hai sentito parlare Gregor?" "Era una voce d'animale," disse il procuratore, con un tono la cui bassezza risaltò contro le grida della madre. "Anna! Anna!" gridò il padre attraverso l'anticamera rivolto alla cucina, battendo intanto le mani. "Subito a chiamare un fabbro!" E già le due ragazze attraversavano correndo l'anticamera in un frusciar di gonne – come aveva fatto la sorella a vestirsi così rapidamente? – e spalancavano la porta d'ingresso. Non si sentì la porta richiudersi; probabilmente l'avevano lasciata aperta, come si fa di solito nelle case in cui è successa una grave disgrazia.

Ma Gregor si era fatto molto più calmo. Dunque le sue parole non si capivano più, sebbene a lui, forse per l'abitudine dell'orecchio, fossero parse sufficientemente chiare, più chiare di prima. Ma almeno ora ci credevano, che c'era qualcosa che non andava, ed erano pronti ad aiutarlo. La fiducia e la sicurezza con cui erano state prese le prime misure gli fecero bene. Si sentì di nuovo incluso nella cerchia degli uomini e sperava da entrambi, dal medico e dal fabbro, senza distinguere bene fra i due, soluzioni grandiose e sorprendenti. Per avere una voce il più possibile limpida in vista delle imminenti e decisive discussioni, si schiarì un poco la gola, ma sforzandosi di farlo con toni soffocati, poiché era possibile che anche quel rumore suonasse diverso dalla tosse umana, cosa che non osava più stabilire da solo. Nella stanza accanto, intanto, si era fatto un gran silenzio. Forse i genitori erano seduti al tavolo con il procuratore e parlavano sottovoce, forse tutti s'appoggiavano alla porta e tendevano l'orecchio.

Gregor si spinse lentamente con la sedia fino alla porta, se ne staccò, si buttò contro la porta, si tenne eretto contro di essa – i cuscinetti delle sue zampette avevano un poco di sostanza viscosa – e si riposò un istante dallo sforzo. Ma poi si accinse a girare con la bocca la chiave nella serratura. Sembrava purtroppo che non avesse veri e propri denti – con cosa doveva afferrare la chiave? –, ma in compenso le mandibole erano molto forti; con il loro aiuto riuscì davvero a muovere la chiave e non badò al fatto che indubbiamente si faceva male: un liquido scuro gli uscì dalla bocca, inondò la chiave e gocciolò sul pavimento. "Ascoltate," disse il procuratore nella stanza accanto, "sta girando la chiave." Questo fu per Gregor un grande incoraggiamento; ma tutti, anche il padre e la madre, avrebbero dovuto incitarlo: "Forza Gregor," avrebbero dovuto gridargli, "non mollare, forza con la serratura!" E immaginando che tutti seguissero con ansia i suoi sforzi, piantò i denti nella chiave, ciecamente, con tutta la forza che riuscì a raccogliere. Seguendo la chiave che girava, egli danzava attorno alla serratura; ormai si reggeva in piedi soltanto con la bocca, e a seconda del bisogno si appendeva alla chiave oppure la schiacciava in basso con tutto il peso del corpo. Il suono più secco della serratura, che finalmente scattò, risvegliò letteralmente Gregor. Traendo un profondo respiro si disse: "Dunque, non ho avuto bisogno del fabbro," e appoggiò il capo alla maniglia, per aprire del tutto la porta.

Siccome dovette aprire la porta in questo modo, essa era già quasi spalancata senza che Gregor fosse ancora comparso. Dovette innanzi tutto girare lentamente attorno all'anta, e con molta cautela, se non voleva cadere goffamente sulla schiena prima di entrare nell'altra stanza. Era ancora occupato a compiere quel difficile movimento, senza aver tempo di badare ad altro, quando udì il procuratore emettere un sonoro "Oh!" – suonò come il vento che sibila – e ora lo vide anche lui, vide come egli, che era il più vicino alla porta, premeva la mano sulla bocca aperta e lentamente retrocedeva, come se una forza invisibile, dall'azione continua, costante, lo spingesse via. La madre (nonostante la presenza del procuratore aveva ancora, dalla notte, i capelli sciolti e ritti in testa) guardò prima il padre con le mani giunte, poi fece due passi in direzione di Gregor e cadde a terra in mezzo alle gonne che le si allargavano intorno, il viso sepolto nel petto, irreperibile. Il padre chiuse il pugno con un'espressione ostile, come se volesse respingere Gregor nella sua stanza, poi si guardò intorno, incerto, nel salotto, si coprì gli occhi con le mani e pianse, il petto possente scosso dai singhiozzi.

Gregor non entrò affatto nel soggiorno, bensì si appoggiò dall'interno al battente rimasto fisso sui cardini, sicché era visibile solo metà del suo corpo e su di esso, piegata di lato, la testa, con cui egli guardava verso gli altri. Nel frattempo s'era fatto più chiaro; sull'altro lato della strada si scorgeva nitida una parte della casa di fronte, smisurata e grigio-scura (era un ospedale), con finestre che interrompevano dure e regolari la facciata; la pioggia cadeva ancora, ma solo a grandi gocce, visibili una per una e letteralmente scagliate sul terreno. Le stoviglie della colazione coprivano il tavolo in gran quantità, perché la colazione era per il padre il pasto più importante della giornata, che egli protraeva per ore leggendo diversi giornali. Proprio alla parete di fronte era appesa una fotografia di Gregor durante il servizio militare, che lo ritraeva in divisa da sottotenente, mentre lui, con la mano sulla spada, sorridendo spensierato, esigeva rispetto per il suo portamento e per la sua uniforme. La porta che dava nell'anticamera era aperta e, siccome anche la porta d'ingresso era aperta, si vedevano il pianerottolo e l'inizio della scala che scendeva.

"Bene," disse Gregor, ben consapevole di essere l'unico ad avere conservato la calma, "mi vesto subito, preparo il campionario e parto. Volete farmi partire, lo volete davvero? Bene, signor procuratore, lei vede che non sono ostinato e che lavoro volentieri; viaggiare è faticoso, ma senza viaggiare non potrei vivere. Dove va, signor procuratore? In ditta? Sì? Riferirà tutto fedelmente? Uno può essere momentaneamente incapace di lavorare, ma quello è il momento giusto per ricordarsi del suo rendimento passato, e per considerare che in seguito, dopo che l'impedimento sarà stato rimosso, egli lavorerà di certo con tanto più zelo e concentrazione. Sono così obbligato al signor principale, lei lo sa bene. D'altra parte ho la preoccupazione dei miei genitori e di mia sorella. Sono in un vicolo cieco, ma saprò tirarmene fuori. Ma non mi renda tutto più difficile di quanto già non sia. Prenda le mie difese, in ditta! I commessi viaggiatori non sono amati, lo so. Si pensa che guadagnino un mucchio di soldi e che facciano la bella vita. Non si hanno occasioni particolari per riflettere meglio su questo pregiudizio. Ma lei, signor procuratore, ha della situazione una migliore visione d'insieme del resto del personale, anzi addirittura, sia detto in confidenza, del signor principale in persona, che nella sua qualità di imprenditore si lascia facilmente trascinare, nei suoi giudizi, a sfavore di un impiegato. Lei sa bene, inoltre, che il viaggiatore, che è fuori ditta quasi tutto l'anno, può facilmente diventare vittima di pettegolezzi, fatti casuali e lamentele immotivate, dalle quali gli è del tutto impossibile difendersi, perché di solito non ne sa assolutamente nulla e solo più tardi, quando ha terminato, sfinito, un viaggio, paga sulla propria pelle le conseguenze, le cui cause sono ormai impossibili a ricostruirsi. Signor procuratore, non vada via senza avermi detto una parola che mi mostri che, in piccola parte, lei mi dà ragione!"

Ma il procuratore, già alle prime parole di Gregor, si era voltato, e solo oltre la spalla tremante guardava con le labbra rovesciate indietro verso Gregor. E durante il discorso di Gregor non restò fermo un solo istante, bensì cominciò a ritirarsi, senza staccare gli occhi da Gregor, verso la porta, ma a gradi, come sussistesse un divieto segreto di lasciare la stanza. Ormai era in anticamera, e a giudicare dal movimento repentino con cui tolse il piede per l'ultima volta dal salotto si sarebbe potuto credere che si fosse appena bruciato la pianta. Ma in anticamera tese la mano destra lontano da sé in direzione della scala, come se là lo attendesse una liberazione quasi ultraterrena.

Gregor capì che per niente al mondo doveva lasciare che il procuratore se ne andasse in quello stato d'animo, se non voleva che il suo impiego alla ditta fosse messo in gravissimo pericolo. I genitori non se ne rendevano ben conto; in quei lunghi anni si erano fatti la convinzione che in quella ditta Gregor fosse a posto per tutta la vita, e inoltre avevano tanto da fare con le preoccupazioni del momento, che avevano perso ogni capacità di previsione. Ma Gregor non l'aveva persa. Il procuratore doveva essere trattenuto, tranquillizzato, convinto e infine conquistato; il futuro di Gregor e della famiglia dipendeva da questo! Se almeno la sorella fosse stata lì! Lei era intelligente; aveva cominciato a piangere quando ancora Gregor se ne stava tranquillo disteso sulla schiena. E certamente il procuratore, che apprezzava le donne, si sarebbe lasciato guidare da lei, che avrebbe chiuso la porta d'ingresso e gli avrebbe parlato in anticamera finché non gli fosse passato lo spavento. Ma, appunto, la sorella non c'era, Gregor doveva agire da solo. E senza pensare che non conosceva ancora le sue presenti capacità di movimento, senza neanche pensare che era possibile, anzi probabile, che il suo discorso di nuovo non fosse stato capito, si staccò dall'anta della porta; si spinse attraverso l'apertura; voleva andare dal procuratore, che in maniera ridicola, con entrambe le mani, si reggeva alla ringhiera del pianerottolo; ma con un piccolo grido cadde subito, cercando sostegno, sulle sue numerose zampette. Immediatamente, per la prima volta in quella mattina, avvertì una sensazione di benessere fisico; le zampette poggiavano su terreno solido; ubbidivano perfettamente, come egli notò con gioia; erano addirittura ansiose di portarlo dove lui voleva; e già egli credeva che fosse imminente la guarigione definitiva da ogni sofferenza. Ma nello stesso istante in cui, dondolandosi come una molla per il movimento trattenuto, egli stava in terra non lontano da sua madre e proprio di fronte a lei, questa, che sembrava interamente sprofondata in sé, balzò in piedi di scatto, con le braccia tese, le dita allargate, e gridò: "Aiuto, per l'amor del cielo, aiuto!" tenne il capo piegato, come se volesse vedere meglio Gregor, ma, in contrasto con quel gesto, corse insensatamente all'indietro; aveva dimenticato che dietro di lei c'era il tavolo apparecchiato, sul quale, giungendovi accanto, si sedette in fretta e come distratta; e sembrò non accorgersi che accanto a lei, dalla caraffa rovesciata, il caffè si versava a fiotti sul tappeto.

"Mamma, mamma," chiamò Gregor piano, e levò gli occhi verso di lei. Per un attimo aveva dimenticato completamente il procuratore; e invece non riuscì a trattenersi e sbatté le mascelle, ripetutamente, a vuoto, alla vista del fiume di caffè. A quel gesto la madre ricominciò a gridare, fuggì dal tavolo e cadde fra le braccia del padre che le correva incontro. Ma ora Gregor non aveva tempo per i genitori; il procuratore era già sulla scala; con il mento sulla ringhiera guardava indietro per l'ultima volta. Gregor prese la rincorsa per essere sicuro di raggiungerlo; il procuratore dovette intuire qualcosa, perché saltò diversi scalini e scomparve. "Uh!" gridò però ancora, e il suo grido risuonò per tutte le scale. Ma la fuga del procuratore sembrò purtroppo confondere completamente anche il padre, che fino a quel momento era rimasto relativamente calmo, perché, invece di rincorrere egli stesso il procuratore, o almeno di non ostacolare Gregor nell'inseguimento, afferrò con la destra il bastone del procuratore, che questi aveva lasciato su una poltrona insieme al cappello e al soprabito, prese con la sinistra un grosso giornale dal tavolo e, pestando i piedi, cominciò a scacciare Gregor indietro nella sua stanza agitando il bastone e il giornale. Ogni preghiera di Gregor fu inutile, ogni preghiera di Gregor rimase anzi incompresa; per quanto egli girasse il capo con umiltà, il padre pestava solo più forte i piedi. Dall'altra parte la madre, nonostante il tempo freddo, aveva spalancato una finestra e, sporgendosi, si teneva il viso fra le mani fuori della finestra. Fra la strada e le scale si stabilì una forte corrente, le tende si gonfiarono, i giornali sul tavolo frusciarono, alcuni fogli sparsi volarono sul pavimento. Inesorabile il padre incalzava, sibilando come un pazzo. Solo che Gregor non aveva nessun esercizio nei movimenti all'indietro, ci voleva davvero molto tempo. Se Gregor avesse potuto voltarsi, sarebbe stato subito nella sua stanza, ma temeva di spazientire il padre con la lenta manovra di inversione, e a ogni istante minacciava di abbattersi sulla sua schiena o sulla sua testa il colpo mortale del bastone nella mano del padre. Ma alla fine non rimase a Gregor null'altro da fare, perché si accorse con orrore che, camminando a ritroso, non era neppure capace di mantenere la direzione; e così, guardando incessantemente di lato, con terrore, verso il padre, cominciò a girarsi, il più velocemente possibile, ma in realtà con molta lentezza. Forse il padre notò la sua buona volontà, perché evitò di disturbarlo, anzi a tratti dirigeva da lontano, con la punta del bastone, il movimento di inversione. Se solo non ci fosse stato quell'insopportabile sibilare del padre! Gregor perse completamente la testa. Si era già quasi girato del tutto, quando, sempre intento all'ascolto del sibilo, si sbagliò addirittura e si girò di nuovo indietro per un tratto. Ma quando infine si trovò felicemente con la testa davanti all'apertura della porta, risultò che il suo corpo era troppo largo per passare senza difficoltà. Al padre non venne certo in mente, nella sua presente disposizione di spirito, di aprire l'altro battente, per creare a Gregor un passaggio sufficiente. La sua unica idea fissa era che Gregor fosse in camera sua il più rapidamente possibile. Mai avrebbe consentito i complessi preparativi che occorrevano a Gregor per alzarsi in piedi e, forse, passare dalla porta in quella maniera. Al contrario, come se non ci fosse nessun ostacolo, egli spingeva ora Gregor in avanti con un frastuono particolare; alle spalle di Gregor il suono non era ormai più quello della voce di un unico padre; ora non c'era davvero più da scherzare e Gregor – accadesse pure quel che voleva – si spinse attraverso la porta. Un lato del suo corpo si sollevò, egli si incastrò di sghembo nell'apertura della porta, uno dei fianchi era tutto scorticato, macchie ripugnanti sporcarono la porta bianca, ben presto s'incagliò e, da solo, non avrebbe più potuto muoversi – su un lato le zampette erano sospese tremanti nell'aria, sull'altro erano dolorosamente schiacciate a terra – quando il padre gli assestò da dietro un calcio dalla forza davvero liberatrice ed egli volò, sanguinando copiosamente, in mezzo alla sua stanza. La porta venne sbattuta con il bastone, e poi si fece finalmente silenzio.

II

Solo al crepuscolo Gregor si svegliò da un sonno greve simile all'incoscienza. Sicuramente si sarebbe svegliato ugualmente poco più tardi anche se nessuno lo avesse disturbato, perché si sentiva sufficientemente riposato e lucido, ma gli parve che a destarlo fossero stati un passo lieve e il cauto richiudersi della porta che dava sull'anticamera. La luce dei lampioni elettrici in strada si posava pallida qua e là sul soffitto e sulla parte superiore dei mobili, ma sotto, dov'era Gregor, era buio. Lentamente, tastando ancora inesperto dinanzi a sé con le antenne, che solo adesso imparava ad apprezzare, si spinse verso la porta per vedere cosa fosse successo. Il suo fianco sinistro sembrava un'unica, lunga cicatrice che si tendeva dolorosamente, ed egli era costretto a zoppicare sulle due file di zampette. Una zampa, del resto, era stata gravemente ferita nel corso degli eventi della mattinata – era quasi un miracolo che solo una fosse stata ferita – e si trascinava senza vita.

Solo nei pressi della porta egli notò che cosa in realtà lo avesse attirato là; era stato l'odore del cibo. Infatti c'era una ciotola piena di latte dolce, nel quale galleggiavano piccole fette di pane bianco. Avrebbe quasi riso di gioia, perché aveva ancor più fame che alla mattina, e subito immerse la testa nel latte fin quasi agli occhi. Ma tosto la ritrasse deluso; non solo mangiare gli creava difficoltà per via delle difficili condizioni del fianco sinistro – e poteva mangiare soltanto se tutto il corpo collaborava ansimando –, ma inoltre il latte, che di solito era la sua bevanda preferita, e che certamente la sorella gli aveva preparato proprio per questo, non gli piaceva per niente. Si distolse quasi con disgusto dalla ciotola e strisciò indietro verso il centro della stanza.

Nel soggiorno, come Gregor vide attraverso la fessura della porta, era acceso il lume a gas; ma, mentre a quell'ora il padre, ad alta voce, era solito leggere alla madre e talvolta anche alla sorella il giornale del pomeriggio, oggi non si sentiva nulla. Forse quella lettura, della quale la sorella gli raccontava e gli scriveva sempre, aveva cessato negli ultimi tempi di essere un'abitudine. Ma anche tutto intorno c'era silenzio, sebbene la casa non fosse certamente vuota. "Che vita silenziosa conduceva la famiglia," si disse Gregor e, mentre fissava il buio dinanzi a sé, lo pervase un grande orgoglio per il fatto di essere riuscito a procurare ai genitori e alla sorella una vita simile in una casa così bella. Ma cosa sarebbe successo ora, se la pace, il benessere, la contentezza fossero finiti con quell'orrore? Per non perdersi in tale pensieri, Gregor preferì mettersi in movimento e prese a strisciare su e giù per la stanza.

Durante quella lunga serata un esile spiraglio s'aprì nelle due porte laterali – una volta nell'una e una volta nell'altra – e rapidamente si richiuse; qualcuno sentiva il bisogno di entrare, ma aveva anche troppi dubbi. Gregor si fermò ora direttamente vicino alla porta del salotto, deciso a far entrare in qualche modo il visitatore esitante, o almeno a scoprire chi fosse; ma la porta non fu più aperta, e Gregor attese invano. La mattina, quando le porte erano sbarrate, tutti volevano entrare da lui, e ora che lui aveva aperto una delle porte e le altre, evidentemente, erano state aperte nel corso della giornata, non compariva più nessuno, e anche le chiavi erano ora infilate dall'esterno.

Soltanto a tarda notte venne spenta la luce nel salotto, e ora fu chiaro che i genitori e la sorella erano rimasti alzati fino a quell'ora, perché, come si poté udire distintamente, ora se ne andavano tutti e tre in punta di piedi. Ormai era certo che nessuno, fino alla mattina, sarebbe più entrato in camera di Gregor; egli aveva dunque tutto il tempo per pensare indisturbato a come avrebbe organizzato la sua vita. Ma la stanza vuota dall'alto soffitto, in cui era costretto a star disteso sul pavimento, lo angosciava, senza che egli riuscisse a scoprirne la causa (in fondo era la stanza che egli occupava da cinque anni) e, con un movimento quasi inconscio e non senza una leggera vergogna, corse sotto il canapè, dove, sebbene la schiena fosse un poco schiacciata ed egli non potesse più alzare la testa, si sentì subito a suo agio e rimpianse solo che il suo corpo fosse troppo largo per trovarvi posto interamente.

Là rimase tutta la notte, che trascorse in parte in un dormiveglia dal quale si destava continuamente, di soprassalto, per la fame, in parte immerso in preoccupazioni e vaghe speranze, che portavano però tutte alla conclusione che, per il momento, doveva restare tranquillo e rendere sopportabile alla famiglia, con la pazienza e il massimo riguardo, i disagi che nelle sue attuali condizioni era ormai costretto a provocare.

Già la mattina presto – era ancora quasi notte – Gregor ebbe occasione di mettere alla prova la forza delle decisioni appena prese, perché dall'anticamera la sorella, quasi del tutto vestita, aprì la porta e guardò dentro con ansia. Non lo trovò subito, ma quando lo scorse sotto il canapè – o Dio, da qualche parte doveva pur essere, non poteva certo esser volato via – si spaventò a tal punto che, incapace di dominarsi, richiuse, sbattendola, la porta dall'esterno. Ma, come pentita del suo comportamento, riaprì subito la porta ed entrò in punta di piedi, quasi si trovasse nella stanza di un malato grave o addirittura di un estraneo. Gregor aveva spinto la testa fin quasi al bordo del canapè e la osservava. Si sarebbe accorta che non aveva bevuto il latte, e certo non per mancanza di fame, e gli avrebbe portato qualcosa che gli piacesse di più? Se non lo avesse fatto da sola, Gregor avrebbe preferito morire di fame piuttosto che farglielo notare, sebbene provasse un impulso terribile a lanciarsi fuori del canapè, gettarsi ai piedi della sorella e supplicarla di dargli qualcosa di buono da mangiare. Ma la sorella notò subito con stupore la ciotola ancora piena, dalla quale solo un po' di latte s'era versato all'intorno, la sollevò subito, con uno straccio e senza toccarla con le mani, e la portò fuori. Gregor era estremamente curioso di vedere cosa avrebbe portato in cambio, e fece le ipotesi più disparate. Mai avrebbe potuto però indovinare quello che, nella sua bontà, la sorella fece davvero. Per saggiare i suoi gusti, ella portò tutta una scelta di cibi, disposti su un vecchio giornale. C'era della verdura vecchia mezza andata a male; ossa della cena della sera prima, coperte d'una salsa bianca rappresa; qualche chicco d'uvetta e delle mandorle; un pezzo di formaggio che Gregor due giorni prima aveva dichiarato immangiabile; un pezzo di pane asciutto, un pezzo di pane imburrato, un pezzo di pane imburrato e salato. Al tutto aggiunse la ciotola che ormai sembrava destinata a Gregor una volta per tutte, nella quale aveva versato dell'acqua. E per delicatezza, siccome sapeva che Gregor non avrebbe mangiato di fronte a lei, ella s'allontanò in fretta e girò addirittura la chiave nella serratura, affinché Gregor s'accorgesse che poteva mettersi a suo agio, come preferiva. Le zampette di Gregor ronzavano mentre egli correva verso il cibo. Le sue ferite, del resto, dovevano essere completamente guarite, non avvertiva più nessun impedimento, se ne stupì e pensò al piccolo taglio che con il coltello s'era fatto nel dito più di un mese avanti e che ancora l'altro ieri gli doleva parecchio. "Avrò forse meno sensibilità, adesso?" pensò e già stava avidamente succhiando il formaggio che, più degli altri cibi, lo aveva attratto subito e con forza. Uno dietro l'altro e con gli occhi che gli lacrimavano per il piacere, egli mangiò il formaggio, le verdure e la salsa; i cibi freschi invece non gli piacevano, non riusciva neanche a sopportarne l'odore e addirittura trascinò un poco da parte le cose che voleva mangiare. Aveva finito tutto già da tempo ed era rimasto pigramente disteso nello stesso posto, quando la sorella, per segnalargli che doveva ritirarsi, girò lentamente la chiave. A quel rumore, sebbene fosse già quasi assopito, Gregor sobbalzò spaventato e tornò di corsa sotto il canapè. Ma gli occorse un forte controllo di sé per restare sotto il canapè anche per il breve tempo in cui la sorella si trattenne nella stanza, perché il cibo abbondante gli aveva un poco arrotondato il ventre, e in quello spazio angusto quasi non riusciva a respirare. Sentendosi soffocare a ogni istante, stette a guardare con gli occhi fuori della testa la sorella che, non immaginando nulla, raccoglieva con una scopa non solo i resti, ma anche i cibi che Gregor non aveva neppure toccato, come se anche quelli non fossero più utilizzabili, e gettava tutto di furia in un secchio che poi chiuse con un coperchio di legno; infine portò via ogni cosa. Non appena ella volse le spalle, Gregor uscì da sotto il canapè, stirandosi e gonfiandosi tutto.

In quel modo, da allora in poi, Gregor ricevette ogni giorno i suoi pasti, una volta la mattina, quando i genitori e la domestica dormivano ancora, e un'altra volta dopo pranzo, perché i genitori dormivano di nuovo un poco e la domestica veniva allontanata dalla sorella con una qualche commissione. Certamente anch'essi non volevano che Gregor morisse di fame, ma forse non avrebbero sopportato di assistere direttamente ai preparativi per i suoi pasti, o forse la sorella voleva risparmiare loro anche quel dolore così piccolo, perché in effetti essi soffrivano già abbastanza.

Con quali scuse si fosse riusciti, quella prima mattina, ad allontanare di casa il medico e il fabbro, Gregor non poté appurarlo, perché, siccome gli altri non capivano lui, a nessuno, neanche alla sorella, venne in mente che egli capisse gli altri, e così doveva accontentarsi, quando la sorella era nella sua stanza, di ascoltare ogni tanto i suoi sospiri e le sue invocazioni ai santi. Solo in seguito, quando ella si fu un poco abituata al tutto – di una completa abitudine non si poté naturalmente mai parlare –, Gregor coglieva a volte un'osservazione gentile o che poteva essere interpretata come gentile. "Oggi gli è piaciuto," diceva, quando Gregor aveva fatto piazza pulita, mentre in caso contrario, che gradualmente prese a diventare sempre più frequente, diceva di solito quasi triste: "Anche stavolta non ha toccato niente."

Ma mentre non gli arrivava nessuna novità diretta, qualcosa Gregor riusciva a scoprire origliando alle stanze attigue, e non appena sentiva delle voci, correva subito alla porta in questione e si stringeva a essa con tutto il corpo. Soprattutto nei primi tempi non ci fu un solo discorso che in qualche modo, anche segretamente, non riguardasse lui. Per due giorni interi, a ogni pasto, si sentirono discussioni su come ci si dovesse comportare ora; ma anche fra un pasto e l'altro si parlava del medesimo argomento, perché a casa rimanevano sempre almeno due membri della famiglia, sicuramente perché nessuno voleva restare a casa da solo e in nessun caso si poteva lasciare l'appartamento del tutto incustodito. Inoltre la domestica, già il primo giorno – non era del tutto chiaro quanto e cosa sapesse dell'accaduto – in ginocchio aveva pregato la madre di licenziarla subito, e quando, un quarto d'ora dopo, prese congedo, ringraziò piangendo per il licenziamento come per la maggior opera di bene che le fosse stata fatta in quella casa e, senza che nessuno glielo avesse chiesto, fece il terribile giuramento di non rivelare mai a nessuno il più piccolo particolare.

Ora la sorella, insieme alla madre, doveva anche cucinare; il che non costava peraltro molta fatica, visto che non si mangiava quasi niente. In continuazione Gregor sentiva come l'uno vanamente esortasse l'altro a mangiare, e come non ricevesse altra risposta che: "Grazie, ne ho abbastanza" o qualcosa di simile. Forse non si beveva neanche. Più di una volta la sorella aveva chiesto al padre se volesse della birra, e si era offerta con premura di andarla a prendere lei stessa e, al silenzio del padre, aveva detto, per togliergli ogni remora, che poteva anche mandare la portinaia, ma alla fine il padre aveva detto un secco "no" e non se ne era più parlato.

Già nel corso del primo giorno il padre espose sia alla madre sia alla sorella la situazione finanziaria e le prospettive per il futuro. Ogni tanto si alzava dal tavolo e tirava fuori dalla piccola cassaforte, che aveva salvato dal fallimento del suo negozio avvenuto cinque anni prima, un qualche documento o taccuino d'appunti. Lo si sentiva aprire la complicata serratura e richiuderla dopo averne tratto l'oggetto che cercava. Queste spiegazioni del padre furono da un lato la prima cosa positiva che Gregor sentiva dall'inizio della sua prigionia. Aveva sempre creduto che al padre non fosse rimasto nulla del negozio, quanto meno il padre non aveva detto niente che facesse supporre il contrario, e Gregor, in effetti, non gli aveva chiesto nulla. Il solo pensiero di Gregor era stato allora di fare il possibile perché la famiglia dimenticasse al più presto la disgrazia finanziaria che aveva gettato tutti in una completa disperazione. E così egli aveva cominciato a lavorare con un ardore particolare e quasi da un giorno all'altro da piccolo fattorino era diventato commesso viaggiatore, una posizione che offriva naturalmente tutt'altre possibilità di guadagno, e in cui i successi professionali si trasformavano subito, sotto forma di provvigioni, in denaro contante che, a casa, poteva esser messo sul tavolo davanti alla famiglia stupefatta e felice. Erano stati bei tempi e mai, in seguito, si erano ripetuti, almeno non in quello splendore, sebbene Gregor avesse poi cominciato a guadagnare tanto denaro da essere in grado di sopportare da solo – cosa che realmente faceva – tutte le spese della famiglia. Semplicemente, ci si era abituati, sia la famiglia sia Gregor; loro accettavano riconoscenti il denaro, lui lo dava volentieri, ma un calore particolare non era più riuscito a prodursi. Solo la sorella era rimasta vicina a Gregor, che aveva per lei un progetto segreto: voleva mandarla, lei che a differenza di Gregor amava molto la musica e sapeva suonare il violino in maniera commovente, l'anno seguente al conservatorio, senza badare alle forti spese che ne sarebbero derivate e alle quali, in qualche modo, si sarebbe pur riusciti a provvedere. Spesso, durante le brevi soste di Gregor in città, il conservatorio veniva menzionato nelle conversazioni con la sorella, ma sempre solo come un bel sogno alla cui realizzazione non c'era neppure da pensare, e i genitori non amavano sentire neanche quelle innocenti allusioni; ma Gregor ci pensava con molta determinazione e aveva intenzione di annunciarlo solennemente la sera della vigilia di Natale.

Questi pensieri, del tutto inutili nelle sue condizioni, gli attraversavano la mente mentre stava in piedi incollato alla porta e ascoltava. A volte, preso da un'immensa stanchezza, non riusciva nemmeno più ad ascoltare, e senza pensarci sbatteva la testa contro la porta, ma subito la teneva ferma, perché anche quel piccolo rumore era stato udito nella stanza accanto e aveva fatto ammutolire tutti. "Cosa combina di nuovo," diceva il padre dopo un poco, evidentemente rivolto alla porta, e solo allora il discorso interrotto veniva gradualmente ripreso.

Gregor venne ora a sapere con dovizia di particolari (il padre aveva infatti l'abitudine di ripetersi nelle sue spiegazioni, in parte perché lui stesso da tempo non si occupava più di quelle cose, in parte perché la madre non sempre capiva tutto alla prima) che nonostante la disgrazia si era conservato dai vecchi tempi un sia pur piccolissimo patrimonio, che nel frattempo gli interessi, mai toccati, avevano fatto crescere un poco. Inoltre il denaro che Gregor tutti i mesi aveva portato a casa – per sé egli conservava solo un paio di corone –, non era stato interamente consumato e si era raccolto in un piccolo capitale. Dietro la sua porta Gregor assentiva vigorosamente, felice dell'inaspettata prudenza ed economia. A dire il vero, con quel denaro in eccedenza si sarebbe potuto diminuire il debito del padre verso il principale, e tanto più vicino sarebbe stato il giorno in cui Gregor avrebbe potuto liberarsi di quell'impiego, ma adesso era indubbiamente meglio così, come il padre aveva disposto.

Ma quel denaro non bastava lontanamente a che la famiglia vivesse di rendita; bastava forse a mantenerla per uno, due anni al massimo, non di più. Era dunque solo una somma che non si doveva intaccare, e che andava tenuta da parte in caso di necessità; ma il denaro per vivere bisognava guadagnarlo. Ora però il padre era un uomo sì sano, ma vecchio, un uomo che non lavorava ormai da cinque anni e che comunque non poteva far troppo affidamento su di sé; in quei cinque anni, che erano stati le prime vacanze della sua vita faticosa e tuttavia povera di successi, era ingrassato molto e s'era appesantito. E la vecchia madre avrebbe forse dovuto lavorare, lei che soffriva d'asma, lei che s'affaticava per un semplice giro per casa, e che trascorreva un giorno sì e uno no sul divano, davanti alla finestra aperta, con difficoltà di respirazione? E la sorella avrebbe dovuto guadagnare denaro? Lei che, con i suoi diciassette anni, era ancora una bambina, a cui bisognava lasciare la vita che aveva sempre condotto, che consisteva nel vestirsi bene, dormire fino a tardi, aiutare un po' in casa, partecipare ad alcuni modesti divertimenti e soprattutto suonare il violino? Quando i discorsi toccavano questa necessità di guadagnare soldi, Gregor si allontanava sempre dalla porta e si gettava sul fresco divano di pelle che si trovava accanto alla porta, perché avvampava di vergogna e di dolore.

Spesso trascorreva là le lunghe nottate, non dormiva neanche un istante e raspava solo, per ore, sul cuoio. Oppure non si risparmiava la grande fatica di spingere una sedia davanti alla finestra, di arrampicarsi poi fino al davanzale e, puntellandosi contro la sedia, di affacciarsi alla finestra, pervaso soltanto, evidentemente, di un qualche ricordo del senso di liberazione che in passato aveva costituito per lui il guardare dalla finestra. Perché in effetti, di giorno in giorno, vedeva in maniera sempre meno chiara anche gli oggetti poco distanti; l'ospedale di fronte, la cui vista troppo frequente egli un tempo malediceva, non lo distingueva proprio più, e se non avesse saputo con certezza di abitare nella tranquilla, ma centralissima Charlottenstraße, avrebbe potuto credere di guardare dalla sua finestra in un deserto nel quale si congiungevano indistinguibili il cielo grigio e la grigia terra. Era bastato che la sorella, molto attenta, vedesse due sole volte la sedia vicino alla finestra perché ora, ogni volta che riordinava la stanza, spingesse la sedia di nuovo esattamente contro la finestra, anzi, da quel momento, lasciasse aperte le ante interne della finestra.

Se Gregor avesse potuto parlare con la sorella e ringraziarla per tutto quello che era costretta a fare per lui, avrebbe sopportato meglio i suoi servizi; ma così ne soffriva. È vero che la sorella cercava di attenuare il più possibile la spiacevolezza della situazione, e che, naturalmente, ci riusciva sempre meglio col passare del tempo, ma anche Gregor capiva tutto con precisione sempre maggiore. Già l'ingresso della sorella era terribile per lui. Appena entrata, senza darsi il tempo di chiudere la porta, sebbene fosse sempre così attenta a risparmiare a tutti la vista della stanza di Gregor, correva difilato alla finestra e la spalancava con mani ansiose, come se stesse soffocando, e restava un poco affacciata, anche se faceva molto freddo, respirando profondamente. Con questo suo correre e far rumore ella terrorizzava Gregor due volte al giorno; per tutto il tempo egli tremava sotto il canapè; eppure sapeva bene che ella gli avrebbe risparmiato volentieri quella scena se solo le fosse stato possibile trattenersi a finestre chiuse in una stanza in cui si trovava anche lui.

Una volta – era passato sicuramente un mese dalla metamorfosi di Gregor, e ormai non c'erano più per la sorella motivi particolari per stupirsi dell'aspetto di Gregor – ella venne un poco prima del solito e trovò Gregor che, immobile e dritto in piedi da far davvero paura, guardava dalla finestra. Gregor non si sarebbe stupito se ella non fosse entrata, perché in quella posizione lui le impediva di aprire subito la finestra; ma lei non solo non entrò, bensì balzò addirittura indietro e chiuse la porta; un estraneo avrebbe quasi potuto pensare che Gregor avesse spiato il suo arrivo con l'intento di morderla. Naturalmente Gregor si nascose subito sotto il canapè, ma dovette aspettare fino a mezzogiorno prima che la sorella tornasse, e anche allora sembrava molto più inquieta del solito. Si rese conto che la sua vista continuava a esserle insopportabile, e tale le sarebbe rimasta in futuro, e che senz'altro ella faceva uno sforzo immenso per non fuggire scorgendo anche solo quella piccola parte del suo corpo che spuntava dal canapè. Per risparmiarle anche quella vista, un giorno portò sul dorso – per quel lavoro gli occorsero quattro ore – il lenzuolo sul canapè e lo dispose in modo da esserne interamente coperto, affinché la sorella, anche chinandosi, non potesse vederlo. Se ella avesse ritenuto che il lenzuolo non fosse necessario, avrebbe potuto toglierlo, poiché era chiaro che per Gregor non poteva esser un divertimento isolarsi in quel modo, ma ella lasciò il lenzuolo dov'era, e Gregor, una volta che con la testa sollevò cautamente il lenzuolo per vedere come la sorella avesse accolto la nuova disposizione, credette addirittura di coglierne uno sguardo riconoscente.

Nelle prime due settimane i genitori non trovarono la

forza di entrare da lui, e spesso egli li sentiva lodare il lavoro che la sorella svolgeva, mentre finora si erano spesso dimostrati scontenti di lei, perché ella appariva loro come una ragazza inutile. Ma ora entrambi, il padre e la madre, aspettavano spesso davanti alla stanza di Gregor, mentre la sorella dentro metteva in ordine, ed ella non faceva in tempo a uscire che doveva raccontare in tutti i particolari che aspetto avesse la stanza, che cosa avesse mangiato Gregor, come si fosse comportato questa volta, e se non fosse da notare un piccolo miglioramento. La madre, peraltro, espresse relativamente presto il desiderio di far visita a Gregor, ma il padre e la sorella la trattennero, dapprima cercando di farla ragionare con argomenti che Gregor ascoltò con grande attenzione e approvò appieno. Ma in seguito si dovette trattenerla con la forza, e quando poi ella gridò: "Lasciatemi andare da Gregor! È pure il mio figliolo infelice! Non capite che debbo andare da lui?" allora Gregor pensò che forse era una buona cosa che la madre entrasse, non tutti i giorni naturalmente, ma forse una volta la settimana; lei capiva tutto molto meglio della sorella, che nonostante il suo coraggio era pur sempre una bambina e che, in definitiva, solo per leggerezza infantile si era assunta un compito tanto gravoso.

Il desiderio di Gregor di vedere la madre fu presto esaudito. Durante il giorno, non fosse che per riguardo ai genitori, Gregor non voleva farsi vedere alla finestra; ma siccome sui pochi metri quadrati del pavimento non poteva muoversi granché (star disteso tranquillo era difficile da sopportare già di notte, e dal cibo aveva smesso ben presto di trarre il minimo piacere), per distrarsi prese l'abitudine di strisciare in lungo e in largo sulle pareti e sul soffitto. Lì soprattutto gli piaceva starsene appeso; era tutt'altra cosa che stare sul pavimento; si respirava con maggior libertà; vibrazioni leggere attraversavano il corpo; e nello stordimento quasi felice in cui Gregor si trovava, lassù, capitava che, con sua sorpresa, egli si lasciasse andare e sbattesse sul pavimento. Ma ora, naturalmente, aveva del suo corpo tutt'altro dominio rispetto a prima e non si faceva male neanche cadendo da quell'altezza. La sorella notò subito il nuovo passatempo che Gregor si era trovato – camminando egli lasciava infatti tracce di materia viscosa –, e così si mise in testa di fare spazio per consentirgli la massima libertà di movimento, e dunque di portare via i mobili che fossero d'ostacolo, innanzi tutto il comò e la scrivania. Ma non era in grado di farlo da sola; al padre non osava chiedere aiuto; la domestica – una ragazza sui sedici anni – non l'avrebbe sicuramente aiutata, perché, pur resistendo coraggiosamente da quando la precedente cuoca si era licenziata, aveva chiesto che le fosse permesso di tenere la cucina sempre chiusa a chiave e di aprire solo a una chiamata particolare; dunque alla sorella non restò che far venire la madre, un giorno che il padre era fuori casa. E infatti, con esclamazioni di gioia concitata, la madre accorse, ma sulla porta della stanza di Gregor ammutolì. Per prima cosa, naturalmente, la sorella si accertò che tutto fosse in ordine nella stanza; e solo allora fece entrare la madre. Gregor, in gran fretta, aveva abbassato e drappeggiato il lenzuolo più del solito: l'insieme sembrava davvero un telo buttato a caso sul canapé. Gregor si astenne anche questa volta dallo spiare da sotto il lenzuolo; rinunciò a vedere subito la madre, era già contento che poi, alla fine, fosse venuta. "Entra pure, non lo si vede," disse la sorella, che evidentemente teneva la madre per mano. Poi Gregor sentì le due deboli donne spostare il vecchio comò, tutt'altro che leggero, e la sorella reclamare per sé, in continuazione, la parte più gravosa del lavoro, senza ascoltare i moniti della madre, che temeva che ella si affaticasse troppo. Ci volle molto tempo. Dopo un buon quarto d'ora di lavoro la madre disse che era meglio lasciare il comò dove stava: in primo luogo era troppo pesante, e non ce l'avrebbero fatta prima dell'arrivo del padre, e con il comò in mezzo alla stanza avrebbero sbarrato a Gregor ogni via, in secondo luogo non era affatto certo che rimuovendo i mobili si facesse un favore a Gregor. Disse che a lei pareva il contrario; che la vista della parete vuota le stringeva il cuore; e perché Gregor non avrebbe dovuto avere la stessa sensazione, visto che da tanto tempo era abituato ai mobili e che quindi si sarebbe sentito abbandonato nella stanza vuota? "E inoltre," concluse a voce bassissima la madre, che per tutto il tempo, del resto, aveva parlato in un sussurro, come se volesse evitare che Gregor, del quale non conosceva l'esatta posizione, udisse anche il semplice suono della sua voce, perché, quanto alle parole, era comunque convinta che egli non le capisse, "e inoltre, portando via i mobili, non diamo l'impressione di aver rinunciato a ogni speranza di guarigione e di averlo abbandonato, senza riguardi, a se stesso? Credo che sarebbe meglio cercare di mantenere la stanza esattamente nello stato in cui era prima, affinché Gregor, quando tornerà da noi, possa trovare tutto immutato e dimenticare tanto più facilmente questo episodio."

A quelle parole della madre Gregor si rese conto che la mancanza di ogni conversazione con esseri umani, unita alla vita uniforme all'interno della famiglia, nel corso di quei due mesi doveva avergli confuso la ragione, perché non riusciva a spiegarsi altrimenti di aver seriamente desiderato che la sua stanza venisse svuotata. Aveva davvero voglia di lasciare trasformare quella stanza calda, confortevolmente arredata con vecchi mobili di famiglia, in una spelonca nella quale avrebbe sì potuto strisciare indisturbato in tutte le direzioni, ma con l'effetto di dimenticare, rapidamente e interamente, il suo passato di uomo? Già ora era stato sul punto di dimenticare, e solo la voce della madre, da tanto tempo non più udita, lo aveva scosso. Nulla doveva essere portato via, tutto doveva restare al suo posto; dell'influsso positivo dei mobili sul suo stato non poteva fare a meno; e se i mobili gli impedivano di continuare in quell'insensato strisciare, non era un danno, era anzi un grande vantaggio.

Ma la sorella era purtroppo d'altro avviso; nelle discussioni sulle questioni riguardanti Gregor si era abituata, e non del tutto a torto, ad assumere davanti ai genitori il ruolo dell'esperta, e così anche ora il suggerimento della madre fu per lei motivo sufficiente per insistere sull'allontanamento non solo del cassettone e della scrivania, ai quali dapprima aveva pensato, bensì di tutti i mobili, a eccezione dell'indispensabile canapè. Non era soltanto ostinazione infantile, naturalmente, né la fiducia in sé conquistata negli ultimi tempi in maniera tanto inaspettata e dolorosa, a indurla a quella pretesa; ella aveva davvero notato che a Gregor occorreva molto spazio per muoversi, mentre, a quanto pareva, i mobili non gli servivano a niente. Ma forse entrava in gioco anche il fantasticare esaltato delle ragazze della sua età, che cerca appagamento in ogni occasione, e in seguito al quale Grete si lasciava trascinare a rendere la situazione di Gregor ancora più spaventosa, per potersi poi prodigare per lui più di quanto non facesse. Perché nessuno, tranne Grete, avrebbe mai avuto l'animo di avventurarsi in un luogo in cui Gregor dominasse da solo le pareti vuote.

E così non lasciò che la madre la distogliesse dal suo proposito. La madre, oltre tutto, per la grande agitazione sembrava insicura in quella stanza, ammutolì ben presto e con tutte le sue forze aiutò la sorella a portar fuori il comò. Ora, del comò Gregor poteva anche far a meno, se necessario, ma la scrivania doveva restare. E non appena le donne furono uscite dalla stanza con il cassettone, che spingevano gemendo, Gregor sporse la testa da sotto il canapè, per vedere in che maniera sarebbe potuto intervenire con cautela e con il massimo riguardo. Ma per sfortuna fu proprio la madre a rientrare per prima, mentre Grete nella stanza accanto teneva abbracciato il comò e lo dondolava avanti e indietro, senza naturalmente smuoverlo di un passo. Ma la madre non era abituata alla vista di Gregor, avrebbe potuto farla star male, e così Gregor corse spaventato all'indietro fino all'altra estremità del canapè, ma non fece in tempo a evitare che il lenzuolo si muovesse un poco sul davanti. Questo bastò ad attirare l'attenzione della madre. Ella si arrestò, rimase immobile un istante e tornò poi da Grete.

Sebbene Gregor continuasse a ripetersi che nulla di straordinario stava accadendo, che semplicemente venivano spostati un paio di mobili, dovette ben presto confessarsi che quell'andirivieni delle donne, le loro piccole esclamazioni, il raschiare dei mobili sul pavimento, agivano tuttavia su di lui come un immenso trambusto alimentato da ogni parte e, per quanto traesse a sé, con forza, la testa e le zampe, e premesse a terra tutto il corpo, non poté fare a meno di dirsi che non avrebbe retto a lungo. Gli svuotavano la stanza; gli toglievano tutto quello che gli era caro; il comò, in cui erano riposti la sega da traforo e altri attrezzi, lo avevano già portato fuori; e ora liberavano la scrivania, che aveva i piedi ormai saldamente confitti nel terreno, alla quale egli aveva fatto i compiti quando era studente dell'istituto superiore di commercio, quando era scolaro delle medie e addirittura delle elementari: ora non c'era davvero più tempo per riflettere sulle buone intenzioni delle due donne, la cui esistenza egli aveva peraltro quasi dimenticato, perché ormai lavoravano mute dallo sfinimento, e si udiva solo il pesante battere dei loro piedi.

E così egli irruppe fuori – le donne, nella stanza accanto, si erano appoggiate un istante alla scrivania per riprender fiato –, cambiò quattro volte la direzione della corsa, e non sapeva davvero cosa dovesse salvare innanzi tutto quando gli balzò agli occhi, in mezzo alla parete già vuota, il quadro della signora avvolta nelle pellicce; si arrampicò in gran furia lassù e si schiacciò contro il vetro, il quale lo trattenne e diede sollievo al suo ventre bruciante. Quel quadro almeno, che ora Gregor copriva del tutto, sicuramente nessuno lo avrebbe portato via. Torse la testa verso la porta del salotto, per osservare le donne al loro ritorno.

Non si erano concesse molto riposo e già rientravano; Grete aveva circondato la madre con il braccio e quasi la reggeva. "Allora, cosa prendiamo adesso?" disse Grete e si guardò intorno. Il suo sguardo incrociò quello di Gregor alla parete. Probabilmente solo la presenza della madre fece sì che ella conservasse il dominio di sé; chinò il viso verso di lei per impedirle di guardarsi attorno e disse, tremando però e senza riflettere: "Vieni, non è meglio che torniamo un attimo in salotto?" L'intento di Grete fu chiaro a Gregor; ella voleva portare la madre al sicuro per poi scacciarlo dalla parete. Bene, che ci provasse. Lui stava sul suo quadro e non l'abbandonava. Piuttosto sarebbe saltato addosso a Grete.

Ma le parole di Grete non avevano fatto altro che allarmare ancor più la madre che si fece di lato, scorse l'immensa macchia bruna sulla tappezzeria a fiori e, ancor prima di rendersi davvero conto che quel che vedeva era Gregor, gridò con voce stridente e rauca: "Oh Dio, oh Dio!" e cadde in avanti sul canapè con le braccia spalancate, in un gesto di rinuncia totale, e non si mosse più. "Gregor!" gridò la sorella con il pugno alzato e trafiggendolo con lo sguardo. Era, dal giorno della metamorfosi, la prima parola che ella gli rivolgeva direttamente. Corse nella stanza accanto per prendere una qualche essenza con cui far rinvenire la madre; Gregor voleva rendersi utile – per salvare il quadro c'era tempo –, ma era appiccicato al vetro e dovette strapparsi via con la forza; poi corse anche lui nella stanza accanto, quasi potesse ancora dare consigli alla sorella, come in passato; ma dovette poi rimanere inoperoso alle sue spalle, mentre lei frugava fra flaconi e boccette, e anzi la spaventò quando lei si volse: una bottiglia cadde a terra, rompendosi; una scheggia ferì Gregor al volto, una qualche medicina corrosiva lo inondò; Grete, senza trattenersi oltre, prese tutti i flaconi che poteva e con quelli corse dalla madre, chiudendosi dietro la porta con il piede. Ora Gregor era separato dalla madre, che forse, per colpa sua, stava per morire; la porta non la poteva aprire, se non voleva scacciare la sorella, che invece doveva rimanere presso la madre; non gli restava altro da fare che aspettare; e, oppresso dalla preoccupazione e dai rimproveri che rivolgeva a se stesso, cominciò a strisciare, strisciò dappertutto, sulle pareti, i mobili e il soffitto, e infine, quando già tutta la stanza gli girava intorno, cadde, nella sua disperazione, in mezzo al grande tavolo.

Trascorse qualche tempo, Gregor restava là disteso, spossato, tutto intorno c'era silenzio, forse era un buon segno. In quel momento suonò il campanello della porta. La domestica era naturalmente chiusa in cucina, e così Grete dovette andare ad aprire. Era arrivato il padre. "Cos'è successo?" furono le sue prime parole; l'aspetto di Grete gli aveva rivelato tutto. Grete rispose con voce soffocata, evidentemente premendo il viso contro il petto del padre: "La mamma è svenuta, ma ora sta già meglio. Gregor è scappato." "Me l'aspettavo," disse il padre, "ve l'ho sempre detto, ma voi donne non date mai ascolto." A Gregor fu chiaro che il padre aveva frainteso le parole troppo concise di Grete e pensava che egli si fosse reso colpevole di qualche atto di violenza. Per questo ora doveva cercare di placare il padre, perché non c'era né il tempo né la possibilità di spiegargli tutto. E quindi si rifugiò contro la porta della sua stanza e si strinse a essa, affinché il padre, entrando dall'anticamera, potesse vedere subito che Gregor aveva le migliori intenzioni di tornare subito nella sua stanza, e che non era necessario ricacciarlo indietro, bastava aprire la porta e lui sarebbe subito sparito.

Ma il padre non era nella disposizione adatta per notare simili finezze. "Ah!" gridò entrando, con il tono di chi è al contempo furioso e felice. Gregor allontanò la testa dalla porta e la sollevò verso il padre. Non era davvero così che si era figurato il padre, come adesso se lo vedeva dinanzi; certo negli ultimi tempi, assorto nel suo nuovo modo di strisciare in giro, aveva trascurato di occuparsi come prima di quanto accadeva nel resto della casa, e a dire il vero sarebbe dovuto essere preparato a trovare una situazione mutata. Eppure, eppure, quello era davvero suo padre? Lo stesso uomo che un tempo, le mattine che Gregor partiva per un viaggio d'affari, giaceva stanco, sepolto nel suo letto; l'uomo che, le sere in cui lui tornava a casa, lo accoglieva in poltrona avvolto nella veste da camera; che, non essendo propriamente in grado di alzarsi, in segno di gioia si limitava ad alzare le braccia, l'uomo che nelle rare passeggiate fatte insieme qualche domenica all'anno e nelle festività maggiori arrancava con sforzo fra Gregor e la madre, sempre camminando un po' più lento di loro, pure già lenti, avvolto nel vecchio cappotto e appoggiando cautamente il bastone a gruccia, e che, quando voleva dire qualcosa, quasi sempre si fermava e radunava intorno a sé il suo seguito? Ma adesso stava eretto in un'aderente uniforme blu con i bottoni d'oro, come quelle che portano gli uscieri delle banche; sopra l'alto colletto rigido della giacca traboccava l'abbondante doppio mento; da sotto le sopracciglia cespugliose usciva, fresco e attento, lo sguardo degli occhi neri; i capelli bianchi solitamente arruffati erano lisciati in una pettinatura con la riga, meticolosamente precisa e lucente. Facendolo volare ad arco attraverso tutta la stanza, gettò sul canapè il berretto, sul quale era applicato un monogramma d'oro, verosimilmente quello di una banca e, con le falde della lunga giacca dell'uniforme buttate all'indietro, le mani nelle tasche dei calzoni, il viso contratto in un'espressione feroce, avanzò verso Gregor. Probabilmente non sapeva neanche lui cosa fare; comunque sollevava i piedi a un'altezza inusuale, e Gregor si stupì delle dimensioni gigantesche delle suole dei suoi stivali. Ma non si fermò a pensarci, già il primo giorno della sua nuova vita gli aveva insegnato che il padre riteneva opportuno nei suoi confronti solo il rigore più inflessibile. E così cominciò a scappare davanti al padre, si arrestava quando quello si fermava e si precipitava in avanti non appena l'altro accennava a muoversi. Così fecero più volte il giro della stanza, senza che accadesse nulla di decisivo, anzi senza che il tutto, per la lentezza del ritmo, avesse l'aria di una caccia. Per questo Gregor rimase provvisoriamente sul pavimento, temendo oltre tutto che il padre giudicasse una fuga sulle pareti o sul soffitto come una perfidia particolare. Dovette però dirsi che non avrebbe sopportato a lungo neppure quella blanda corsa, perché mentre il padre faceva un passo solo, lui doveva compiere un'infinità di movimenti. Già cominciava a mancargli il respiro, e del resto anche in passato aveva avuto polmoni non del tutto affidabili. Mentre dunque, con gli occhi semichiusi, avanzava sbandando qua e là per concentrare tutte le forze nella corsa, mentre, nel suo torpore, non gli veniva in mente altra salvezza che non fosse la corsa, e aveva già quasi dimenticato di avere a disposizione le pareti, che qui peraltro erano chiuse da mobili accuratamente intagliati pieni di denti e di punte – allora qualcosa, scagliato con leggerezza, atterrò rasente a lui e gli rotolò dinanzi. Era una mela. Subito un'altra la seguì. Gregor si immobilizzò per lo spavento, continuare a correre era inutile, perché il padre aveva deciso di bombardarlo. Dalla fruttiera sulla credenza si era riempito le tasche e ora lanciava, senza per il momento mirare con precisione, mela dopo mela. Quelle piccole mele rosse rotolavano come elettrizzate per il pavimento, scontrandosi. Una mela lanciata senza forza sfiorò la schiena di Gregor, e scivolò via senza danni. Ma la mela che seguì penetrò letteralmente nella schiena di Gregor; Gregor tentò di trascinarsi via, come se il sorprendente incredibile dolore potesse svanire cambiando posto; ma si sentì come inchiodato a terra e si sdraiò in una completa confusione di tutti i sensi. Solo con l'ultimo sguardo vide spalancarsi la porta della sua stanza e uscirne a precipizio, davanti alla sorella urlante, la madre, in camicia, perché la sorella l'aveva svestita per consentirle di respirare liberamente mentre era svenuta, vide la madre correre verso il padre, vide scivolarle a terra, per via, una dopo l'altra, le gonne slacciate, la vide, incespicando nelle gonne, gettarsi sul padre e, abbracciandolo, in congiunzione assoluta con lui – ma ormai la vista di Gregor si stava spegnendo –, con le mani alla nuca del padre chiedere pietà per la vita di Gregor.

III

La grave ferita di Gregor, della quale egli soffrì per oltre un mese (la mela, siccome nessuno osava toglierla, gli restò conficcata nella carne come memoria visibile), sembrò aver ricordato persino al padre che Gregor, nonostante la sua presente figura, triste e disgustosa, era un membro della famiglia che non si poteva trattare come un nemico, nei confronti del quale anzi il dovere familiare comandava di reprimere il ribrezzo e sopportare, nient'altro che sopportare.

E anche se ora Gregor, a causa della ferita, aveva perduto mobilità, e probabilmente per sempre, anche se, come un vecchio invalido, impiegava lunghi, lunghi minuti per attraversare la stanza – a strisciare per aria non c'era neanche da pensare –, egli venne compensato per quel peggioramento delle sue condizioni, in maniera a suo parere del tutto soddisfacente, con il fatto che tutte le sere la porta del salotto, che lui cominciava a fissare intensamente già un'ora o due prima, veniva aperta, sicché lui, nel buio della sua stanza, invisibile dal salotto, poteva vedere tutta la famiglia seduta al tavolo illuminato e poteva ascoltare i loro discorsi, in certo qual modo con il permesso di tutti, e quindi in maniera tutta diversa da prima.

È vero che non erano più le conversazioni vivaci dei tempi passati, alle quali Gregor, nelle piccole stanze d'albergo, pensava sempre con un certo desiderio, quando doveva buttarsi stanco fra le lenzuola umide. Ora si stava per lo più in silenzio. Il padre si addormentava nella sua poltrona poco dopo la cena; la madre e la sorella si esortavano a vicenda al silenzio; la madre, protesa in avanti sotto la luce, cuciva biancheria fine per un negozio di mode; la sorella, che aveva accettato un posto di commessa, studiava la sera stenografia e francese, per ottenere forse in futuro un impiego migliore. A volte il padre si svegliava e, come se non sapesse di aver dormito, diceva alla madre: "Quanto cuci anche stasera!" e subito si riaddormentava, mentre la madre e la sorella si scambiavano un sorriso stanco.

Con una sorta di ostinazione il padre si rifiutava di togliersi anche a casa l'uniforme da usciere; e mentre la veste da camera restava appesa, inutilizzata, alla gruccia, il padre dormiva al suo posto completamente vestito, come se fosse sempre pronto al servizio e aspettasse anche qui la voce del suo superiore. Di conseguenza, nonostante le cure della madre e della sorella, l'uniforme, che già all'inizio non era nuova, aveva perso il suo aspetto pulito, e per intere serate Gregor guardava quel vestito tutto macchiato, rilucente per i suoi bottoni dorati sempre brillanti, in cui il vecchio dormiva in una posizione terribilmente scomoda e tuttavia tranquillo.

Non appena suonavano le dieci, la madre, parlandogli piano piano, cercava di svegliare il padre e di convincerlo ad andare a letto, perché quello non era un sonno vero, e di sonno vero il padre, che doveva essere in servizio alle sei, aveva invece straordinario bisogno. Ma nella cocciutaggine che lo aveva preso da quando era usciere, il padre insisteva sempre per restare ancora seduto al tavolo, sebbene si addormentasse regolarmente, e poi, oltre tutto, solo con grandissima fatica si riusciva a persuaderlo a passare dalla poltrona al letto. E per quanto la madre e la sorella insistessero con brevi esortazioni, lui scuoteva lentamente la testa per interi quarti d'ora, teneva gli occhi chiusi e non si alzava. La madre lo tirava per la manica, gli diceva paroline dolci all'orecchio, la sorella lasciava i suoi compiti per aiutare la madre, ma con il padre tutto questo non serviva. Egli si limitava a sprofondare ancor più nella sua poltrona. Solo quando le donne lo afferravano sotto le ascelle, lui apriva gli occhi, muoveva lo sguardo dalla madre alla sorella e diceva ogni volta: "Che razza di vita. Questa è la pace della mia vecchiaia." E, appoggiato alle due donne, si alzava, con mille precauzioni, come se fosse a se stesso un immenso peso, si lasciava portare dalle donne fino alla porta, là le congedava con un cenno e proseguiva da solo, mentre la madre gettava in gran fretta i suoi arnesi da cucito, e la sorella la penna, per correre dietro al padre e continuare a essergli d'aiuto.

Chi, in quella famiglia esausta e logorata dal lavoro, aveva tempo di occuparsi di Gregor più di quanto non fosse strettamente necessario? Le spese per la casa vennero ridotte sempre più, la domestica fu infine licenziata; una serva gigantesca e ossuta, con capelli bianchi che le volavano intorno al capo, veniva ora la mattina e la sera per sbrigare le faccende più pesanti; a tutto il resto provvedeva la madre, malgrado il gran lavoro di cucito. Accadde persino che diversi gioielli di famiglia, che prima la madre e la sorella, raggianti, avevano portato a intrattenimenti e feste, venissero venduti, come Gregor venne a sapere la sera sentendo la famiglia discutere sui prezzi ottenuti. La lamentela maggiore era però sempre di non poter lasciare quella casa, troppo grande per la situazione presente, perché non era pensabile trasferire Gregor. Ma Gregor comprendeva bene che non erano solo i riguardi nei suoi confronti a ostacolare un trasloco, perché lui avrebbero potuto facilmente trasportarlo in una cassa adatta con un paio di fori per l'aria; ciò che principalmente tratteneva la famiglia dal cambiar casa erano piuttosto la completa disperazione e il pensiero di esser stata colpita da una sciagura che non aveva l'eguale nell'intera cerchia dei parenti e dei conoscenti. Ciò che il mondo esige dalla povera gente, essi lo facevano fino in fondo, il padre portava la colazione ai piccoli impiegati di banca, la madre si sacrificava per la biancheria di gente estranea, la sorella correva su e giù dietro il banco agli ordini dei clienti, ma le forze della famiglia non arrivavano oltre. E la ferita nella schiena cominciava a dolere a Gregor come all'inizio, quando la madre e la sorella, dopo aver portato a letto il padre, tornavano, lasciavano da parte il lavoro, si avvicinavano l'una all'altra e restavano sedute guancia a guancia; quando ora la madre, indicando la stanza di Gregor, diceva: "Chiudi la porta, Grete," e quando Gregor era di nuovo al buio, mentre nella stanza a fianco le donne mescolavano le loro lacrime oppure, senza piangere, fissavano il tavolo.

Le notti e i giorni passavano per Gregor quasi senza sonno. A volte pensava di riprendere in mano, come prima, gli affari di famiglia, la prima volta che gli avessero aperto la porta; nei suoi pensieri ricomparivano, dopo tanto tempo, il principale e il procuratore, i commessi e gli apprendisti, l'inserviente così ottuso, due, tre amici di altre ditte, una cameriera di un albergo di provincia, un dolce, fuggevole ricordo, la cassiera di un negozio di cappelli, alla quale – seriamente, ma con troppa lentezza – aveva fatto la corte –; tutti comparivano mischiati a figure sconosciute o già dimenticate, ma invece di aiutare lui e la sua famiglia, erano tutti inaccessibili, e lui era contento quando scomparivano. Ma subito dopo non era già più dell'umore adatto per preoccuparsi della famiglia, lo invadeva solo una gran furia per il cattivo trattamento e, sebbene non sapesse immaginare nulla di cui avesse voglia, faceva piani per arrivare alla dispensa, per prendere quello che, anche se non aveva fame, comunque gli spettava. Senza più pensare cosa potesse riuscirgli particolarmente gradito, la sorella spingeva col piede nella stanza di Gregor, in tutta fretta prima di correre in negozio la mattina e nel pomeriggio, un cibo qualsiasi, per poi spazzarlo fuori la sera, con un colpo di scopa, indifferente al fatto che fosse stato appena assaggiato oppure – caso più frequente – fosse rimasto intatto. La pulizia della stanza, cui ella accudiva ora sempre la sera, non poteva esser sbrigata con maggior velocità. Strisce di sporcizia rigavano le pareti, in giro sul pavimento c'erano matasse di polvere e di rifiuti. Nei primi tempi Gregor si metteva, all'arrivo della sorella, in angoli particolarmente significativi sotto quel riguardo, per farle, con quella sua posizione, un rimprovero. Ma avrebbe potuto restar là per settimane, senza che la sorella mostrasse di volersi correggere; vedeva la sporcizia esattamente come lui, ma aveva deciso di lasciarla là. Oltre tutto, con una suscettibilità nuova che sembrava essersi impadronita di tutta la famiglia, faceva attenzione a che la cura della stanza di Gregor restasse riservata a lei. Una volta la madre aveva sottoposto la stanza di Gregor a una pulizia più approfondita, che le era riuscita solo dopo aver consumato diversi secchi d'acqua – anche l'umidità eccessiva, del resto, infastidì Gregor e lui rimase disteso, amareggiato e immobile, sul canapè –, ma la punizione per la madre non mancò. Perché, non appena ebbe notato, la sera, il cambiamento nella stanza di Gregor, la sorella corse, terribilmente offesa, in salotto e scoppiò, nonostante le mani della madre levate a implorare, in una crisi di pianto, cui i genitori assistettero dapprima sbigottiti e impotenti (il padre, naturalmente, s'era svegliato di soprassalto nella sua poltrona); finché anch'essi cominciarono ad agitarsi; il padre rimproverava a destra la madre di non aver lasciato alla sorella la pulizia della camera di Gregor; a sinistra urlava alla sorella che non avrebbe mai più avuto il permesso di pulire la stanza di Gregor; mentre la madre cercava di trascinare in camera da letto il padre, fuori di sé per la collera, la sorella, scossa dai singhiozzi, tempestava il tavolo coi piccoli pugni; e Gregor sibilava forte, scosso dalla furia per il fatto che a nessuno venisse in mente di chiudere la porta e di risparmiargli quello spettacolo e quello strepito.

Ma anche se la sorella, sfinita dal suo lavoro, ne aveva ormai abbastanza di occuparsi di Gregor come prima, la madre non avrebbe dovuto comunque prenderne il posto, né ci sarebbe stato bisogno di trascurare Gregor. Infatti c'era la serva. Quella vecchia vedova, che nella sua lunga vita doveva aver superato le disgrazie peggiori con l'aiuto della sua robusta ossatura, non aveva orrore di Gregor. Senza essere curiosa, una volta aveva aperto per caso la porta della stanza di Gregor e alla vista di Gregor che, completamente sorpreso, aveva cominciato a correre di qua e di là senza che nessuno lo rincorresse, era rimasta a guardare stupefatta con le mani intrecciate in grembo. Da allora ella non mancava, la mattina e la sera, di aprire un poco la porta e di guardare dentro da Gregor. All'inizio lo chiamava perché le si avvicinasse, con parole che ella probabilmente riteneva gentili, come "Vieni un po' qua, vecchio scarafaggio!" oppure "Ma guarda un po' il vecchio scarafaggio!" A tali allocuzioni Gregor non reagiva, e restava anzi immobile al suo posto, come se la porta non fosse neanche stata aperta. Se almeno si fosse ordinato a quella serva, anziché lasciare che lo disturbasse inutilmente a suo capriccio, di pulire ogni giorno la sua stanza! Una volta, una mattina presto – una pioggia violenta, forse già un segno della primavera imminente, batteva contro i vetri – Gregor, quando la serva ricominciò con i suoi discorsi, fu talmente amareggiato che, peraltro lento e cadente, si volse verso di lei come per attaccarla. Ma la serva, invece di spaventarsi, si limitò a sollevare in aria una sedia che si trovava vicino alla porta, e siccome se ne stava là con la bocca spalancata, fu chiaro che aveva intenzione di richiudere la bocca solo quando la sedia che teneva in mano si fosse abbattuta sulla schiena di Gregor. "Tutto qui?" ella chiese, quando Gregor tornò a girarsi, e ripose la sedia nell'angolo.

Ormai Gregor non mangiava quasi più. Solo quando passava per caso davanti la cibo che gli preparavano, prendeva in bocca per gioco un boccone, lo teneva lì per ore e infine, il più delle volte, lo sputava. All'inizio aveva pensato che a distoglierlo dal cibo fosse il dolore per lo stato della sua stanza, ma proprio con quei cambiamenti si riconciliò molto presto. S'era presa l'abitudine di mettere in quella stanza oggetti che non trovavano posto altrove, e di quegli oggetti ora ce n'erano molti perché una stanza dell'appartamento era stata affittata a tre inquilini. Quei tre uomini dall'aria grave – tutti e tre portavano la barba, come Gregor constatò una volta attraverso una fessura della porta – stavano meticolosamente attenti all'ordine, non solo nella loro stanza, bensì, visto che ormai erano lì in affitto, in tutta la conduzione della casa, soprattutto della cucina. Non sopportavano il ciarpame inutile o addirittura sporco. Inoltre si erano portati in gran parte i mobili di loro proprietà. Per questo motivo molte cose, che non erano vendibili, ma che non si voleva neanche buttare via, si erano rese superflue. Tutti quegli oggetti finirono nella stanza di Gregor. E anche la cassetta della cenere e il bidone dei rifiuti della cucina. Tutto quello che era momentaneamente inservibile, la serva, che aveva sempre una gran fetta, lo scaraventava semplicemente nella stanza di Gregor; per fortuna, Gregor vedeva di solito soltanto l'oggetto in questione e la mano che lo reggeva. La serva aveva forse intenzione, quando avesse avuto tempo e occasione, di tornare a prendere tutti gli oggetti o di buttarli via tutti in una volta, ma in realtà restavano là dov'erano caduti al primo lancio, se Gregor non spostava quelle cianfrusaglie insinuandovisi, dapprima costretto, perché non c'era più posto per strisciare, in seguito però con divertimento crescente, sebbene dopo quelle passeggiate, stanco da morire e triste, egli rimanesse di nuovo immobile per ore.

Siccome gli inquilini a volte cenavano a casa nel salotto comune, la porta del salotto certe sere restava chiusa, ma Gregor faceva a meno volentieri della porta aperta, anzi non aveva nemmeno sfruttato certe serate in cui era aperta e, senza che la famiglia se ne accorgesse, era rimasto nell'angolo più buio della sua stanza. Una volta però la serva aveva lasciato una fessura nella porta del salotto, e così essa rimase aperta anche quando, la sera, gli inquilini entrarono e fu accesa la luce. Si sedettero al tavolo, dove un tempo stavano il padre, la madre e Gregor, dispiegarono i tovaglioli e presero in mano coltello e forchetta. Subito comparve sulla porta la madre con un vassoio di carne e dietro la sorella con un vassoio ricolmo di patate. Il cibo fumava con dense nubi di vapore. Gli inquilini si chinarono sui vassoi che erano stati loro posti dinanzi, come se volessero esaminarli prima di mangiare, e in effetti quello che sedeva in mezzo e sembrava essere considerato un'autorità dagli altri due, tagliò un pezzo di carne ancora nel vassoio, evidentemente per stabilire se fosse abbastanza tenera e se non dovesse invece essere rimandata in cucina. Ne fu soddisfatto, e la madre e la sorella, che avevano assistito ansiose, cominciarono a sorridere respirando di sollievo.

La famiglia mangiava invece in cucina. Tuttavia il padre, prima di andare in cucina, venne in salotto e, inchinandosi continuamente con il berretto in mano, fece il giro della tavola. Gli inquilini si alzarono tutti insieme e mormorarono qualcosa nella barba. Quando poi restarono soli, mangiarono in un silenzio quasi perfetto. A Gregor parve singolare che di tutti gli svariati rumori della cena si sentissero sempre i loro denti che masticavano, come se con ciò si volesse dimostrare a Gregor che per mangiare ci vogliono i denti, e che anche con le più belle mandibole sdentate non si riesce a combinare nulla. "La voglia di mangiare ce l'ho," si disse Gregor preoccupato, "ma non di mangiare queste cose. Guarda come si nutrono gli inquilini, e io muoio!"

Proprio quella sera il violino – Gregor non ricordava d'averlo sentito per tutto quel tempo – risuonò dalla cucina. Gli inquilini avevano già terminato la cena, quello di mezzo aveva tirato fuori un giornale, ne aveva dato un foglio a ciascuno degli altri due, e ora leggevano appoggiati allo schienale, fumando. Quando il violino prese a suonare, essi si fecero attenti, si alzarono e andarono in punta di piedi alla porta dell'anticamera, fermandosi sulla soglia, stretti l'uno all'altro. Dalla cucina dovevano averli sentiti, perché il padre esclamò: "La musica disturba forse i signori? Si può smettere subito." "Al contrario," disse il signore di mezzo, "la signorina non vorrebbe venire da noi e suonare qui in salotto, che è tanto più comodo e accogliente?" "Ma certo," disse il padre, come se fosse lui il violinista. Gli inquilini tornarono in salotto e aspettarono. Seguì il padre con il leggìo, poi la madre con lo spartito e la sorella con il violino. Con calma, la sorella preparò tutto quanto occorreva per suonare; i genitori, che non avevano mai affittato prima e quindi eccedevano nella loro cortesia verso gli inquilini, non osavano neppure sedersi sulle loro stesse poltrone; il padre si appoggiò alla porta, la mano destra fra due bottoni della giacca chiusa della livrea; uno dei tre signori offrì invece una poltrona alla madre, ed ella, avendo lasciato la poltrona là dove quegli casualmente l'aveva appoggiata, sedette da parte in un angolo.

La sorella cominciò a suonare; il padre e la madre, ciascuno dalla sua parte, seguivano attenti i movimenti delle sue mani. Gregor, attirato dal suono, si era spinto un poco avanti ed era già con la testa nel salotto. Non si meravigliò neppure della sua nuova mancanza di riguardi nei confronti degli altri; in passato quei riguardi erano stati il suo orgoglio. Eppure adesso avrebbe avuto più seri motivi per nascondersi, perché, a causa della polvere che invadeva tutta la sua stanza e che volava all'intorno al minimo movimento, anche lui era carico di polvere; sulla schiena e ai fianchi si trascinava dietro fili, capelli, avanzi di cibo; la sua generale indifferenza era troppo grande perché egli, come prima faceva più volte al giorno, si stendesse sul dorso e si strofinasse contro il tappeto. E malgrado le sue condizioni, non ebbe ora timore di avanzare un poco sul pavimento immacolato del salotto.

D'altronde nessuno badava a lui. La famiglia era interamente assorbita dal suono del violino; gli inquilini invece, che dapprima, con le mani nelle tasche dei calzoni, si erano disposti troppo a ridosso del leggìo della sorella, tanto che tutti avrebbero potuto leggere lo spartito, cosa che sicuramente aveva disturbato la sorella, si erano poi ritirati, discorrendo a mezza voce e con la testa abbassata, verso la finestra, dove rimasero ritti, osservati con preoccupazione dal padre. Avevano, evidentemente, tutta l'aria di essere stati delusi nella loro aspettativa di ascoltare un'esecuzione bella o divertente, di averne abbastanza di quella musica e di permettere solo per cortesia che li si disturbasse. Soprattutto il loro modo di soffiare in alto, dal naso e dalla bocca, il fumo dei sigari, era indizio di nervosismo. Eppure la sorella suonava così bene. Teneva il viso piegato di lato, lo sguardo seguiva attento e triste i righi. Gregor strisciò ancora un poco in avanti e tenne il capo rasente il suolo, per poter forse incontrare il suo sguardo. Era un animale, se la musica lo commuoveva tanto? Gli parve che gli si mostrasse ora la via verso il desiderato e sconosciuto nutrimento. Era risoluto a spingersi fino alla sorella, a tirarla per la gonna e farle così intendere di andare col violino in camera sua, perché nessuno apprezzava qui la sua musica come lui l'avrebbe apprezzata. Non voleva più lasciarla uscire dalla sua stanza, almeno finché viveva; la sua figura orrenda gli sarebbe, per la prima volta, tornata utile; si sarebbe messo contemporaneamente a tutte le porte della sua stanza e avrebbe soffiato feroce contro gli aggressori; ma la sorella doveva rimanergli accanto volontariamente, non per costrizione; doveva sederglisi accanto sul canapè, chinare l'orecchio verso di lui, e lui le avrebbe confidato allora che aveva avuto il fermo proposito di mandarla al conservatorio, e che, se non fosse capitata la disgrazia, l'avrebbe annunciato a tutti, senza ascoltare obiezioni, lo scorso Natale – ma Natale era già passato? – Dopo quella spiegazione la sorella sarebbe scoppiata in un pianto di commozione, e Gregor si sarebbe sollevato fino alla sua spalla e le avrebbe baciato il collo, che ella portava ora, da quando andava in negozio, libero, senza nastro né colletto.

"Signor Samsa!" disse il signore di mezzo al padre e, senza sprecare altre parole, mostrò con l'indice Gregor che avanzava lentamente. Il violino tacque, l'inquilino di mezzo dapprima sorrise ai suoi amici scuotendo la testa e poi guardò di nuovo verso Gregor. Il padre, invece di scacciare Gregor, sembrò giudicare più importante tranquillizzare innanzi tutto gli inquilini, sebbene questi non fossero affatto agitati e Gregor sembrasse divertirli più del violino. Corse da loro e con le braccia spalancate cercò di spingerli nella loro stanza e contemporaneamente di sottrarre loro con il suo corpo la vista di Gregor. Ora in effetti si arrabbiarono un poco, non si sapeva bene se per il contegno del padre o per il fatto di rendersi conto di aver avuto senza saperlo un vicino come Gregor. Pretesero spiegazioni dal padre, alzarono a loro volta le braccia, si tirarono inquieti la barba e solo lentamente indietreggiarono verso la loro stanza. Nel frattempo la sorella aveva superato lo smarrimento nel quale era caduta dopo l'improvvisa interruzione della musica e, dopo aver tenuto per un po' fra le mani abbandonate il violino e l'archetto e aver continuato a fissare lo spartito come se avesse continuato a suonare, s'era d'un colpo scossa, aveva messo lo strumento in grembo alla madre, che era ancora seduta nella sua poltrona respirando a fatica con polmoni che lavoravano furiosamente, ed era corsa nella camera accanto, alla quale gli inquilini, sotto le pressioni del padre, ora si avvicinavano più rapidamente. Fra le mani esperte della sorella si videro cuscini e coperte volare in aria e poi ricadere riordinandosi. Ancor prima che gli inquilini avessero raggiunto la stanza, ella aveva finito di rifare i letti e scivolò fuori. Il padre sembrava di nuovo così in preda alla sua ostinazione da dimenticare il rispetto che comunque doveva ai suoi inquilini. Spingeva e spingeva finché, ormai sulla soglia, l'inquilino di mezzo pestò il piede con un fragore che indusse il padre a fermarsi. "Io dichiaro," disse alzando la mano e cercando con lo sguardo anche la madre e la sorella, "che, tenendo conto delle condizioni ripugnanti in cui versano questa casa e questa famiglia," – e qui sputò sul pavimento con un gesto brusco e deciso –, "disdico all'istante la mia stanza. Naturalmente non pagherò la benché minima somma neppure per i giorni in cui ho abitato qui, e valuterò inoltre la possibilità di sporgere denuncia con richieste di risarcimento che – credetemi – non saranno difficili da motivare." Tacque e guardò dritto davanti a sé, come se fosse in attesa di qualcosa. E infatti i suoi due amici intervennero subito dicendo: "Anche noi disdiciamo all'istante." Quindi egli afferrò la maniglia e chiuse con uno schianto la porta.

Il padre, annaspando con le mani, avanzò vacillando verso la sua poltrona e là si lasciò cadere; sembrava che si stirasse per il suo consueto sonnellino serale, ma il forte oscillare del capo, che sembrava privo di sostegno, indicava che non dormiva affatto. Gregor era rimasto per tutto il tempo immobile nel punto in cui gli inquilini lo avevano sorpreso. La delusione per il fallimento del suo piano, ma forse anche la debolezza causata dal lungo digiuno, gli rendevano impossibile muoversi. Con una certa sicurezza temeva già per l'istante successivo un crollo generale che si sarebbe scaricato su di lui, e restava in attesa. Non lo spaventò neanche il violino, che, sgusciando dalle mani tremanti della madre, le scivolò dal grembo e cadde con un suono riecheggiante.

"Cari genitori," disse la sorella, battendo, come introduzione, la mano sul tavolo, "così non si può andare avanti. Se voi non ve ne rendete conto, me ne rendo conto io. Davanti a questo mostro non voglio pronunciare il nome di mio fratello e quindi mi limito a dire: dobbiamo cercare di liberarcene. Abbiamo tentato l'impossibile, per curarlo e tollerarlo, e credo che nessuno possa rivolgerci il benché minimo rimprovero."

"Ha mille volte ragione," disse il padre fra sé. La madre, che continuava ad ansimare in cerca d'aria, cominciò a tossire cupamente con la mano davanti alla bocca e un'espressione folle negli occhi. La sorella accorse presso la madre e le tenne la fronte. Il padre sembrò portato dalle parole della sorella a formulare pensieri più precisi, si era seduto eretto, giocava col suo berretto da usciere fra i piatti della cena che ancora ingombravano il tavolo, e guardava a tratti il silenzioso Gregor.

"Dobbiamo cercare di liberarcene," disse ora la sorella rivolta solo al padre, perché la madre nella sua tosse non sentiva niente, "va a finire che vi uccide entrambi, ne sono sicura. Quando si deve lavorare così duramente come facciamo noi, non si può tornare a casa e sopportare questa eterna tortura. Non ce la faccio più neanch'io." E scoppiò a piangere con tanta violenza che le sue lacrime inondarono il viso della madre, dal quale poi le terse con movimenti meccanici della mano.

"Bambina mia," disse il padre compassionevole e con evidente comprensione, "ma cosa dobbiamo fare?"

La sorella si limitò ad alzare le spalle per significare lo smarrimento che l'aveva assalita durante il pianto, in contrasto con la sua iniziale sicurezza.

"Se lui ci capisse," disse il padre con un tono quasi interrogativo; piangendo la sorella scosse violentemente la mano per indicare che non c'era nemmeno da pensarci.

"Se lui ci capisse," ripeté il padre e, chiudendo gli occhi, accolse in sé la convinzione della sorella che ciò fosse impossibile, "allora sarebbe forse possibile accordarsi con lui. Ma così..."

"Deve sparire," disse la sorella, "è il solo rimedio, papà. Devi solo cercare di liberarti del pensiero che sia Gregor. La nostra vera disgrazia è che noi ci abbiamo creduto finora. Ma come può essere Gregor? Se fosse Gregor, avrebbe capito da tempo che una convivenza fra esseri umani e un simile animale è impossibile, e se ne sarebbe andato spontaneamente. Non avremmo più un fratello, ma potremmo continuare a vivere e a onorare la sua memoria. Ma questo animale ci perseguita, scaccia gli inquilini, evidentemente vuole prendersi tutto l'appartamento e farci dormire per strada. Guarda, papà," prese improvvisamente a gridare, "ricomincia di nuovo!" E in uno spavento assolutamente incomprensibile a Gregor, la sorella lasciò addirittura la madre, si strappò letteralmente dalla sedia di lei, come se preferisse sacrificare la madre piuttosto che restare ancora nelle vicinanze di Gregor, e corse a mettersi alle spalle del padre che, messo in agitazione solo dal suo comportamento, si alzò a sua volta e levò a mezz'aria le braccia davanti alla sorella, come per proteggerla.

Ma a Gregor non veniva certo in mente di voler far paura a qualcuno, e tanto meno a sua sorella. Aveva solo cominciato a girarsi per tornarsene in camera, ed erano in effetti movimenti singolari, perché, a causa del suo cattivo stato di salute, in quelle difficili manovre doveva aiutarsi con la testa, che egli più volte sollevò e sbatté contro il pavimento. Si arrestò e si guardò intorno. Le sue buone intenzioni parvero esser state capite; era stato solo uno spavento momentaneo. Ora tutti lo guardavano silenziosi e tristi. La madre giaceva nella sua poltrona con le gambe stese e premute l'una contro l'altra, con gli occhi che quasi le si chiudevano per lo sfinimento; il padre e la sorella sedevano l'uno accanto all'altra, la sorella aveva messo la mano intorno al collo del padre.

"Ora forse posso girarmi," pensò Gregor e riprese il suo lavoro. Non riusciva a soffocare l'ansimare causato dallo sforzo e ogni tanto era costretto a riposarsi. D'altronde nessuno lo incalzava, tutto era affidato a lui. Quando ebbe terminato la manovra di inversione cominciò subito a tornarsene diritto in camera. Si stupì della grande distanza che lo separava dalla sua stanza, e non riusciva a capire come avesse fatto poco prima, debole com'era, a percorrere la stessa strada quasi senza accorgersene. Continuamente occupato solo a camminare alla svelta, non badò al fatto che non una parola, non un'esclamazione della sua famiglia erano giunte a disturbarlo. Solo quando fu ormai nel vano della porta volse il capo, non del tutto, perché sentì il collo irrigidirsi, comunque riuscì a vedere che alle sue spalle nulla era mutato, solo la sorella si era alzata. L'ultimo sguardo di Gregor sfiorò la madre, che s'era addormentata.

Non appena egli fu dentro la sua stanza, la porta fu chiusa in gran fretta, sprangata e sbarrata. Gregor si spaventò a tal punto dell'improvviso fragore alle sue spalle, che le zampette gli si piegarono. Era stata la sorella ad affrettarsi in quel modo. Già prima era rimasta ritta in piedi in attesa, poi era balzata in avanti con un passo leggero, Gregor non l'aveva nemmeno sentita arrivare, e ai genitori gridò un "finalmente!" mentre girava la chiave nella serratura.

"E ora?" si chiese Gregor e si guardò intorno nel buio. Non tardò a scoprire che ormai non riusciva più a muoversi. Non se ne stupì, anzi gli sembrò innaturale essere davvero riuscito a spostarsi, finora, con quelle zampette sottili. Per il resto si sentiva relativamente bene. Aveva sì dolori in tutto il corpo, ma gli parve che si facessero sempre più deboli e che infine sarebbero scomparsi del tutto. La mela che gli era marcita nella schiena e la zona infiammata tutto intorno, interamente coperte di polvere soffice, non le sentiva quasi più. Alla famiglia il suo pensiero tornò con commozione e amore. La sua opinione sul fatto di dover sparire era, se possibile, ancor più risoluta di quella della sorella. In quello stato di riflessione vacua e quieta egli rimase finché l'orologio del campanile non suonò le tre del mattino. Visse ancora l'inizio dello schiarirsi di ogni cosa fuori della finestra. Poi, senza che egli lo volesse, la testa gli cadde del tutto e dalle narici gli uscì debole l'ultimo respiro.

Quando la mattina presto la serva arrivò – per quanto fosse stata ripetutamente pregata di evitarlo, per la gran forza e la gran fretta ella sbatteva tutte le porte in maniera tale che dal momento del suo arrivo era impossibile dormire in pace –, durante la sua consueta breve visita a Gregor non notò dapprima nulla di particolare. Pensò che egli giacesse apposta così immobile e facesse l'offeso: lo credeva capace di tutta l'intelligenza possibile. Siccome, per caso, aveva in mano una lunga scopa, tentò di sollecitare Gregor restando sulla porta. Vedendo che anche così non c'era reazione, ella si irritò e affondò lievemente il manico dentro Gregor, e solo quando lo ebbe spinto via dal suo posto senza incontrare resistenza, si fece attenta. Quando si rese conto di come stavano le cose, spalancò gli occhi, fischiò piano, ma non si soffermò a lungo, bensì aperse la porta della camera da letto e disse a gran voce nel buio: "Venite un po' qua a vedere, che è crepato; eccolo lì, è proprio crepato!"

I coniugi Samsa rimasero seduti ritti nel letto intenti a superare lo spavento procurato dalla serva, prima di arrivare a capire il senso delle sue parole. Ma poi il signore e la signora Samsa, ciascuno dalla sua parte, scesero a precipizio dal letto, il signor Samsa si gettò la coperta sulle spalle, la signora Samsa uscì invece con la sola camicia da notte; così entrarono nella stanza di Gregor. Nel frattempo si era aperta anche la porta del salotto, dove Grete dormiva dall'arrivo degli inquilini; era completamente vestita, come se non avesse affatto dormito, e il pallore del viso sembrava confermarlo. "Morto?" disse la signora Samsa e alzò gli occhi, come interrogando, verso la serva, sebbene potesse controllare tutto da sola e potesse rendersi conto di tutto anche senza controllare. "Direi!" disse la serva e, per tutta dimostrazione, con la scopa spinse il cadavere di Gregor per un bel pezzo di lato. La signora Samsa fece il gesto di trattenere la scopa, ma poi si arrestò: "Bene," disse il signor Samsa, "ora possiamo ringraziare Dio." Si fece il segno della croce e le tre donne seguirono il suo esempio. Grete, che non distoglieva gli occhi dal cadavere, disse: "Guardate com'era magro. Ma era tanto tempo che non mangiava più. Il cibo usciva com'era entrato." E davvero il corpo di Gregor era completamente piatto e secco, lo si notava solo adesso che non c'erano più le zampette a sostenerlo, né altri particolari a sviare lo sguardo.

"Vieni, Grete, vieni un poco in camera nostra," disse la signora Samsa con un sorriso malinconico, e Grete, non senza voltarsi indietro a guardare il cadavere, seguì i genitori in camera da letto. La serva chiuse la porta e spalancò la finestra. Nonostante fosse mattina presto, all'aria pungente si mescolava già un certo tepore. E in effetti si era già a fine marzo.

Dalla loro stanza uscirono i tre inquilini e si guardarono intorno stupiti alla ricerca della colazione; li si era dimenticati. "Dov'è la colazione?" chiese, di malumore, l'inquilino di mezzo alla serva. Ma questa si mise l'indice sulle labbra e, concitata e silenziosa, fece poi cenno agli inquilini di seguirla in camera di Gregor. Essi entrarono e poi presero a gironzolare, con le mani nelle tasche delle giacchette già un po' consunte, intorno al cadavere di Gregor nella stanza ormai completamente chiara.

Allora si aprì la porta della camera da letto e il signor Samsa comparve nella sua livrea, tenendo al braccio da un lato sua moglie, dall'altro sua figlia. Tutti avevano gli occhi un poco arrossati dal pianto; Grete premeva ogni tanto il viso contro il braccio del padre.

"Uscite immediatamente da casa mia!" disse il signor Samsa indicando la porta, senza lasciare le due donne. "Che intende dire?" chiese l'inquilino di mezzo, un po' interdetto, e sorrise mellifluo. Gli altri due tenevano le mani dietro la schiena e se le sfregavano ininterrottamente, come aspettassero con gioia una gran lite, che però si sarebbe risolta a loro favore. "Intendo dire esattamente quel che ho detto," rispose il signor Samsa e, formando con le sue accompagnatrici un unico fronte, avanzò verso l'inquilino. Questi rimase dapprima immobile con gli occhi a terra, come se nella sua testa le cose si stessero disponendo in un nuovo ordine. "Allora noi andiamo," disse poi e alzò gli occhi verso il signor Samsa, come se, nell'umiltà che improvvisamente lo assaliva, chiedesse permesso anche per quella decisione. Il signor Samsa si limitò ad annuire più volte con gli occhi spalancati. Al che l'inquilino andò davvero, a gran passi, in anticamera; i suoi due amici, che già da qualche tempo erano rimasti in ascolto con mani ferme e quiete, ora gli saltellarono addirittura dietro, come nel timore che il signor Samsa potesse entrare in anticamera prima di loro e spezzare il legame con il loro capo. In anticamera presero tutti e tre il cappello dall'attaccapanni, tirarono fuori il bastone dall'ombrelliera, si inchinarono muti e uscirono di casa. Con una diffidenza che si rivelò poi del tutto ingiustificata, il signor Samsa andò sul pianerottolo con le due donne; appoggiati alla ringhiera stettero a guardare i tre inquilini che, lentamente ma senza fermarsi, scendevano le lunghe scale, scomparivano a ogni piano in una determinata curva della tromba, e ne uscivano dopo qualche istante; man mano che essi si allontanavano in basso, si perdeva l'interesse della famiglia Samsa per loro, e quando il garzone del macellaio venne loro incontro e li oltrepassò salendo le scale con portamento fiero e con il suo carico in testa, il signor Samsa si staccò con le donne dalla ringhiera e tutti, come sollevati, tornarono in casa.

Decisero di impiegare quel giorno per riposarsi e per andare a passeggio; quell'interruzione nel lavoro non solo se l'erano meritata, ma anzi ne avevano assolutamente bisogno. E così si sedettero al tavolo e scrissero tre lettere di giustificazione, il signor Samsa alla sua direzione, la signora Samsa al suo datore di lavoro e Grete al suo principale. Mentre scrivevano, la serva entrò per dire che se ne andava perché il suo lavoro mattutino era terminato. I tre, intenti a scrivere, si limitarono dapprima ad annuire, e solo vedendo che la serva non accennava ad andarsene alzarono irritati lo sguardo. "Ebbene?" chiese il signor Samsa. La serva stava sulla soglia, sorridente, come se avesse una gran gioia da annunciare alla famiglia, ma volesse farlo solo se la si fosse interrogata a fondo. La piccola piuma di struzzo, quasi ritta sul suo cappello, che aveva fatto arrabbiare il signor Samsa per tutto il tempo del suo servizio, oscillava leggera in tutte le direzioni. "Allora, cosa vuole?" chiese la signora Samsa, verso la quale la serva mostrava di avere qualche rispetto.

"Sì," rispose la serva, senza riuscire, per tutto quel ridere cordiale, neanche a continuare, "allora, sul modo di buttar via la roba qui a fianco, non occorre che vi preoccupiate. È già tutto a posto." La signora Samsa e Grete si chinarono sulle loro lettere come per continuare a scrivere; il signor Samsa, accorgendosi che la serva stava per cominciare a descrivere tutto nei particolari, la fermò risolutamente con la mano tesa. Non potendo raccontare nulla, si ricordò della gran fretta che aveva ed esclamò, visibilmente offesa: "Arrivederci a tutti," si voltò con furia e uscì di casa fra uno spaventoso sbatter di porte.

"Stasera la licenzio," disse il signor Samsa, ma non ebbe risposta né da sua moglie né da sua figlia, perché la serva sembrava aver turbato la loro pace appena conquistata. Si alzarono, andarono alla finestra e vi rimasero, tenendosi allacciate. Il signor Samsa si girò nella sua sedia a guardarle e rimase un tratto a osservarle. Poi disse: "Venite un po' qui. Basta con le vecchie questioni. E pensate anche un poco a me." Subito le donne gli obbedirono, corsero da lui, lo accarezzarono e terminarono in fretta le loro lettere.

Poi tutti e tre insieme uscirono di casa, cosa che non

facevano da mesi, e andarono col tram in campagna fuori città. La vettura nella quale sedevano soli era tutta attraversata dai raggi caldi del sole. Comodamente appoggiati alla spalliera, discussero le prospettive per l'avvenire, le quali, a ben guardare, risultarono tutt'altro che cattive, perché i tre rispettivi impieghi, come solo ora constatarono chiedendo a vicenda, erano oltremodo favorevoli e soprattutto promettevano bene per il futuro. Il maggiore e più immediato miglioramento della situazione sarebbe risultato naturalmente, con facilità, dal cambiamento di casa; volevano prendere ora un appartamento più piccolo e meno costoso, ma in una posizione migliore e comunque più pratico di quello di adesso, che era stato scelto ancora da Gregor. Mentre chiacchieravano così, il signore e la signora Samsa, guardando la figlia che s'animava sempre più, notarono quasi contemporaneamente che, nonostante il tormento che le aveva sbiancato le guance, ella era fiorita negli ultimi tempi fino a farsi una bella ragazza rigogliosa. Facendosi più silenziosi e intendendosi quasi inconsciamente con lo sguardo, essi pensarono che era tempo di cercare per lei un marito a posto. E fu loro quasi una conferma dei nuovi sogni e dei buoni intenti il fatto che, all'arrivo, la figlia si alzasse per prima e stendesse il giovane corpo.

NELLA COLONIA PENALE

"È un apparecchio singolare," disse l'ufficiale all'esploratore e abbracciò con uno sguardo quasi d'ammirazione l'apparecchio che pure gli era ben noto. L'esploratore sembrava aver accettato solo per cortesia l'invito del comandante ad assistere all'esecuzione di un soldato che era stato condannato per insubordinazione e oltraggio ai superiori. L'interesse per quella esecuzione non doveva esser molto forte in tutta la colonia penale. Quanto meno, nella piccola valle profonda e sabbiosa, chiusa all'intorno da pendii scabri, oltre all'ufficiale e all'esploratore c'erano soltanto il condannato, un uomo dall'espressione inebetita, dalla bocca larga, i capelli e il viso incolti, e un soldato che teneva la pesante catena nella quale confluivano le piccole catene con cui il condannato era legato ai polsi, alle caviglie e al collo, e che erano collegate anche fra loro da catene trasversali. Del resto il condannato aveva un aspetto così bestialmente sottomesso, che sembrava lo si potesse lasciar andare in giro liberamente per i pendii e che all'inizio dell'esecuzione bastasse fischiare perché tornasse.

L'esploratore aveva poco interesse per l'apparecchio e camminava su e giù, con indifferenza quasi manifesta, alle spalle del condannato, mentre l'ufficiale faceva gli ultimi preparativi, ora infilandosi sotto l'apparecchio piantato in profondità nel terreno, ora arrampicandosi su una scala a pioli per controllare le parti superiori. Erano operazioni che in verità si sarebbero potute affidare a un meccanico, ma l'ufficiale le eseguiva con grandissimo impegno, sia che fosse un particolare sostenitore dell'apparecchio, sia che non si potesse, per altre ragioni, affidare ad altri quell'incombenza. "Ora è tutto pronto!" esclamò infine scendendo dalla scala. Era terribilmente spossato, respirava con la bocca spalancata e si era infilato due delicati fazzoletti da donna nel colletto dell'uniforme. "Queste uniformi sono troppo pesanti per i tropici," disse l'esploratore, anziché informarsi dell'apparecchio, come l'ufficiale s'era aspettato. "Certo," disse l'ufficiale lavandosi le mani sporche d'olio e di grasso in un secchio d'acqua che stava lì pronto, "ma significano la patria; non vogliamo perdere la patria. – Ma ora guardi questo apparecchio," aggiunse subito, asciugandosi le mani con un panno e indicando al contempo l'apparecchio. "Fin qui si è reso ancora necessario del lavoro manuale, ma d'ora in poi l'apparecchio lavorerà da solo." L'esploratore assentì e seguì l'ufficiale. Questi cercò di premunirsi contro tutti gli inconvenienti e disse poi: "Si verificano naturalmente dei guasti; spero che oggi non se ne presentino, comunque bisogna prevederne la possibilità: l'apparecchio resterà in moto per dodici ore consecutive. Ma anche qualora si verifichino guasti, sono di piccola entità e saranno subito riparati."

"Non vuole sedersi?" chiese infine, trasse da una catasta una sedia di bambù e la offrì all'esploratore; questi non poté rifiutare. Sedeva ora sull'orlo di una fossa, nella quale gettò uno sguardo di sfuggita. Non era molto profonda. Su un lato la terra scavata era stata ammucchiata a formare un terrapieno, sull'altro si ergeva l'apparecchio. "Non so," disse l'ufficiale, "se il comandante le abbia già descritto l'apparecchio." L'esploratore fece un gesto vago con la mano; l'ufficiale non chiedeva di meglio, perché ora poteva spiegare lui stesso l'apparecchio. "Questo apparecchio," disse afferrando una biella e appoggiandosi a essa, "è un'invenzione del nostro vecchio comandante. Io ho collaborato subito ai primissimi esperimenti e ho partecipato a tutti i lavori fino alla fine. Ma il merito dell'invenzione spetta a lui soltanto. Ha sentito parlare del nostro vecchio comandante? No? Bene, non esagero affermando che l'organizzazione dell'intera colonia penale è opera sua. Noi, i suoi amici, sapevamo già al momento della sua morte che l'organizzazione della colonia è talmente conchiusa in sé, che il suo successore, anche se avesse avuto mille nuovi progetti in mente, non avrebbe potuto cambiare nulla dell'antico ordine, almeno per molti anni. E la nostra previsione si è avverata; il nuovo comandante ha dovuto riconoscerlo. Peccato che lei non abbia conosciuto il vecchio comandante! – Ma," si interruppe l'ufficiale, "io chiacchiero e il suo apparecchio è qui dinanzi a noi. Come lei vede, consta di tre parti. Per ciascuna di queste parti si sono costituite nel corso del tempo denominazioni, per così dire, popolari. La parte inferiore si chiama letto, quella superiore disegnatore, e la parte centrale, questa che oscilla, si chiama erpice." "Erpice?" chiese l'esploratore. Non aveva ascoltato con molta attenzione, il sole irrompeva con troppa forza nella valle senz'ombra, era difficile raccogliere i pensieri. Tanto più ammirevole gli sembrava l'ufficiale, che, nell'attillata uniforme da parata, appesantita dalle spalline e coperta di cordoni, con tanto fervore esponeva la sua questione e in più, mentre parlava, si dava da fare con un cacciavite intorno a questa o a quella vite. In una condizione simile a quella del viaggiatore sembrava trovarsi il soldato. Si era avvolto attorno ai polsi la catena del condannato, si appoggiava con una mano al fucile, lasciava penzolare la testa e non si curava di nulla. L'esploratore non se ne stupì, perché l'ufficiale parlava francese e certamente né il soldato né il condannato capivano il francese. Tanto più colpiva dunque il fatto che il condannato si sforzasse tuttavia di seguire le spiegazioni dell'ufficiale. Con una sorta di sonnolenta perseveranza dirigeva lo sguardo sempre verso il punto indicato dall'ufficiale, e quando questi fu ora interrotto da una domanda dell'esploratore, si volse, come l'ufficiale, a guardare l'esploratore.

"Sì, erpice," disse l'ufficiale, "il nome è quello giusto. Gli aghi sono disposti alla maniera di un erpice, e inoltre il tutto ha il funzionamento di un erpice, anche se lavora su un solo punto e con una tecnica assai più perfetta. Ma capirà tra un attimo. Qui sul letto viene disteso il condannato. – Voglio infatti descrivere prima l'apparecchio, e solo dopo far eseguire la procedura stessa. Così potrà seguire meglio. In più c'è una ruota dentata nel disegnatore che è troppo consunta; stride molto, quando è in funzione; bisogna urlare per farsi sentire; i pezzi di ricambio, purtroppo, qui sono molto difficili da reperire. – Dunque questo è il letto, come dicevo. È interamente coperto da uno strato d'ovatta; lo scopo lo vedrà. Su questa ovatta il condannato viene disteso prono, naturalmente nudo; qui ci sono cinghie per tenerlo allacciato alle mani, ai piedi, al collo. Qui a capo del letto, dove l'uomo, come ho detto, giace dapprima a faccia in giù, c'è questo piccolo tampone di feltro, che può essere facilmente regolato per penetrargli esattamente in bocca. Ha lo scopo di impedire che il condannato urli e si morda la lingua. Naturalmente l'uomo è costretto ad accogliere il feltro in bocca, perché altrimenti la cinghia gli spezzerebbe l'osso del collo." "Questa è ovatta?" chiese l'esploratore sporgendosi in avanti. "Certo," disse l'ufficiale sorridendo, "la tocchi lei stesso." Afferrò la mano dell'esploratore e la fece passare sopra il letto. "È un'ovatta trattata con un procedimento speciale, per questo ha un aspetto così strano; tornerò a parlare del suo scopo." L'apparecchio aveva già un poco conquistato l'esploratore; con la mano sopra gli occhi per ripararsi dal sole, egli guardava in su. Era una costruzione imponente. Il letto e il disegnatore avevano le stesse dimensioni e sembravano due grandi casse scure. Il disegnatore era fissato a circa due metri sopra il letto; le due parti erano collegate agli angoli da quattro sbarre d'ottone, che saettavano nel sole. Fra le due casse, a un nastro d'acciaio, era sospeso l'erpice.

L'ufficiale non si era quasi curato della precedente indifferenza dell'esploratore, ma ora seppe cogliere il risvegliarsi del suo interesse; interruppe dunque le sue spiegazioni, per dar tempo al viaggiatore di osservare indisturbato. Il condannato imitò l'esploratore; siccome non poteva ripararsi gli occhi con la mano, guardava in su sbattendo le palpebre.

"Dunque l'uomo è disteso," disse l'esploratore, si appoggiò allo schienale della sedia e accavallò le gambe.

"Sì," disse l'ufficiale, spinse un po' indietro il berretto e si passò la mano sul volto accaldato, "ora ascolti! Sia il letto sia il disegnatore hanno una propria batteria elettrica; il letto la usa per sé, il disegnatore per l'erpice. Non appena l'uomo è legato con le cinghie, il letto viene messo in movimento. Vibra con minuscole, rapidissime scosse sia di lato che su e giù. Avrà visto macchine simili negli ospedali; solo che nel caso del nostro letto tutti i movimenti sono esattamente calcolati, perché debbono coincidere al millimetro con i movimenti dell'erpice. Ma la vera esecuzione del verdetto è affidata all'erpice."

"Ma cosa dice il verdetto?" chiese l'esploratore. "Come, non sa neppure questo?" disse l'ufficiale stupefatto mordendosi le labbra: "Perdoni se le mie spiegazioni sono forse disordinate; la prego di scusarmi. Prima infatti era il comandante che dava le spiegazioni; il nuovo comandante invece si è sottratto a quel dovere onorifico; ma che non metta a conoscenza un visitatore tanto illustre" – l'esploratore cercò di respingere l'onore con entrambe le mani, ma l'ufficiale insistette su quell'espressione – "un visitatore tanto illustre neppure della forma delle nostre sentenze, è un'altra innovazione che..." aveva un'imprecazione sulle labbra, ma si dominò e disse soltanto: "Non ne sono stato informato, non ne ho colpa. Ma del resto sono più adatto di chiunque altro a spiegare come vengano eseguite le sentenze, perché porto qui" – e batté sulla tasca interna della giacca – "i relativi disegni a mano del vecchio comandante."

"Disegni a mano del comandante stesso?" chiese l'esploratore. "Ma univa tutto in una sola persona? Era soldato, giudice, costruttore, chimico, disegnatore?"

"Certamente," disse l'ufficiale assentendo col capo, con lo sguardo fisso e assorto. Poi si guardò le mani con occhio indagatore; non gli parvero abbastanza pulite per toccare i disegni; andò quindi al secchio e se le lavò di nuovo. Poi trasse una piccola cartella di cuoio e disse: "Il nostro verdetto non è severo. Al condannato viene scritto sul corpo, con l'erpice, il comandamento che ha infranto. A questo condannato, per esempio" – l'ufficiale indicò l'uomo – "sarà scritto sul corpo: Onora il tuo superiore!"

L'esploratore lanciò all'uomo un breve sguardo; quando l'ufficiale lo aveva indicato, teneva il capo abbassato e sembrava tendere tutte le facoltà dell'udito per apprendere qualcosa. Ma i movimenti delle sue labbra, serrate al punto di diventar tumide, indicavano palesemente che non riusciva a capire niente. L'esploratore avrebbe voluto chiedere diverse cose, ma alla vista dell'uomo chiese soltanto: "Lui conosce la sua condanna?" "No," disse l'ufficiale e si accinse a continuare le sue spiegazioni, ma l'esploratore lo interruppe: "Non conosce la sua condanna?" "No," ripeté l'ufficiale, si arrestò un attimo come a esigere dall'esploratore una motivazione più precisa della sua domanda, e disse poi: "Sarebbe inutile rendergliela nota. Tanto la conoscerà sul suo corpo." L'esploratore stava già per ammutolire, quando sentì che il condannato rivolgeva a lui lo sguardo; sembrava chiedergli se approvasse il modo di procedere che veniva illustrato. Per questo l'esploratore, che era già tornato ad appoggiarsi allo schienale, si chinò di nuovo in avanti e chiese ancora: "Ma che è stato condannato, almeno questo lo sa?" "Neanche questo," disse l'ufficiale e sorrise all'esploratore, come se si attendesse da lui altre strane dichiarazioni. "No," disse l'esploratore passandosi una mano sulla fronte, "dunque quest'uomo non sa neanche adesso come sia stata accolta la sua difesa?" "Non ha avuto occasione di difendersi," disse l'ufficiale, e guardò altrove come se parlasse con se stesso e non volesse umiliare l'esploratore esponendogli cose per lui tanto ovvie. "Deve pur avere avuto l'occasione di difendersi," disse l'esploratore alzandosi dalla sedia.

L'ufficiale si rese conto che correva il rischio di essere interrotto per molto tempo nelle spiegazioni relative all'apparecchio; andò dunque verso l'esploratore, lo prese a braccetto, indicò con la mano il condannato, il quale, ora che l'attenzione era così palesemente concentrata su di lui, si mise dritto e rigido – oltre tutto il soldato l'aveva tirato per la catena –, e disse: "Le cose stanno nella maniera seguente. Qui nella colonia penale io ho le funzioni di giudice. Nonostante la mia giovane età. Perché ero a fianco del vecchio comandante anche in tutte le questioni penali e inoltre conosco l'apparecchio meglio di chiunque altro. Il principio in base al quale decido è: la colpa è sempre indubbia. Altri tribunali non possono seguire questo principio, perché sono formati da più persone e hanno sopra di sé tribunali superiori. Qui le cose stanno diversamente, o almeno stavano diversamente con il vecchio comandante. Il nuovo ha in effetti già dimostrato di aver voglia di immischiarsi nel mio tribunale, ma finora sono riuscito a tenerlo lontano, e ci riuscirò anche in futuro. – Lei voleva una spiegazione su questo caso; è semplice come tutti gli altri. Un capitano ha presentato questa mattina una denuncia, secondo cui quest'uomo, che gli è stato assegnato come attendente e che dorme alla sua porta, si è addormentato in servizio. Ha infatti il dovere di alzarsi al battere di ogni ora e di mettersi sull'attenti davanti alla porta del capitano. Un dovere certamente poco gravoso, e necessario, perché dev'essere sempre sveglio sia per far la guardia sia per servire. La notte scorsa il capitano ha voluto controllare se l'attendente facesse il suo dovere. Alle due in punto ha aperto la porta e lo ha trovato che dormiva tutto rannicchiato. Ha preso il frustino e lo ha colpito in viso. Ora, invece di alzarsi e di chiedere perdono, l'uomo ha afferrato il suo padrone per le gambe, lo ha scosso e gli ha detto: 'Getta la frusta o ti mangio vivo.' – Questi sono i fatti. Il capitano è venuto da me un'ora fa, io ho annotato le sue dichiarazioni e ho scritto subito la sentenza. Poi ho fatto mettere l'uomo in catene. È stato tutto molto semplice. Se avessi prima fatto chiamare l'uomo per interrogarlo, ne sarebbe nata solo confusione. Avrebbe mentito, e se mi fosse riuscito di confutargli quelle menzogne ne avrebbe inventato altre, e così via. Ora invece ce l'ho e non lo lascio più. – Adesso è tutto chiaro? Ma il tempo passa, l'esecuzione sarebbe già dovuta iniziare e io non ho ancora finito di spiegare l'apparecchio." Costrinse l'esploratore a sedersi, si riaccostò all'apparecchio e cominciò: "Come lei vede, l'erpice corrisponde a una figura umana; qui c'è l'erpice per il torso, e qui ci sono gli erpici per le gambe. Per la testa è previsto solo questo piccolo bulino. Le è chiaro?" Si chinò gentilmente verso l'esploratore, pronto alle spiegazioni più esaurienti.

L'esploratore guardava l'erpice con la fronte aggrottata. Le informazioni sulla procedura giudiziaria non lo avevano soddisfatto. Dovette comunque dirsi che si trattava di una colonia penale, che qui erano necessari provvedimenti particolari e che si doveva procedere fino alla fine con sistemi militari. Ma inoltre riponeva qualche speranza nel nuovo comandante, che palesemente, sia pure con lentezza, intendeva introdurre una nuova procedura, che non riusciva a entrare nella testa limitata di quell'ufficiale. Per associazione con quei pensieri l'esploratore chiese: "Il comandante assisterà all'esecuzione?" "Non è sicuro," disse l'ufficiale dolorosamente colpito da quella domanda così diretta, e la sua espressione gentile si distorse: "Proprio per questo dobbiamo affrettarci. Dovrò persino, con mio rammarico, abbreviare le mie spiegazioni. Ma potrei aggiungere le altre spiegazioni magari domani, quando l'apparecchio sarà di nuovo pulito – che si sporchi tanto è il suo unico difetto. Per ora, dunque, soltanto lo stretto necessario. Quando l'uomo è disteso sul letto e questo comincia a vibrare, l'erpice viene calato sul corpo. Esso si dispone da solo in modo tale da sfiorare appena il corpo con le punte; quando il posizionamento è compiuto, questa corda d'acciaio torna a tendersi come una sbarra. E ora comincia il gioco. I non iniziati non notano dall'esterno nessuna differenza fra le punizioni. L'erpice sembra lavorare uniformemente. Vibrando configge le sue punte nel corpo, che a sua volta vibra insieme al letto. Ora, per consentire a ciascuno di controllare l'esecuzione della sentenza, l'erpice è stato costruito in vetro. Ci sono state alcune difficoltà tecniche a fissare dentro gli aghi, ma alla fine, dopo molti tentativi, la cosa è riuscita. Non ci siamo risparmiati la fatica. E ora tutti possono vedere attraverso il vetro come l'iscrizione si compia nel corpo. Non vuole avvicinarsi per guardare gli aghi?"

L'esploratore si alzò lentamente, andò verso l'erpice e si chinò su di esso. "Lei vede," disse l'ufficiale, "due tipi di aghi disposti in vario ordine. Ogni ago lungo ne ha uno corto accanto. Infatti l'ago lungo scrive, mentre quello corto spruzza acqua per lavare via il sangue e mantenere sempre nitida la scrittura. L'acqua insanguinata viene poi deviata in piccoli canali di scolo e confluisce infine in questo canale principale, il cui tubo di scarico termina nella fossa." L'ufficiale indicò con il dito il cammino esatto che l'acqua insanguinata avrebbe percorso. E quando, per rendere il tutto più realistico, fece letteralmente il gesto, con ambedue le mani, di raccogliere l'acqua alla bocca del tubo di scarico, l'esploratore sollevò il capo e cercò, annaspando all'indietro con la mano, di tornare alla sua sedia. Con orrore vide allora che, insieme a lui, anche il condannato aveva seguito l'invito dell'ufficiale a guardare da vicino la struttura dell'erpice. Aveva trascinato un poco in avanti, alla catena, il soldato assonnato e si era chinato anche lui sopra il vetro. Si vedeva che cercava con sguardo incerto ciò che i due signori avevano appena osservato, cosa che però, in mancanza della spiegazione, non gli riusciva. Si chinava di qua e di là. Continuava a percorrere il vetro con gli occhi. L'esploratore cercò di mandarlo via, perché quel che faceva era probabilmente passibile di pena. Ma l'ufficiale trattenne l'esploratore con una mano, prese con l'altra una zolla dal terrapieno e la lanciò contro il soldato.

Questi levò gli occhi di scatto, vide quel che il condannato aveva osato fare, lasciò cadere il fucile, puntò i tacchi nel terreno, strappò indietro il condannato, tanto che questi cadde subito, e lo guardò poi torcersi a terra e far tintinnare le catene. "Rimettilo in piedi!" urlò l'ufficiale, perché si accorse che l'esploratore veniva troppo distratto dal condannato. L'esploratore si sporse addirittura oltre l'erpice, senza curarsi di esso, solo per accertarsi di cosa stesse accadendo al condannato. "Trattalo con cura!" urlò di nuovo l'ufficiale. Girò attorno alla macchina, afferrò lui stesso il condannato sotto le ascelle e lo mise in piedi con l'aiuto del soldato, mentre quegli continuava a sdrucciolare.

"Adesso so tutto," disse l'esploratore quando l'ufficiale tornò a lui. "Tranne la cosa più importante," disse questi, afferrò l'esploratore per un braccio e indicò qualcosa in alto: "Là nel disegnatore c'è il meccanismo che determina il movimento dell'erpice, e questo meccanismo viene predisposto a seconda del disegno che la sentenza ha decretato. Io uso ancora i disegni del vecchio comandante. Eccoli," – e trasse alcuni fogli dalla cartella di cuoio – "ma purtroppo non posso darglieli in mano, sono la cosa più preziosa che possiedo. Si sieda, glieli mostro da questa distanza, così avrà agio di osservare tutto." Mostrò il primo foglio. L'esploratore avrebbe espresso con piacere il proprio apprezzamento, ma vide solo linee labirintiche che si intersecavano ripetutamente e che coprivano così fittamente la carta da renderne quasi indistinguibili gli spazi bianchi. "Legga," disse l'ufficiale. "Non ci riesco," disse l'esploratore. "Eppure è chiaro," disse l'ufficiale. "È molto bello," disse, evasivo, l'esploratore, "ma non riesco a decifrarlo." "Sì," disse l'ufficiale ridendo, e ripose la cartella, "non è bella calligrafia per scolaretti. Occorre leggerla a lungo. Anche lei, certamente, riuscirebbe alla fine a capirla. Naturalmente non può essere una scrittura semplice; non deve uccidere subito, bensì, in media, nell'arco di dodici ore; la svolta è calcolata per la sesta ora. Dunque molti, molti ornamenti debbono avvolgere la scrittura vera e propria; la scrittura vera abbraccia solo il ventre con una stretta cintura; il resto del corpo è destinato alle decorazioni. Riesce ora ad apprezzare il lavoro dell'erpice e dell'intero apparecchio? – Guardi!" Balzò sulla scala, girò una ruota, e gridò giù: "Attenzione, si faccia da parte!" e tutto si mise in moto. Se la ruota non avesse cigolato, sarebbe stato magnifico. Come sorpreso dall'impiccio di quella ruota, l'ufficiale la minacciò col pugno, poi, scusandosi, spalancò le braccia alla volta dell'esploratore e scese in fretta, per osservare da terra il funzionamento dell'apparecchio.

C'era ancora qualcosa fuori posto, che lui solo notò; si arrampicò di nuovo su, affondò entrambe le mani dentro il disegnatore, poi, per scendere più in fretta, invece di usare la scala scivolò lungo una delle sbarre e, per farsi sentire in mezzo a quello strepito, urlò all'orecchio dell'esploratore con un'immensa eccitazione: "Comprende il procedimento? L'erpice comincia a scrivere; quando ha finito il primo strato di scrittura sul dorso dell'uomo, l'ovatta si arrotola e lentamente gira il corpo su un fianco, per offrire all'erpice nuovo spazio. Nel frattempo le parti incise dalla scrittura si adagiano sull'ovatta, che per il suo trattamento speciale arresta subito l'emorragia e prepara il corpo a un nuovo approfondimento della scrittura. Questi denti sull'orlo dell'erpice strappano poi, quando il corpo viene girato di nuovo, l'ovatta dalle ferite, la scaraventano nella fossa e l'erpice può riprendere a lavorare. Così esso scrive sempre più in profondità per le dodici ore. Nelle prime sei il condannato vive quasi come prima, soffre soltanto. Dopo due ore il feltro viene eliminato, perché l'uomo non ha più la forza di gridare. In questa ciotola a capo del letto, dotata di resistenza elettrica, viene messa una pappa di riso caldo, e l'uomo, se ha voglia, può prenderne quel che riesce ad afferrare con la lingua. Nessuno si lascia sfuggire l'occasione. Non ne ricordo nessuno, e la mia esperienza è grande. Solo intorno alla sesta ora il condannato perde il piacere del cibo. Allora, di solito, io mi inginocchio qui e osservo il fenomeno. È raro che l'uomo inghiotta l'ultimo boccone. Lo rigira in bocca e poi lo sputa nella fossa. Allora io debbo chinarmi, altrimenti mi arriva in faccia. Ma come si fa silenzioso l'uomo intorno alla sesta ora! Anche nel più stupido balugina un riflesso di comprensione. Comincia attorno agli occhi. Di lì si diffonde. Uno spettacolo che potrebbe sedurre qualcuno a stendersi accanto al condannato sotto l'erpice. Non succede nient'altro, solo l'uomo comincia a decifrare la scrittura, appuntisce le labbra come se stesse in ascolto. Lei ha visto, non è facile decifrare la scrittura con gli occhi; ma il nostro uomo la decifra con le ferite. Effettivamente è un gran lavoro; gli occorrono sei ore per portarlo a compimento. A quel punto l'erpice lo infilza completamente e lo getta nella fossa, dove egli si schianta in mezzo all'acqua insanguinata e all'ovatta. Allora il giudizio ha termine, e noi, il soldato e io, lo sotterriamo."

L'esploratore aveva inclinato l'orecchio verso l'ufficiale e, con le mani nelle tasche della giacca, guardava il lavoro della macchina. Anche il condannato guardava, ma senza capire. Si chinò un poco e seguì con lo sguardo gli aghi oscillanti, quando il soldato, a un cenno dell'ufficiale, con un coltello gli aprì sul dorso la camicia e i calzoni, che gli caddero di dosso; il condannato cercò di afferrare la sua roba che cadeva, per coprirsi, ma il soldato lo sollevò da terra e gli scrollò di dosso gli ultimi stracci. L'ufficiale spense la macchina e, nell'improvviso silenzio, il condannato venne disteso sotto l'erpice. Le catene furono sciolte, e al loro posto strette le cinghie; per il condannato parve essere, in un primo momento, quasi un sollievo. E ora l'erpice si abbassò ancora, perché era un uomo magro. Quando le punte lo sfiorarono, un brivido gli corse sulla pelle; mentre il soldato si dava da fare con la sua mano destra, egli tese fuori la sinistra, senza saper dove; ma era la direzione dove stava l'esploratore. L'ufficiale, ininterrottamente, guardava l'esploratore di lato, come per cercare di leggergli in viso l'impressione che l'esecuzione, che almeno superficialmente gli aveva spiegato, produceva su di lui.

La cinghia destinata al polso si strappò; probabilmente il soldato l'aveva stretta troppo. Il soldato mostrò il pezzo di cinghia strappata, a indicare che l'ufficiale doveva intervenire. L'ufficiale andò da lui e disse, col viso rivolto all'esploratore: "La macchina è molto complessa, non può non strapparsi o rompersi qualcosa ogni tanto; ma non per questo bisogna lasciarsi sviare nel giudizio d'insieme. Per la cinghia, del resto, c'è subito un ricambio; userò una catena; ma la delicatezza della vibrazione ne risulterà compromessa per il braccio destro." E mentre fissava le catene aggiunse: "I fondi per la manutenzione della macchina sono ora molto limitati. All'epoca del vecchio comandante esisteva un fondo, al quale potevo accedere liberamente, destinato a quest'unico scopo.

C'era un magazzino in cui venivano conservati tutti i possibili pezzi di ricambio. Confesso che quasi sperperavo, prima, non adesso come sostiene il nuovo comandante, a cui tutto serve da pretesto per combattere le vecchie istituzioni. Adesso amministra lui stesso il fondo della macchina, e se io mando a prendere una nuova cinghia, viene richiesta come prova la cinghia strappata, quella nuova arriva solo dopo dieci giorni, è poi di qualità più scadente e serve a ben poco. Come però io possa far funzionare, nel frattempo, la macchina senza cinghie, di questo nessuno si dà pensiero."

L'esploratore rifletteva: È sempre un rischio intervenire con fermezza negli affari altrui. Non era cittadino né della colonia penale, né dello stato cui essa apparteneva. Se avesse voluto condannare o addirittura sventare quell'esecuzione, avrebbero potuto dirgli: sei uno straniero, resta quieto al tuo posto. Al che lui non avrebbe potuto ribattere nulla, anzi avrebbe potuto solo aggiungere che, in quell'occasione, non capiva se stesso, perché lui viaggiava col solo intento di vedere qualcosa e non per modificare le istituzioni giudiziarie degli altri. Ma qui la situazione era in effetti assai seducente. L'ingiustizia della procedura e la ferocia dell'esecuzione erano fuori di dubbio. Nessuno poteva presumere che l'esploratore agisse per interesse personale, perché il condannato gli era sconosciuto, non era un suo connazionale, né un uomo che invitasse alla compassione. L'esploratore, da parte sua, aveva raccomandazioni da uffici importanti, era stato accolto nella colonia con grande cortesia e il fatto che fosse stato invitato a quella esecuzione sembrava addirittura suggerire che si richiedeva il suo giudizio su quel tribunale. Il che era tanto più verosimile in quanto il comandante, come aveva sentito ora più che chiaramente, non era un fautore della procedura e aveva nei confronti dell'ufficiale un comportamento quasi d'ostilità.

In quel momento l'esploratore udì un grido di collera dell'ufficiale. Non senza fatica aveva appena infilato il tampone di feltro in bocca al condannato, quando questi, in un incontrollabile conato, chiuse gli occhi e vomitò. Di furia l'ufficiale lo strappò via dal tampone e, tenendolo sollevato, cercò di girargli la testa verso la fossa; ma era troppo tardi, il vomito già colava lungo la macchina. "Tutta colpa del comandante!" gridò l'ufficiale scuotendo, fuori di sé, le sbarre d'ottone. "Mi sporcano la macchina come una stalla!" Con mani tremanti mostrò all'esploratore quel che era accaduto. "Non ho cercato per ore di far capire al comandante che un giorno prima dell'esecuzione non deve più essere somministrato alcun cibo? Ma il nuovo orientamento indulgente è d'altro avviso. Le signore del comandante rimpinzano il condannato di dolci, prima che venga tradotto via. Per tutta la vita s'è nutrito di pesce puzzolente e ora deve mangiar dolci! Ma si potrebbe anche fare, io non avrei nulla da obiettare, ma perché non mi si procura un nuovo tampone, come sto chiedendo da tre mesi? Come si fa a mettersi in bocca senza vomitare questo tampone che cento uomini morenti hanno succhiato e morso?"

Il condannato aveva appoggiato il capo e sembrava calmo, il soldato era occupato a pulire la macchina con la camicia del condannato. L'ufficiale andò verso l'esploratore che, presentendo qualcosa, indietreggiò d'un passo, ma l'ufficiale lo afferrò per la mano e lo trasse da parte. "Voglio dirle due parole in confidenza," disse, "posso, non è vero?" "Certo," disse l'esploratore, e ascoltò a occhi bassi.

"Questa procedura e questa forma di esecuzione, che ora lei ha occasione di ammirare, non hanno più, attualmente, sostenitori dichiarati nella nostra colonia. Io ne sono l'unico fautore, e contemporaneamente sono il solo difensore dell'eredità del vecchio comandante. A perfezionare ulteriormente la procedura non posso neanche pensare, impiego ogni mia energia a conservare ciò che esiste. Quando il vecchio comandante era vivo, la colonia era piena dei suoi sostenitori; io posseggo in parte la forza di convinzione del comandante, non così il suo potere; di conseguenza i sostenitori si sono dileguati, ce ne sono ancora molti, ma nessuno lo confessa. Se oggi, ossia in un giorno d'esecuzione, lei andasse nella casa da tè e ascoltasse quanto si dice intorno, sentirebbe forse soltanto affermazioni ambigue. Quelli sono tutti sostenitori, ma sotto l'attuale comandante e date le sue attuali convinzioni essi sono per me del tutto inutilizzabili. E ora le chiedo: deve forse l'opera di un'intera vita" – e indicò la macchina – "andare in rovina a causa del comandante e delle signore che l'influenzano? Si deve permetterlo? Anche se, come straniero, si è sulla nostra isola solo per un paio di giorni? Ma non c'è tempo da perdere, stanno preparando qualcosa contro la mia giurisdizione; ci sono già riunioni nella sede del comando alle quali non vengo convocato; persino la sua visita odierna mi sembra significativa per l'intera situazione; sono vili, e mandano avanti lei, uno straniero. – Com'era diversa l'esecuzione nei tempi passati! Già un giorno prima del supplizio tutta la valle era affollata di gente; tutti venivano solo per vedere; la mattina presto il comandante compariva con le sue signore; le fanfare svegliavano l'intero accampamento; io davo l'annuncio che tutto era pronto; il pubblico – nessun alto funzionario doveva mancare – si disponeva intorno alla macchina; questo mucchio di sedie di bambù è un povero residuo di quei tempi. La macchina, appena pulita, riluceva; quasi a ogni esecuzione montavo nuovi pezzi di ricambio. Sotto centinaia d'occhi – tutti gli spettatori stavano in punta di piedi fin là sulle alture – il condannato veniva disteso sotto l'erpice dal comandante in persona. Ciò che oggi un semplice soldato ha il permesso di fare, era allora compito mio, del presidente del tribunale, e mi onorava. E poi cominciava l'esecuzione. Non una dissonanza disturbava il lavoro della macchina. Molti non guardavano neanche più, giacevano nella sabbia con gli occhi chiusi; tutti sapevano: si sta facendo giustizia. Nel silenzio si udiva solo, smorzato dal feltro, il gemito del condannato. Oggi la macchina non riesce più a estorcere al condannato un gemito più forte di quello che il feltro non possa soffocare; ma allora dagli aghi scriventi colava un liquido corrosivo che oggi è proibito usare. E poi arrivava la sesta ora! Era impossibile accontentare tutti coloro che chiedevano di vedere da vicino. Nella sua saggezza, il comandante disponeva che venissero privilegiati innanzi tutto i bambini; io naturalmente, a causa del mio incarico, c'ero sempre; spesso mi accoccolavo là tenendo in braccio, a destra e a sinistra, due bimbi piccoli. Come accoglievamo tutti, da quel viso martoriato, l'espressione della trasfigurazione, come protendevamo le guance al riverbero di quella giustizia che, finalmente raggiunta, già trascorreva! Che tempi, camerata!" L'ufficiale aveva palesemente dimenticato chi gli stava di fronte; aveva abbracciato l'esploratore e appoggiato la testa sulla sua spalla. L'esploratore era in grande imbarazzo, e guardava impaziente oltre l'ufficiale. Il soldato aveva terminato la pulizia e da un barattolo aveva versato la pappa di riso nella ciotola. Non appena il condannato, che sembrava già essersi pienamente ripreso, se ne accorse, cominciò a cercare di prendere il riso con la lingua. Il soldato continuava a spingerlo via, perché il riso era destinato a un momento successivo, ma altrettanto sconveniente era che il soldato ci mettesse dentro le mani sudicie e lo mangiasse sotto lo sguardo avido del condannato.

L'ufficiale si dominò rapidamente. "Non era mio intento cercare di commuoverla," disse, "lo so, è impossibile far capire oggi come fossero quei tempi. Del resto la macchina funziona ancora e compie da sé la sua opera. Compie la sua opera anche se è sola in mezzo a questa valle. E alla fine il cadavere cade ancora nella fossa con un volo d'incomprensibile dolcezza, anche se intorno alla fossa non si raccolgono più, come allora, centinaia di persone come sciami di mosche. Allora dovemmo costruire un solido parapetto intorno alla fossa; ora, da tempo, è stato demolito."

L'esploratore cercava di non mostrare il viso all'ufficiale e si guardava attorno senza meta. L'ufficiale credette che osservasse la desolazione della valle; gli afferrò dunque le mani, gli girò attorno per cogliere il suo sguardo e chiese: "La vede, questa vergogna?"

Ma l'esploratore taceva. L'ufficiale se ne allontanò per qualche istante; con le gambe divaricate, le mani sui fianchi, ristette silenzioso guardando a terra. Poi rivolse all'esploratore un sorriso incoraggiante e disse: "Ieri ero vicino a lei, quando il comandante l'ha invitata. Ho sentito l'invito. Conosco il comandante. Ho capito subito a cosa mirasse con quell'invito. Sebbene il suo potere sia sufficiente a consentirgli di prendere provvedimenti contro di me, non osa ancora farlo, ma vuole espormi al suo giudizio, al giudizio di uno straniero autorevole. I suoi calcoli sono sottili; lei è sull'isola da due giorni, non conosceva il vecchio comandante e il suo pensiero, è prigioniero di idee europee, magari è contrario per principio alla pena di morte in generale e a un simile supplizio meccanico in particolare, vede inoltre come l'esecuzione proceda senza partecipazione di pubblico, tristemente, su una macchina già un po' rovinata – e allora (così pensa il comandante), tenendo conto di tutti questi elementi, non è assai probabile che lei non trovi giusta la mia procedura? E se non la trovasse giusta (parlo sempre seguendo i pensieri del comandante), lei non ne farebbe mistero, perché ha certamente fiducia nelle sue sperimentate convinzioni. Ma lei ha visto e ha imparato a rispettare le peculiarità di tanti popoli, quindi probabilmente non si pronuncerà con assoluta fermezza, come forse farebbe in patria, contro la procedura. Ma al comandante non occorre tanto. Basta una parola fuggevole, una parola appena imprudente. Non occorre neanche che corrisponda alle sue convinzioni, basta che vada apparentemente incontro ai desideri del comandante. E lui la interrogherà con ogni astuzia, ne sono certo. E le sue signore siederanno attorno e drizzeranno le orecchie; lei per esempio dirà: 'Da noi la procedura è diversa,' oppure 'Da noi il condannato viene interrogato prima che sia pronunciato il verdetto,' oppure 'Da noi il verdetto viene comunicato al condannato,' oppure 'Da noi ci sono condanne diverse dalla pena capitale,' oppure 'Da noi le torture c'erano solo nel medioevo.' Sono tutte osservazioni giustissime, per lei affatto ovvie, osservazioni innocenti che non intaccano la mia procedura. Ma come le accoglierà il comandante? Mi pare di vederlo, il buon comandante, gettar da parte la sedia e correre sul balcone, mi pare di vedere le sue signore precipitarglisi dietro, mi par di sentire la sua voce – le signore la chiamano una voce tonante –, e lui che dice: 'Un grande studioso dell'Occidente, che ha il compito di esaminare le procedure giudiziarie in tutti i paesi, ha appena detto che la nostra procedura, che segue l'uso antico, è disumana. Dopo questo giudizio da parte di una tale personalità non mi è naturalmente più possibile tollerare questa procedura. In data odierna dispongo quindi – e così via.' Lei vuole intervenire, non ha detto quel che ora egli annuncia, non ha definito disumana la mia procedura, al contrario, per sua profonda convinzione la ritiene più umana e più degna di un essere umano, lei ammira questo macchinario – ma è troppo tardi; non riesce neppure ad arrivare al balcone, che è già pieno di signore; cerca di farsi notare; cerca di urlare; ma una mano di donna le chiude la bocca – e io e l'opera del comandante siamo perduti."

L'esploratore dovette reprimere un sorriso; così facile era dunque il compito che aveva creduto tanto arduo.

Disse evasivo: "Lei sopravvaluta la mia influenza; il comandante ha letto la mia lettera di presentazione e sa che non sono un esperto di procedure giudiziarie. Se dovessi esprimere un'opinione, sarebbe l'opinione di un privato cittadino, per nulla più autorevole dell'opinione di qualsiasi altro, e comunque assai meno autorevole dell'opinione del comandante che in questa colonia penale, come credo di sapere, ha diritti molto estesi. Se la sua opinione su questa procedura è così precisa come lei crede, allora temo che davvero ne sia giunta la fine, senza bisogno del mio modesto contributo."

Capiva già, l'ufficiale? No, non capiva ancora. Scosse con impeto la testa, diede una rapida occhiata, indietro, al condannato e al soldato, che trasalirono e si staccarono dal riso, si accostò, vicinissimo, all'esploratore e, senza guardarlo in viso bensì da qualche parte sulla giacca, disse più sommesso di prima: "Lei non conosce il comandante; nei suoi confronti, e nei confronti di noi tutti, lei ha – mi perdoni l'espressione – un atteggiamento in certo qual modo ingenuo; la sua influenza, mi creda, non potrà mai essere valutata abbastanza. Ero felice, quando ho sentito che lei avrebbe assistito da solo all'esecuzione. Questa disposizione del comandante aveva lo scopo di colpirmi, ma ora io la volgo a mio favore. Non distratto da sussurri bugiardi e da sguardi di disprezzo – che sarebbe stato impossibile evitare in caso di maggior concorso di pubblico all'esecuzione – lei ha ascoltato le mie spiegazioni, ha visto la macchina e ora è in procinto di assistere all'esecuzione. Il suo giudizio è sicuramente già delineato; se dovessero sussistere ancora incertezze, si dissolveranno allo spettacolo dell'esecuzione. E ora le rivolgo la mia preghiera: mi aiuti di fronte al comandante!"

L'esploratore non lo lasciò continuare. "Come potrei farlo!" esclamò. "È impossibile. Non posso esserle utile, esattamente come non posso nuocerle."

"Sì che può," disse l'ufficiale. Con un qualche timore l'esploratore vide che l'ufficiale stringeva i pugni. "Sì che può," disse l'ufficiale con insistenza ancora maggiore. "Ho un piano infallibile. Lei crede che la sua influenza non basti. Io so che basta. Ma anche ammesso che lei abbia ragione, non è tuttavia necessario tentare tutto per la conservazione di questa procedura, anche ciò che forse è insufficiente? Ascolti dunque il mio piano. Alla sua realizzazione è necessario innanzi tutto che oggi, nella colonia, lei non lasci trapelare nulla del suo giudizio sulla procedura. Se non le vengono rivolte domande dirette, non si esprima assolutamente; in caso contrario, le sue dichiarazioni dovranno essere brevissime e vaghe; ci si deve accorgere che le riesce difficile parlare, che è amareggiato, che, se mai dovesse parlare francamente, non potrebbe che erompere in mille imprecazioni. Non pretendo che lei menta; assolutamente; deve solo rispondere brevemente, per esempio: 'Sì, ho assistito all'esecuzione,' oppure 'Sì, ho sentito tutte le spiegazioni.' Solo questo, null'altro. Per l'amarezza che si dovrà notare in lei ci sono ragioni sufficienti, anche se non nel senso del comandante. Lui naturalmente fraintenderà completamente e le interpreterà a suo modo. Su questo si fonda il mio piano. Domani, sotto la presidenza del comandante, avrà luogo nella sede del comando una grande riunione di tutti gli alti funzionari amministrativi. Il comandante ha saputo, naturalmente, trasformare tali riunioni in veri e propri spettacoli. È stata costruita una galleria che è sempre affollata di spettatori. Io sono costretto a partecipare alle sedute, ma con una ripugnanza che mi scuote tutto. Ora, lei verrà certamente invitato alla riunione; se oggi si comporterà secondo il mio piano, quell'invito diventerà un'insistente preghiera. Se però per qualche misterioso motivo lei non dovesse essere invitato, dovrà richiedere l'invito; che poi l'ottenga, è fuori di dubbio. Allora domani lei siede con le signore nel palco del comandante. Lui si accerta più volte, guardando in alto, che lei sia presente. Dopo diversi argomenti di discussione, irrilevanti, ridicoli, a puro beneficio degli ascoltatori – di solito sono costruzioni portuali, sempre costruzioni portuali! –, si arriva a parlare anche della procedura giudiziaria. Se non dovesse accadere, o non abbastanza in fretta, per iniziativa del comandante, provvederò io a che accada. Mi alzo e do l'annuncio dell'odierna esecuzione. Brevemente, solo quell'annuncio. Non corrisponde alla prassi in quella sede, è vero, ma lo do ugualmente. Il comandante mi ringrazia, come sempre, con un sorriso cortese e ora, senza riuscire a trattenersi, coglie l'occasione propizia. 'È stato appena dato,' così parlerà, o in maniera analoga, 'l'annuncio dell'esecuzione. A questo annuncio vorrei solo aggiungere che proprio a questa esecuzione ha assistito il grande studioso della cui visita, che tanto onora la nostra colonia, voi tutti sapete. Anche la nostra odierna riunione acquista importanza grazie alla sua presenza. Non vogliamo chiedere a questo grande studioso quale sia il suo giudizio sull'esecuzione secondo l'uso antico e sulla procedura cui essa fa seguito?' Ovunque, naturalmente, applausi, approvazione generale, io sono il più convinto. Il comandante si inchina dinanzi a lei e dice: 'Allora, in nome di tutti, pongo la domanda.' E ora lei avanza verso il parapetto. Metta le mani in modo che tutti le vedano, altrimenti le signore le afferrano e giocano con le dita. – E ora, finalmente, risuona la sua parola. Non so come farò a sopportare la tensione delle ore che mi separano da quel momento. Non ponga confini al suo discorso, lasci che la verità faccia chiasso, si sporga oltre il parapetto, urli, sì urli al comandante la sua opinione, la sua incrollabile opinione. Ma forse lei non vuole, non risponde al suo carattere, forse nel suo paese ci si comporta diversamente in simili situazioni, anche questo è giusto, anche questo è più che sufficiente, non si alzi neppure, dica solo qualche parola, la sussurri, che la sentano solo i funzionari sotto di lei, è sufficiente, non occorre che sia lei a parlare della mancanza di pubblico all'esecuzione, della ruota che stride, della cinghia strappata, del feltro nauseabondo, no, mi occupo io di tutto il resto e, mi creda, se il mio discorso non caccerà il comandante dalla sala, lo metterà in ginocchio, tanto che dovrà confessare: 'Vecchio comandante, mi inchino dinanzi a te.' – Questo è il mio piano; vuole aiutarmi a realizzarlo? Ma certo che lo vuole, anzi di più, lei deve!" E l'ufficiale afferrò l'esploratore per entrambe le braccia e lo guardò, ansando, in faccia. Le ultime frasi le aveva urlate con tanta forza che persino il soldato e il condannato si erano fatti attenti; sebbene non capissero nulla, smisero di mangiare e guardarono masticando l'esploratore.

La risposta che doveva dare era per l'esploratore, fin dall'inizio, priva di dubbi; aveva fatto troppe esperienze nella sua vita per esitare ora; in fondo era sincero e non aveva paura. E tuttavia, alla vista del soldato e del condannato, indugiò un istante. Ma infine disse, come doveva: "No." L'ufficiale sbatté ripetutamente le palpebre, ma non gli staccò gli occhi di dosso. "Vuole una spiegazione?" chiese l'esploratore. L'ufficiale assentì, muto. "Sono un oppositore di questa procedura," disse allora l'esploratore. "Ancor prima che lei mi parlasse in confidenza – di questa confidenza, naturalmente, non abuserò in alcun modo – ho riflettuto se fossi autorizzato a intervenire contro questa procedura e se il mio intervento potesse avere anche una minima prospettiva di successo. A chi dovessi innanzi tutto rivolgermi, mi era chiaro: al comandante, naturalmente. Lei me lo ha reso ancor più chiaro, senza peraltro aver maggiormente consolidato il mio giudizio, al contrario, la sua sincera convinzione mi tocca molto, anche se non può sviarmi dalla mia opinione."

L'ufficiale rimase in silenzio, si volse alla macchina, afferrò una delle sbarre d'ottone e guardò poi, piegandosi un poco all'indietro, in su verso il disegnatore, come se controllasse che tutto fosse in ordine. Il soldato e il condannato sembravano aver stretto amicizia; il condannato faceva cenni al soldato, nonostante le difficoltà dovute a quell'allacciatura così stretta; il soldato si chinava verso di lui; il condannato gli sussurrava qualcosa e il soldato assentiva.

L'esploratore seguì l'ufficiale e disse: "Lei non sa ancora cosa io intenda fare. Dirò, sì, al comandante, la mia opinione sulla procedura, ma a quattr'occhi, non in una riunione; né resterò qui tanto a lungo da poter essere chiamato a partecipare a una riunione, parto domattina presto, o quanto meno mi imbarco."

Non sembrava che l'ufficiale avesse ascoltato. "Dunque la procedura non l'ha convinta," disse fra sé e sorrise, come sorride un vecchio per le assurdità di un bambino e trattiene dietro il sorriso le sue vere riflessioni.

"Dunque è l'ora," disse infine, e guardò l'esploratore con occhi improvvisamente limpidi, che contenevano un qualche invito, un qualche appello alla partecipazione.

"È l'ora per cosa?" chiese l'esploratore inquieto, ma non ebbe risposta.

"Sei libero," disse l'ufficiale al condannato nella sua lingua. Questi all'inizio non ci credeva. "Ti dico che sei libero," disse l'ufficiale. Per la prima volta il viso del condannato si animò davvero. Era la verità? Era un semplice capriccio dell'ufficiale, che poteva anche passare? L'esploratore straniero aveva ottenuto per lui la grazia? Cos'era? Questo sembrava chiedere il suo viso. Ma non a lungo. Qualunque cosa fosse, lui voleva, se glielo permettevano, essere libero davvero e cominciò a scuotersi, per quanto lo consentiva l'erpice.

"Mi strappi le cinghie!" urlò l'ufficiale "Stai fermo! Le sciogliamo subito." E si mise all'opera insieme al soldato, che aveva chiamato con un cenno. Il condannato rideva piano fra sé, senza parole, e volgeva il viso ora a sinistra verso l'ufficiale, ora a destra verso il soldato, né dimenticava l'esploratore.

"Tiralo fuori," ordinò l'ufficiale al soldato. Per quell'operazione occorse un po' di cautela a causa dell'erpice. Per la sua impazienza il condannato aveva già alcune piccole lacerazioni sulla schiena.

Ma da quel momento l'ufficiale non si occupò quasi più di lui. Andò verso l'esploratore, trasse di nuovo la piccola cartella di cuoio, vi sfogliò dentro, trovò infine il foglio che cercava e glielo mostrò. "Legga," disse. "Non ci riesco," disse l'esploratore, "gliel'ho detto, non riesco a leggere questi fogli." "Osservi bene il foglio," disse l'ufficiale e si mise a fianco dell'esploratore, per leggere insieme a lui. Quando anche questo non servì, fece scorrere il mignolo sopra la carta, a grande altezza, come se il foglio non dovesse esser toccato per nessuna ragione, per agevolare in tal modo la lettura all'esploratore. L'esploratore si sforzò, per far piacere almeno in questo all'ufficiale, ma gli fu impossibile. Allora l'ufficiale cominciò a compitare l'iscrizione, e poi la lesse ancora una volta tutta insieme. "È scritto: 'Sii giusto,'" disse, "adesso ci riesce, a leggerlo." L'esploratore si chinò così in basso sulla carta, che l'ufficiale l'allontanò per paura di un contatto; ora l'esploratore non disse più nulla, ma era chiaro che anche quella volta non era riuscito a leggere: "È scritto: 'Sii giusto,'" ripeté l'ufficiale. "Può darsi," disse l'esploratore, "ci credo, che sia scritto." "Bene," disse l'ufficiale, soddisfatto almeno in parte, e con il foglio si arrampicò sulla scala; mise il foglio con gran cautela nel disegnatore e sembrò disporre il meccanismo in maniera tutta diversa; fu un lavoro molto faticoso, doveva trattarsi di rotelle piccolissime, talvolta la testa dell'ufficiale scompariva interamente nel disegnatore, tanta era la precisione con cui doveva controllare il meccanismo.

L'esploratore seguì ininterrottamente, da sotto, quelle operazioni, il collo gli si irrigidì e gli occhi presero a dolergli per il cielo inondato di sole. Il soldato e il condannato erano tutti assorti l'uno nell'altro. La camicia e i calzoni del condannato, che erano già nella fossa, furono tirati fuori dal soldato con la punta della baionetta. La camicia era orrendamente sudicia, e il condannato la lavò nel secchio. Quando poi indossò camicia e calzoni, il soldato e il condannato risero forte, perché gli abiti, dietro, erano tagliati in due. Forse il condannato si credeva tenuto a divertire il soldato, e coi suoi vestiti tutti tagliati girava in tondo davanti al soldato, che stava accovacciato a terra e batteva ridendo le mani sulle ginocchia. Eppure si contenevano a causa della presenza dei due signori.

Quando ebbe finalmente terminato di lavorare lassù, l'ufficiale avvolse ancora in uno sguardo sorridente l'intera macchina in tutte le sue parti, chiuse questa volta il coperchio del disegnatore, che finora era sempre rimasto aperto, scese, guardò nella fossa e poi alla volta del condannato, notò soddisfatto che questi aveva tirato fuori i suoi vestiti, poi andò verso il secchio per lavarsi le mani, si accorse troppo tardi della sporcizia ripugnante, si rattristò di non potersi lavare le mani, le immerse nella sabbia – quel ripiego non gli bastò, ma dovette rassegnarsi –, quindi si alzò e prese a sbottonarsi la giacca dell'uniforme. A quel gesto gli caddero subito in mano i due fazzolettini da donna che si era infilato nel colletto. "Ecco qua i tuoi fazzolettini," disse, e li gettò al condannato. E all'esploratore, come spiegazione: "Regali delle signore."

Nonostante la palese fretta con cui si tolse la giacca dell'uniforme e poi si svestì interamente, trattò ogni capo di vestiario con molta cura, accarezzò addirittura espressamente con le dita i cordoni d'argento della giacca militare e scosse una nappa per rimetterla a posto. Ma poco s'accordava con quella cura il fatto che egli, non appena aveva finito di rassettare un indumento, subito lo gettasse nella fossa con un gesto sdegnoso. L'ultima cosa che gli rimase fu la corta spada con la cinghia di sostegno. Trasse la spada dalla guaina, la spezzò, raccolse poi tutto, pezzi di spada, guaina e cinghia e li gettò via con tanta violenza che sotto, nella fossa, essi risuonarono sbattendo l'uno contro l'altro.

Ora era nudo. L'esploratore si morse le labbra e non disse nulla. Sapeva cosa sarebbe accaduto, ma non aveva diritto di ostacolare in nulla l'ufficiale. Se davvero la procedura giudiziaria che l'ufficiale tanto amava era così vicina a essere soppressa – con buone probabilità a seguito dell'intervento dell'esploratore, cosa cui questi, da parte sua, si sentiva tenuto –, allora l'ufficiale agiva in maniera assolutamente coerente; al suo posto l'esploratore non avrebbe agito diversamente.

Il soldato e il condannato dapprima non capirono nulla, all'inizio non guardavano neanche. Il condannato era molto contento di aver riavuto i fazzoletti, ma non ebbe il tempo di rallegrarsene a lungo, perché il soldato glieli portò via con un gesto rapido, imprevedibile. Ora il condannato cercava di tirar fuori i fazzoletti dalla cintura del soldato, dove questi li aveva riposti, ma il soldato stava attento. Così litigavano, in parte seri, in parte scherzando. Solo quando l'ufficiale fu completamente nudo si fecero attenti. Soprattutto il condannato sembrò esser colpito dal presagio di un grande rivolgimento. Ciò che era accaduto a lui, accadeva ora all'ufficiale. Forse si sarebbe giunti fino al limite estremo. Probabilmente l'esploratore straniero ne aveva dato l'ordine. Era dunque vendetta. Senza aver sofferto fino in fondo, egli veniva tuttavia vendicato fino in fondo. Una larga risata atona gli compave sul volto, e non se ne andò più.

Ma l'ufficiale si era rivolto alla macchina. Se già prima era evidente che egli capiva bene la macchina, ora c'era addirittura da restar sgomenti nel vedere come egli la trattava e come lei gli obbediva. Aveva appena accostato la mano all'erpice che già questo si alzò e si abbassò più volte, finché non ebbe raggiunto l'altezza giusta per accoglierlo; egli afferrò il letto appena all'orlo, e già questo prese a vibrare; il tampone di feltro andò incontro alla sua bocca, si vide come l'ufficiale in realtà non lo volesse, ma l'esitazione durò un solo istante, subito egli s'adeguò e lo prese. Tutto era pronto, solo le cinghie pendevano ancora ai lati, ma erano palesemente inutili, non c'era bisogno di legare l'ufficiale. Allora il condannato notò le cinghie sciolte, a suo avviso l'esecuzione non era perfetta se le cinghie non erano allacciate, fece cenni concitati al soldato, ed entrambi corsero a legare l'ufficiale. Questi aveva già allungato un piede per dare un calcio alla manovella che doveva mettere in moto il disegnatore; in quel momento vide che i due erano arrivati; ritrasse dunque il piede e si lasciò legare. Ora però non poteva più raggiungere la manovella; né il soldato né il condannato l'avrebbero trovata, e l'esploratore era deciso a non muoversi. Non fu necessario; non appena le cinghie furono fissate, la macchina si mise in funzione; il letto vibrò, gli aghi danzarono sulla pelle, l'erpice oscillò su e giù. Già da un pezzo l'esploratore fissava la scena, quando si ricordò che una ruota del disegnatore avrebbe dovuto stridere; ma tutto era silenzioso, non si sentiva il minimo ronzio.

Per quel suo lavoro silenzioso la macchina si sottrasse letteralmente all'attenzione. L'esploratore guardò verso il soldato e il condannato. Il condannato era il più vivace dei due, tutto nella macchina lo interessava, ora si chinava, ora si allungava, sempre tenendo l'indice teso per mostrare qualcosa al soldato. Per l'esploratore era imbarazzante. Era deciso a rimanere là fino all'ultimo, ma non avrebbe sopportato a lungo la vista di quei due. "Andate a casa," disse. Il soldato sarebbe forse stato disposto a ubbidire, ma il condannato prese quell'ordine addirittura come una punizione. Supplicò con le mani giunte che lo si lasciasse star là, e quando l'esploratore, scuotendo il capo, non volle cedere, si inginocchiò addirittura. L'esploratore si accorse che qui gli ordini non servivano a nulla, e si accinse ad andar là per scacciare i due. In quel momento udì un rumore in alto nel disegnatore. Alzò gli occhi. Quella ruota disturbava dunque davvero? Ma era qualcos'altro. Il coperchio del disegnatore si alzò lentamente e poi si spalancò del tutto. I denti di un ingranaggio spuntarono e si sollevarono, presto comparve l'intera ruota; pareva che una qualche immensa forza comprimesse il disegnatore, e che dunque non restasse spazio per quella ruota, che girò su se stessa fino all'orlo del disegnatore, cadde e rotolò in piedi per un tratto nella sabbia, per poi abbattersi. Ma già un'altra saliva lassù, cui molte altre seguirono, grandi, piccole, microscopiche, tutte percorsero lo stesso cammino; ogni volta si credeva che il disegnatore si fosse ormai svuotato, e invece compariva un nuovo gruppo, particolarmente numeroso, che saliva, cadeva a terra, rotolava nella sabbia e si posava. A quella vista il condannato dimenticò del tutto l'ordine dell'esploratore, le ruote lo stregarono, era sempre sul punto di afferrarne una, e intanto incitava il soldato ad aiutarlo, ma poi ritraeva spaventato la mano, perché subito seguiva un'altra ruota che lo impauriva, almeno all'inizio del suo moto.

L'esploratore invece era molto allarmato; era evidente che la macchina si stava sfasciando; il suo moto tranquillo era un inganno; aveva la sensazione di doversi occupare ora dell'ufficiale, visto che questi non poteva più provvedere a sé. Ma mentre la cascata delle ruote occupava tutta la sua attenzione, aveva dimenticato di sorvegliare il resto della macchina; e quando ora, dopo che l'ultima ruota fu uscita dal disegnatore, egli si chinò sopra l'erpice, ebbe un'altra, peggior sorpresa. L'erpice non scriveva, trafiggeva soltanto, e il letto non rovesciava il corpo, bensì si limitava, vibrando, a sollevarlo contro gli aghi. L'esploratore cercò di intervenire, possibilmente per fermare il tutto, questa non era tortura, come la voleva l'ufficiale, era direttamente omicidio. Tese le mani. Ma già l'erpice si sollevava di lato con il corpo infilzato, come di solito faceva solo alla dodicesima ora. Il sangue scorreva in cento rivoli, senza mischiarsi all'acqua, neanche le piccole condutture dell'acqua questa volta avevano funzionato. E ora anche l'atto conclusivo rifiutò di compiersi, il corpo non si staccò dagli aghi lunghi, versò tutto il suo sangue, ma restò appeso sopra la fossa senza cadere. L'erpice voleva tornarsene al suo posto, ma, come capisse di non essere ancora sgravato del suo peso, rimaneva invece sopra la fossa. "Aiutatemi!" gridò l'esploratore alla volta del soldato e del condannato, afferrando intanto i piedi dell'ufficiale. Voleva far forza contro i piedi, mentre gli altri due, dall'altro lato, avrebbero dovuto afferrare la testa dell'ufficiale e staccarlo quindi lentamente dagli aghi. Ma i due non si risolvevano a venire; il condannato si voltò addirittura dall'altra parte; l'esploratore dovette andar da loro e spingerli con la violenza verso la testa dell'ufficiale. Nel far ciò vide quasi contro la sua volontà il viso del cadavere. Era com'era stato in vita (non un segno della promessa redenzione); ciò che tutti gli altri avevano trovato nella macchina, s'era negato all'ufficiale; le labbra erano serrate con forza, gli occhi aperti avevano l'espressione della vita, lo sguardo era tranquillo e convinto, la fronte perforata dalla punta del massiccio bulino di ferro.

Quando l'esploratore, seguito dal soldato e dal condannato, giunse alle prime case della colonia, il soldato ne indicò una e disse: "Quella è la casa da tè."

Al piano terra di una delle case c'era un locale fondo, basso, dall'aspetto d'un antro, affumicato alle pareti e al soffitto. Sul lato della strada era aperto per tutta la sua larghezza. Sebbene si distinguesse appena dalle altre case della colonia, tutte fatiscenti ad eccezione della sede del comando, la casa da tè produsse sull'esploratore l'impressione di un monumento, ed egli avvertì la potenza dei tempi passati. Si avvicinò, passò, seguito dai suoi accompagnatori, attraverso i tavoli vuoti sulla strada davanti alla casa da tè e inspirò l'aria fresca, dal sentore di muffa, che veniva dall'interno. "Il vecchio è sepolto qui," disse il soldato, "il prete gli ha rifiutato un posto nel cimitero. Per qualche tempo non si seppe dove seppellirlo, poi alla fine lo si è sepolto qui. Di questo, senz'altro, l'ufficiale non le ha raccontato nulla, perché naturalmente era la cosa di cui si vergognava di più. Ha persino tentato qualche volta, di notte, di dissotterrare il vecchio, ma lo hanno sempre scacciato." "Dov'è la tomba?" chiese l'esploratore, che non riusciva a credere al soldato. Subito entrambi, il soldato e il condannato, corsero dinanzi a lui e, tendendo le mani, gli indicarono dove si trovasse la tomba. Condussero l'esploratore fino alla parete di fondo, dove alcuni clienti sedevano ai tavoli. Erano probabilmente lavoratori del porto, uomini massicci con corte barbe d'un nero lucente. Erano tutti senza giacca, avevano camicie stracciate, era gente miserabile, umiliata. Quando l'esploratore si avvicinò, alcuni di essi si alzarono, si schiacciarono contro la parete e lo guardarono venire. "È uno straniero," si sentì sussurrare intorno all'esploratore, "vuole vedere la tomba." Spinsero da parte uno dei tavoli, sotto il quale davvero si trovava una lapide. Era una semplice pietra, abbastanza bassa da poter essere tenuta nascosta sotto un tavolo. Portava un'iscrizione a lettere piccolissime; per leggerla l'esploratore dovette inginocchiarsi. Diceva: "Qui riposa il vecchio comandante. I suoi seguaci, che ora debbono restar senza nome, gli hanno scavato la fossa e posto questa pietra. Una profezia dice che il comandante risorgerà dopo un certo numero di anni e da questa casa guiderà i suoi seguaci alla riconquista della colonia. Credete e attendete!" Quando l'esploratore ebbe letto e si fu rialzato, vide intorno a sé gli uomini che, in piedi, sorridevano, come se avessero letto con lui l'iscrizione, l'avessero trovata ridicola e lo invitassero a unirsi alla loro opinione. L'esploratore finse di non accorgersi di niente, distribuì fra loro alcune monete, attese che il tavolo venisse spinto sopra la tomba, uscì dalla casa da tè e andò al porto.

Il soldato e il condannato avevano trovato nella casa da tè dei conoscenti che li trattennero. Dovevano però essersene liberati presto, perché l'esploratore si trovava soltanto a metà della lunga scala che portava alle barche, che già essi gli correvano dietro. Probabilmente volevano costringere l'esploratore, all'ultimo momento, a prenderli con sé. Mentre l'esploratore, di sotto, contrattava con un barcaiolo per la traversata fino al piroscafo, i due si precipitarono giù per la scala, in silenzio, perché non osavano gridare. Ma quando arrivarono giù, l'esploratore era già sulla barca e il barcaiolo stava giusto sciogliendo la cima. Sarebbero ancora potuti saltare nella barca, ma l'esploratore alzò da terra una pesante gomena piena di nodi, li minacciò con quella e li trattenne così dal salto.

UN MEDICO CONDOTTO

A mio padre

Il nuovo avvocato

Abbiamo un nuovo avvocato, il dottor Bucefalo. Non c'è molto, nel suo aspetto, che ricordi il tempo in cui era ancora il destriero di Alessandro il Macedone. Ma chi conosce le circostanze, nota qualcosa. L'altro giorno anzi, sulla scalinata, ho visto che persino un usciere del tribunale, un uomo davvero semplice, fissava stupito l'avvocato con lo sguardo professionale del piccolo *habitué* delle corse, mentre questi, sollevando alte le gambe, saliva di gradino in gradino con passi risuonanti sul marmo.

In generale l'ufficio approva l'assunzione di Bucefalo. Dando prova di sorprendente ampiezza di vedute ci dicono che Bucefalo, nell'odierno ordine sociale, si trova in una posizione difficile e che per questo, come anche per la sua importanza nella storia universale, merita almeno comprensione. Oggi – nessuno può negarlo – non c'è più un grande Alessandro. È vero che c'è chi sa uccidere, né manca l'abilità di colpire l'amico con la lancia oltre il tavolo del banchetto; e molti trovano che la Macedonia sia troppo angusta, e maledicono Filippo, il padre – ma nessuno, nessuno sa guidare gli eserciti in India. Anche allora le porte dell'India erano irraggiungibili, ma la spada del re ne indicava la direzione. Oggi le porte sono spostate in tutt'altro luogo e più lontano e più in alto; nessuno indica la direzione; molti reggono la spada, ma solo per agitarla nel vuoto; e lo sguardo che voglia seguirla, si confonde.

Per questo è forse davvero la cosa migliore sprofondarsi, come ha fatto Bucefalo, nei libri di diritto. Libero, i fianchi sgravati dai lombi del cavaliere, alla luce di una lampada silenziosa, lontano dal fragore della battaglia di Alessandro, egli legge, e volta le pagine dei nostri vecchi libri.

Un medico condotto

Mi trovavo in grave imbarazzo, dovevo intraprendere un viaggio urgente; un malato grave mi aspettava in un villaggio distante dieci miglia; un forte nevischio riempiva il vasto spazio fra me e lui; avevo una carrozza, leggera, a grandi ruote, proprio di quelle che occorrono sulle nostre strade maestre; avvolto nella pelliccia, la borsa degli strumenti in mano, stavo già in cortile pronto a partire; ma il cavallo mancava, il cavallo. Il mio era morto la notte precedente, in seguito alle fatiche eccessive di quell'inverno gelido; la mia domestica stava correndo per tutto il villaggio chiedendo un cavallo in prestito; ma non c'era speranza, lo sapevo, e restavo là inutilmente, sempre più coperto di neve, sempre più immobile. Sul portone comparve la ragazza, sola, agitando la lanterna; naturale, chi mai presta il cavallo per un viaggio simile? A gran passi, misurai ancora una volta il cortile; non mi venne in mente alcuna soluzione; distratto, tormentato, diedi un calcio alla porta decrepita del porcile, che da anni nessuno utilizzava più. La porta si aprì e dondolò in qua e in là sui cardini. Tepore si diffuse all'intorno, e un odore come di cavalli. Dentro, una lanterna da stalla oscillava a una corda, spandendo una luce torbida. Un uomo, rannicchiato in quella bassa rimessa, mostrò un volto franco dagli occhi azzurri. "Debbo attaccare?" chiese, strisciando fuori carponi. Non seppi cosa rispondere e mi chinai soltanto per vedere che altro ci fosse nella stalla. La domestica mi era accanto. "Non si sa mai cosa c'è di scorta in casa," disse, e ridemmo entrambi.

"Ehilà fratello, ehilà sorella!" gridò lo stalliere, e due cavalli, animali imponenti dai fianchi poderosi, tenendo le zampe strette al corpo e chinando come cammelli le belle teste, si spinsero, con la sola forza delle torsioni del tronco, fuori dell'apertura della porta, che riempivano interamente. Ma subito furono in piedi, su lunghe zampe, con corpi esalanti un denso vapore. "Aiutalo," dissi io, e la ragazza corse docile a porgere allo stalliere i finimenti della carrozza. Ma non appena ella gli fu accanto, lo stalliere la afferra e preme il viso contro il suo. La ragazza lancia un urlo e fugge verso di me; la rossa impronta di due file di denti è sulla sua guancia. "Animale!" urlo furioso, "vuoi assaggiare la frusta?" ma subito mi ricordo che è uno straniero, che non so da dove venga, e che egli spontaneamente mi soccorre nel momento in cui tutti gli altri vengono a mancare. Come se conoscesse i miei pensieri, non se la prende per la mia minaccia, ma, continuando a occuparsi dei cavalli, si limita a voltarsi verso di me. "Salite," dice poi, e in effetti tutto è pronto. Con un tiro così bello, lo vedo subito, non ho mai viaggiato, e salgo tutto allegro. "Però guido io, tu non conosci la strada," dico. "Certo," dice lui, "tanto io non vengo, resto con Rosa." "No!" urla Rosa e, nella giusta intuizione dell'ineluttabilità del suo destino, corre in casa; sento stridere il catenaccio alla porta; sento scattare la serratura; vedo che ella, in corridoio e fuggendo attraverso le stanze, si spegne alle spalle tutte le luci per non farsi trovare. "Tu vieni con me," dico allo stalliere, "altrimenti non parto, per quanto il viaggio sia urgente. Non ho nessuna intenzione di darti la ragazza come prezzo per il viaggio." "Forza!" dice lui; batte le mani; la carrozza viene trascinata via come un tronco nella corrente; riesco ancora a sentire la porta della mia casa che esplode e va in pezzi sotto l'assalto dello stalliere, poi gli occhi e le orecchie mi si riempiono di un sibilo che penetra uniforme tutti i sensi. Ma anche questo dura un solo istante, perché, come se davanti al mio portone si aprisse direttamente il cortile del mio ammalato, sono già là; i cavalli sono fermi e quieti; ha smesso di nevicare; tutt'intorno la luce della luna; i genitori del malato accorrono fuori di casa; la sorella li segue; mi si solleva quasi dalla carrozza; dai discorsi confusi non riesco a capire nulla; nella camera del malato l'aria è quasi irrespirabile; la stufa, dimenticata, fuma; aprirò la finestra con una spinta; ma prima voglio vedere il malato. Magro, senza febbre, né freddo né caldo, con gli occhi vacui, senza camicia, il ragazzo si solleva sotto le coperte, mi si attacca al collo, mi sussurra all'orecchio: "Dottore, lasciami morire." Mi guardo intorno, nessuno ha sentito; i genitori, muti, si sporgono in avanti e attendono il mio verdetto; la sorella ha portato una sedia per la mia borsa. Io apro la borsa e frugo fra gli strumenti; il ragazzo continua a cercarmi tentoni fuori del letto, per ricordarmi la sua preghiera; io afferro una pinzetta, la esamino alla luce della candela e la ripongo. "Sì," penso imprecando, "in casi come questo gli dei vengono in aiuto, mandano il cavallo mancante, vista l'urgenza ne aggiungono persino un secondo, regalano in sovrappiù anche uno stalliere." Solo adesso mi torna in mente Rosa; che fare, come salvarla, come tirarla fuori da sotto quello stalliere, lontano da lei dieci miglia, con cavalli indomabili aggiogati alla mia carrozza? Questi cavalli, che ora, in qualche modo, hanno allentato le redini; che, non so come, spalancano la finestra da fuori; che infilano ciascuno la testa in una finestra e, indifferenti alle grida della famiglia, osservano il malato. "Riparto subito," penso, come se i cavalli mi esortassero al viaggio, ma intanto lascio che la sorella, che mi crede stordito dal caldo, mi tolga la pelliccia. Mi preparano un bicchiere di rum, il vecchio mi batte sulla spalla, l'offerta del suo tesoro giustifica quella confidenza. Io scuoto il capo; fra gli angusti pensieri nella mente del vecchio mi sentirei male; solo per questa ragione rifiuto di bere. La madre è in piedi accanto al letto e mi attira là; io obbedisco e, mentre uno dei cavalli nitrisce verso il soffitto, appoggio il capo contro il petto del ragazzo, che rabbrividisce sotto la mia barba bagnata. Trovo conferma di ciò che già so: il ragazzo è sano, solo un po' di cattiva circolazione, la madre apprensiva gli dà troppo caffè, ma è sano e la cosa migliore sarebbe cacciarlo dal letto con uno spintone. Io non sono di quelli che vogliono cambiare il mondo, e così lo lascio stare. Sono alle dipendenze del distretto e faccio il mio dovere fino in fondo, fino al punto in cui diventa quasi eccessivo. Mi pagano male, eppure sono generoso e soccorrevole con i poveri. Debbo ancora provvedere a Rosa, e poi il ragazzo può pure aver ragione e anch'io voglio morire. Cosa faccio qui, in questo inverno senza fine? Il mio cavallo è morto, e nel villaggio non c'è nessuno che mi presti il suo. Il mio attacco debbo

tirarlo fuori dal porcile; e se non fossero, per caso, cavalli, dovrei viaggiare trainato da maiali. Così stanno le cose. E faccio un cenno del capo alla famiglia. Loro non ne
sanno nulla e, se anche lo sapessero, non ci crederebbero.
Scrivere ricette è facile, il difficile è farsi capire dalla
gente. Bene, allora la mia visita termina qui, una volta
ancora mi hanno scomodato per niente, ci sono abituato,
con l'aiuto della campana notturna l'intero distretto mi
tortura, ma che questa volta io abbia dovuto sacrificare
anche Rosa, una bella ragazza che ha vissuto per anni
nella mia casa, senza che io quasi mi accorgessi di lei –
questo sacrificio è troppo grande, e io, per ripiego e con
mille sottigliezze, debbo sistemarlo in qualche modo nella mia testa, per non scagliarmi addosso a questa famiglia, che con tutta la buona volontà, non potrà restituir-
mi Rosa. Ma quando chiudo la borsa e faccio cenno che
mi venga data la pelliccia, e la famiglia è lì raccolta, il
padre annusando sopra il bicchiere di rum che tiene in
mano, la madre, probabilmente delusa di me – già, ma
cosa si aspetta la gente? –, mordendosi piangente le labbra, e la sorella sventolando un asciugamani inzuppato
di sangue, allora sono disposto ad ammettere eventual-
mente che il ragazzo è forse davvero ammalato. Vado da
lui, lui mi accoglie sorridendo come se gli portassi un
brodo denso e forte – oh, adesso nitriscono entrambi i cavalli; il rumore, predisposto dall'alto, ha senz'altro lo
scopo di rendere più agevole la visita – e ora scopro: sì, il
ragazzo è malato. Nel suo fianco destro, nella regione
dell'anca, si è aperta una ferita grande come il palmo di
una mano. Rosa, con molte sfumature, scura nel profondo, via via più chiara ai margini, delicatamente granulo-
sa, con sangue che si rapprende in grumi irregolari, spalancata come l'imboccatura di una miniera. Così si presenta da lontano. Da vicino si nota un'ulteriore compli-
cazione. Chi può guardarla senza che gli sfugga un fischio leggero? Vermi, grandi e lunghi come il mio mignolo, di un loro colore rosato e in più spruzzati di sangue, si torcono, trattenuti per un'estremità nell'interno
della ferita, con le testoline bianche e con innumerevoli
zampette, verso la luce. Povero ragazzo, non c'è nulla da
fare per te. Io ho scoperto la tua grande ferita; per questo
fiore nel fianco stai morendo. La famiglia è felice, mi vede in azione; la sorella lo dice alla madre, la madre al pa-

dre, il padre ad alcuni ospiti che, in punta di piedi, tenendosi in equilibrio con le braccia spalancate, entrano attraverso il riquadro di luce lunare della porta aperta. "Mi salverai?" sussurra singhiozzando il ragazzo, accecato dalla vita all'interno della sua ferita. Così è la gente dalle mie parti. Dal medico pretendono sempre l'impossibile. La vecchia fede l'hanno perduta; il parroco se ne sta a casa a sfilacciare, l'una dopo l'altra, le pianete; ma il medico deve riuscire in tutto con la sua delicata mano di chirurgo. Bene, come più vi aggrada: io non mi sono offerto; se mi adoperate per scopi santi, non mi oppongo neanche a questo; cosa posso volere di meglio, vecchio medico condotto, privato della mia domestica! Ed essi vengono, la famiglia e i vecchi del villaggio, e mi svestono; un coro di scolari con il maestro in testa sta davanti a casa e canta una melodia straordinariamente semplice sulle parole:

> Spogliatelo, e lui guarirà,
> e se non guarisce, uccidetelo!
> Non è che un medico, non è che un medico.

Poi sono svestito e, con le dita nella barba e il capo reclinato, guardo tranquillo quella gente. Sono assolutamente calmo e superiore a tutti, e rimango tale sebbene non mi serva a nulla, perché ora mi prendono per la testa e per i piedi e mi portano a letto. Mi stendono dalla parte del muro, sul lato della ferita. Poi escono tutti dalla stanza; la porta viene chiusa; il canto tace; nuvole offuscano la luna; le coperte mi avvolgono calde; come ombre oscillano nelle aperture delle finestre le teste dei cavalli: "Sai," mi sento dire all'orecchio, "la mia fiducia in te è molto scarsa. Anche tu sei finito qui da chissà dove, non vieni per tua iniziativa. Invece di aiutarmi, rendi più angusto il mio letto di morte. Ti caverò gli occhi." "Giusto," dico io, "è una vergogna. Ma io sono medico. Cosa debbo fare? Credimi, non è facile neppure per me." "E dovrei accontentarmi di questa scusa? Oh, non ho scelta. Debbo sempre accontentarmi. Con una bella ferita sono venuto al mondo, è stata l'unico mio corredo." "Giovane amico," dico io, "questo è il tuo errore: non vedi le cose nel loro insieme. Io, che sono stato dappertutto, in tutte le stanze degli ammalati, ti dico che la tua ferita non è poi così grave. Fatta con due colpi d'accetta ad angolo acuto. Molti offrono il fianco e non sentono nemmeno l'accetta nel bosco, tanto meno sentono che essa s'avvicini." "È veramente così o mi inganni nella febbre?" "È veramente così, porta con te, di là, la parola d'onore di un medico condotto." Ed egli la prese e si acquietò. Ma ora era tempo di pensare alla mia salvezza. Per il momento i cavalli erano ancora, fedeli, al loro posto. Occorse un attimo a raccogliere vestiti, pelliccia e borsa; non volevo trattenermi per rivestirmi; se i cavalli avessero corso come nel viaggio di andata, sarei saltato, per così dire, da questo letto al mio. Ubbidiente, uno dei cavalli si ritrasse dalla finestra; io gettai il fagotto nella carrozza; la pelliccia finì troppo lontano e rimase appesa a un gancio solo per una manica. Bene lo stesso. Balzai a cavallo. Le briglie che si trascinavano allentate, i cavalli a malapena legati insieme, la carrozza che sbandava dietro, per ultima la pelliccia nella neve. "Forza!" dissi, ma la forza mancava; lenti come vecchi ci trascinavamo nel deserto di neve; a lungo risuonò alle nostre spalle il canto nuovo, ma sbagliato, dei bambini:

> Esultate, pazienti,
> vi hanno messo il medico nel letto.

Mai, in questo modo, arriverò a casa; la mia attività, così fiorente, è perduta; un successore mi deruba, ma senza profitto, perché non può sostituirmi; nella mia casa infuria il disgustoso stalliere; Rosa è la sua vittima; non voglio pensarci. Nudo, esposto al gelo di quest'epoca sciagurata, con una carrozza terrena, con cavalli non terreni, mi aggiro, vecchio, all'intorno. La mia pelliccia pende dietro la carrozza, non riesco a prenderla, e nessuno nell'inquieta plebe dei pazienti muove un dito. Ingannato! Ingannato! Una volta dato ascolto agli ingannevoli rintocchi della campana notturna – non c'è più rimedio.

In galleria

Se una cavallerizza decrepita e tisica girasse sulla pista del circo su un cavallo traballante, davanti a un pubblico instancabile, inseguita per mesi senza interruzione dalla frusta di un direttore impietoso, frullando sul cavallo, lanciando baci, dondolandosi sui fianchi, e se, nell'incessante fragore dell'orchestra e dei ventilatori, quello spettacolo si protraesse nel futuro grigio che si dischiude all'infinito, accompagnato dall'applauso, che si smorza e torna a gonfiarsi, di mani che propriamente sono magli a vapore – forse allora un giovane spettatore di galleria scenderebbe di corsa la lunga scala attraverso tutti gli ordini di posti, si precipiterebbe sulla pista e darebbe l'alt in mezzo alle fanfare dell'orchestra che sempre ubbidisce.

Ma siccome non è così – e una bella signora, bianca e rossa, entra al volo fra le tende che i fieri servitori in livrea le aprono dinanzi; il direttore, cercando devoto i suoi occhi, le si fa incontro ansando con un contegno d'animale; la solleva provvido sul pomellato come se ella fosse la nipotina amatissima che intraprende un viaggio pericoloso; non sa risolversi a dare il colpo di frusta; lo dà infine, con uno schiocco, facendo forza a se stesso; corre accanto al cavallo con la bocca aperta; segue con sguardo teso i salti della cavallerizza; non sa capacitarsi della sua destrezza; cerca di metterla in guardia con esclamazioni in inglese; furente, richiama gli stallieri che reggono il cerchio all'attenzione più meticolosa; prima del grande salto mortale supplica, con le mani levate, l'orchestra di tacere; solleva infine la piccola dal cavallo tremante, la bacia su entrambe le guance e giudica insufficiente ogni omaggio che il pubblico le tributi; mentre, sorretta da lui, in punta di piedi, avvolta da una nube di polvere, con le braccia spalancate e la testolina rovesciata, ella vuole dividere con il circo intero la sua felicità – siccome è così, lo spettatore in galleria poggia il viso sul parapetto e, affondando nella marcia finale come in un sogno greve, piange senza saperlo.

Un vecchio foglio

Sembra che molto sia stato trascurato nella difesa della nostra patria. Finora non ce ne siamo curati e ci siamo dedicati al nostro lavoro; ma gli eventi degli ultimi tempi ci preoccupano.

Io ho un laboratorio da calzolaio sulla piazza davanti al palazzo imperiale. Non appena, nel chiarore dell'alba, apro il mio negozio, vedo uomini armati che occupano le entrate di tutte le vie che confluiscono qui. Ma non sono i nostri soldati, sono evidentemente nomadi provenienti dal Nord. In modo a me incomprensibile sono penetrati fino alla capitale, che pure è molto distante dal confine. In ogni caso, sono qui; e ogni mattina paiono più numerosi.

Come vuole la loro natura si accampano all'aperto, perché delle case hanno orrore. Passano le giornate affilando le spade, appuntendo le frecce, esercitandosi a cavallo. Di questa piazza silenziosa, che sempre è stata tenuta meticolosamente pulita, hanno fatto una vera stalla. È vero che noi tentiamo a volte di correr fuori dalle nostre botteghe per portar via almeno la sporcizia peggiore, ma accade sempre più di rado, perché è una fatica inutile e inoltre ci mette in pericolo di finire sotto i cavalli infuriati o di venir feriti dalle fruste.

Con i nomadi non si può parlare. La nostra lingua non la conoscono, né si può dire che ne abbiano una propria. Fra loro si intendono come fanno i corvi. In continuazione si sente questo gridare di corvi. Il nostro modo di vivere e le nostre consuetudini sono loro altrettanto incomprensibili quanto indifferenti. Di conseguenza si mostrano ostili anche a ogni lingua dei segni. Puoi pure slogarti le mascelle o staccarti la mani dai polsi che tanto non ti capiscono né mai ti capiranno. Spesso fanno smorfie; allora gli si rovesciano gli occhi e gli esce la schiuma di bocca, ma con questo non vogliono dire nulla, né incutere spavento; lo fanno perché è il loro modo di fare. Quello che gli serve, se lo prendono. Non si può dire che usino la violenza. Ci si fa da parte prima che intervengano, e si lascia loro ogni cosa.

Anche delle mie provviste si sono presi più d'una cosa di valore. Ma non posso lamentarmi, se guardo per esempio come se la passa il macellaio di fronte. Non fa neanche in tempo a portare dentro la merce che già i nomadi gliela strappano e gliela divorano. Anche i loro cavalli mangiano carne; spesso cavallo e cavaliere stanno stesi fianco a fianco e mangiano dallo stesso pezzo di carne, ciascuno a una estremità. Il macellaio ha paura e non osa far cessare le forniture di carne. Ma noi lo capiamo, raccogliamo denaro e lo aiutiamo. Se i nomadi non avessero più carne, chissà cosa verrebbe loro in mente di fare; d'altra parte, chissà cosa verrà loro in mente, anche se hanno carne tutti i giorni.

Qualche giorno fa il macellaio ha pensato che poteva almeno risparmiarsi la fatica di macellare gli animali, e la mattina ha portato un bue vivo. Non deve farlo mai più. Per un'ora sono rimasto lungo disteso sul pavimento in fondo alla mia bottega, con addosso, ammucchiati, tutti i vestiti, le coperte e i cuscini che ho, per non sentire gli urli del bue che i nomadi assalivano da tutte le parti, per strappargli con i denti pezzi di carne calda. S'era fatto silenzio già da tempo quando trovai il coraggio di uscir fuori; come bevitori intorno alla botte, essi giacevano stanchi intorno ai resti del bue.

Proprio allora ho creduto di vedere l'imperatore in persona dietro una finestra del palazzo; mai, altrimenti, egli viene in queste stanze più esterne, vive sempre nel giardino più interno; ma questa volta, così almeno mi è sembrato, era a una delle finestre e guardava con la testa abbassata a quanto accadeva davanti al suo castello.

"Cosa accadrà?" ci chiediamo tutti. "Quanto riusciremo a sopportare questo peso e questo tormento? Il palazzo imperiale ha attirato i nomadi, e ora non sa scacciarli. Il portale resta sbarrato; le guardie, che prima entravano e uscivano marciando solennemente, restano ora dietro le sbarre delle finestre. A noi artigiani e commercianti è affidata la salvezza della patria; ma noi non siamo all'altezza di un simile compito; né mai ce ne siamo vantati. Si tratta di un malinteso; e questo malinteso è la nostra rovina."

Davanti alla legge

Davanti alla legge c'è un guardiano. A questo guardiano si presenta un uomo di campagna e chiede di entrare nella legge. Ma il guardiano dice che ora non gli può consentire l'ingresso. L'uomo riflette e poi chiede se allora potrà entrare più tardi. "È possibile," dice il guardiano, "non ora, però." Siccome la porta della legge è aperta come sempre e il guardiano si fa da parte, l'uomo si china per vedere all'interno attraverso la porta. Quando il guardiano se ne accorge, ride e dice: "Se ti attira tanto, prova a entrare nonostante il mio divieto. Ma ricorda: io sono potente. E non sono che l'ultimo dei guardiani. Di sala in sala ci sono altri guardiani, uno più potente dell'altro. Già la vista del terzo è insostenibile persino per me." L'uomo di campagna non si era aspettato simili difficoltà; la legge, pensa, deve pur essere accessibile a tutti e in ogni momento, ma quando, ora, guarda meglio il guardiano nel suo pastrano di pelliccia, guarda il gran naso a punta, la lunga, rada barba nera alla tartara, decide che è meglio aspettare finché non avrà ottenuto il permesso di entrare. Il guardiano gli dà uno sgabello e lo fa sedere di fianco alla porta. Là l'uomo siede per giorni e anni. Fa molti tentativi perché lo si lasci entrare e affatica il guardiano con le sue preghiere. Spesso il guardiano gli fa piccoli interrogatori, gli chiede del suo paese d'origine e di molte altre cose, ma sono domande senza partecipazione, come le pongono i grandi signori, e alla fine, immancabilmente, dice che non può ancora lasciarlo entrare. L'uomo, che si è ben provvisto per il viaggio, adopera ogni cosa, per quanto preziosa, per corrompere il guardiano. E questi accetta tutto, ma dice ogni volta: "Accetto solo perché tu non creda di aver omesso qualcosa." Durante tutti quegli anni l'uomo osserva il guardiano quasi senza tregua. Dimentica gli altri guardiani e quel primo gli sembra essere il solo ostacolo all'ingresso nella legge. Maledice la sorte avversa, nei primi anni senza riguardi e a voce alta, poi, quando è ormai vecchio, si contenta di brontolare fra sé. Diventa rimbambito e, poiché negli anni trascorsi a studiare il guardiano ha fatto anche la conoscenza delle pulci nel suo collo di pelliccia, prega anche le pulci di aiutarlo a far cambiare idea al guardiano. Alla fine la sua vista si indebolisce, e lui non sa se davvero gli si stia facendo più buio intorno o se gli occhi lo ingannino. Ma ora scorge nell'oscurità un chiarore che erompe inestinguibile dalla porta della legge. Non gli resta più molto da vivere. Prima di morire, tutte le esperienze di tutto quel tempo si condensano nella sua mente in una sola domanda che finora non ha posto al guardiano. Gli fa cenno di avvicinarsi, perché non riesce più a raddrizzare il corpo che si sta irrigidendo. Il guardiano è costretto a chinarsi su di lui, perché la differenza di statura è fortemente mutata a sfavore dell'uomo. "Cosa vuoi sapere ancora? " chiede il guardiano. "Sei insaziabile." "Tutti vogliono giungere alla legge," dice l'uomo, "come mai, in tutti questi anni, nessuno oltre a me ha chiesto di entrare?" Il guardiano capisce che l'uomo è alla fine e, per giungere al suo udito che si va spegnendo, gli urla: "Nessun altro poteva ottenere il permesso di entrare qui, perché questo ingresso era destinato solo a te. Ora vado e lo chiudo."

Sciacalli e arabi

Eravamo accampati nell'oasi. I compagni dormivano. Un arabo, alto e bianco, mi passò dinanzi; aveva dato da mangiare ai cammelli e ora andava al suo giaciglio.

Mi gettai all'indietro nell'erba; volevo dormire; non ci riuscii; il lamento di uno sciacallo in lontananza; tornai a sedermi. E ciò che era stato tanto lontano fu improvvisamente vicino. Un brulicare di sciacalli intorno a me; occhi rilucenti d'oro opaco, poi subito spenti; corpi snelli, dal moto ritmico e agile come guidato da una frusta.

Uno venne da dietro, si strinse a me passandomi sotto il braccio, come se chiedesse il mio calore, poi mi venne davanti e parlò, gli occhi quasi nei miei occhi:

"Sono lo sciacallo più vecchio, per chilometri e chilometri in lungo e in largo. Sono felice di poterti ancora dare il benvenuto qui. Avevo già quasi perso la speranza, perché ti aspettiamo da un tempo infinito; mia madre ha aspettato, e sua madre, e poi tutte le loro madri, fino alla madre di tutti gli sciacalli. È la verità!"

"Mi meraviglio," dissi, e dimenticai di accendere la catasta di legna che era stata preparata per tener lontani, con il suo fumo, gli sciacalli. "Mi meraviglio molto di sentire quanto dici. Solo per caso vengo dal remoto Nord e sto facendo un breve viaggio. Cosa volete, sciacalli?"

E come incoraggiati da questo parlare, forse troppo amichevole, strinsero il loro cerchio intorno a me; tutti respiravano brevemente e soffiando.

"Lo sappiamo," cominciò il più vecchio, "che vieni dal Nord, su questo si fonda appunto la nostra speranza. Là è la ragione, che non si trova qui fra gli arabi. Da questa fredda superbia, sai, è impossibile trarre una scintilla di ragione. Ammazzano gli animali per mangiarli, e disprezzano le carogne."

"Non parlare così forte," dissi io, "qui accanto dormono degli arabi."

"Sei davvero uno straniero," disse lo sciacallo, "altrimenti sapresti che mai, nella storia del mondo, uno sciacallo ha temuto un arabo. Dovremmo temerli? Non è disgrazia sufficiente trovarci scacciati in mezzo a un popolo simile?"

"Può darsi, può darsi," dissi io, "non presumo di poter giudicare cose a me tanto lontane; sembra essere una contesa antica; sarà dunque entrata nel sangue; e finirà dunque forse solo col sangue."

"Sei molto intelligente," disse il vecchio sciacallo; e tutti presero a respirare ancor più velocemente; con polmoni ansiosi, sebbene fossero fermi; un odore amaro, a tratti sopportabile solo a denti stretti, erompeva dalle fauci spalancate, "sei molto intelligente; ciò che dici corrisponde alla nostra antica dottrina. Prenderemo agli arabi, dunque, il sangue, e la contesa avrà fine."

"Oh!" dissi con impeto maggiore di quanto volessi. "Si difenderanno; vi massacreranno a branchi con i loro fucili."

"Ci fraintendi," disse lui, "come è uso degli uomini, un uso che, come vedo, non si perde neanche al Nord. Non li uccideremo di certo. Il Nilo non avrebbe acqua sufficiente per purificarci. La semplice vista dei loro corpi vivi basta per farci fuggire, in un'aria più pura, nel deserto, che per questo è la nostra patria."

E tutti gli sciacalli intorno, ai quali nel frattempo se ne erano aggiunti molti altri da lontano, chinarono il capo fra le zampe anteriori e con queste presero a pulirlo; era come se volessero nascondere il ribrezzo, un ribrezzo così terribile che, con un gran salto, avrei voluto fuggire dal loro cerchio.

"Allora, cosa intendete fare?" chiesi e feci l'atto di alzarmi, ma non ci riuscii; due animali giovani mi avevano preso fra i denti, dietro, la giacca e la camicia; dovetti rimanere a sedere. "Ti reggono lo strascico," spiegò, serio, lo sciacallo anziano, "per renderti onore." "Voglio che mi lascino andare!" gridai, rivolto ora al vecchio, ora ai giovani. "Lo faranno, naturalmente," disse il vecchio, "se tu lo esigi. Ma ci vorrà qualche tempo, perché, com'è costume, hanno piantato a fondo i denti e debbono staccare le mascelle lentamente. Nel frattempo ascolta la nostra preghiera." "Il vostro comportamento non mi ha reso particolarmente ben disposto," dissi. "Non farci scontare la nostra mancanza di tatto," disse lui, e ora, per la prima volta, ricorse al tono lamentoso della sua voce naturale, "siamo poveri animali, non abbiamo che i denti; per tutto ciò che vogliamo fare, il bene come il male, non ci restano che i denti." "Cosa vuoi, dunque?" chiesi, placato solo un poco.

"Signore," esclamò lui, e tutti gli sciacalli ululârono; nella lontananza più remota mi parve una melodia. "Signore, tu devi por fine alla contesa che divide il mondo. I nostri padri hanno descritto colui che lo farà, e quella descrizione ti corrisponde appieno. Pace, pace dobbiamo avere dagli arabi; aria respirabile; purificato da loro l'intero orizzonte; non l'urlo del montone scannato da un arabo; gli animali debbono crepare in pace; debbono essere svuotati da noi del loro sangue e ripuliti fino alle ossa, senza che nulla intervenga a turbare il nostro lavoro. Purezza, non vogliamo altro che purezza," – e ora piangevano, singhiozzavano tutti – "come riesci a vivere in questo mondo, tu, nobile cuore, tu, dolci viscere? Sporcizia è il loro bianco, sporcizia il loro nero; un orrore le loro barbe; vien da sputare alla vista dell'angolo dei loro occhi; e se sollevano un braccio, l'inferno si spalanca nel cavo dell'ascella. Per questo, o signore, per questo, o altissimo signore, con l'aiuto delle tue mani onnipotenti, con l'aiuto delle tue mani onnipotenti taglia loro la gola con questa forbice!" E, obbedendo a un cenno del suo capo, uno sciacallo s'avvicinò reggendo a un canino una piccola forbice da cucito, coperta di vecchia ruggine.

"Finalmente ecco la forbice e con questo basta!" esclamò il capo degli arabi della nostra carovana, che era scivolato verso di noi controvento e brandiva ora la frusta immensa.

Tutti si dispersero velocissimi, ma a una certa distanza si fermarono, raggomitolati l'uno accanto all'altro, tutti quegli animali così stretti e rigidi da sembrare una siepe sottile avvolta dal fluttuare di fuochi fatui.

"Così, signore, hai visto e sentito anche questo spettacolo," disse l'arabo e rise gaio quanto lo consentiva la riservatezza della sua stirpe. "Ma tu lo sai, allora, cosa vogliono gli animali?" chiesi. "Naturalmente, signore," disse lui, "lo sanno tutti; da che esistono gli arabi, quella forbice erra nel deserto ed errerà con noi fino alla fine dei giorni. A ogni europeo essa viene offerta per la grande opera; ogni europeo è proprio colui che loro sembra a essa chiamato. Quegli animali nutrono una speranza insensata; pazzi, sono dei veri pazzi. Noi li amiamo per questo; sono i nostri cani; più belli dei vostri. Guarda, un cammello è morto questa notte, l'ho fatto portare qui."

Quattro portatori vennero e gettarono davanti a noi il pesante cadavere. Subito gli sciacalli levarono le voci. Come se ciascuno di loro fosse irresistibilmente tirato da una corda, s'avvicinarono, arrestandosi a tratti, sfiorando col ventre il terreno. Avevano dimenticato gli arabi, dimenticato l'odio, li stregava la presenza, che tutto cancellava, del cadavere traspirante. Già uno s'era attaccato al collo e trovò al primo morso l'arteria. Come una piccola pompa impazzita, che assolutamente e senza speranza vuole spegnere un immenso incendio, ogni muscolo del suo corpo si contraeva e pulsava al suo posto. E in un istante tutti erano accatastati sul cadavere intenti al medesimo lavoro.

Allora il capo schioccò con forza la frusta tagliente in ogni direzione sopra di loro. Essi levarono il capo, perduti a mezzo nell'ebbrezza e nell'incoscienza; videro gli arabi in piedi dinanzi a loro; sentirono ora la frusta sul muso; si ritirarono con un balzo e corsero per un tratto all'indietro. Ma il sangue del cammello s'allargava ormai in pozze, fumante, il corpo era squarciato in più punti. Non seppero resistere; subito furono di nuovo là; di nuovo il capo levò la frusta; lo afferrai per il braccio.

"Hai ragione, signore," disse, "lasciamoli al loro lavoro. Inoltre, è tempo di mettersi in marcia. Ora li hai visti. Splendidi animali, non è vero? E come ci odiano!"

Una visita in miniera

Oggi i capi ingegneri sono stati giù da noi. La direzione ha emesso un qualche ordine di aprire nuove gallerie e allora gli ingegnéri sono venuti a fare le prime misurazioni. Come sono differenti, pur così giovani! Tutti si sono evoluti in piena libertà e il loro essere limpidamente definito si delinea, senza vincoli, già nella giovinezza.

Uno, nero di capelli, vivace, fa correre gli occhi in ogni direzione.

Un secondo, con un blocco per appunti, scrive annotazioni camminando, si guarda intorno, confronta, annota.

Un terzo, con le mani nelle tasche della giacca, così che tutto gli si tende sulla persona, cammina eretto; bada a tenere un portamento dignitoso; solo nell'incessante mordersi le labbra rivela la giovinezza impaziente e impossibile a soffocarsi.

Un quarto dà al terzo spiegazioni non richieste; più piccolo dell'altro, gli cammina accanto come un tentatore e sembra recitargli, con l'indice sempre in aria, una litania su tutto quello che qui c'è da vedere.

Un quinto, forse il più importante per grado, non tollera compagnia, sta un po' davanti, un po' dietro; il gruppo si muove secondo il suo ritmo; è pallido e debole; la responsabilità gli ha scavato gli occhi; spesso, riflettendo, si preme la mano contro la fronte.

Il sesto e il settimo camminano un poco piegati, testa contro testa, a braccetto, immersi in un colloquio confidenziale; se questa, palesemente, non fosse la nostra miniera di carbone e il nostro posto di lavoro nella galleria più profonda, si potrebbe credere che questi due signori ossuti, senza barba, dal naso a patata, siano giovani sacerdoti. L'uno ride fra sé con un brontolio felino; l'altro, sorridendo a sua volta, guida la conversazione e le dà il ritmo con la mano libera. Come debbono sentirsi sicuri, questi due signori, della loro posizione, e quali meriti, nonostante la loro giovane età, debbono essersi già conquistati per la nostra miniera, se qui, nel corso di un'ispezione così importante, sotto gli occhi del loro superiore, possono occuparsi imperturbabili solo di questioni private o che almeno non hanno a che fare con la missione in corso. Ma non può essere che, nonostante le loro risate e la loro disattenzione, notino perfettamente quel che è necessario? Su questi signori non si ardisce quasi esprimere un giudizio preciso.

D'altra parte, però, è innegabile che l'ottavo, per esempio, sia infinitamente più concentrato di loro, anzi più di tutti gli altri. Egli tocca tutto, e tutto batte con un piccolo martello che ogni volta trae dalla tasca e ogni volta ripone. Ogni tanto, nonostante gli abiti eleganti, si inginocchia nella sporcizia e batte sul terreno, poi daccapo, camminando, sulle pareti o sul soffitto sopra la sua testa. Una volta si è steso per terra e là è rimasto immobile; pensavamo già che fosse successa una disgrazia; ma poi lui è balzato in piedi con una contrazione del suo corpo snello. Aveva solo fatto un'altra ispezione. Noi crediamo di conoscere la nostra miniera e le sue pietre, ma ciò che quest'ingegnere continua a ispezionare in quel suo modo, ci resta incomprensibile.

Un nono ingegnere spinge dinanzi a sé una sorta di carrozzina per bambini, nella quale stanno gli strumenti di misurazione. Strumenti straordinariamente preziosi, avvolti in un profondo strato di delicatissima ovatta. A dire il vero, dovrebbe essere l'inserviente a spingere quel carrello, ma si ha timore ad affidarglielo; un ingegnere si è dovuto fare avanti, e lo fa volentieri, come si vede. È senz'altro il più giovane, forse non capisce ancora tutti gli strumenti, ma il suo sguardo riposa incessantemente su di loro, e a tratti egli quasi rischia di urtare col carrello contro una parete.

Ma, per evitarlo, un altro ingegnere cammina accanto al carrello. È evidente che questi comprende a fondo gli strumenti e sembra essere il loro vero custode. Di quando in quando, senza fermare il carrello, prende un componente degli strumenti, vi guarda attraverso, lo svita o lo riavvita, lo scuote e lo picchia lievemente con le dita, lo tiene all'orecchio e ascolta; e infine, mentre di solito il guidatore si ferma, ripone il piccolo oggetto, quasi invisibile da lontano, con ogni cura, nel carrello. Questo ingegnere è un poco autoritario, ma solo in nome degli strumenti. Già a dieci passi dal carrello, a un suo muto cenno delle dita, dobbiamo farci da parte, anche là dove non c'è spazio per farsi da parte.

Dietro questi due signori cammina, senza far nulla, l'inserviente. Da tempo gli ingegneri, com'è naturale dato il loro grande sapere, hanno deposto ogni superbia; il servitore sembra invece averla raccolta tutta in sé. Con una mano sulla schiena, e accarezzando con l'altra, davanti, i bottoni dorati o la stoffa elegante della livrea, fa frequenti cenni del capo a destra e a sinistra, come se noi lo avessimo salutato e lui rispondesse, o come se supponesse che noi lo avessimo salutato ma, dalla sua altezza, gli fosse impossibile accertarsene. Naturalmente noi non lo salutiamo, eppure alla sua vista si sarebbe tentati di credere che essere usciere negli uffici della direzione della miniera sia qualcosa di immenso. È vero che gli ridiamo alle spalle, ma siccome neanche un fulmine lo indurrebbe a voltarsi, egli rimane pur sempre nel nostro rispetto, come qualcosa di incomprensibile.

Oggi non si lavorerà più molto; l'interruzione si è protratta troppo a lungo; una visita come questa si porta via ogni intenzione di lavorare. È una tentazione troppo forte, seguire con lo sguardo i signori nel buio della galleria di prova, nel quale tutti sono scomparsi. Oltre tutto, il nostro turno è quasi finito; non assisteremo al ritorno degli ingegneri.

Il villaggio vicino

Mio nonno diceva sempre: "La vita è sorprendentemente breve. Ora, nel ricordo, essa si contrae a tal punto che, per esempio, mi riesce difficile comprendere come un giovane possa decidere di cavalcare fino al villaggio vicino senza temere che – a prescindere dalle fatalità sfortunate – già il tempo di una vita comune e felice non sia, per una tale cavalcata, di gran lunga insufficiente."

Il messaggio dell'imperatore

L'imperatore – si racconta – ha inviato a te, il singolo, il suddito miserevole, l'ombra minuscola fuggita nelle lontananze più remote di fronte al sole imperiale, proprio a te l'imperatore ha mandato un messaggio dal suo letto di morte. Ha fatto inginocchiare il messaggero presso il letto e gli ha sussurrato il messaggio all'orecchio; e tale ne era l'importanza, che se lo è fatto ripetere all'orecchio. Assentendo col capo ha confermato l'esattezza di quanto gli veniva riferito. E dinanzi a tutti gli spettatori della sua morte – ogni parete d'ostacolo viene abbattuta e sulle scalinate che s'inarcano ampie e alte stanno in cerchio i grandi del regno – dinanzi a tutti l'imperatore ha congedato il messaggero. Il messaggero s'è messo subito in cammino; un uomo forte, instancabile; protendendo ora l'uno ora l'altro braccio si fa strada fra la folla; se incontra resistenza, indica il petto, che porta il segno del sole; e procede con facilità, come nessun altro saprebbe. Ma la folla è tanto grande; le sue abitazioni non hanno mai fine. Come volerebbe, se la strada fosse sgombra, e presto tu sentiresti il magnifico battere dei suoi pugni alla tua porta. E invece, com'è inutile la sua fatica; ancora sta attraversando, insinuandosi a forza, le stanze nella parte più interna del palazzo; mai ne verrà a capo; e se pure gli riuscisse, non servirebbe a nulla; dovrebbe lottare per scendere le scale; e se pure gli riuscisse, non servirebbe a nulla; resterebbero da percorrere i cortili; e dopo i cortili la cintura esterna del palazzo; e ancora scale e cortili; e ancora un palazzo; e così via attraverso i millenni; e se anche cadesse, infine, fuori del portale più esterno – ma mai, mai ciò potrà avvenire – la città imperiale si estenderebbe ancora dinanzi a lui, il cuore del mondo, colmo di tutti i suoi detriti. Nessuno può penetrarvi, e tanto meno con il messaggio di un morto. – Ma tu siedi alla finestra e il messaggio è nel tuo sogno, quando viene la sera.

Il cruccio del padre di famiglia

C'è chi afferma che la parola Odradek sia di origine slava e, fondandosi su questa premessa, cerca di dimostrarne la formazione. Altri sostengono invece che derivi dal tedesco e che lo slavo l'abbia solo influenzata. Ma l'incertezza di entrambe le interpretazioni consente senz'altro di concludere che nessuna coglie nel segno, tanto più che né l'una né l'altra serve a trovare il significato della parola.

Nessuno, naturalmente, si occuperebbe di tali studi se non ci fosse davvero un essere che si chiama Odradek. Al primo sguardo ha l'aspetto di una spoletta piatta, a forma di stella, e in effetti pare anche coperto di filo; ma è probabile che siano soltanto dei vecchi pezzi di filo di tipo e colore diversissimi, strappati, annodati gli uni agli altri, ma anche aggrovigliati insieme. Ma non è solo una spoletta, perché dal centro della stella parte una stanghetta diagonale e a questa stanghetta se ne congiunge, ad angolo retto, una seconda. Con l'aiuto di quest'ultima su un lato, e di uno dei raggi della stella sull'altro, l'insieme riesce a tenersi in piedi come su due gambe.

Si sarebbe tentati di credere che questa figura abbia avuto, un tempo, una qualche forma funzionale e che ora sia solo rotta. Ma non sembra essere così; quanto meno non ci sono indizi; da nessuna parte si notano attaccature o incrinature che facciano pensare a qualcosa del genere; l'insieme si presenta sì privo di senso, ma a suo modo conchiuso. D'altronde è impossibile dire qualcosa di più preciso, perché Odradek è straordinariamente mobile e non si fa prendere.

Si trattiene ora in soffitta, ora sulle scale, oppure nei corridoi o nell'andito. A volte non si fa vedere per mesi; allora vuol dire che si è trasferito in altre case; ma poi, immancabilmente, torna nella nostra. A volte, quando si esce dalla porta e lui se ne sta di sotto, appoggiato alla ringhiera delle scale, vien voglia di rivolgergli la parola. Naturalmente non gli si fanno domande difficili, bensì – già la sua piccolezza induce a farlo – lo si tratta come un bambino. "Come ti chiami?" gli si chiede. "Odradek," dice lui. "E dove abiti?" "Senza fissa dimora," dice lui e ride; ma è una risata che può produrre solo chi sia senza polmoni. Suona un po' come un fruscio di foglie morte. Con questo termina di solito la conversazione. Del resto, non sempre si ottiene risposta, anche di questo genere; spesso lui rimane a lungo muto, come il legno di cui sembra fatto.

Inutilmente mi chiedo che cosa ne sarà di lui. Può

morire? Tutto ciò che muore ha avuto prima una sorta di scopo, di attività, in cui si è consumato: non è il caso di Odradek. Ma continuerà allora a rotolare giù per le scale, tirandosi dietro i suoi fili, fra i piedi dei miei figli e dei figli dei miei figli? È evidente che non fa male a nessuno; ma l'idea che debba anche sopravvivermi mi è quasi dolorosa.

Undici figli

Ho undici figli.

Il primo è d'aspetto insignificante, ma è serio e intelligente; non ne ho tuttavia grande stima, anche se, come figlio, lo amo al pari degli altri. Il suo modo di pensare mi sembra troppo semplice. Non guarda né a destra né a sinistra e nemmeno in lontananza; nell'angusto mondo delle sue idee egli continua a procedere in tondo, o meglio a rigirarsi su se stesso.

Il secondo è bello, slanciato, ben fatto; è un incanto vederlo, quando, tirando di scherma, si mette in posizione di guardia. Anche lui è intelligente, e in più conosce il mondo; ha visto molte cose, e per questo anche il paesaggio naturale in cui è nato sembra parlargli con confidenza maggiore rispetto a coloro che son rimasti a casa. Ma questo pregio non è certamente da attribuirsi soltanto, e neppure essenzialmente, ai viaggi, fa parte piuttosto di quel tratto inimitabile che questo figliolo possiede, un tratto cui va il riconoscimento, per esempio, di chiunque voglia imitare i suoi tuffi, con i molteplici salti mortali eppure retti da un dominio addirittura selvaggio. Il coraggio e la voglia bastano per giungere all'estremità del trampolino, ma là l'imitatore, anziché saltare, si siede d'improvviso e leva le braccia in segno di scusa. – Eppure, nonostante tutto (dovrei pur essere felice di un figlio simile), i miei rapporti con lui non sono privi di ombre. Il suo occhio sinistro è leggermente più piccolo del destro e ammicca vistosamente; solo un lieve difetto, certamente, che rende il suo volto persino più ardito di quanto non sarebbe comunque stato, e nessuno, di fronte all'inavvicinabile isolamento del suo essere, noterà con biasimo quest'occhio più piccolo e ammiccante. Io, il padre, lo noto. A ferirmi non è, naturalmente, il difetto fisico, bensì una piccola irregolarità dello spirito a esso in qualche modo simmetrica, un qualche veleno che gli erra nel sangue, una qualche incapacità di portare a perfezione l'attitudine, a me solo visibile, della sua vita. Ma proprio questo, d'altro lato, fa di lui il mio vero figlio, perché quel suo difetto è anche il difetto di tutta la nostra famiglia, in questo figlio soltanto troppo manifesto.

Il terzo figlio è anch'egli bello, ma non di una bellezza che possa piacermi. È la bellezza del cantante: la bocca arcuata; l'occhio trasognato; il capo cui occorre, per risaltare, lo sfondo di un drappeggio; il petto che s'inarca a dismisura; le mani che facilmente si levano e troppo facilmente ricadono; le gambe che affettano il movimento perché son prive di forza. E inoltre: il tono della sua voce non è pieno; inganna un istante; induce l'esperto a tendere l'orecchio; ma si dilegua subito nel respiro. – Sebbene in generale tutto inviti a mettere in mostra questo figlio, preferisco tenerlo nascosto; e lui non si fa avanti, ma non perché conosca i suoi difetti, bensì per innocenza. Inoltre si sente estraneo al nostro tempo; come se appartenesse sì alla nostra famiglia, ma al contempo anche a un'altra, per sempre perduta, è spesso di malumore e nulla può rasserenarlo.

Il mio quarto figlio è forse il più affabile di tutti. Da vero figlio del suo tempo, riesce a farsi capire da tutti, si mette su un terreno che è a tutti comune e tutti sono tentati di fargli cenni di assenso. Questo generale apprezzamento dà forse leggerezza al suo essere, libertà ai suoi movimenti, noncuranza ai suoi giudizi. Alcune delle sue osservazioni vien voglia di ripeterle, ma solo alcune, perché nell'insieme egli pecca di eccessiva leggerezza. È come una persona che spiccasse meravigliosamente il salto, fendesse l'aria come una rondine, ma finisse poi tristemente nella desolazione della polvere, una nullità. Pensieri simili mi avvelenano la vista di questo figlio.

Il quinto figlio è caro e buono; prometteva assai meno di quanto non abbia dato; era così insignificante che in sua presenza ci si sentiva letteralmente soli; ma è riuscito a conquistarsi una certa autorità. Se mi si chiedesse come ha fatto, non saprei rispondere. L'innocenza è forse la cosa che con più facilità, nonostante tutto, riesce a farsi strada fra l'infuriare degli elementi in questo mondo, e lui è innocente. Forse troppo innocente. Gentile con tutti. Forse troppo gentile. Lo confesso: non sono a mio agio quando lo si loda di fronte a me. Significa rendersi un po' troppo facile la lode, quando si loda qualcuno che, come mio figlio, ne è così palesemente degno.

Il mio sesto figlio sembra, almeno al primo sguardo, il più assorto di tutti. Una creatura sfiduciata e, insieme, un chiacchierone. Per questo non è facile avere a che fare con lui. Se sta per soccombere, cade in un'invincibile tristezza; se prende il sopravvento, lo conserva con le chiacchiere. Non gli nego tuttavia una certa intenta passione; in pieno giorno si addentra a forza fra i suoi pensieri come in sogno. Senza essere ammalato – ha anzi un'ottima salute – barcolla talvolta, soprattutto nella penombra, ma non gli occorre aiuto, non cade. Forse il suo sviluppo fisico è responsabile di questo fenomeno, egli è troppo alto per la sua età. Il che lo rende poco bello nell'insieme, nonostante dettagli di straordinaria bellezza, come le mani e i piedi. Poco bella è del resto anche la fronte, come raggrinzita sia nella pelle sia nella conformazione ossea.

Il settimo figlio mi appartiene forse più di tutti gli altri. Il mondo non sa apprezzarlo; non comprende la forma di umorismo che gli è peculiare. Non lo sopravvaluto; so che è davvero insignificante; se il mondo non avesse altra macchia che il non saperlo apprezzare, sarebbe pur sempre immacolato. Ma all'interno della famiglia non vorrei che questo figlio mancasse. Porta inquietudine e, insieme, rispetto per la tradizione, e sa congiungere le due cose, almeno a mio modo di sentire, in un insieme inattaccabile. È vero che di questo insieme non sa poi che fare, meno di chiunque altro; non metterà in moto la ruota dell'avvenire; ma questa sua attitudine è così incoraggiante, così piena di speranze; vorrei che avesse dei figli, e questi a loro volta dei figli. Purtroppo questo desiderio sembra non volersi realizzare. In una sorta di soddisfazione di sé a me tanto comprensibile quanto indesiderata, che crea peraltro un imponente contrasto con il giudizio del suo ambiente, egli se ne va in giro solo, non si cura delle ragazze e non perde tuttavia mai il suo buon umore.

Il mio ottavo figlio è la mia croce, senza che in fondo io ne conosca il motivo vero. Mi considera un estraneo, e invece io mi sento unito a lui da uno stretto legame paterno. Il tempo ha risolto molte cose; ma in passato mi coglieva talvolta un tremito, non appena pensavo a lui. Fa la sua strada; ha troncato tutti i rapporti con me; e certamente, con la sua testa dura, il suo piccolo corpo atletico – solo le gambe le aveva, da ragazzo, molto deboli, un difetto che nel frattempo sarà senz'altro scomparso – riuscirà a raggiungere qualsiasi scopo si prefigga. Spesso ho avuto voglia di richiamarlo indietro, di chiedergli come stiano effettivamente le cose, perché si sottragga così al padre e cos'abbia in mente, in fondo; ma ormai lui è così lontano ed è passato tanto tempo, che è meglio che tutto resti com'è. Mi dicono che, unico fra i miei figli, porta la barba; e in una persona così piccola non è naturalmente una bella cosa.

Il mio nono figlio è molto elegante e ha lo sguardo dolce che ci vuole con le donne. Così dolce che all'occasione riesce a sedurre persino me, io che invece so come letteralmente basti un colpo di spugna per cancellare quello splendore ultraterreno. La particolarità di questo ragazzo è però che non gli interessa affatto sedurre; a lui basterebbe starsene disteso per tutta la vita sul canapè, errando con lo sguardo sul soffitto o ancor meglio lasciandolo riposare sotto le palpebre. Se si trova in questa sua posizione prediletta, allora parla volentieri e non male; conciso e chiaro; ma solo in angusti confini; se li valica, cosa inevitabile data la loro ristrettezza, i suoi discorsi si fanno totalmente vuoti. Lo si interromperebbe con un cenno, se si avesse la speranza che quello sguardo pieno di sonno se ne accorgesse.

Il mio decimo figlio ha fama d'essere un carattere insincero. Non voglio negare del tutto, né confermare del tutto questo difetto. Certo è che chi lo vede avvicinarsi con una solennità di gran lunga eccessiva per la sua età, con la finanziera sempre chiusa, col vecchio cappello nero sempre meticolosamente pulito, col viso immoto, il mento un poco sporgente, le palpebre che si inarcano pesanti sopra gli occhi, le due dita portate talvolta alla bocca – chi lo vede così, pensa: ecco uno smisurato ipocrita. Ma lo si ascolti parlare! Saggio; riflessivo; conciso; sventa le domande con maligna vivacità; in stupefacente, naturale e lieta armonia con l'universo; un'armonia che necessariamente gli tende il collo e gli fa sollevare la testa. Molti, che si credono intelligentissimi e che per questo motivo, secondo loro, si sentivano respinti dal suo aspetto, sono stati attratti con forza dalle sue parole. Ma c'è anche chi resta indifferente al suo aspetto, e reputa invece ipocrite le sue parole. Io, in quanto padre, non voglio decidere, ma debbo confessare che il giudizio di questi ultimi è comunque degno di maggior attenzione di quello dei primi.

Il mio undicesimo figlio è delicato, senz'altro il più debole fra i miei figli, ingannevole nella sua debolezza, perché a tratti sa essere vigoroso e determinato, ma anche allora, in qualche modo, la debolezza resta fondamentale. Non è però una debolezza vergognosa, bensì qualcosa che pare debolezza solo su questa nostra terra. Non è debolezza, per esempio, anche la disposizione al volo, che infatti è un oscillare, un incerto muoversi, uno svolazzare? Mio figlio rivela qualcosa del genere. Il padre non si rallegra certo di tali qualità; il loro intento è palesemente la distruzione della famiglia. A volte lui mi guarda come se volesse dirmi: "Ti porterò con me, padre." E allora io penso: "Tu saresti l'ultimo a cui mi affiderei." E il suo sguardo sembra replicare: "Ch'io possa almeno essere l'ultimo."

Questi sono i miei undici figli.

Un fratricidio

È dimostrato che l'omicidio è avvenuto nella seguente maniera: Schmar, l'assassino, si appostò nella notte di luna, verso le nove di sera, a quell'angolo di strada dove Wese, la vittima, arrivando dalla via in cui si trovava il suo ufficio, doveva svoltare nella via in cui abitava.

Una fredda aria notturna, da far rabbrividire chiunque. Ma Schmar indossava soltanto un leggero abito blu; e in più la giacchetta era sbottonata. Non sentiva il freddo; ma del resto era in continuo movimento. Per tutto il tempo tenne saldamente in pugno, sguainata, l'arma del delitto, metà baionetta e metà coltello da cucina. Osservava il coltello contro la luce della luna; la lama lampeggiava; non abbastanza per Schmar; la batteva contro i mattoni del selciato fino a trarne scintille; forse se ne pentiva; e per riparare al danno la passava sulla suola dello stivale come l'archetto di un violino, mentre, in piedi su una gamba sola, proteso in avanti, tendeva l'orecchio contemporaneamente al suono del coltello contro lo stivale e a ciò che accadeva nella fatale via laterale.

Perché il privato cittadino Pallas, che lì vicino, dalla sua finestra al secondo piano, osservava ogni cosa, non intervenne? Misteri della natura umana! Con il colletto rialzato, la veste da camera allacciata intorno al gran ventre, scuotendo il capo, egli guardava in strada.

E cinque case più avanti, in diagonale, sul lato opposto, la signora Wese, la pelliccia di volpe buttata sulla camicia da notte, aspettava di scorgere suo marito, che oggi tardava in maniera insolita.

Il campanello della porta dell'ufficio di Wese, troppo forte per essere il campanello di una porta, risuona infine sull'intera città, risuona verso il cielo, e Wese, l'alacre lavoratore notturno, esce di casa laggiù, ancora invisibile in questa via, annunciato soltanto dal segnale della campana; e subito il selciato conta i suoi passi tranquilli.

Pallas si sporge in avanti; non deve lasciarsi sfuggire nulla. La signora Wese, tranquillizzata dalla campana, chiude la finestra in un tintinnio di vetri. Schmar invece si inginocchia; non avendo al momento altre parti scoperte, preme solo il viso e le mani contro la pietra; là dove tutto gela, Schmar brucia.

Proprio al confine che divide le due strade, Wese si ferma e punta nell'altra via solo il bastone al quale si sostiene. Un capriccio. Il cielo notturno lo ha attratto, il blu scuro e l'oro. Lo contempla ignaro, ignaro si liscia i capelli sollevando il cappello; nulla si contrae lassù per annunciargli l'imminente futuro, tutto resta al suo posto insensato e imperscrutabile. Di per sé è del tutto ragionevole che Wese prosegua, ma va addosso al coltello di Schmar.

"Wese!" urla Schmar, in punta di piedi, col braccio teso in alto, il coltello calato in un angolo nitido, "Wese! Julia attende invano!" E a destra nel collo e a sinistra nel collo e poi a fondo nel ventre Schmar pianta il coltello.

Le talpe, sventrate, emettono un suono simile a quello di Wese. "Fatto," dice Schmar e getta il coltello, inutile zavorra sanguinosa, contro la facciata vicina. "Felicità dell'assassinio! Sollievo, euforia del sangue altrui che scorre! Wese, vecchia ombra notturna, amico, compagno d'osteria, ti disperdi impregnando la strada scura. Perché non sei una semplice vescica piena di sangue, ch'io possa sedermi su di te e farti scomparire nel nulla! Non tutto viene esaudito, non tutti i sogni in fiore sono maturati, i tuoi resti grevi giacciono qui, già indifferenti al piede che li colpisce. A che serve la muta domanda che con essi poni?"

Pallas, strozzando in corpo tutto il suo veleno, è sulla porta di casa fra lo spalancarsi dei battenti. "Schmar! Schmar! Ho visto tutto, non mi è sfuggito nulla." Pallas e Schmar si studiano a vicenda. Pallas è soddisfatto, Schmar non viene a capo di nulla.

Accompagnata da due ali di folla, la signor Wese arriva di corsa col viso invecchiato dall'orrore. La pelliccia si apre, ella cade sopra Wese, il corpo avvolto nella camicia da notte appartiene a lui, alla folla appartiene la pelliccia che si chiude sulla coppia come l'erba di una tomba.

Schmar reprime a fatica l'ultimo conato di vomito, premendo la bocca contro la spalla del poliziotto che lo porta via con passo leggero.

Un sogno

Josef K. sognò:
era una bella giornata e K. voleva fare una passeggiata. Ma aveva appena fatto due passi che già era al cimitero. Là c'erano dei sentieri disegnati in maniera molto artificiale e con svolte assai scomode, ma lui, in una positura incrollabilmente sospesa, prese a scivolare su uno di quei sentieri come su un'acqua trascinante. Già da lontano individuò un tumulo scavato di fresco, presso il quale decise di fermarsi. Quel tumulo lo attraeva con una sorta di seduzione e non vedeva l'ora di arrivarci. A tratti però il tumulo quasi spariva alla sua vista, gli veniva nascosto

da bandiere, i cui drappi si torcevano e sbattevano con forza l'uno contro l'altro; i portabandiera non si vedevano, ma sembrava che là regnasse una grande esultanza.

Mentre ancora teneva lo sguardo puntato in lontananza, K. vide d'improvviso quel medesimo tumulo accanto a sé sul sentiero, anzi già quasi alle sue spalle. Saltò in fretta nell'erba. Siccome il sentiero continuò a correr via sotto il suo piede che si staccava nel salto, egli barcollò e cadde in ginocchio proprio davanti al tumulo. Due uomini stavano dietro la tomba e tenevano sospesa fra loro una lapide; non appena K. apparve, confissero la lapide nella terra, ed essa rimase in piedi come murata. Subito uscì da un cespuglio un terzo uomo, che K. riconobbe subito essere un artista. Era vestito solo dei calzoni e di una camicia malamente abbottonata; in testa aveva un berretto di velluto; in mano teneva una comune matita, con la quale già nell'avvicinarsi tracciava figure nell'aria.

Puntò ora quella matita in alto sulla lapide; la lapide era molto alta, non doveva neanche chinarsi, doveva però protendersi in avanti, perché il tumulo, che egli non voleva calpestare, lo separava dalla lapide. Stava dunque in punta di piedi e si appoggiava con la mano sinistra sulla superficie della lapide. Con una manovra particolarmente abile riuscì a ottenere con quella matita comune delle lettere d'oro; scrisse: "Qui giace –" Ogni lettera compariva pura e bella, incisa in profondità e in oro perfetto. Quando ebbe scritto le due parole, si voltò a guardare K.; questi, avido di vedere come l'iscrizione avrebbe proceduto, non si curò dell'uomo, ma continuò a guardare la lapide. In effetti l'uomo si accinse a continuare l'iscrizione, ma non ci riuscì, c'era un qualche impedimento, egli abbassò la matita e si voltò di nuovo verso K. Ora anche K. guardò l'artista e vide che questi era in grande imbarazzo, ma non poteva dirne la causa. Tutta la sua precedente vivacità era scomparsa. Anche K. cominciò allora a sentirsi imbarazzato; i due scambiarono sguardi smarriti; c'era un brutto malinteso, che nessuno sapeva dissipare. Al momento meno opportuno, dalla cappella mortuaria cominciò a suonare una campanella, ma l'artista agitò la mano levata ed essa tacque. Dopo un poco ricominciò; questa volta piano piano, per interrompersi subito senza ingiunzioni particolari; sembrava che volesse solo provare il suo suono. K. era inconsolabile per la situazione dell'artista, cominciò a piangere e singhiozzò a lungo tenendosi il viso fra le mani. L'artista attese che K. si calmasse e poi si risolse, non vedendo altra via d'uscita, a continuare a scrivere. Il primo, piccolo segno che tracciò fu per K. una liberazione, ma l'artista, evidentemente, lo portò a termine solo con riluttanza estrema; e la scrittura non era più così bella, soprattutto sembrava che mancasse l'oro, il tratto si tendeva pallido e incerto, la lettera riuscì solo molto grande. Era una J, ed era quasi finita quando l'artista pestò furioso col piede dentro il tumulo, tanto che la terra volò in aria tutto attorno. Finalmente K. capì; per chiedere perdono non c'era più tempo; con tutte le dita scavò nella terra, che non oppose quasi resistenza; tutto sembrava preparato; una sottile crosta di terra era stata disposta per pura apparenza; subito dietro di essa si apriva, con pareti scoscese, una grande fossa, nella quale K., rovesciato sul dorso da una dolce corrente, affondò. Ma mentre laggiù, con la testa ancora protesa in alto, egli veniva accolto dalla profondità impenetrabile, di sopra, il suo nome correva sulla pietra in possenti volute.

Incantato da quella vista si svegliò.

Relazione per un'accademia

Illustri signori dell'Accademia!

mi avete fatto l'onore di invitarmi a presentare a questa Accademia una relazione sulla mia passata vita di scimmia.

In questo senso non posso purtroppo rispondere all'invito. Quasi cinque anni mi separano dalla mia esistenza scimmiesca, un tempo che può sembrar breve se misurato sul calendario, ma infinitamente lungo da attraversare al galoppo come ho fatto io, accompagnato a tratti da persone eccellenti, da consigli, applausi e musica d'orchestra, ma in fondo da solo, perché non ci fu scorta che non si fermasse, tanto per restare nella metafora, ben prima della barriera. Questo risultato sarebbe stato impossibile se mi fossi ostinato a restar fedele alle mie origini, ai ricordi di gioventù. Proprio la rinuncia a ogni ostinazione è stata il comandamento supremo che mi ero imposto di osservare; io, una scimmia libera, mi piegai a quel giogo. La conseguenza fu però che i ricordi, da parte loro, mi si chiusero sempre più. Se dapprima il ritorno, qualora gli uomini l'avessero voluto, era rimesso alla mia volontà attraverso la grande porta che il cielo disegna sopra la terra, quella porta divenne sempre più bassa e angusta quanto più la mia evoluzione avanzava a precipizio come sotto i colpi di una frusta; nel mondo degli uomini mi sentivo sempre meglio e via via più incluso; si placò la tempesta che mi soffiava dietro dalle profondità del mio passato; oggi è un semplice soffio che mi rinfresca i talloni; e lo spiraglio nella lontananza, dalla quale esso proviene e dalla quale anch'io provenni un tempo, s'è fatto tanto piccolo che, se anche bastassero le forze e la volontà per tornare fin là, dovrei scorticarmi vivo per attraversarlo. Per esser franco, sebbene io ami scegliere immagini per parlare di questi argomenti, per esser franco: la vostra esistenza scimmiesca, signori, ammesso che abbiate qualcosa del genere alle spalle, non può essere più lontana da voi di quanto non sia la mia da me. Ma il tallone pizzica a chiunque cammini su questa terra: al piccolo scimpanzé come al grande Achille.

In senso più limitato, invece, posso forse rispondere alla vostra richiesta, e lo faccio anzi con gran gioia. La prima cosa che imparai fu stringere la mano; la stretta di mano testimonia franchezza; e a quella prima stretta di mano si aggiunga, oggi che sono all'apice della carriera, la franchezza della parola. All'Accademia essa non porterà nulla di sostanzialmente nuovo, e resterà di gran lunga inferiore a ciò che mi si è richiesto e che, con la miglior volontà, non sono in grado di dire – comunque, che indichi almeno i criteri in base ai quali una creatura che un tempo fu scimmia è penetrata nel mondo degli uomini e lì si è stabilita. Ma non oserei dire neppure le piccole cose che seguiranno, se non fossi assolutamente certo di me stesso e se la mia posizione in tutti i grandi teatri di varietà del mondo civile non si fosse consolidata fino all'incrollabilità.

Sono originario della Costa d'Oro. Sulle modalità della mia cattura debbo affidarmi ai racconti di chi vi assistette. Una spedizione di caccia della ditta Hagenbeck – con il capo, tra l'altro, ho bevuto da allora più di una bottiglia di buon vino rosso – stava appostata fra i cespugli sulla riva, quando la sera andai ad abbeverarmi col branco. Spararono; fui il solo a essere colpito; ricevetti due colpi.

Uno nella guancia; un colpo leggero; ma lasciò una gran cicatrice rossa e glabra che mi ha fruttato il nome infame e assolutamente inadeguato di Peter il Rosso (solo una vera scimmia poteva inventarlo), come se solo quella macchia rossa sulla guancia mi distinguesse dalla scimmia ammaestrata Peter, morta or non è molto e piuttosto nota in giro. Sia detto fra parentesi.

Il secondo sparo mi colpì al di sotto dell'anca. Fu un colpo grave; a esso si deve che ancor oggi io zoppichi un poco. Di recente ho letto nell'articolo di chissà quale dei diecimila irresponsabili che si diffondono a parlare di me sui giornali che la mia natura scimmiesca non è ancora del tutto scomparsa: lo dimostrerebbe il fatto che quando ho visite amo molto togliermi i calzoni per mostrare il foro d'entrata di quel proiettile. A quel tipo si dovrebbe staccare con uno sparo ogni singolo ditino della mano con cui scrive. Io, io posso togliermi i calzoni davanti a chi mi pare; vi si troverà null'altro che una pelliccia ben curata e la cicatrice di uno – scegliamo qui per uno scopo definito una parola definita, che non possa però venir fraintesa – la cicatrice di uno sparo sacrilego. Tutto chiarissimo; non c'è nulla da nascondere; quando si tratta della verità, chiunque abbia un cuore nobile depone le maniere più raffinate. Se fosse invece quello scrivano a togliersi i calzoni quando ha visite, allora, in effetti, sarebbe una cosa ben diversa, e voglio considerare un segno di ragionevolezza che egli non lo faccia. Ma allora mi stia alla larga con il suo sentire delicato!

Dopo quegli spari mi svegliai – e qui gradualmente cominciano i miei ricordi personali – in una gabbia sotto coperta del piroscafo *Hagenbeck*. Non era una gabbia con quattro pareti a sbarre; erano piuttosto tre inferriate fissate a una cassa, che quindi costituiva la quarta parete. L'insieme era troppo basso per stare in piedi e troppo stretto per star seduti. Stavo dunque rannicchiato con le ginocchia piegate e perennemente tremanti, e siccome all'inizio probabilmente non volevo vedere nessuno e star sempre al buio, stavo girato verso la cassa, mentre, dietro, le sbarre della gabbia mi penetravano nella carne. Un simile modo di custodire gli animali selvatici nei primissimi tempi viene considerato vantaggioso, e oggi, sulla base della mia esperienza, non posso negare che in senso umano ciò corrisponda in effetti a verità.

Ma allora non ci pensavo. Per la prima volta nella mia vita mi trovavo senza via di scampo; quanto meno, non la vedevo diritta davanti a me; diritta davanti a me c'era la cassa, asse saldamente commessa ad asse. È vero che fra le assi correva una fessura, che io salutai, scoprendola, con le urla beate della stoltezza, ma quella fessura non bastava neppure per far passare la coda, e con tutta la mia forza di scimmia non ci fu verso di allargarla.

A quanto mi hanno detto in seguito, facevo straordinariamente poco rumore, dal che si dedusse che sarei morto presto oppure, se fossi riuscito a sopravvivere ai primi tempi critici, che sarei stato molto docile all'ammaestramento. Sopravvissi a quei tempi. Singhiozzi soffocati, dolorose cacce alle pulci, stanco leccare una noce di cocco, battere la testa contro la parete della cassa, mostrare la lingua quando qualcuno mi avvicinava – queste furono le mie prime attività nella nuova vita. Ma tutto accompagnato da quell'unica sensazione: nessuna via di scampo. Naturalmente, oggi non posso che riprodurre con parole umane, distorcendolo di conseguenza, ciò che allora provai con sentimenti di scimmia, ma anche se l'antica verità di scimmia mi è ormai per sempre preclusa, essa si trova almeno, non c'è dubbio, nella direzione indicata dalla mia descrizione.

Fino a quel momento avevo avuto tante vie di scampo, e ora più nessuna. Mi ero arenato. Se mi avessero inchiodato a terra, la mia libertà di movimento non ne sarebbe risultata ulteriormente ridotta. Perché? Spàccati con le unghie la carne fra le dita dei piedi, non ne scoprirai il motivo. Schiàcciati con la schiena contro la sbarra della gabbia, finché essa quasi non ti tagli in due, non ne scoprirai il motivo. Non avevo via di scampo, ma la dovevo creare, perché non potevo vivere senza. Sempre contro la parete di quella cassa – sarei inevitabilmente crepato. Ma siccome da Hagenbeck il posto delle scimmie è contro la parete della cassa – bene, allora io smisi di essere una scimmia. Un ragionamento limpido, bello, che in qualche modo devo aver escogitato con la pancia, perché le scimmie pensano con la pancia.

Ho paura che non si comprenda esattamente cosa io intenda per via di scampo. Uso la parola nel suo significato più comune e pieno. Di proposito non dico libertà. Non intendo quel grande sentimento di libertà che si espande in tutte le direzioni. Quand'ero scimmia forse lo conoscevo, e ho incontrato uomini che anelano a esso. Ma per quanto mi riguarda, né allora né oggi ho mai preteso libertà. Tra parentesi: fra gli uomini ci si inganna troppo spesso con la libertà. E così come la libertà s'annovera fra i sentimenti più sublimi, anche l'inganno che ne deriva è fra i più sublimi. Nei teatri di varietà, prima della mia esibizione, ho visto spesso una qualche coppia di artisti trafficare ai trapezi in alto sul soffitto. Si slanciavano, dondolavano, saltavano, volavano l'uno nelle braccia dell'altro, l'uno reggeva l'altro con i denti per i capelli. "Anche questa è libertà umana," pensavo, "movimento sovrano." Oh scherno della sacra natura! Nessun edificio resisterebbe alla risata del mondo delle scimmie dinanzi a quella scena.

No, non volevo libertà. Solo una via di scampo; a destra, a sinistra, non importava, non avevo nessun'altra richiesta; che la via di scampo risultasse pure un inganno; la richiesta era piccola, l'inganno non sarebbe stato maggiore. Andare avanti, andare avanti! Soltanto non fermarsi con le braccia levate, schiacciati contro la parete d'una cassa.

Oggi comprendo con chiarezza: non sarei mai riuscito a salvarmi senza un'immensa calma interiore. E forse davvero debbo tutto quel che son poi diventato alla calma che mi assalì dopo i primi giorni là sulla nave. E debbo la calma, a sua volta, alla gente della nave.

È buona gente, nonostante tutto. Ancor oggi ripenso volentieri al suono dei loro passi pesanti che riecheggiava allora nel mio dormiveglia. Avevano l'abitudine di accingersi a qualsiasi cosa con estrema lentezza. Se uno voleva strofinarsi gli occhi, alzava la mano come un piombo. I loro scherzi erano grevi ma cordiali. Il loro riso era sempre venato da una tosse dal suono minaccioso, ma priva di alcun significato. Sempre avevano in bocca qualcosa da sputare, e dove sputassero era loro indifferente. Sempre lamentavano che le mie pulci saltavano loro addosso; ma in realtà non me ne vollero mai per questo; sapevano che nella mia pelliccia ci son le pulci e che le pulci saltano, e a questo si rassegnarono. Quando non erano di turno, alcuni di loro sedevano, a volte in semicerchio, attorno a me; non parlavano quasi, solo si scambiavano suoni gutturali; stesi sulle casse fumavano la pipa; si battevano sulle ginocchia non appena facevo il minimo movimento; di quando in quando uno prendeva un bastoncino e mi faceva il solletico là dove mi piaceva. Se oggi mi invitassero a fare una traversata su quella nave, rifiuterei indubbiamente, ma è altrettanto indubbio che non son solo brutti i ricordi cui potrei abbandonarmi là sotto coperta.

La pace che mi conquistai fra quella gente mi trattenne da ogni tentativo di fuga. Se ci ripenso dopo tanto tempo, mi sembra di avere allora almeno intuito che, se volevo vivere, dovevo trovare una via di scampo, ma che quella via di scampo non era conseguibile con la fuga. Non saprei dire se la fuga fosse possibile, ma credo di sì: a una scimmia la fuga dovrebbe sempre essere possibile. Con i miei denti di oggi debbo già fare attenzione a schiacciare una semplice noce, ma allora, col tempo, sarei senz'altro riuscito a strappare a morsi la serratura. Non lo feci. E a che sarebbe servito? Appena avessi messo fuori la testa, mi avrebbero catturato e rinchiuso in una gabbia ancora peggiore; oppure, non visto, mi sarei potuto rifugiare presso gli altri animali, per esempio i boa nella gabbia di fronte, per soffocare nel loro abbraccio; oppure sarei addirittura riuscito a sgusciare fin sopra coperta e a saltare in mare, e allora mi sarei dondolato un poco sull'oceano e sarei annegato. Atti di disperazione. Non calcolavo in maniera così umana, ma, sotto l'influenza dell'ambiente, mi comportavo come se calcolassi.

Non calcolavo, ma osservavo con tutta calma. Vedevo quella gente andare su e giù, sempre gli stessi volti, gli stessi movimenti, e spesso mi pareva che si trattasse d'un uomo solo. E quell'uomo o quegli uomini se ne andavano in giro indisturbati. Una meta ambiziosa mi affiorò alla mente. Nessuno mi prometteva che, se mai fossi diventato come loro, le sbarre mi sarebbero state aperte. Non si fanno promesse per adempimenti apparentemente impossibili. Ma se si tien fede agli adempimenti, anche le promesse compaiono a posteriori proprio là dove prima le si era inutilmente cercate. Ora in quegli uomini non c'era nulla, in sé, che mi attraesse. Se fossi stato un sostenitore di quella libertà cui s'è accennato, alla via di scampo avrei senz'altro preferito l'oceano che mi si mostrava negli occhi torbidi di quella gente. Comunque li osservavo da molto tempo ancor prima di fare queste riflessioni, anzi fu proprio l'addensarsi delle osservazioni a spingermi in quella precisa direzione.

Era così facile imitare quella gente. A sputare imparai già nei primi giorni. Poi ci sputavamo in faccia a vicenda; la differenza era solo che dopo io mi leccavo la faccia per pulirla, e loro no. Ben presto fumavo la pipa come un vecchio; se poi premevo anche il pollice nel fornello, esultava tutta la sottocoperta; solo, per molto tempo non riuscii a capire la differenza fra la pipa vuota e la pipa piena.

La maggior pena me la procurò la bottiglia d'acquavite. L'odore mi torturava; mi costringevo con tutte le forze; ma passarono settimane prima che riuscissi a vincermi. Stranamente, la gente prendeva quelle battaglie interiori assai più sul serio di qualsiasi altra cosa in me. Neppure nel ricordo riesco a distinguere quegli uomini, ma ce n'era uno che tornava sempre, da solo o con i compagni, di giorno e di notte, alle ore più diverse; mi si metteva dinanzi con la bottiglia e mi faceva lezione. Non mi capiva, voleva sciogliere l'enigma del mio essere. Stappava lentamente la bottiglia e poi mi guardava, per verificare se avessi capito; io lo fissavo, lo confesso, con attenzione selvaggia, sconsiderata: un maestro umano non troverebbe su tutta la terra un simile discepolo umano. Dopo che la bottiglia era stappata, la sollevava alla bocca; io lo seguivo con i miei sguardi fin dentro la gola; egli annuisce, soddisfatto di me, e accosta la bottiglia alle labbra; io, stregato dalla conoscenza che man mano si fa strada in me, mi gratto, strillando, per tutto il corpo, dove capita; lui è contento, appoggia la bottiglia e inghiotte una sorsata; io, impaziente e disperato di poterlo imitare, mi insudicio nella mia gabbia, il che di nuovo gli dà gran soddisfazione; e ora, tendendo la bottiglia lontano da sé e riportandola su con slancio, la vuota in un sorso, rovesciandosi all'indietro in un gesto esageratamente didattico. Io, sfinito dal troppo desiderio, non riesco più a seguire e mi appendo senza forze alle sbarre, mentre egli chiude la lezione teorica lisciandosi la pancia e ghignando.

Solo ora comincia l'esercitazione pratica. Non sono già troppo spossato dalla teoria? Senza dubbio, troppo spossato. Fa parte del mio destino. E tuttavia, afferro meglio che posso la bottiglia che mi vien tesa; la stappo tremando; il successo ristabilisce gradualmente nuove forze; sollevo la bottiglia, in maniera quasi indistinguibile dall'originale; la porto alle labbra e – con ribrezzo, con ribrezzo, sebbene sia vuota e solo l'odore la riempia, con ribrezzo la scaglio a terra. Con dolore del mio maestro, con maggiore dolor mio; né riesco a riconciliare lui e me stesso col fatto di ricordarmi, dopo aver buttato via la bottiglia, di lisciarmi la pancia, ghignando, con stile perfetto.

Troppo spesso la lezione andò così. E a onore del mio maestro sia detto che non me ne volle mai; è vero che qualche volta mi avvicinava la pipa accesa alla pelliccia, finché, in un qualche punto dove non riuscivo ad arrivare, prendeva fuoco, ma poi lo spegneva lui stesso con la sua immensa mano buona; non me ne voleva, si rendeva conto che lottavamo dalla stessa parte contro la mia natura di scimmia, e che io avevo il compito più difficile.

Che vittoria fu però, per lui e per me, quando una sera, davanti a un folto gruppo di spettatori – forse era una festa, un grammofono suonava, un ufficiale passeggiava fra la gente –, quando io quella sera, inosservato, afferrai una bottiglia di acquavite lasciata per sbaglio davanti alla mia gabbia, la stappai con gesti da manuale fra la crescente attenzione del pubblico, la portai alla bocca e senza esitare, senza storcere la bocca, come un bevitore professionista, con gli occhi fuori delle orbite, con la gola traboccante, la vuotai davvero, realmente; e da artista, non più da disperato, gettai la bottiglia; dimenticai, è vero, di lisciarmi la pancia, ma in compenso, perché non potevo fare altrimenti, perché urgeva in me, perché tutti i miei sensi erano ebbri, gridai senz'altro: "Salve!" eruppi in un suono umano, saltai con quel grido nella comunità degli uomini, la cui eco, "Sentite, sentite, parla!" giunse come un bacio su tutto il mio corpo grondante sudore.

Ripeto, non mi attirava l'idea di imitare gli uomini; imitavo perché cercavo una via di scampo, per nessun altro motivo. E con quella vittoria avevo ottenuto ancora ben poco. La voce mi mancò subito, e si ristabilì solo dopo mesi; l'avversione nei confronti della bottiglia d'acquavite tornò, addirittura rafforzata. Ma la direzione mi era stata indicata una volta per tutte.

Quando ad Amburgo fui consegnato al primo ammaestratore, vidi subito le due possibilità che mi si offrivano: giardino zoologico oppure varietà. Non esitai. Mi dissi: impiega tutte le tue forze per entrare nel varietà; quella è la via di scampo; il giardino zoologico è una nuova gabbia; se finisci là, sei perduto.

E imparai, signori miei. Ah, se si impara, quando si è costretti! Si impara, quando si vuole una via di scampo e si impara senza pietà. Ci si sorveglia da soli con la frusta, ci si scarnifica alla minima resistenza. La natura di scimmia usciva da me a folle velocità, travolgendosi nella corsa, tanto che il mio primo maestro divenne quasi una scimmia, dovette ben presto abbandonare le lezioni ed essere portato in una casa di cura. Per fortuna ne uscì presto.

Ma io consumai molti maestri, anzi addirittura alcuni maestri contemporaneamente. Quando mi sentii più sicuro delle mie capacità, quando già il pubblico seguiva i miei progressi, e il mio avvenire cominciava a illuminarsi, assunsi io stesso dei maestri, li facevo sedere in cinque stanze contigue e prendevo lezione contemporaneamente da tutti, saltando senza tregua dall'una all'altra stanza.

Quei progressi! Quei raggi di conoscenza che da ogni lato penetrano nel cervello che si risveglia! Non lo nego: ne traevo un'immensa felicità. Ma confesso anche che non ne esageravo il valore, né allora né oggi. Con uno sforzo che non ha eguale sulla terra, ho raggiunto il grado di cultura media di un europeo. Di per sé non sarebbe forse nulla, ma è qualcosa per il fatto di avermi tirato fuori della gabbia e procurato questa particolare via di scampo, questa via di scampo umana. C'è un eccellente modo di dire: darsi alla macchia; questo ho fatto, mi son dato alla macchia. Non avevo altra via, sempre con la premessa che non era la libertà che poteva essere scelta.

Se guardo alla mia evoluzione e alla meta che ho raggiunto finora, non mi lamento né sono contento. Con le mani nelle tasche dei calzoni, la bottiglia di vino sulla tavola, me ne sto, mezzo sdraiato e mezzo seduto, nella sedia a dondolo e guardo dalla finestra. Se ci sono visite, le accolgo come si conviene. Il mio impresario è in anticamera; se suono, lui viene e ascolta quanto ho da dire. La sera c'è quasi sempre spettacolo, e i miei successi sono ormai quasi impossibili a superarsi. Quando a tarda notte torno a casa dai banchetti, dai convegni scientifici, dalle riunioni fra amici, mi attende una piccola scimpanzé semiammaestrata e io mi diverto con lei alla maniera delle scimmie. Di giorno non la voglio vedere, perché ha negli occhi la follia e il disordine dell'animale ammaestrato; è una cosa che solo io riconosco, e non riesco a sopportarla.

Nell'insieme, comunque, ho ottenuto quel che volevo ottenere. Non si dica che non ne valeva la pena. Del resto non voglio il giudizio di nessuno, voglio solo diffondere conoscenze, mi contento di riferire, e anche a voi, egregi signori dell'Accademia, non ho fatto che presentare una relazione.

UN DIGIUNATORE

Primo dolore

Un trapezista – quest'arte che viene esercitata nell'alto delle cupole dei grandi teatri di varietà è notoriamente una delle più difficili fra quante all'uomo sia dato raggiungere –, dapprima solo per il desiderio di perfezionarsi, in seguito anche per un'abitudine divenuta tiranna, aveva disposto la sua vita in modo da restare, per l'intera durata del suo lavoro presso una medesima compagnia, giorno e notte sul trapezio. A tutte le sue necessità, d'altronde davvero modeste, provvedevano inservienti che, lavorando a turno, restavano a terra a sorvegliare; e tutto ciò che gli occorreva veniva tirato su e giù in recipienti appositamente costruiti. Da questo modo di vivere non risultavano disagi particolari per chi gli fosse vicino; solo disturbava un poco che egli, com'era impossibile tener nascosto, restasse lassù durante gli altri numeri in programma, e che, sebbene in quei momenti se ne stesse per lo più fermo e quieto, dal pubblico uno sguardo si smarrisse talvolta verso di lui. Ma le direzioni glielo perdonavano perché era uno straordinario, insostituibile artista. Inoltre ci si rendeva conto, naturalmente, che egli non viveva in quel modo per capriccio, e che in effetti solo così poteva tenersi in esercizio costante, solo così poteva conservare la sua arte nella sua perfezione.

Ma viver lassù era sano anche per altri versi, e quando nelle stagioni calde in tutta la circonferenza della cupola venivano spalancate le finestre laterali e, insieme con l'aria fresca, un sole possente penetrava nell'ombra del locale, allora lassù era addirittura bello. Certamente, i suoi contatti con gli uomini ne risultavano molto ridotti, solo qualche volta un collega acrobata si arrampicava fino a lui per la scala di corda, e allora sedevano entrambi sul trapezio, si appoggiavano a destra e a sinistra alle corde di sostegno e chiacchieravano; oppure capitava che dei muratori riparassero il tetto e scambiassero qualche parola con lui attraverso una finestra aperta, o che un pompiere, venuto a controllare l'illuminazione d'emergenza nell'ultima galleria, gli gridasse una frase rispettosa, ma assai poco comprensibile. Altrimenti tutto restava silenzioso intorno a lui; solo a volte qualche impiegato, che si sperdeva nel pomeriggio nel teatro vuoto, guardava pensoso in su verso le altezze che quasi si sottraevano allo sguardo, dove il trapezista, senza sapere che qualcuno lo stesse osservando, faceva le sue acrobazie o riposava.

Così il trapezista avrebbe potuto vivere indisturbato, se non ci fossero stati, a tormentarlo, gli inevitabili viaggi da una località all'altra. È vero che l'impresario faceva in modo che al trapezista fosse risparmiato ogni inutile prolungarsi delle sue sofferenze: per i viaggi nelle città si usavano automobili da corsa, con le quali, se possibile, durante la notte o nelle prime ore del mattino, ci si precipitava per le strade deserte a velocità folle, ma sempre troppo lentamente per il desiderio del trapezista; in treno veniva prenotato un intero scompartimento, dove il trapezista, in sostituzione (miserevole, ma la sola possibile) del suo normale modo di vivere, trascorreva le ore del viaggio nella rete dei bagagli; all'arrivo, nel luogo che avrebbe ospitato lo spettacolo, il trapezio era già pronto in teatro molto tempo prima che il trapezista arrivasse, tutte le porte che conducevano alla sala erano spalancate, tutti i corridoi sgombri – ma erano pur sempre i momenti più belli della vita dell'impresario quando il trapezista poggiava il piede sulla scala di corda e in un istante, finalmente, era di nuovo lassù, sospeso al suo trapezio.

Per quanti viaggi l'impresario fosse ormai riuscito a portare a buon fine, ogni nuovo spostamento gli era tuttavia penoso, perché, a parte tutto, i viaggi erano comunque una rovina per i nervi del trapezista.

Così, una volta ancora, viaggiavano insieme; il trapezista giaceva nella rete dei bagagli e sognava, l'impresario sedeva di fronte nell'angolo del finestrino e leggeva un libro, quando il trapezista gli rivolse piano la parola. L'impresario fu subito ai suoi ordini. Mordendosi le labbra, il trapezista disse che per i suoi esercizi, d'ora in avanti, avrebbe dovuto avere, anziché un solo trapezio, due trapezi, sempre due trapezi, uno di fronte all'altro. L'impresario si disse subito d'accordo. Ma il trapezista, come a voler mostrare che l'approvazione dell'impresario era altrettanto irrilevante quanto lo sarebbe stato il suo dissenso, disse che mai più e per nessun motivo avrebbe lavorato con un trapezio solo. Parve anzi rabbrividire all'idea che potesse accadere ancora. Esitando e osservando il trapezista, l'impresario dichiarò daccapo di essere pienamente d'accordo sul fatto che due trapezi fossero meglio di uno, e che quella nuova disposizione aveva anche altri vantaggi, perché rendeva il numero più vario. Allora, d'improvviso, il trapezista scoppiò a piangere. Profondamente spaventato, l'impresario balzò in piedi e chiese che cosa fosse accaduto e, non ottenendo risposta, salì sul sedile, accarezzò il trapezista e premette il proprio viso contro il suo, sicché fu inondato dalle lacrime del trapezista. Ma solo dopo molte domande e parole carezzevoli il trapezista disse singhiozzando: "Quell'unica sbarra fra le mani – come posso vivere!" Ora fu più facile per l'impresario consolare il trapezista; promise di telegrafare subito, dalla stazione seguente, al luogo di destinazione, perché fosse procurato un secondo trapezio; si rimproverò di aver fatto lavorare per tanto tempo il trapezista su un solo trapezio, e lo ringraziò e lo lodò molto per avergli fatto infine notare il suo errore. Così, a poco a poco, l'impresario riuscì a calmare il trapezista e poté tornare al suo angolo. Ma era lui a non essersi calmato, e con profonda preoccupazione osservava di nascosto, al di sopra del libro, il trapezista. Se simili pensieri cominciavano a tormentarlo, avrebbero mai potuto scomparire del tutto? Non sarebbe stato inevitabile che crescessero sempre più? Non erano una minaccia per la vita? E davvero l'impresario credette di vedere come, nel sonno apparentemente tranquillo in cui s'era spento il pianto, le prime rughe cominciassero a incidersi sulla liscia fronte infantile del trapezista.

Una donnina

È una donnina; sebbene molto snella di natura, è tuttavia chiusa nel busto; la vedo sempre nello stesso vestito, di stoffa grigio-giallastra, quasi color del legno, ornato di nappe o di ciondoli a forma di bottone dello stesso colore; non ha mai copricapo, i suoi capelli biondo opaco sono lisci e non disordinati ma raccolti in un'acconciatura lenta. Nonostante porti il busto, si muove con scioltezza, anzi esagera un poco questa mobilità, le piace tenere le mani sui fianchi e gettare il torso di lato, con uno slancio di sorprendente rapidità. La sua mano produce su di me un'impressione che posso descrivere soltanto dicendo che non ho mai visto una mano che, come la sua, abbia le singole dita separate l'una dall'altra con tanta nettezza; eppure la sua mano non presenta nessuna stranezza anatomica, è una mano assolutamente normale.

Ora questa donnina è molto scontenta di me, ha sempre qualcosa da ridire, continuamente le faccio torto, la mando in collera a ogni istante; se si potesse dividere la vita in minuscole parti e giudicarne ciascuna separatamente, ogni particella della mia vita sarebbe per lei motivo di collera. Spesso ho riflettuto sul perché io susciti in lei tanto dispetto; può darsi che tutto, in me, offenda il suo senso estetico, il suo senso di giustizia, le sue abitudini, le sue tradizioni, le sue speranze; ci sono nature che si contrastano così, ma perché ella ne soffre tanto? Non esiste fra noi una relazione che la costringa a soffrire a causa mia. Dovrebbe solo risolversi a considerarmi un perfetto estraneo, quale peraltro sono; e io non mi opporrei certo a una tale decisione, anzi ne sarei felice; dovrebbe solo risolversi a dimenticare la mia esistenza, ch'io d'altronde non le ho mai imposto né mai le imporrei – e, com'è chiaro, ogni sofferenza avrebbe termine. In questa convinzione prescindo interamente da me e dal fatto che il suo comportamento è naturalmente imbarazzante anche per me, ne prescindo perché mi rendo conto che il mio imbarazzo è niente in confronto alla sua sofferenza. Però sono perfettamente cosciente del fatto che non si tratta di una sofferenza dettata dall'amore, non le interessa affatto migliorarmi davvero, tanto più che tutto quello che mi rimprovera non ha natura tale da danneggiare la mia esistenza. Ma appunto ella non si preoccupa della mia esistenza, si preoccupa solo del suo interesse personale, ossia di vendicare il tormento ch'io le procuro, e prevenire il tormento che la minaccia in futuro da parte mia. Ho già provato una volta a suggerirle come si potrebbe metter fine, nella maniera migliore, a questa collera continua, ma proprio con questo le ho procurato una tale crisi di collera che mai più ripeterò il tentativo.

E inoltre, se si vuole, una certa responsabilità grava su di me, perché, per quanto la donnina mi sia estranea e per quanto la sola relazione che sussiste fra noi sia la collera ch'io le procuro, o piuttosto la collera ch'ella si procura a mezzo mio, non può riuscirmi indifferente che essa visibilmente soffra, anche fisicamente, per quella collera. Ogni tanto, e con frequenza sempre maggiore negli ultimi tempi, mi giungono notizie secondo cui per l'ennesima mattina la si è vista di nuovo pallida, stanca per l'insonnia, tormentata dal mal di capo e quasi incapace di lavorare; fa stare in pensiero i suoi familiari, che cercano di indovinare la causa del suo stato, senza essere ancora riusciti a trovarla. Solo io la conosco, è la vecchia collera che sempre si rinnova. A dire il vero non condivido le preoccupazioni dei suoi familiari; ella è forte e resistente; chi sa arrabbiarsi tanto riesce anche, probabilmente, a superare le conseguenze della collera; ho persino il sospetto che – almeno in parte – ella finga solo di soffrire, per attirare così su di me i sospetti del mondo. È troppo orgogliosa per confessare apertamente quanto io la tormenti con la mia esistenza; considererebbe una diminuzione di sé l'appellarsi ad altri per causa mia; è solo per avversione che si occupa di me, per un'avversione incessante che eternamente la spinge; e parlare in pubblico di questa faccenda sporca sarebbe troppo per il suo pudore. Ma è troppo anche tacere completamente di una questione che, come questa, pesa su di lei senza darle tregua. E così, nella sua astuzia femminile, ella tenta una via di mezzo: tacendo, e solo con i segni esteriori di una sofferenza segreta, vuole portare la questione davanti al tribunale dell'opinione pubblica. Forse spera addirittura che, una volta che il pubblico mi abbia puntato addosso tutti i suoi sguardi, sorga contro di me un'universale collera pubblica che mi condanni con i suoi potenti mezzi in maniera definitiva e irrevocabile, con forza e rapidità assai maggiori di quanto non sia in grado di fare la sua collera privata e relativamente debole; e allora ella si ritrarrà, respirerà di sollievo e mi volgerà le spalle. Bene, se davvero queste sono le sue speranze, s'inganna. L'opinione pubblica non si assumerà il ruolo della donnina; l'opinione pubblica non potrà rivolgermi quell'infinità di rimproveri, anche qualora mi sottoponga al suo esame più rigoroso. Non sono un uomo così inutile come ella crede; non voglio vantarmi e soprattutto non in queste circostanze; ma se anche non mi distinguo per la mia particolare utilità, non spicco neanche per il contrario; solo per lei, solo ai suoi occhi dalla luce quasi incandescente sono così, ma non riuscirà a convincerne nessun altro. Potrei dunque essere completamente tranquillo sotto questo aspetto? No, non lo sono; perché se davvero si viene a sapere che io, con il mio comportamento, la faccio addirittura ammalare (e alcuni di quelli che fanno la spia, alcuni fra i più solerti diffusori di notizie sono già prossimi ad accorgersene o almeno fanno finta di essersene accorti), e se viene il mondo a chiedermi perché mai io torturi quella povera donnina con la mia incorreggibilità, e se per caso abbia intenzione di farla morire, e quando finalmente avrò il buon senso e l'umana comprensione di smettere – se il mondo mi farà questa domanda, sarà difficile trovare una risposta. Debbo forse confessare che non credo molto a quei segni di malattia, suscitando così la sgradevole impressione di voler riversare la colpa sugli altri per liberarmi della mia, e in maniera tanto volgare? E potrei forse dire apertamente che, se anche credessi a una vera malattia, non avrei la minima compassione, perché quella donna mi è completamente estranea e la relazione che esiste fra noi è creata da lei soltanto e sussiste solo da parte sua? Non voglio dire che non mi si crederebbe; piuttosto, non si darebbe né fiducia né sfiducia alle mie parole; non si arriverebbe neppure al punto di discuterne; ci si limiterebbe a prendere atto della mia risposta riguardo a una debole donna ammalata, e questo non tornerebbe granché a mio vantaggio. Questa, come ogni altra mia risposta, verrebbe tenacemente ostacolata dall'incapacità del mondo di non far sorgere, in un caso come questo, il sospetto di una storia d'amore, sebbene sia inconfutabilmente chiaro che una relazione di quel genere non esiste e che, se esistesse, prenderebbe le mosse piuttosto da me, che almeno sarei capace di ammirare davvero la donnina per la prontezza di giudizio e per l'implacabilità dei ragionamenti, se non venissi continuamente punito proprio da questi suoi pregi. In lei, comunque, non c'è traccia di un legame amichevole nei miei confronti; in questo ella è sincera e leale, e su questo si fonda la mia ultima speranza; neppure se il far credere a un simile legame rientrasse nei suoi piani di guerra, sarebbe capace di lasciarsi andare a tal punto. Ma l'opinione pubblica, che in questo senso è completamente ottusa, resterà della sua opinione e deciderà sempre a mio sfavore.

Così, a dire il vero, non mi resterebbe altro che correggermi – in tempo, prima che il mondo intervenga – al fine di mitigare un poco, poiché è impensabile spegnerla, la collera della donnina. E in effetti mi son chiesto più volte se per caso la mia condizione presente non mi soddisfi a tal punto da non volerla mutare, e se non sia possibile operare in me determinati cambiamenti pur sapendo che non lo farei perché son convinto della loro necessità, ma solo per placare la donnina. E ho provato sinceramente, non senza fatica e impegno, anzi mi piaceva addirittura, e quasi mi divertiva; ne risultarono singoli cambiamenti, visibili anche da lontano, non occorse che vi richiamassi l'attenzione della donnina, ella nota cose simili ben prima di me, nota già il manifestarsi dell'intenzione nel mio essere; ma non me ne venne alcun successo. E come sarebbe possibile? Il suo scontento nei miei confronti – mi è chiaro fin d'ora – è uno scontento di principio; nulla può eliminarlo, neppure l'eliminazione di me stesso; smisurati sarebbero i suoi accessi di collera alla notizia del mio suicidio. Ora non riesco a figurarmi che lei, quella donna dall'intelligenza acuta, non capisca, esattamente come le capisco io, tanto l'inutilità dei suoi sforzi quanto la mia innocenza, la mia incapacità di far fronte, anche con la migliore volontà, alle sue esigenze. Certo che lo capisce, ma la sua natura guerriera se ne dimentica nella passione della lotta, e il mio disgraziato carattere, che però non posso modificare, perché fa parte di me una volta per tutte, consiste nella pretesa di sussurrare un sommesso monito all'orecchio di chi invece ha perso completamente la testa. In questo modo, naturalmente, non ci capiremo mai. Continuerò a uscire di casa nella felicità delle prime ore del mattino e a vedere quel viso afflitto a causa mia, le labbra rovesciate dal fastidio, lo sguardo indagatore che conosce l'esito ancor prima di indagare, quello sguardo che scorre su di me e al quale, anche se superficialissimo, nulla sfugge, il sorriso amaro che si configge in quella guancia di fanciulla, il levare gli occhi al cielo come in un lamento, il puntare le mani sui fianchi, per acquisire stabilità, e poi, nell'indignazione, il pallore e il tremito.

Di recente, e per la prima volta – come in quell'occasione dovetti confessarmi con sorpresa –, ho sfiorato l'argomento parlando con un buon amico, solo incidentalmente e con leggerezza, con due parole, tenendo anzi l'importanza dell'insieme ancora un poco sotto la verità, sebbene essa sia in fondo modesta per me se considerata in relazione con l'esterno. Strano che l'amico non ci sia passato sopra, anzi ne abbia accentuato di suo l'importanza, non si sia lasciato sviare e vi abbia insistito. Ancor più strano, a dire il vero, che egli abbia tuttavia sottovalutato la questione in un punto decisivo, consigliandomi seriamente di fare un breve viaggio. Nessun consiglio sarebbe potuto essere più irragionevole; le cose sono infatti semplici, chiunque può comprenderle se solo le guarda più da vicino, ma non sono semplici al punto che tutto, o almeno l'essenziale, tornerebbe al suo posto se io me ne andassi. Al contrario, debbo piuttosto guardarmi dal partire; se mai debbo seguire un piano, è in ogni caso quello di mantenere la questione nei suoi attuali confini, confini angusti che ancora non includono il mondo circostante, quindi di restare quieto dove sono e non permettere che subentrino grandi, vistosi cambiamenti causati da quella vicenda; fra questi provvedimenti rientra anche il non farne parola con nessuno, ma non perché si tratti di un pericoloso segreto, bensì perché è una piccola questione puramente personale, di conseguenza facile da sopportare, e perché tale essa deve rimanere. A questo proposito le osservazioni del mio amico non sono state prive di utilità, perché, pur non insegnandomi nulla di nuovo, mi hanno rafforzato nella mia opinione di fondo.

Come pure, a meglio pensarci, risulta che i cambiamenti che i fatti sembrano aver subìto nel corso del tempo non sono un modificarsi dei fatti stessi, bensì solo l'evolversi dell'idea ch'io me ne son fatta, nella proporzione in cui questa idea diventa da un lato più tranquilla e virile, si avvicina di più al nucleo, d'altro lato però assume un certo nervosismo sotto l'ineliminabile effetto delle continue scosse, per quanto lievi esse siano.

Mi tranquillizzo invece riguardo alla situazione quando mi pare di capire che un giudizio, per quanto talvolta appaia imminente, tarderà tuttavia a venire; si tende facilmente, soprattutto negli anni giovanili, a sopravvalutare molto la velocità con cui giungono i giudizi. Quando a volte la mia piccola giudicatrice, spossata dalla mia presenza, cadeva di lato sulla sedia, reggendosi con una mano alla spalliera, armeggiando con l'altra intorno al corsetto, mentre lacrime di collera e di disperazione le rigavano le guance, pensavo che fosse giunto il momento del giudizio, e che subito sarei stato convocato ad assumermi la responsabilità dei miei atti. E invece nessun giudizio, nessuna responsabilità, le donne si sentono male facilmente, il mondo non ha tempo di badare a ogni singolo caso. E cos'è poi veramente successo in tutti questi anni? Null'altro che il ripetersi di quelle situazioni, talvolta più gravi, talvolta meno gravi, con la conseguenza che ora il loro numero è maggiore. Null'altro che il fatto che la gente si aggira nei paraggi e interverrebbe volentieri, se solo ne scorgesse la possibilità; ma non la scorge, per ora si affida esclusivamente al fiuto, e il fiuto basta sì a tenere intensamente occupato chi lo possiede, ma non serve a nient'altro. Ma in fondo è sempre stato così, ci son sempre stati questi inutili fannulloni fermi agli angoli di strada, la cui maggior fatica è quella di respirare, che sempre giustificano la loro presenza con argomentazioni sottilissime, adducendo di preferenza i legami di parentela; sempre son stati all'erta, sempre hanno avuto il naso pieno di fiuto, ma il solo risultato è che continuano a starsene là. Tutta la differenza sta nel fatto che io pian piano ho cominciato a conoscerli, e distinguo i loro visi; prima credevo che confluissero qui da tutte le direzioni e si raccogliessero man mano, che le dimensioni della vicenda crescessero e provocassero di per sé, con la forza, il giudizio; oggi mi pare di sapere che tutto questo esiste fin da tempi antichissimi e ha poco o nulla a che vedere con l'approssimarsi del giudizio. Il giudizio stesso, perché gli do un nome tanto grave? Se una volta – certamente né domani né dopodomani, e probabilmente mai – si dovesse arrivare al punto che l'opinione pubblica si occupasse tuttavia di questa faccenda, che, come continuerò a ripetere, non è di sua competenza, certo non ne uscirò senza danni, ma si terrà pur sempre conto che non sono sconosciuto all'opinione pubblica, che vivo da sempre sotto le sue luci, pieno di fiducia e degno di fiducia, e che quindi questa donnina sofferente, saltata fuori in un secondo tempo – la quale, sia detto per inciso, un altro al posto mio avrebbe forse da tempo riconosciuto essere una sanguisuga e in silenzio l'avrebbe schiacciata sotto lo stivale senza che l'opinione pubblica se ne accorgesse –, che questa donnina potrebbe solo, nel peggiore dei casi, aggiungere un piccolo sgradevole ghirigoro all'attestato in cui l'opinione pubblica da tempo mi dichiara suo onorevole membro. Questo è lo stato attuale delle cose, che quindi è poco atto ad allarmarmi.

Che con gli anni io sia diventato tuttavia un poco inquieto, non ha nulla a che vedere con il significato vero della questione; semplicemente, si fa fatica a sopportare di mandare continuamente in collera qualcuno, anche quando ben si comprende l'infondatezza della collera; si diventa inquieti, si comincia, in certo qual modo solo fisicamente, a spiare l'arrivo di giudizi, anche quando ragionevolmente non li si ritiene troppo probabili. Ma in parte si tratta solo di un fenomeno senile; ai giovani tutto s'addice; singoli sgradevoli dettagli si perdono nell'inestinguibile fonte d'energia della giovinezza; se da giovani si aveva un po' lo sguardo di chi sta in agguato, gli altri non se ne avevano a male, non lo notavano neanche, non lo notavamo nemmeno noi stessi, ma quello che rimane nella vecchiaia sono residui, ciascuno è necessario, nessuno si rinnova, ciascuno è sotto osservazione, e lo sguardo in agguato di un uomo che invecchia è appunto uno sguardo inequivocabilmente in agguato, e non è difficile constatarlo. Solo che neppure qui si verifica un vero e oggettivo peggioramento.

Da qualsiasi prospettiva io osservi la questione, sempre ne risulta – e a questo io mi attengo – che, se tengo nascosta con la mano, anche solo con molta leggerezza, questa piccola vicenda, potrò continuare per molto tempo, indisturbato dal mondo, la vita che ho condotto finora, nonostante l'infuriare della donnina.

Un digiunatore

Negli ultimi decenni l'interesse per i digiunatori è molto diminuito. Mentre prima valeva la pena di organizzare sotto la propria direzione grandi esibizioni di quel genere, oggi è del tutto impossibile. Erano altri tempi. Allora tutta la città si dedicava al digiunatore; la partecipazione cresceva da un giorno di digiuno all'altro; tutti volevano vedere il digiunatore almeno una volta al giorno; all'avvicinarsi della fine c'erano abbonati che restavano seduti per giorni davanti alla piccola gabbia; anche di notte c'erano visite, alla luce delle torce perché l'effetto ne risultasse accresciuto; nelle belle giornate la gabbia veniva portata all'aperto e lì era soprattutto ai bambini che il digiunatore veniva mostrato; mentre per gli adulti egli era spesso solo un divertimento cui prendevano parte per via della moda, i bambini restavano a guardarlo stupefatti, a bocca aperta, tenendosi per mano per sicurezza, mentre lui, pallido, nel vestito di maglia nera, con le costole enormemente sporgenti, sedeva sulla paglia sparsa, disdegnando persino una sedia, rispondeva alle domande annuendo cortesemente e sorridendo affaticato, tendeva il braccio attraverso le sbarre perché si tastasse la sua magrezza, ma poi tornava a sprofondare interamente in sé, non si curava più di nessuno, nemmeno del battere, per lui tanto importante, dell'orologio, che era l'unica suppellettile della gabbia, bensì fissava il vuoto dinanzi a sé con gli occhi quasi chiusi e prendeva ogni tanto un piccolo sorso d'acqua da un minuscolo bicchiere, per inumidirsi le labbra.

Oltre agli spettatori che s'alternavano, c'erano anche, scelti dal pubblico, guardiani fissi – stranamente quasi sempre macellai –, i quali, a tre per volta, avevano il compito di sorvegliare il digiunatore giorno e notte, affinché non gli riuscisse, in qualche maniera nascosta, di nutrirsi. Ma si trattava d'una semplice formalità, introdotta per tranquillizzare le masse, perché gli iniziati sapevano bene che mai, per nessun motivo, neppure se costretto, il digiunatore avrebbe toccato, durante il digiuno, il benché minimo cibo: lo proibiva la dignità della sua arte. In realtà non tutti i guardiani lo capivano, a volte c'erano gruppi di sorveglianza notturna che eseguivano il controllo in maniera molto blanda, si radunavano a sedere in un angolo lontano e là si immergevano nelle partite a carte, con il palese intento di concedere al digiunatore uno spuntino, che secondo loro avrebbe tirato fuori da certe sue provviste segrete. Nulla riusciva al digiunatore più tormentoso di quei guardiani; lo immalinconivano; gli rendevano il digiuno orribilmente pesante; talvolta egli vinceva la sua debolezza e cantava durante quei periodi di sorveglianza, finché ce la faceva, per mostrare a quella gente quanto fosse ingiusto il loro sospetto. Ma serviva a ben poco; essi si limitavano a stupirsi della sua abilità di mangiare persino mentre cantava. Preferiva di gran lunga i guardiani che venivano a sedersi vicinissimi alle sbarre, e non si accontentavano della fievole illuminazione notturna della sala, bensì gli puntavano addosso le torce elettriche che l'impresario metteva loro a disposizione. Quella luce impietosa non lo disturbava, tanto non poteva dormire, e assopirsi un poco poteva comunque, con ogni illuminazione e a ogni ora, anche con la sala gremita e schiamazzante. Era disposto a trascorrere tutta la notte con quei sorveglianti senza dormire; era disposto a scherzare con loro, a raccontar loro le storie della sua vita nomade, e poi ad ascoltare a sua volta i loro racconti, tutto per tenerli svegli, per dimostrar loro in continuazione che nella gabbia non aveva nulla da mangiare e digiunava come nessuno di loro era in grado di fare. Ma il suo momento più felice era quando, al giungere del mattino, veniva servita ai guardiani, a sue spese, una colazione abbondantissima, sulla quale essi si gettavano con l'appetito di uomini sani dopo una notte faticosamente trascorsa. C'era persino chi voleva vedere in quella colazione un modo per corrompere i guardiani, ma questo era francamente eccessivo, e se si chiedeva loro se volessero, senza colazione e solo per la cosa in sé, assumersi il compito della veglia notturna, si dileguavano, pur restando col loro sospetto.

Ma questo faceva parte dei sospetti comunque non disgiungibili dal digiuno. Nessuno era in grado di trascorrere ininterrottamente tutte le notti e tutti i giorni come sorvegliante accanto al digiunatore, nessuno poteva dunque sapere, per aver visto di persona, se davvero il digiuno fosse stato ininterrotto e ineccepibile; solo il digiunatore stesso poteva saperlo, e dunque egli era anche il solo spettatore perfettamente soddisfatto del suo digiuno. Ma il digiunatore, a sua volta, non era mai soddisfatto per un'altra ragione: forse non era per il digiuno che era dimagrito al punto che molti, con loro rincrescimento, dovevano star lontani dalle sue esibizioni perché non sopportavano la sua vista, bensì era dimagrito tanto solo per la scontentezza di sé. Solo lui sapeva infatti, neppure gli iniziati lo sapevano, quanto facile fosse il digiuno. Era la cosa più facile del mondo. Né lui ne faceva mistero, ma nessuno gli credeva, nel migliore dei casi lo si giudicava modesto, più spesso avido di pubblicità o addirittura un imbroglione cui il digiuno era facile per forza, perché tale sapeva renderlo, e in più aveva la faccia tosta di darlo a capire. Eran cose che egli doveva accettare, nel corso degli anni ci si era anche abituato, ma quello scontento non cessava di rodergli l'anima e non una sola volta – occorreva riconoscerglielo – dopo un periodo di digiuno aveva lasciato volontariamente la gabbia. Come tempo massimo per il digiuno l'impresario aveva stabilito quaranta giorni, oltre quel limite non faceva digiunare mai, nemmeno nelle grandi capitali, e con buoni motivi. Per quaranta giorni, lo insegnava l'esperienza, si poteva eccitare sempre più l'interesse di una città per mezzo di una pubblicità via via più intensa, ma trascorso quel periodo il pubblico cominciava a venir meno, e si registrava una notevole diminuzione dell'affluenza; sotto questo aspetto sussistevano naturalmente piccole differenze fra le diverse città e nazioni, ma vigeva la regola che quaranta giorni fossero il tempo massimo. E allora al quarantesimo giorno veniva aperta la porta della gabbia inghirlandata, un pubblico entusiasta riempiva l'anfiteatro, una banda militare suonava, due medici entravano nella gabbia per fare al digiunatore le necessarie misurazioni, un megafono annunciava alla sala i risultati, e infine giungevano due giovani donne, felici di essere state estratte a sorte, per far uscire il digiunatore dalla gabbia e condurlo ai piedi di una breve scala, dove su un tavolino era servito, accuratamente scelto, un pranzo da degenti. E a quel punto il digiunatore si ribellava sempre. Porgeva sì le braccia scheletrite verso le mani, tese ad aiutarlo, delle due signore chine su di lui, ma non voleva alzarsi. Perché smettere proprio ora dopo quaranta giorni? Avrebbe resistito ancora a lungo, illimitatamente a lungo; perché smettere proprio ora che si trovava nel digiuno migliore, anzi ancor prima del digiuno migliore? Perché si voleva rubargli la gloria di continuare a digiunare, di diventare non solo il più grande digiunatore di tutti i tempi – cosa che egli probabilmente era già –, ma di superare se stesso fino all'incomprensibile, perché egli non vedeva confini alla sua capacità di digiunare. Perché quella folla, che diceva di ammirarlo tanto, aveva così poca pazienza con lui? Se egli resisteva a digiunare ancora, perché essa non voleva resistere? E inoltre era stanco, stava bene seduto nella paglia e invece doveva raddrizzarsi in tutta la sua lunghezza per andare a quel cibo che già a figurarselo gli dava la nausea, le cui manifestazioni egli soffocava a fatica solo per riguardo alle signore. E alzava lo sguardo per fissare negli occhi quelle donne in apparenza così gentili e in realtà così spietate, e scuoteva il capo troppo pesante per il debole collo. Ma poi accadeva ciò che sempre accadeva. Arrivava l'impresario, levava muto – la musica rendeva impossibile parlare – le braccia sopra il digiunatore, come a esortare il cielo a guardare la sua opera su quella paglia, quel martire pietoso che il digiunatore in effetti era, ma in tutt'altro senso; afferrava il digiunatore per la vita sottile, ed esagerando la sua cautela voleva dimostrare quanto fosse fragile la creatura con cui aveva a che fare; lo consegnava – non senza scuoterlo un poco di nascosto, cosicché il digiunatore oscillava, qua e là, incontrollato, le gambe e il busto – alle due signore divenute nel frattempo mortalmente pallide. Il digiunatore sopportava tutto; la testa pendeva sul petto, sembrava che fosse rotolata là e vi si trattenesse in maniera inspiegabile; il ventre era scavato; nell'istinto di sopravvivenza le gambe premevano forte l'una contro l'altra all'altezza delle ginocchia, ma raspavano tuttavia il terreno, come se non fosse quello vero, e quello vero lo stessero ancora cercando; e l'intero peso del corpo, seppur molto lieve, gravava su una delle signore, la quale, cercando aiuto, con il respiro che le mancava – non così si era figurata quell'incarico d'onore –, allungava dapprima il più possibile il collo, per salvare almeno il viso dal contatto con il digiunatore, ma poi, visto che non ci riusciva e che la sua compagna più fortunata, anziché venirle in aiuto, si limitava a reggere tremando davanti a sé la mano del digiunatore, quel piccolo fascio d'ossa, scoppiava a piangere fra le risa estasiate della sala, e doveva esser sostituita da un inserviente da tempo pronto a intervenire. Poi veniva il pranzo, del quale l'impresario versava qualcosa in gola al digiunatore, mentre questi era immerso in un dormiveglia simile a uno svenimento, con un chiacchierio allegro che voleva distogliere l'attenzione dalle condizioni del digiunatore; poi si faceva ancora un brindisi alla salute del pubblico, che l'impresario diceva essergli stato suggerito dal digiunatore; l'orchestra rafforzava il tutto con un grande stacco finale, ciascuno andava per la sua strada, e nessuno aveva il diritto di essere scontento dello spettacolo, solo il digiunatore, sempre solo lui.

Così egli visse per molti anni, riposandosi a piccoli intervalli regolari, in apparente splendore, venerato dal mondo, eppure quasi sempre immerso in una cupa tristezza, che diventava sempre più cupa perché nessuno sapeva prenderla sul serio. E come si sarebbe potuto consolarlo? Cosa poteva ancora desiderare? E se capitava che qualcuno di buon cuore lo commiserasse e volesse spiegargli che la sua tristezza era una probabile conseguenza del digiuno, poteva anche succedere, soprattutto in un periodo di digiuno avanzato, che il digiunatore rispondesse con un accesso di collera e, fra lo spavento generale, si attaccasse alle sbarre scuotendole come un animale. Ma per quelle situazioni l'impresario aveva una punizione che applicava volentieri. Scusava il digiunatore davanti a tutto il pubblico, ammetteva che solo l'eccitabilità causata dal digiuno, e non immediatamente comprensibile a chi fosse sazio, poteva far perdonare il comportamento del digiunatore; toccava quindi, in connessione con quanto aveva appena detto, l'argomento dell'affermazione del digiunatore – anch'essa spiegabile nella stessa maniera –, secondo cui egli era in grado di digiunare assai più a lungo di quanto non facesse; lodava la nobile ambizione, la buona volontà, il grande sacrificio di sé che erano certamente contenuti in quell'asserzione; ma cercava poi (e aveva gioco facile) di confutarla mostrando fotografie, che contemporaneamente venivano messe in vendita, in cui si vedeva il digiunatore a un quarantesimo giorno di digiuno, a letto, quasi morto per la spossatezza. Quella distorsione della verità, che il digiunatore conosceva bene ma che sempre lo snervava, era troppo per lui. Quel che era la conseguenza della prematura interruzione del digiuno veniva presentato come la causa! Combattere contro quell'incomprensione, contro quel mondo d'incomprensione, era impossibile. Fino a quel punto, fiducioso, ascoltava sempre avidamente l'impresario aggrappandosi alla gabbia, ma al comparire delle fotografie abbandonava ogni volta le sbarre, ricadeva con un sospiro nella paglia, e il pubblico tranquillizzato poteva tornare ad avvicinarsi e guardarlo.

Quando i testimoni di queste scene, alcuni anni dopo, tornavano a pensarci, stentavano a capire se stessi. Perché nel frattempo si era verificato il cambiamento cui s'è accennato; era accaduto quasi d'improvviso; aveva senz'altro motivi più profondi, ma a chi interessava scoprirli? In ogni caso il digiunatore, tanto viziato, si ritrovò un giorno abbandonato dalla folla avida di divertimento, che preferiva accorrere in massa ad altri spettacoli. Un'ultima volta l'impresario corse con lui per mezz'Europa, per vedere se qui e là non rinascesse l'antico interesse; tutto fu inutile; come per un accordo segreto, si era creata ovunque una vera avversione per il digiuno da fiera. In realtà, naturalmente, non era potuto accadere così d'improvviso, e ora ci si ricordava a posteriori di alcuni segni premonitori di cui a suo tempo, nell'ebbrezza del successo, non si era sufficientemente tenuto conto e che non erano stati sufficientemente repressi, ma ormai era tardi per combatterli. Era fuori di dubbio, certamente, che sarebbe tornata un giorno l'epoca splendida del digiuno, ma chi viveva ora non ne traeva gran consolazione. Che doveva fare il digiunatore? Colui che era stato circondato dalle acclamazioni di migliaia di persone non poteva esibirsi nei baracconi delle piccole fiere, e per intraprendere un'altra professione il digiunatore era non soltanto troppo vecchio, ma anche dedito al digiuno con troppo fanatismo. Così egli congedò l'impresario, il compagno di una carriera senza eguali, e si fece ingaggiare da un grande circo; per riguardo alla propria sensibilità non guardò neppure le clausole del contratto.

Un grande circo con la sua infinità di persone e animali e macchine che incessantemente si avvicendano, equilibrandosi e completandosi, può utilizzare chiunque in qualsiasi momento, anche un digiunatore, naturalmente con pretese adeguatamente modeste, e inoltre in questo particolare caso non si ingaggiava soltanto il digiunatore, ma anche il suo nome da tanto tempo celebre, anzi, vista la peculiarità di quest'arte che non decresce con il crescere dell'età, non si poteva neanche dire che un artista ormai finito, non più all'apice della sua carriera, si fosse rifugiato in un piccolo impiego da circo, al contrario, il digiunatore assicurava, ed era assolutamente credibile, che digiunava bene come prima, anzi sosteneva persino che, se lo si fosse lasciato agire di sua volontà, cosa che gli si prometteva senz'altro, solo adesso avrebbe propriamente e giustificatamente stupito il mondo, un'affermazione che però, tenendo conto dell'umore dell'epoca, che il digiunatore nel suo fervore tendeva a dimenticare, suscitava negli esperti del mestiere solo un sorriso.

Ma in fondo anche il digiunatore non perse il senso della situazione reale, e accettò con naturalezza che non lo si mettesse, con la sua gabbia, in mezzo alla pista come attrazione principale, bensì lo si alloggiasse fuori, nelle vicinanze delle stalle, in un luogo del resto ben accessibile. Grandi insegne colorate incorniciavano la gabbia e annunciavano quel che lì si mostrava. Quando il pubblico, nelle pause delle rappresentazioni, si accalcava verso le stalle per vedere gli animali, era quasi inevitabile che passasse davanti al digiunatore e sostasse lì un poco, forse ci si sarebbe trattenuti da lui più a lungo, se coloro che premevano da dietro nello stretto passaggio e non capivano quella sosta sulla via delle desiderate stalle, non avessero reso impossibile rimanere a osservare più a lungo e con maggior tranquillità. Era questo anche il motivo per cui il digiunatore tremava al pensiero di quelle ore di visita, che pure naturalmente desiderava, essendo esse lo scopo della sua vita. Nei primi tempi non vedeva l'ora che iniziassero le pause delle rappresentazioni; estasiato attendeva la folla che s'avvicinava come un'onda, finché fin troppo presto – anche il più ostinato, quasi cosciente autoinganno non resistette all'esperienza – si convinse che soprattutto nelle intenzioni, continuamente, senza eccezioni, si trattava solo di visitatori delle stalle. E quello sguardo da lontano rimaneva pur sempre il più bello. Perché, quando la gente giungeva fino a lui, lo circondavano subito, con gran fragore, le urla e le invettive dei gruppi che incessantemente si riformavano, di quello che – e non tardò a diventare per il digiunatore il più penoso – voleva guardarlo comodamente, non per comprensione, ma per capriccio e ostinazione, e dell'altro che premeva soltanto per arrivare alle stalle. Quando la gran ressa era passata, arrivavano i ritardatari, e proprio questi, ai quali nulla più impediva di fermarsi finché ne avessero avuto voglia, si affrettavano a gran passi, quasi senza guardarsi intorno, per fare in tempo a vedere gli animali. Ed era un caso fortunato non troppo frequente che arrivasse un padre di famiglia con i suoi bambini, mostrasse col dito il digiunatore, spiegasse esaurientemente di cosa si trattava, raccontasse di anni passati in cui egli aveva assistito a esibizioni simili ma infinitamente più grandiose, e che poi i bambini, pur non riuscendo a capire per l'insufficiente preparazione data dalla scuola e dalla vita – che cos'era per loro il digiuno? –, tradissero tuttavia nello splendore degli occhi indagatori un presagio di nuovi, meno crudeli tempi a venire. Forse, si diceva allora qualche volta il digiunatore, tutto sarebbe un poco migliorato se la sua posizione non fosse stata così vicina alle stalle. Ne risultava per la gente una troppo facile scelta, per non parlare del fatto che le esalazioni delle stalle, l'inquietudine degli animali nella notte, i trasporti di carne cruda per gli animali feroci, le grida durante la distribuzione del cibo, lo ferivano profondamente e lo opprimevano senza requie. Ma non osava reclamare presso la direzione; agli animali egli era pur sempre debitore della folla dei visitatori, fra i quali ogni tanto ne capitava uno destinato a lui, e chissà dove lo avrebbero nascosto se egli avesse voluto ricordare la sua esistenza e con ciò anche il fatto che, a rigore, egli era solo un ostacolo sulla via delle stalle.

Un piccolo ostacolo, peraltro, un ostacolo che si faceva sempre più piccolo. Ci si abituò alla stranezza di pretendere al giorno d'oggi che si nutrisse interesse per un digiunatore, e con questa abitudine fu pronunciato il verdetto su di lui. Poteva digiunare quanto voleva, ed egli lo faceva, ma nulla poteva ormai salvarlo: lo si ignorava. Si provi a spiegare a qualcuno l'arte del digiuno! A chi non la sente, non la si può spiegare. Le belle insegne si sporcarono e divennero illeggibili, le si strappò, e a nessuno venne in mente di sostituirle; la tabella con il numero dei giorni di digiuno trascorsi, che nei primi tempi veniva rinnovata con cura ogni giorno, da tempo era sempre la stessa, perché dopo le prime settimane il personale si era stancato anche di quel piccolo lavoro; e così il digiunatore continuava a digiunare, come prima aveva sognato di fare, e gli riusciva senza sforzo, esattamente come un tempo aveva predetto, ma nessuno contava i giorni, nessuno sapeva, neanche il digiunatore stesso, quanto grande già fosse la sua impresa, e il suo cuore si faceva pesante. E se capitava, in quel periodo, che uno sfaccendato si fermasse, ridesse del numero, invece ormai vecchio, e parlasse di imbroglio, era in questo senso la menzogna più stupida che l'indifferenza e l'innata perfidia potessero inventare, perché non era il digiunatore a ingannare – lui lavorava onestamente –, era il mondo a defraudarlo della sua ricompensa.

Trascorsero tuttavia molti giorni ancora, e anche questo ebbe fine. Una volta un sorvegliante si accorse della gabbia, chiese all'inserviente perché si lasciasse lì, inutilizzata, quella gabbia in buono stato con dentro la paglia marcia; nessuno lo sapeva, finché uno, con l'aiuto della tabella delle date, si ricordò del digiunatore. Si frugò con i bastoni nella paglia e vi si trovò il digiunatore. "Continui a digiunare?" chiese il sorvegliante. "Quando la farai finita?" "Perdonatemi tutti," sussurrò il digiunatore; solo il sorvegliante, che teneva l'orecchio alle sbarre, lo intese. "Certo," disse il sorvegliante e si toccò la fronte con l'indice, per far capire al personale lo stato del digiunatore, "ti perdoniamo." "Ho sempre voluto che ammiraste il mio digiuno," disse il digiunatore. "E infatti noi lo ammiriamo," disse comprensivo il sorvegliante. "E invece non dovete ammirarlo," disse il digiunatore. "Bene, allora non lo ammiriamo," disse il sorvegliante, "ma perché mai non dobbiamo ammirarlo?" "Perché io sono costretto a digiunare, non posso fare altrimenti," disse il digiunatore. "Ma guarda un po'," disse il sorvegliante, "e perché non puoi fare altrimenti?" "Perché," disse il digiunatore, e alzando un poco la testolina parlò, con le labbra appuntite come in un bacio, proprio dentro l'orecchio del sorvegliante, affinché nulla andasse perduto, "perché non sono riuscito a trovare il cibo che mi piacesse. Se l'avessi trovato, credimi, non avrei fatto tante storie e mi sarei saziato come te e tutti quanti." Furono le sue ultime parole, ma ancora nel suo sguardo ormai spento c'era la ferma, anche se non più orgogliosa, convinzione di continuare a digiunare.

"Ora però mettete in ordine!" disse il sorvegliante, e il digiunatore venne sepolto insieme alla paglia. Nella gabbia fu messa invece una giovane pantera. Fu un sollievo percepibile persino dallo spirito più ottuso vedere quell'animale feroce aggirarsi nella gabbia per tanto tempo deserta. Non gli mancava nulla. Il cibo che gli piaceva glielo portavano i guardiani senza star tanto a pensarci; non sembrava neppure avvertire la mancanza della libertà; quel corpo nobile, perfetto in ogni sua parte quasi fino a spezzarsi, sembrava portarsi addosso anche la libertà; essa sembrava essere da qualche parte fra i denti; e la gioia di vivere erompeva con un ardore così forte dalle fauci, che per i visitatori non era facile resisterle. Ma essi si facevano forza, si accalcavano attorno alla gabbia e non volevano più andarsene.

Josefine la cantante, ovvero il popolo dei topi

La nostra cantante si chiama Josefine. Chi non l'abbia mai sentita non conosce la potenza del canto. Non c'è nessuno che non sia travolto dal suo canto, cosa che ha un valore tanto più grande in quanto la nostra razza non ama, nell'insieme, la musica. Una quiete silenziosa è per noi la miglior musica; la nostra vita è difficile e, anche dopo aver cercato di scuoterci di dosso tutte le preoccupazioni giornaliere, non sappiamo più innalzarci a cose come la musica, così distanti dal resto della nostra esistenza. Ma non ce ne lamentiamo granché; non arriviamo neppure al punto di lamentarcene; riteniamo che una certa intelligenza pratica, che peraltro ci è indispensabile, sia il nostro pregio maggiore, e con il sorriso di questa intelligenza siamo soliti consolarci di tutto, anche se talvolta – cosa che però non accade mai – dovessimo aver desiderio della felicità che forse emana dalla musica. Solo Josefine fa eccezione; ella ama la musica e sa offrirla agli altri; è la sola; con la sua dipartita la musica – chissà per quanto tempo – sparirà dalla nostra vita.

Spesso ho riflettuto sulla natura di questa musica. Noi, infatti, non abbiamo orecchio: come mai, allora, comprendiamo il canto di Josefine o almeno, siccome Josefine nega questa nostra comprensione, crediamo di capirlo? La risposta più semplice sarebbe che la bellezza di quel canto è così grande che anche i sensi più ottusi non sanno resisterle, ma non è una risposta soddisfacente. Se davvero fosse così, di fronte a quel canto si dovrebbe avere innanzi tutto e sempre la sensazione di un evento straordinario, la sensazione che da quella gola sgorghi qualcosa che mai abbiamo udito prima e che neppure siamo in grado di udire, qualcosa che solo quell'unica Josefine e nessun altro ci rende capaci di udire. Ma proprio questo, a mio avviso, non è esatto, io non lo sento, né ho mai osservato qualcosa di simile in altre persone. Nelle cerchie di amici fidati ci confessiamo l'un l'altro, apertamente, che il canto di Josefine, come canto, non rappresenta nulla di straordinario.

Ma si può dire che sia canto? Malgrado la nostra mancanza di senso musicale abbiamo una tradizione: nei tempi antichi del nostro popolo esisteva il canto; le leggende ne parlano e sono addirittura conservati dei canti, che però nessuno sa più cantare. Abbiamo dunque una qualche idea di cosa sia il canto, e quell'idea non corrisponde, a dire il vero, all'arte di Josefine. Si può dire che sia canto? Non è piuttosto un semplice fischiare? E il fischio certamente lo conosciamo tutti, è la vera abilità del nostro popolo, o meglio, più che un'abilità, è una sua caratteristica manifestazione vitale. Noi fischiamo tutti, ma a nessuno viene in mente di far passare quel fischio per arte, noi fischiamo senza farci caso, anzi, senza accorgercene, e addirittura ci sono molti fra noi che non sanno che fischiare è una delle nostre peculiarità. Se dunque fosse vero che Josefine non canta, bensì semplicemente fischia e addirittura, come almeno pare a me, non giunge neppure a valicare i confini del normale fischio – anzi, forse la sua forza non basta neppure per quel normale fischiare, mentre un comune bracciante ci riesce per tutto il giorno mentre compie il suo lavoro –, se tutto questo fosse vero, allora sarebbe sì confutata la presunta natura d'artista di Josefine, ma tanto più irrisolto resterebbe l'enigma del suo grande successo.

Perché, appunto, il suono che ella produce non è un

semplice fischio. Se ci si allontana di molto da lei e si tende l'orecchio o, ancor meglio, ci si mette alla prova, se cioè Josefine canta per esempio fra altre voci e noi ci si pone il compito di riconoscere la sua, allora, immancabilmente, non si coglierà altro che un comune fischio, che al massimo risalterà un poco per la sua delicatezza o debolezza. Ma se le si è di fronte, si constata che non è tuttavia un semplice fischio; per comprendere la sua arte è necessario vedere Josefine, oltre che sentirla. Se anche si trattasse soltanto del nostro fischiare quotidiano, nel suo caso si è di fronte alla stranezza di una persona che si mette solennemente a fare qualcosa che è assolutamente comune. Schiacciare una noce non è certo un'arte, quindi nessuno osa radunare un pubblico e intrattenerlo schiacciando noci. Se invece lo fa e riesce nel suo intento, allora, appunto, non può trattarsi di un semplice schiacciar noci. Oppure si tratta di schiacciar noci, ma ne risulta che non ci si è mai accorti di quell'arte, perché la si dominava senza difficoltà, e che solo quel nuovo schiacciatore di noci ce ne rivela l'essenza: ai fini del risultato potrebbe essere addirittura vantaggioso che egli fosse un poco meno abile nello schiacciar noci di quanto non lo sia la maggioranza di noi.

Forse le cose stanno così anche con il canto di Josefine; noi ammiriamo in lei ciò che in noi non ammiriamo affatto; d'altronde, a quest'ultimo proposito ella è perfettamente d'accordo con noi. Una volta ero presente quando qualcuno, come naturalmente spesso accade, le fece notare che tutto il popolo fischia, e lo fece in maniera assai discreta: ma per Josefine fu già troppo. Non ho mai visto un sorriso più sfrontato e arrogante di quello che ella assunse allora; lei, che esteriormente è la delicatezza in persona, delicata in maniera vistosa persino nel nostro popolo così ricco di simili figure femminili, apparve allora addirittura volgare; e del resto, nella sua grande sensibilità, dovette avvertirlo subito lei stessa, perché si dominò. Comunque, ella nega ogni relazione tra la sua arte e il fischiare. Per coloro che sono d'avviso contrario ella nutre solo disprezzo e probabilmente odio inconfessato. Non si tratta di comune vanità, perché questa opposizione, alla quale anch'io, per più d'un verso, appartengo, non la ammira certo di meno di quanto non faccia la folla, ma Josefine vuole essere non solo ammirata, ma ammirata nella maniera che lei stessa stabilisce, la semplice ammirazione non le interessa affatto. E quando le si è dinanzi, la si comprende; l'opposizione la si fa solo da lontano; quando si è davanti a Josefine, lo si sa: ciò che ella sta fischiando, non è un fischio.

Siccome il fischiare fa parte delle nostre abitudini irriflesse, si potrebbe credere che anche il pubblico di Josefine fischi; la sua arte ci fa sentir bene, e quando ci sentiamo bene fischiamo; e invece il suo uditorio non fischia, c'è un silenzio di tomba, tacciamo come se fossimo divenuti partecipi dell'agognata pace, dalla quale ci separa, quanto meno, il nostro proprio fischiare. È il suo canto, che ci rapisce, o non è piuttosto il solenne silenzio che circonda la debole vocetta? Una volta accadde che un piccolo sventato si mettesse a fischiare anche lui, in tutta innocenza, durante il canto di Josefine. Bene, era esattamente lo stesso suono che ci giungeva anche da Josefine; là davanti il fischio pur sempre timido nonostante l'abitudine, e qui fra il pubblico lo spensierato fischiettio infantile; definirne la differenza sarebbe stato impossibile, eppure subito coprimmo il disturbatore di sibili e fischi, sebbene non fosse affatto necessario, perché anche da solo si sarebbe nascosto pieno di paura e di vergogna, mentre Josefine intonava il suo fischio trionfale ed era fuori di sé, con le braccia spalancate e il collo teso oltre ogni immaginazione.

Del resto Josefine è sempre così, ogni piccolezza, ogni circostanza fortuita, ogni riottosità, uno scricchiolio in platea, uno stridere di denti, un guasto nell'illuminazione vengono da lei accolti come occasioni propizie ad accrescere l'effetto del suo canto; tanto, a suo avviso, lei canta comunque davanti a un pubblico di sordi; non mancano l'entusiasmo e il plauso, ma della vera comprensione, come la intende lei, ha imparato a fare a meno. E allora tutti gli inconvenienti le tornano grati; tutto ciò che dall'esterno si oppone alla purezza del suo canto, e viene vinto in una facile lotta, anzi senza lotta, con la semplice contrapposizione, può contribuire a svegliare la folla, a insegnarle, se non la comprensione, almeno un oscuro, vago rispetto.

Ma se le piccole cose l'aiutano tanto, figurarsi le cose grandi! La nostra vita è molto inquieta, ogni giorno porta sorprese, angosce, speranze e terrori, tanto che il singolo non potrebbe sopportare tutto se non avesse sempre, giorno e notte, il sostegno dei compagni; ma anche così è spesso molto difficile; talvolta anche mille spalle tremano sotto il peso che in realtà era destinato al singolo. A quel punto Josefine ritiene che sia giunto il suo momento. E subito è là, la tenera creatura, vibrando in maniera allarmante soprattutto sotto il seno, sembra aver raccolto ogni sua forza nel canto, come se a tutto ciò che in lei non serve direttamente al canto fosse stata tolta ogni energia, quasi ogni possibilità di vita, come se ella fosse denudata, esposta, affidata alla sola custodia di spiriti benigni, come se, mentre ella, così interamente sottratta a se stessa, dimora nel canto, un vento freddo potesse ucciderla passando. Ma proprio a quella vista noi presunti oppositori siamo soliti dirci: "Non sa neanche fischiare; è costretta a uno sforzo spaventoso per strappare da sé non il canto – non parliamo di canto – bensì il fischio che è consueto nel nostro paese." Questo ci sembra di capire, ma si tratta, come ho già detto, di un'impressione sì inevitabile, ma fuggevole e subito dissolta. E già sprofondiamo anche noi nel sentimento della folla, che ascolta calda, corpo a corpo, respirando timorosa.

E per raccogliere intorno a sé queste masse di un popolo quasi sempre in movimento, continuamente intente a schizzare di qua e di là per scopi spesso non troppo chiari, Josefine di solito non deve far altro che assumere, con la testolina rovesciata, la bocca dischiusa, gli occhi volti in alto, quella posizione che indica che ha intenzione di cantare. Può farlo dove vuole, non è necessario che sia un posto visibile da lontano; un qualsiasi angolo nascosto, scelto in un momentaneo e casuale capriccio è altrettanto adatto. La notizia che Josefine vuole cantare si diffonde subito, e ben presto tutti si dirigono là in processione. Be', ogni tanto si frappongono degli impedimenti, Josefine ama cantare soprattutto in momenti di tensione, in cui preoccupazioni e difficoltà d'ogni genere ci costringono a percorrere strade tutt'altro che semplici e lineari, con la miglior volontà non riusciamo a radunarci così in fretta come Josefine vorrebbe, e così, forse per qualche tempo, ella resta là nella sua posizione solenne senza gli spettatori sufficienti – e allora s'infuria, pesta i piedi, impreca con modi tutt'altro che consoni a una fanciulla, e addirittura morde. Ma persino un comportamento simile non nuoce alla sua fama; anziché arginare un poco le sue immense pretese, ci si sforza di soddisfarle; in segreto, perché Josefine non sappia, vengono inviati messaggeri a chiamare gli ascoltatori; allora si vedono sentinelle disposte sulle strade all'intorno, che fanno cenno a chi arriva di affrettarsi; e tutto questo dura finché, finalmente, non si è raccolto un pubblico accettabile.

Che cosa spinge il popolo a darsi tanta pena per Josefine? Una domanda cui è altrettanto difficile rispondere quanto a quella riguardante il canto di Josefine, con la quale è peraltro in relazione. La si potrebbe cancellare e interamente fondere con la seconda, se per esempio si potesse affermare che, a causa del canto, il popolo è incondizionatamente devoto a Josefine. Ma, appunto, non è così; il nostro popolo quasi non conosce la devozione incondizionata; questo popolo, che ama sopra ogni cosa l'innocua furbizia, il bisbigliare infantile, i pettegolezzi innocenti che appena increspano le labbra, un popolo simile non potrà mai darsi incondizionatamente, anche Josefine lo sente, ed è questo che ella combatte con tutto lo sforzo della sua debole gola.

Solo non si vada troppo in là con questi giudizi generali, perché il popolo, seppure non incondizionatamente, è tuttavia devoto a Josefine. Non sarebbe capace, per esempio, di ridere di lei. Bisogna pur confessarlo: c'è qualcosa in Josefine che invita a ridere; e di per sé noi siamo sempre prossimi al riso; nonostante lo strazio della nostra vita, una risata sommessa è, per così dire, sempre di casa fra noi; ma di Josefine non ridiamo. Talvolta ho l'impressione che il popolo intenda il suo rapporto con Josefine, con quella creatura fragile, bisognosa di riguardi, in qualche modo diversa da chiunque altro – secondo lei diversa per via del canto –, come se ella gli fosse affidata, ed esso dovesse occuparsi di lei; il motivo non è chiaro a nessuno, solo il fatto sembra incrollabilmente sussistere. Ma non si ride di ciò che ci viene affidato; riderne sarebbe un oltraggio al dovere; è una perfidia estrema, con cui i più perfidi fra noi offendono Josefine, quando talvolta dicono: "A vedere Josefine, ci passa la voglia di ridere."

Il popolo si occupa dunque di Josefine alla maniera di un padre che si prende cura di un bimbo il quale tenda verso di lui la manina, non si sa bene se per chiedere o per esigere. Si potrebbe pensare che il nostro popolo non sia atto ad adempiere a quei doveri paterni, ma in realtà vi assolve, almeno in questo caso, in maniera esemplare; nessun singolo individuo potrebbe fare ciò che, a questo proposito, è in grado di fare il popolo nel suo insieme. Certo, la differenza di forze fra il popolo e il singolo è immensa, basta che esso attiri il pupillo nel calore della sua vicinanza, perché esso sia più che protetto. È vero che non si osa parlare di queste cose a Josefine. "Me ne infischio della vostra protezione," dice lei poi. "Sì, sì, tu fischi," pensiamo noi. E inoltre le sue ribellioni non sono certo una confutazione del tutto, sono piuttosto un comportamento infantile e una gratitudine infantile, e compito del padre è non curarsene.

Ora però intervengono altri fatti che sono più difficili da spiegare con questo rapporto fra il popolo e Josefine. Josefine è infatti d'opinione contraria, pensa di essere lei a proteggere il popolo. Il suo canto ci salva, secondo lei, da difficili situazioni politiche ed economiche, riesce a fare niente meno che questo, e se non sa scacciare l'infelicità, ci dà almeno la forza di sopportarla. Ella non si esprime in questi termini, né in altro modo, parla comunque poco, è una creatura silenziosa in mezzo ai chiacchieroni, ma quel pensiero le saetta negli occhi, glielo si legge sulla bocca chiusa (da noi solo pochi sanno tener la bocca chiusa, lei sì). A ogni cattiva notizia – e in certi giorni le notizie si travolgono le une con le altre, inframmezzate da false e da mezzo false – ella si raddrizza subito, mentre di solito si trascina stanca sul terreno, si raddrizza, tende il collo e cerca di abbracciare con lo sguardo tutto il suo gregge, come fa il pastore prima del temporale. Certo, anche i bambini avanzano simili pretese nel loro modo scatenato e incontrollato, ma nel caso di Josefine sono pretese assai meno infondate. È vero, ella non ci salva, né ci infonde energie, è facile atteggiarsi a salvatore di questo popolo, che è avvezzo alle sofferenze, che non si risparmia, sa decidere rapidamente, conosce bene la morte e solo in apparenza è pavido nell'atmosfera di temerità in cui perennemente vive, e inoltre altrettanto fertile quanto audace – è facile, dicevo, atteggiarsi a posteriori a salvatore di questo popolo, che finora si è sempre salvato in qualche modo da solo, sia pure fra mille sacrifici, alla vista dei quali lo storico – in generale trascuriamo completamente la storiografia – impietrisce dall'orrore. Eppure è vero che in situazioni d'emergenza ascoltiamo la voce di Josefine ancor più del solito. Le minacce che ci sovrastano ci rendono più silenziosi, più modesti, più docili al piglio dispotico di Josefine, siamo felici di radunarci, felici di stringerci gli uni agli altri, soprattutto perché accade per ragioni totalmente estranee al nostro tormento principale; è come se bevessimo insieme in fretta – sì, la fretta è necessaria, Josefine troppo spesso lo dimentica – un ultimo calice di pace prima della battaglia. Non è tanto un'esibizione di canto quanto un'assemblea di popolo, un'assemblea in cui tutto assolutamente tace tranne l'esile fischio là davanti; il momento è troppo grave perché lo si voglia dissipare in chiacchiere.

Un simile rapporto non potrebbe però soddisfare Josefine. Nonostante il gran malessere nervoso che angustia Josefine a causa della sua posizione mai pienamente chiarita, accecata dalla consapevolezza di sé ella non vede molte cose, e senza troppo sforzo può essere indotta a trascurarne ancora di più; uno sciame di adulatori è incessantemente all'opera in questo senso, e dunque, propriamente, nel senso dell'utilità generale – ma cantare solo in via secondaria, inosservata, al margine di un'assemblea popolare, a questo certamente ella non sacrificherebbe il suo canto, pur non essendo, di per sé, poca cosa.

Né vi è costretta, perché la sua arte non passa inosservata. Sebbene in fondo siamo occupati con tutt'altre cose e il silenzio non regni affatto solo per amore del canto, e molti di noi non alzino neppure gli occhi, bensì premano il viso nella pelliccia del vicino e dunque Josefine sembri, lassù, sforzarsi invano, qualcosa del suo fischiare penetra tuttavia immancabilmente – è innegabile – anche fino a noi. Quel fischiare, che si leva là dove a tutti gli altri è imposto il silenzio, giunge al singolo quasi come un messaggio del popolo; l'esile fischio di Josefine, in mezzo a gravi decisioni, è quasi come la miserevole esistenza del nostro popolo in mezzo al tumulto del mondo ostile. Josefine si afferma, quel nulla di voce, quel nulla di risultati, si afferma e si fa strada fino a noi: è un pensiero che riempie di benessere. Un vero artista del canto, qualora si trovasse fra noi, in momenti simili non lo sopporteremmo di certo e respingeremmo unanimi l'insensatezza di una tale esibizione. Possa esser risparmiata a Josefine la consapevolezza che il fatto che noi l'ascoltiamo è una prova contro il suo canto. Ella l'intuisce senz'altro – perché negherebbe altrimenti con tanta passione che noi l'ascoltiamo? –, ma continua a cantare, mette a tacere quell'intuizione a forza di fischi.

Ma anche altrimenti ci sarebbe pur sempre un conforto per lei: in un certo qual modo, infatti, noi l'ascoltiamo davvero, probabilmente in maniera analoga a come ascolteremmo un artista del canto; ella ottiene effetti cui quegli, fra noi, aspirerebbe invano e che sono invece conferiti proprio ai suoi poveri mezzi. È probabile che questo dipenda principalmente dal nostro modo di vivere.

Nel nostro popolo non si conosce giovinezza, solo a malapena una brevissima infanzia. È vero che regolarmente vengono avanzate richieste perché si garantisca ai bambini una particolare libertà, un particolare riguardo, perché si riconosca, e si cerchi di affermare, il loro diritto a un po' di spensieratezza, a un po' di insensato correre e saltare in giro, a un po' di gioco; queste richieste vengono avanzate e quasi tutti le approvano, non c'è nulla che si potrebbe approvare con maggior convinzione, ma contemporaneamente non c'è nulla che nella realtà della nostra vita potrebbe essere meno concesso; si approvano le richieste, si fanno tentativi per realizzarle, ma ben presto tutto è di nuovo al punto di prima. La nostra vita è infatti organizzata in modo tale che un bambino, non appena cammini un poco e riesca a distinguere quel che lo circonda, deve provvedere a sé esattamente come un adulto; le zone in cui, per ragioni economiche, dobbiamo vivere sparsi sono troppo estese, i nostri nemici troppo numerosi, troppo imprevedibili i pericoli che ovunque ci attendono – non possiamo tener lontani i bambini dalla lotta per l'esistenza, sarebbe la loro fine prematura. A questi tristi motivi se ne aggiunge però uno che conforta lo spirito: la fertilità della nostra specie. Una generazione incalza l'altra (e ciascuna è numerosa), i bambini non hanno tempo di essere bambini. Presso altri popoli i bambini verranno anche coscienziosamente curati, si costruiranno anche scuole per i piccoli, e da quelle scuole irromperanno anche ogni giorno i bambini, il futuro del popolo, ma per molto tempo, giorno dopo giorno, sono sempre gli stessi bambini che escono di là. Noi non abbiamo scuole, ma dal nostro popolo irrompono, a brevissimi intervalli, le schiere incalcolabili dei nostri bambini, sibilando o squittendo lieti finché ancora non sanno fischiare, voltolandosi o rotolando via sotto il loro peso finché ancora non sanno camminare, trascinandosi dietro ogni cosa, goffamente, con la massa del loro corpo finché ancora non ci vedono, i nostri bambini! E non, come in quelle scuole, sempre gli stessi bambini, no, bambini sempre nuovi, senza fine, senza tregua, non appena un bambino appare non è già più un bambino, ma già alle sue spalle premono, indistinguibili nella loro quantità e fretta, i nuovi visi infantili, rosei di felicità. In effetti, per quanto tutto questo sia bello, e per quanto altri, a ragione, ci invidino, ai nostri bambini non possiamo dare una vera infanzia. Il che ha le sue conseguenze. Una certa infantilità inestinta e inestirpabile pervade il nostro popolo; in netta contraddizione con ciò che abbiamo di meglio, l'infallibile intelligenza pratica, agiamo talvolta in maniera assolutamente sciocca, appunto nella maniera che hanno i bambini di agire scioccamente, assurdi, dissipati, generosi, spensierati e il tutto spesso per amore di un piccolo divertimento. E se pure la gioia che ce ne deriva non può più avere, naturalmente, la forza piena della gioia infantile, qualcosa di quella continua ad animarla tuttavia. Da questa infantilità del nostro popolo trae vantaggio da sempre anche Josefine.

Ma il nostro popolo non è soltanto infantile, è anche precocemente vecchio, l'infanzia e la vecchiaia hanno presso di noi forme diverse rispetto ad altri. Non abbiamo giovinezza, siamo subito adulti, e adulti restiamo troppo a lungo, una certa stanchezza e disperazione percorrono così con una larga cicatrice la natura, nell'insieme pur tanto tenace e piena di speranza, del nostro popolo. A ciò è connessa senz'altro anche la nostra mancanza di musicalità; siamo troppo vecchi per la musica, la sua eccitazione, il suo slancio non s'accordano con la nostra pesantezza, stanchi le facciamo un cenno di rifiuto; abbiamo ripiegato sul fischiare; qualche fischio ogni tanto è quel che fa per noi. Chissà che non ci siano fra noi talenti musicali; ma se anche ci fossero, il carattere dei connazionali li soffocherebbe ancor prima di rivelarsi.

Invece Josefine può pure fischiare o cantare (o come lo chiama lei) a suo piacimento, non ci disturba, è adatto a noi, riusciamo a sopportarlo bene; se in quei suoni dovesse esser contenuto qualcosa di musicale, sarebbe ridotto a un'insignificanza prossima al nulla; una certa tradizione musicale vien conservata, ma senza che questo minimamente ci opprima.

Ma Josefine offre ancora di più a un popolo che si trovi in una tale disposizione d'animo. Ai suoi concerti, particolarmente in tempi difficili, solo i giovanissimi hanno interesse per la cantante in sé, essi soltanto guardano con stupore come ella increspi le labbra, soffi l'aria fra i graziosi incisivi, muoia nell'ammirazione dei suoni che ella stessa produce e si serva di quel venir meno dei sensi per infuocarsi e raggiungere nuovi, a lei sempre più incomprensibili, risultati, ma la folla vera e propria – lo si capisce con chiarezza – si è ritirata in se stessa. Qui, nelle esigue pause fra le lotte, il popolo sogna, è come se al singolo si sciogliessero le membra, come se ciascuno, perennemente inquieto, potesse per una volta allungarsi e stendersi a suo piacere nel grande, caldo letto del popolo. E in questi sogni risuona ogni tanto il fischio di Josefine; lei lo chiama un allinearsi perlato di suoni argentini, al nostro orecchio è una sequenza di colpi; ma in ogni caso qui è al suo posto, come in nessun altro luogo, come la musica quasi mai trova l'istante che l'attende. In esso è qualcosa della nostra povera breve infanzia, qualcosa di una felicità perduta impossibile a ritrovarsi, ma anche qualcosa dell'operosa vita odierna, della sua piccola, incomprensibile e tuttavia esistente e insopprimibile allegria. E tutto questo, davvero, non lo diciamo con toni altisonanti, bensì sommessamente, sussurrando, in confidenza, talvolta con gole un po' roche. Naturalmente è un fischio. E come potrebbe non esserlo? Il fischio è la lingua del nostro popolo, solo che molti fischiano per tutta la vita e non lo sanno, ma qui il fischio è liberato dalle catene della vita quotidiana e, per un breve istante, libera anche noi. Certo, non vorremmo che queste esibizioni venissero a mancare.

Ma da qui all'affermazione di Josefine, secondo cui ella, in simili momenti, ci infonderebbe nuove forze e via di seguito, la strada è lunga. Per la gente normale, a dire il vero, non per gli adulatori di Josefine. "Come potrebbe essere altrimenti" – dicono con sfrontatezza davvero spavalda – "come si potrebbe spiegare altrimenti la grande affluenza di pubblico, soprattutto quando il pericolo direttamente incombe, un'affluenza che a volte ha addirittura impedito la difesa sufficiente e tempestiva appunto da quel pericolo." Bene, quest'ultimo fatto è purtroppo vero, ma non rientra certo fra i titoli di gloria di Josefine, soprattutto se si aggiunge che, quando quelle riunioni venivano inaspettatamente disperse dal nemico e molti dei nostri perdevano la vita, Josefine, che aveva colpa di tutto, che anzi col suo fischio aveva forse attirato il nemico, disponeva sempre del posticino più sicuro e sotto la scorta del suo seguito spariva per prima, velocissima e nel massimo silenzio. Ma questo in fondo lo sanno tutti, e tuttavia continuano ad accorrere quando Josefine la volta successiva, a suo capriccio, chissà dove e chissà quando, si alza per cantare. Se ne potrebbe dedurre che Josefine stia quasi al di fuori della legge, che possa fare quel che vuole, anche se mette in pericolo la comunità, e che tutto le venga perdonato. Se così fosse, allora diverrebbero comprensibili anche le pretese di Josefine, anzi, in questa libertà che il popolo le offrirebbe, in questo dono straordinario, mai concesso altrimenti a nessuno, e che per la verità offende le nostre leggi, si potrebbe in certo qual modo scorgere un'ammissione del fatto che, come ella sostiene, il popolo non comprende Josefine, ammira impotente la sua arte, si sente indegno di lei, con uno sforzo addirittura disperato cerca di compensare il dolore che le infligge e, così come l'arte di lei trascende le sue facoltà di comprensione, pone anche la sua persona e i suoi desideri al di fuori della sua autorità. È senz'altro una vera e propria ingiustizia, forse il popolo capitola troppo in fretta davanti a Josefine, ma come non si arrende incondizionatamente dinanzi a nessuno, così neppure davanti a lei.

Già da molto tempo, forse fin dall'inizio della sua carriera artistica, Josefine combatte perché, in considerazione del suo canto, la si esenti dal lavoro; le si dovrebbe dunque togliere la preoccupazione del pane quotidiano, si dovrebbe liberarla da tutto ciò che è legato alla nostra lotta per l'esistenza e – probabilmente – riversarlo sull'insieme del popolo. Chi fosse troppo facile a entusiasmarsi – ci son state anche persone di questo genere –, già dalla singolarità di quella richiesta e dalla disposizione di spirito in grado di escogitarla potrebbe dedurne l'intrinseca giustificazione. Ma il nostro popolo trae altre conclusioni, e respinge tranquillamente quella pretesa. Né si dà troppo pensiero di confutare la motivazione della richiesta. Josefine fa notare, per esempio, che la fatica del lavoro danneggia la sua voce, che, sebbene questa fatica sia modesta rispetto a quella del canto, le toglie tuttavia la possibilità di riposarsi a sufficienza dopo aver cantato e di riprender forze per l'esibizione successiva; che nel canto è costretta e sfinirsi senza tuttavia mai riuscire, in quelle condizioni, a ottenere i suoi risultati migliori. Il popolo l'ascolta e poi l'ignora. Questo popolo così facile a commuoversi è talvolta irremovibile. Il rifiuto è a volte tanto duro che persino Josefine se ne stupisce, sembra adeguarsi, lavora come si deve e canta come può, ma solo per qualche tempo, poi riprende la lotta con nuove forze, che, per quella causa, sembrano essere illimitate.

Ora è chiaro che Josefine non aspira propriamente a ciò che, alla lettera, pretende. Josefine è ragionevole, non scansa il lavoro (ma del resto la pigrizia è cosa sconosciuta da noi), certo non cambierebbe modo di vivere anche qualora la sua richiesta venisse accettata, il lavoro non sarebbe affatto d'ostacolo al suo canto, né il canto ne risulterebbe più bello: ciò cui ella aspira è dunque soltanto il riconoscimento della sua arte, un riconoscimento pubblico, indubitabile, che sopravviva alle epoche, che si innalzi al di sopra di ogni riconoscimento mai tributato. Ma mentre quasi tutto il resto le sembra raggiungibile, questa meta, ostinatamente, le si sottrae. Forse fin dall'inizio avrebbe dovuto muovere il suo attacco in tutt'altra direzione, forse ella stessa scorge ora l'errore, ma ormai non può tornare indietro, retrocedere significherebbe tradire se stessa, ormai deve resistere o cadere insieme alla sua richiesta.

Se davvero, come afferma, avesse dei nemici, essi potrebbero assistere divertiti a quella lotta senza muovere un dito. Ma Josefine non ha nemici, e anche se qualcuno solleva ogni tanto obiezioni contro di lei, quella lotta non diverte nessuno. Anche solo per il fatto che qui il popolo si mostra nel suo freddo atteggiamento di giudice, cosa altrimenti assai rara presso di noi. E anche qualora si approvi, in questo caso, quell'atteggiamento, basta, a escludere ogni piacere, la semplice idea che il popolo possa un giorno comportarsi in maniera analoga nei nostri confronti. Nel rifiuto, come già nella richiesta, non si tratta della cosa in sé, bensì del fatto che il popolo dimostri di sapersi chiudere con tanta impenetrabilità nei confronti di uno dei suoi membri, un'impenetrabilità tanto maggiore quanto più paternamente – anzi più che paternamente, addirittura con umiltà – si cura solitamente di quello stesso membro.

Se al posto del popolo ci fosse un singolo, si potrebbe credere che quell'individuo abbia ceduto per tutto il tempo ai capricci di Josefine, con l'incessante, bruciante desiderio di porre finalmente termine a quella condiscendenza; che egli abbia ceduto in maniera sovrumana nella ferma certezza che malgrado tutto la condiscendenza avrebbe incontrato il suo giusto limite; che, anzi, egli abbia ceduto più del necessario solo per affrettare la conclusione, solo per viziare Josefine e per spingerla a desideri sempre nuovi, finché lei non avanzasse davvero quell'ultima richiesta; e che allora lui, con un gesto secco perché pronto da gran tempo, abbia posto il veto definitivo. No, certamente non è così, il popolo non ha bisogno di queste astuzie, e inoltre la sua venerazione per Josefine è sincera e provata, e la richiesta di Josefine è così temeraria che anche un bambino ingenuo avrebbe potuto predirne l'esito; può darsi tuttavia che nell'idea che Josefine s'è formata della questione anche queste supposizioni giochino un ruolo e aggiungano un'ulteriore amarezza al dolore di chi è stato respinto.

Ma se anche ella formula tali ipotesi, non permette che la facciano recedere dalla lotta. Negli ultimi tempi la lotta si è addirittura inasprita; se finora Josefine l'ha condotta solo a parole, ora comincia a impiegare altri mezzi, che a suo avviso sono più efficaci, a nostro avviso più pericolosi per lei.

Taluni pensano che Josefine sia così insistente perché si sente invecchiare, perché la sua voce comincia a tradire qualche imperfezione, e le pare giunto il momento di condurre l'ultima battaglia per il suo riconoscimento. Io non ci credo. Se fosse vero, Josefine non sarebbe Josefine. Josefine non ammette l'avanzare dell'età, né le imperfezioni della voce. Quando esige qualcosa, non vi è spinta da fatti esteriori, bensì dall'intrinseca coerenza del suo sentire. Ella tende la mano verso la corona più alta non perché questa penda al momento un poco più giù del solito, ma perché è la corona più alta; se stesse in suo potere, la appenderebbe ancora più in alto.

Questo dispregio delle difficoltà esteriori non le impedisce però di servirsi dei mezzi più indegni. Il suo diritto le pare essere fuori di dubbio; non le importa dunque in che modo lo otterrà; in particolare perché in questo mondo, così come esso le si presenta, proprio i mezzi degni sono destinati a fallire. Forse addirittura per questo ella ha spostato la lotta per il suo diritto dalla sfera del canto a un'altra sfera a lei meno preziosa. Il suo seguito ha messo in giro alcune sue affermazioni, secondo cui ella si sentirebbe assolutamente in grado di cantare in maniera tale che per il popolo, in tutti i suoi strati e fin nel cuore dell'opposizione più nascosta, sarebbe una vera voluttà ascoltarla, una vera voluttà non nel senso del popolo, il quale sostiene di provarla da sempre, al canto di Josefine, bensì voluttà secondo il desiderio di Josefine. Però, ella aggiunge, siccome non può falsare ciò che è nobile, né lusingare la volgarità, tutto deve restare com'è. Ma le cose stanno altrimenti nel caso della sua lotta per la liberazione dal lavoro, perché, sebbene si tratti pur sempre di una lotta per il suo canto, in questo caso ella non ne impiega direttamente le armi preziose, e quindi ogni mezzo con cui combatte è buono.

Così venne per esempio sparsa la voce che Josefine aveva intenzione, se non si fosse accondisceso alle sue richieste, di ridurre le fiorettature. Io non so nulla di fiorettature, né ho mai notato fiorettature nel suo canto. Ma Josefine vuole ridurre le fiorettature; non eliminarle, per il momento, solo ridurle. Si dice che abbia messo in atto la sua minaccia, ma io non ho notato nessuna differenza rispetto alle sue precedenti esibizioni. La massa del popolo ha ascoltato come sempre, senza esprimersi sulle fiorettature, né si è modificato il suo atteggiamento nei confronti della richiesta di Josefine. Del resto, è innegabile che anche nel modo di pensare, come già nella figura, Josefine ha qualcosa di davvero grazioso. Dopo quella esibizione, per esempio, come se la sua decisione riguardo alle fiorettature fosse troppo dura o troppo improvvisa nei confronti del popolo, ha dichiarato che in futuro canterà di nuovo tutte le fiorettature al completo. Ma dopo il concerto successivo ha cambiato di nuovo idea, e ha affermato che ora è davvero finita con le grandi fiorettature, e che esse non torneranno se non verrà presa una decisione a lei favorevole. Bene, il popolo ascolta, senza badarvi, tutte queste dichiarazioni, decisioni e controdecisioni, come può fare un adulto con le chiacchiere di un bimbo; benevolo in fondo, ma irraggiungibile.

Ma Josefine non si arrende. Di recente, per esempio, ha affermato di essersi procurata, lavorando, una ferita al piede che le rende difficile stare in piedi mentre canta; ma siccome può cantare solo in piedi, è costretta ora addirittura ad accorciare le canzoni. Sebbene ella zoppichi e si faccia sostenere dal suo seguito, nessuno crede che si sia ferita veramente. Anche ammettendo la particolare fragilità del suo corpicino, siamo pur sempre un popolo di lavoratori a cui anche Josefine appartiene; se ci mettessimo a zoppicare per ogni scalfittura, tutto il popolo non la smetterebbe più di zoppicare. Ma per quanto ella si faccia portare in giro come se fosse paralizzata, per quanto si mostri in giro, in quello stato deplorevole, più del solito, il popolo ascolta il suo canto riconoscente e rapito come sempre, ma senza fare gran chiasso per via delle canzoni accorciate.

Siccome non può zoppicare sempre, inventa qualcos'altro, protesta stanchezza, malumore, debolezza. Così, oltre al concerto, ora abbiamo anche il teatro. Dietro Josefine vediamo il suo seguito che la prega e la scongiura di cantare. Ella ne sarebbe felice, ma non può. La si consola, la si circonda di adulazioni, quasi la si trascina sul luogo, già scelto in precedenza, dove deve cantare. Con un pianto misterioso ella cede infine, ma quando, palesemente con un estremo sforzo di volontà, si accinge a cantare – spossata, con le braccia inerti abbandonate lungo il corpo anziché spalancate come al solito (così danno l'impressione di essere forse un po' troppo corte) – quando si accinge a intonare il suo canto, ecco che no, non ci riesce tuttavia, uno stizzito scossone del capo lo annuncia ed ella si accascia dinanzi ai nostri occhi. Ma poi si riscuote, si rialza e canta, non molto diversamente dal solito, credo, forse quando si ha orecchio per le sfumature più fini si coglie un poco di inusuale concitazione, che però torna a vantaggio dell'insieme. E alla fine è addirittura meno stanca di prima, s'allontana con andatura ferma, se così si vogliono chiamare i suoi passettini guizzanti, rifiutando l'aiuto del seguito e scrutando con sguardo freddo la folla che, reverente, le fa ala.

Così stavano le cose fino a poco tempo fa, ma la notizia più recente è che, un giorno in cui era previsto che cantasse, Josefine non comparve. Non solo il suo seguito la cerca, molti si son messi a disposizione per le ricerche, ma è inutile; Josefine è scomparsa, non vuole cantare, non vuole neppure che la si preghi di cantare, questa volta ci ha davvero abbandonati.

Strano, come ella sbagli nel fare i suoi calcoli, lei così intelligente, come sbagli, tanto che si potrebbe credere che non calcoli affatto, bensì venga solo trascinata dal suo destino, che nel nostro mondo non può che risultare un triste destino. Da sola si sottrae al canto, da sola distrugge il potere che ha acquistato sugli animi. Ma come ha fatto a conquistare quel potere, se tanto poco conosce quegli animi! Ella si nasconde e non canta, ma il popolo, tranquillo, senza visibile delusione, sovrano, una massa che riposa in sé, che letteralmente, nonostante l'apparenza contraria, può solo offrire doni, non riceverne, neanche da Josefine, questo popolo continua per la sua strada.

Ma la via di Josefine è segnata. Non tarderà a giungere il momento in cui il suo ultimo fischio risuonerà e tacerà. Ella è un piccolo episodio nella storia eterna del nostro popolo e il popolo supererà il dolore della perdita. Non sarà facile; come saranno possibili le assemblee in un silenzio perfetto? Ma in verità, non erano già mute anche con Josefine? Il suo fischio reale era sostanzialmente più sonoro e vivo di quanto non lo sarà il ricordo? Era forse qualcosa di più di un ricordo, anche quando lei era in vita? Non è piuttosto che il popolo, nella sua saggezza, ha posto il canto di Josefine così in alto proprio perché in quel modo lo avrebbe reso imperituro?

Forse, allora, non perderemo molto, ma Josefine, liberata dalla sofferenza terrena, che però a suo parere è riservata agli eletti, si perderà gaiamente nella sterminata folla degli eroi del nostro popolo, e presto, siccome noi non scriviamo la nostra storia, sarà dimenticata in una superiore redenzione come tutti i suoi fratelli.

Parte seconda
I RACCONTI PUBBLICATI SINGOLARMENTE IN RIVISTE

Colloquio con l'orante

C'è stato un tempo in cui, giorno dopo giorno, andavo in una chiesa, perché una ragazza di cui m'ero innamorato pregava là, inginocchiata, una mezz'ora alla sera, e io potevo osservarla in pace.

Una volta che la ragazza non era venuta e io, di malumore, guardavo la gente che pregava, mi colpì un giovane che, con tutta la sua figura scarna, si era gettato a terra. Di quando in quando, con tutta la forza del suo corpo, si afferrava il capo e lo sbatteva sospirando sulle palme delle mani, stese e aperte sulle pietre del pavimento.

Nella chiesa c'erano soltanto alcune donne anziane, che volgevano spesso, inclinandola di lato, la testolina avvolta negli scialli per guardare l'orante. Quell'attenzione sembrava renderlo felice, perché prima di ciascuna delle sue esplosioni di devozione girava attorno lo sguardo, per accertarsi che la gente che stava a guardare fosse numerosa. Trovai che il suo contegno fosse inammissibile e decisi di parlargli quando fosse uscito dalla chiesa, per cercare di scoprire perché mai pregasse in quel modo. Sì, ero contrariato perché la mia ragazza non era venuta.

Ma egli si alzò soltanto dopo un'ora, si fece un accurato segno della croce e si diresse a scatti verso l'acquasantiera. Io mi misi sul tragitto fra l'acquasantiera e la porta, e sapevo che non l'avrei lasciato uscire senza una spiegazione. Storsi la bocca, come faccio sempre per prepararmi quando voglio parlare con fermezza. Spinsi

227

avanti la gamba destra e mi appoggiai su di essa, tenendo intanto, con noncuranza, la sinistra sulla punta del piede; anche questo mi dà stabilità.

Ora è possibile che quell'uomo stesse già guardando furtivamente verso di me mentre si spruzzava il viso d'acqua santa, o forse già prima mi aveva notato con apprensione, perché ora, inaspettatamente, corse fuori verso la porta. La porta a vetri si chiuse sbattendo. E quando io, subito dopo, ne uscii, non lo scorsi più, perché lì davanti si aprivano alcune viuzze strette e c'era parecchio movimento.

Nei giorni seguenti egli non si fece vedere, ma la mia ragazza venne. Indossava il vestito nero con i pizzi trasparenti sulle spalle – sotto si scorgeva la mezzaluna della scollatura della sottoveste –, dal cui orlo inferiore la seta scendeva in un colletto dal taglio aggraziato. E siccome la ragazza era venuta, dimenticai il giovane e non mi curai di lui neppure quando, in seguito, egli riprese regolarmente a venire e a pregare secondo la sua abitudine. Ma lui mi passava dinanzi sempre in gran fretta, col viso volto altrove. Forse era per questo che riuscivo a figurarmelo sempre e soltanto in movimento, tanto che, anche quando stava fermo, mi pareva che strisciasse.

Una volta mi attardai nella mia stanza. Andai tuttavia lo stesso in chiesa. Non vi trovai più la ragazza e stavo per tornarmene a casa. Allora scorsi il giovane, di nuovo steso a terra. La vecchia questione mi tornò in mente e mi incuriosì.

In punta di piedi scivolai all'ingresso, diedi una moneta al mendicante cieco che sedeva là e mi strinsi accanto a lui dietro il battente aperto della porta; rimasi là seduto per un'ora e forse facevo un viso astuto. Mi sentivo bene lì e decisi di tornarci qualche volta. Nella seconda ora trovai assurdo restar lì a causa dell'orante. E tuttavia, già adirato, lasciai che per una terza ora i ragni mi strisciassero sui vestiti, mentre gli ultimi fedeli uscivano, respirando forte, dal buio della chiesa.

Allora venne anche lui. Camminava cauto, e i suoi piedi tastavano leggermente il terreno prima di appoggiarvisi.

Io mi alzai, feci un gran passo diritto e afferrai il giovane. "Buona sera," dissi e, tenendolo per il colletto, lo spinsi giù per la scala fin sul piazzale illuminato.

Quando fummo di sotto egli disse con voce flebile e incerta: "Buona sera, caro, caro signore, per favore non sia in collera con il suo devotissimo servitore."

"Sì," dissi io, "voglio farle qualche domanda, signore, la volta scorsa lei mi è sfuggito, ma oggi non riuscirà a fare altrettanto."

"Lei è compassionevole, signore, e mi lascerà andare a casa. Io sono da commiserare, questa è la verità."

"No," urlai nel fragore del tram che passava, "non la lascio. Queste son proprio le storie che mi piacciono. Lei è un colpo fortunato. Mi congratulo con me stesso."

Allora lui disse: "Oh mio Dio, lei ha un gran cuore e la testa di pietra. Mi chiama colpo fortunato, quanto dev'essere felice! Perché la mia infelicità è un'infelicità vacillante, un'infelicità vacillante su una punta sottilissima, e se la si tocca ricade su colui che ha posto la domanda. Buona notte, signore."

"Bene," dissi io e trattenni la sua mano destra, "se lei non vuole rispondermi, comincerò a gridare qui per strada. E tutte le commesse che escono adesso dai negozi, e tutti i loro innamorati che le attendono con gioia impaziente, accorreranno qui, perché crederanno che sia caduto il cavallo di una carrozza o che sia accaduto qualcosa del genere. E allora la mostrerò alla gente."

Lui mi baciò allora, piangendo, le mani, ora l'una ora l'altra. "Le dirò tutto quello che vuol sapere, ma per favore, andiamo piuttosto nel vicolo là di fronte." Assentii, e andammo.

Ma non si contentò del buio del vicolo, nel quale c'erano soltanto dei lampioni gialli molto distanziati, e mi condusse nel basso andito di una vecchia casa, sotto un piccolo lume che pendeva gocciolando davanti alla scala di legno.

Là trasse il fazzoletto, con aria grave, e disse, dispiegandolo su un gradino: "Sedetevi dunque, caro signore, così potrete chiedere meglio; io resto in piedi, così potrò rispondere meglio. Ma non tormentatemi."

Mi sedetti e dissi, guardando in su verso di lui con gli occhi stretti come fessure: "Siete pazzo da legare, ecco cosa siete! Come vi comportate in chiesa! Com'è irritante e spiacevole per chi sta a guardare! Come si fa a immergersi nella preghiera, se si è costretti a guardarvi."

S'era schiacciato con tutto il corpo contro la parete,

solo la testa la muoveva libera nel vuoto. "Non adiratevi, perché dovreste adirarvi per cose che non son vostre. Io vado in collera quando mi comporto goffamente; ma se qualcun altro si comporta male, ne sono contento. Dunque non adiratevi se dico che esser guardato dalla gente è lo scopo della mia vita."

"Ma cosa dite," gridai, troppo forte per quel basso andito, ma poi, per timore, non volli abbassare la voce, "davvero, cosa state dicendo. Sì, credo di capire in che stato vi troviate, anzi credo di averlo capito subito la prima volta che vi ho visto. Ho esperienza, e non scherzo se vi dico che è un mal di mare in terraferma. La cui sostanza è che voi avete dimenticato il vero nome delle cose e ora rovesciate loro addosso, in gran frctta, nomi casuali. Purché si faccia presto, presto! Ma non appena siete fuggito da loro, ne avete daccapo dimenticato i nomi. Il pioppo nei campi, che avete chiamato 'Torre di Babele,' perché non sapevate, o non volevate sapere, che era un pioppo, ondeggia di nuovo senza nome, e dovreste chiamarlo 'Noè quand'era ubriaco.'"

Mi sgomentò un poco, quando disse: "Sono contento di non aver capito quanto avete detto."

Irritato dissi in fretta: "Il fatto che ne siate contento vi dimostra che avete capito."

"È vero che l'ho dimostrato, gentile signore, ma anche voi avete detto cose ben strane."

Posai le mani sul gradino superiore, mi appoggiai all'indietro e dissi, in quella posizione pressoché inattaccabile che è l'ultima salvezza dei lottatori: "Avete una buffa maniera di salvarvi, presupponendo negli altri il vostro medesimo stato."

A quelle parole, egli prese coraggio. Mise le mani l'una nell'altra, per dare unità al suo corpo, e disse con lieve riluttanza: "No, non lo faccio con tutti, neanche con voi, per esempio, lo faccio, perché non ne sono capace. Ma sarei contento di riuscirvi, perché allora non avrei più bisogno dell'attenzione della gente in chiesa. Lo sapete, perché ne ho bisogno?"

Quella domanda mi mise in difficoltà. Certamente, non lo sapevo, e credo che non volessi saperlo affatto. Né era stata mia intenzione venire qui, mi dissi in quel momento, ma quell'uomo mi aveva costretto a dargli ascolto. E ora non avevo che da scuotere il capo per mostrargli che non lo sapevo, ma non riuscivo in alcun modo a muovere la testa.

L'uomo che mi stava di fronte sorrise. Poi si piegò sulle ginocchia e raccontò con una smorfia assonnata: "Non c'è mai stato un tempo in cui fossi convinto della mia vita grazie a me stesso. Colgo infatti le cose attorno a me in rappresentazioni così labili, che credo sempre che le cose abbiano vissuto, un tempo, ma che ora stiano affondando. Sempre, caro signore, ho una tale voglia di vedere le cose come debbono essere prima di mostrarsi a me. Certamente sono lì, belle e quiete. Dev'essere così, perché spesso sento la gente parlare di loro in questo modo."

Siccome tacevo, e solo con involontari guizzi del viso mostravo quanto fossi a disagio, egli chiese: "Non ci crede, che la gente parli così?"

Credetti di dover assentire, ma non ci riuscii.

"Davvero, non ci crede? Oh, ma stia a sentire; un volta, da bambino, apersi gli occhi dopo un breve riposo pomeridiano, e ancora completamente impigliato nel sonno udii mia madre chiedere dal balcone, in tono naturale, a qualcuno che stava in basso: 'Cosa fa, mia cara? Fa tanto caldo.' Una donna rispose dal giardino: 'Faccio merenda sull'erba.' Lo dissero senza riflettere, e neanche troppo distintamente, come se tutti avessero dovuto aspettarselo."

Credetti che quella fosse una domanda, e quindi frugai nella tasca posteriore dei calzoni fingendo di cercare qualcosa. Ma non cercavo niente, volevo solo modificare il mio aspetto per mostrare la mia partecipazione al colloquio. E intanto dissi che quel fatto era ben strano e che assolutamente non lo capivo. Aggiunsi anche che non credevo fosse vero, e che doveva essere stato inventato per uno scopo preciso che in quel momento mi sfuggiva. Poi chiusi gli occhi, perché mi facevano male. "Oh, è una buona cosa che siate del mio stesso avviso, ed è stato generoso da parte vostra fermarmi per dirmelo. Non è vero, perché dovrei vergognarmi – oppure, perché dovremmo vergognarci – se non cammino per strada eretto e grave, non batto il bastone sul selciato, non sfioro gli abiti della gente che passa con gran rumore. Non avrei piuttosto il diritto di lamentarmi con ostinazione per il fatto che, come un'ombra dalle spalle spigolose, io avanzi a balzi lungo le case, e scompaia talvolta dentro i cristalli delle vetrine?

"Che giornate trascorro! Perché tutto è costruito così male che a volte alti palazzi crollano, senza che se ne possa trovare una ragione apparente. Allora mi arrampico sui mucchi di macerie e chiedo a tutti quelli che incontro: 'Com'è potuto succedere! Nella nostra città – una casa nuova – oggi è già la quinta – pensi un po'.' E nessuno sa rispondermi.

"Spesso delle persone cadono per strada e restano a terra, morte. Allora tutti i negozianti aprono le porte delle loro botteghe, cariche di merci appese, e accorrono dinoccolati, portano il morto in una delle case, poi escono col sorriso intorno alla bocca e agli occhi e dicono: 'Buon giorno – il cielo è pallido – vendo molti fazzoletti – sì, la guerra.' A piccoli balzi entro in quella casa e dopo aver sollevato più volte, timorosamente, la mano col dito piegato, busso infine alla finestrella del portiere. 'Buon uomo,' dico con gentilezza, 'hanno portato un morto qui da lei. Me lo mostri, la prego.' E siccome lui scuote il capo, come fosse indeciso, io dico con fermezza: 'Buon uomo, sono della polizia segreta. Mi mostri subito il morto.' 'Un morto?' chiede ora ed è quasi offeso. 'No, non abbiamo morti qui. È una casa per bene.' Io saluto e me ne vado.

"Ma poi, quando mi trovo a dover attraversare una grande piazza, dimentico tutto. La difficoltà dell'impresa mi confonde, e spesso penso fra me: 'Se, solo per superbia, si costruiscono piazze tanto grandi, perché non si costruisce anche una balaustrata di pietra che conduca attraverso la piazza? Oggi soffia un vento di sud-ovest. L'aria sulla piazza è inquieta. La punta della torre del municipio descrive piccoli cerchi. Perché non fanno un po' di calma in questa ressa? Tutti i vetri delle finestre strepitano e i lampioni si piegano come canne di bambù. Il mantello della Vergine sulla colonna si torce agli strattoni dell'aria tempestosa. Non c'è nessuno che se ne accorga? Gli uomini e le donne, che dovrebbero camminare sulle pietre del selciato, fluttuano. Quando il vento cala un istante, si fermano, scambiano qualche parola e salutano con un inchino, ma quando il vento riprende a soffiare, non sanno resistergli e tutti sollevano i piedi nello stesso momento. È vero che debbono tenersi stretto il cappello, ma i loro occhi hanno uno sguardo gioioso, come se il tempo fosse mite. Solo io ho paura."

Malconcio com'ero, dissi: "La storia che ha raccontato prima, di sua madre e della donna in giardino, non la trovo affatto strana. Non soltanto ho udito e assistito a molte storie simili, ad alcune ho addirittura partecipato. È una cosa del tutto naturale. Crede che se fossi stato sul balcone non avrei potuto dire le stesse cose, e dal giardino rispondere le stesse cose? Un caso tanto semplice."

Le mie parole sembrarono renderlo molto felice. Disse che ero vestito bene e che la mia cravatta gli piaceva molto. E che avevo una pelle tanto delicata. E che le confessioni diverrebbero chiarissime, qualora le si ritrattasse.

Colloquio con l'ubriaco

Quando, a piccoli passi, uscii dal portone di casa, fui assalito dal cielo con luna e stelle e immensa volta, e dal Ringplatz con municipio, chiesa e colonna della Vergine.

Uscii quieto dall'ombra ed entrai nella luce lunare, mi sbottonai il soprabito e mi scaldai; poi, levando le mani, feci tacere il sibilo della notte e presi a riflettere:

Perché mai vi comportate come foste reali? Volete farmi credere che io sono irreale, mentre, così buffo, me ne sto qui in piedi sul lastricato verde? Eppure è passato tanto tempo da quando eri reale, cielo, e tu, Ringplatz, non sei mai stato reale.

È vero, continuate a essermi superiori, ma solo quando vi lascio in pace.

Grazie a Dio, luna, tu non sei più luna, ma forse è per negligenza ch'io persisto a chiamarti luna, tu che da tutti sei chiamata luna. Perché non sei più tanto superba, se io ti chiamo "lampioncino di carta dallo strano colore scordato da tutti"? E perché quasi ti ritrai, quando ti chiamo "colonna della Vergine," e perché, colonna della Vergine, non riconosco più il tuo portamento minaccioso quando ti chiamo "luna che spande luce gialla"?

Sembra davvero che non vi faccia bene che qualcuno rifletta su di voi; perdete coraggio e salute.

Dio, quanto dev'essere salutare, quando uno che riflette impara dall'ubriaco!

Perché tutto s'è fatto silenzioso? Credo che non ci sia più vento. E se le casette, che spesso rotolano per la piazza come su piccole ruote, sono piantate a terra – silenzio – silenzio – non si vede più la sottile linea nera che di solito le divide dal terreno.

E mi misi a correre. Corsi senza ostacoli tre volte intorno alla grande piazza, e siccome non incontrai ubriachi, corsi, senza diminuire la velocità e senza avvertire stanchezza, verso la Karlsgaße. La mia ombra, spesso più piccola di me, mi correva accanto sulla parete, come in uno scorrimento cavo fra il muro e il fondo stradale.

Quando passai davanti alla caserma dei pompieri, sentii dei rumori provenire dal Kleiner Ring, e quando svoltai in quella strada vidi, in piedi vicino all'inferriata della fontana, un ubriaco che teneva le braccia orizzontali e pestava a terra i piedi infilati in zoccoli di legno.

Mi fermai affinché il respiro mi tornasse tranquillo, poi andai da lui, mi tolsi il cilindro e mi presentai:

"Buona sera, dolcissimo gentiluomo, ho ventitré anni, ma ancora non ho un nome. Invece lei, con un nome stupefacente e anzi cantabile, viene certamente dalla grande città di Parigi. L'odore innaturale della vacillante corte di Francia la circonda.

"Certamente ha visto con i suoi occhi colorati quelle gran dame che, girandosi ironicamente sulla vita sottile, già stanno sull'alta e luminosa terrazza quando ancora la coda del loro strascico dipinto, che s'allarga anche sulla scalinata, è sulla sabbia del giardino. – Non è vero, servitori in calzoni bianchi e marsina grigia dal taglio sfacciato si arrampicano su lunghe pertiche, distribuite tutt'intorno, le gambe avvolte alla pertica, ma col busto spesso piegato all'indietro e di lato, dovendo con pesanti corde sollevare da terra e tendere in alto giganteschi teli grigi, perché la gran dama desidera un mattino di nebbia." Siccome lui ruttò, dissi quasi spaventato: "È vero, signore, è proprio vero che lei viene dalla nostra Parigi, dalla tempestosa Parigi, ah, da quella esaltata bufera?" E quando lui ruttò di nuovo, dissi imbarazzato: "Lo so, mi vien fatto un grande onore."

E con dita veloci mi abbottonai il soprabito, poi parlai fervido e timido:

"Lo so, lei non mi ritiene degno di risposta, ma trascorrerei la mia vita piangendo se oggi non le ponessi le mie domande.

"Vi prego, elegantissimo signore, è vero quel che mi è stato raccontato? È vero che a Parigi ci sono persone che son fatte esclusivamente di abiti decorati, e case che hanno solo il portale, ed è vero che nelle giornate estive il cielo è di un azzurro fuggente, abbellito soltanto da bianche nuvolette schiacciate, tutte a forma di cuore? E che c'è un museo con grande affluenza di pubblico, che espone solo alberi che recano, appese, tavolette con i nomi dei più celebri eroi, delinquenti e innamorati?

"E poi questa notizia! Questa notizia palesemente falsa! Non è vero, le strade di Parigi si ramificano all'improvviso; sono inquiete, non è vero? Non sempre va tutto bene, e come potrebbe! Talvolta capita un incidente, la gente si raccoglie, arrivando dalle strade laterali con il passo cittadino che sfiora appena il terreno; tutti sono curiosi, ma temono anche di restar delusi; respirano forte e protendono le testoline. Ma se accade loro di urtarsi, si inchinano profondamente e si scusano: 'Mi dispiace davvero – non l'ho fatto apposta – la ressa è grande, la prego, mi scusi – sono stato maldestro – lo ammetto. Mi chiamo – mi chiamo Jérôme Faroche, faccio il droghiere in rue du Cabotin – mi permetta di invitarla a pranzo domani – anche mia moglie ne sarebbe felice.' Così parlano, mentre la strada è stordita dal rumore e il fumo dei camini scende fra le case. Così è. E sarebbe possibile che due vetture si fermassero un giorno nell'affollato boulevard di un quartiere signorile? I servitori aprono solenni le porte. Otto nobili cani lupo siberiani scendono scodinzolando e si mettono a correre saltando e latrando sulla carreggiata. E si dice che sono giovani bellimbusti parigini travestiti."

Lui aveva serrato gli occhi. Quando tacqui, si mise entrambe le mani in bocca e prese a tirare la mascella inferiore. Il suo vestito era tutto sporco. Forse lo avevano buttato fuori da un'osteria e lui non se ne era ancora ben reso conto.

Era forse quella pausa, profondamente quieta, fra il giorno e la notte, quando la testa, senza che ce lo aspettiamo, ci pende sul collo e quando tutto, senza che ce ne accorgiamo, è immobile poiché non lo osserviamo e poi scompare. Mentre, col corpo piegato, restiamo soli, poi ci guardiamo attorno, senza però veder più nulla, e non avvertiamo neanche più la resistenza dell'aria, ma interiormente ci aggrappiamo al ricordo che a una certa distanza da noi si ergono case con tetti e camini fortunatamente a spigoli, attraverso i quali il buio scorre nelle case, scorre, passando per le soffitte, nelle stanze così diverse. Ed è una fortuna che domani sia un giorno in cui, per incredibile che sia, si potrà vedere tutto.

Allora l'ubriaco alzò le sopracciglia, sicché fra quelle e gli occhi sorse una luce vivida, e dichiarò con brevi frasi sempre interrotte: "Infatti è così – infatti ho sonno, e quindi me ne andrò a dormire. – Infatti ho un cognato in piazza San Venceslao – è lì che vado, perché abito lì, perché lì ho il mio letto. – Ora vado. – Solo che, infatti, non so come si chiama e dove abita – mi pare di essermelo dimenticato – ma non fa nulla, perché non so nemmeno se ce l'ho, un cognato. – Infatti adesso me ne vado. – Crede che lo troverò?"

Replicai senza esitazioni: "Questo è certo. Ma lei viene dall'estero, e la sua servitù casualmente non è con lei. Permetta che le faccia strada."

Lui non rispose. Allora gli porsi il braccio, affinché vi si appoggiasse.

Gli aeroplani a Brescia

Siamo arrivati. Davanti all'aerodromo c'è ancora un grande spiazzo con casette di legno dall'aspetto dubbio, per le quali ci saremmo aspettati insegne diverse da: Garage, Gran Buffet Internazionale e così via. Mendicanti mostruosi ingrassati sui loro carretti ci tagliano la strada tendendo le braccia, nella fretta si è tentati di scavalcarli con un salto. Sorpassiamo molta gente, e altra gente ci sorpassa. Guardiamo in aria, poiché è dell'aria che qui si tratta. Grazie al cielo, non vola ancora nessuno! Non ci scansiamo dalla strada, eppure non veniamo investiti. In mezzo, dietro e incontro alle migliaia di vetture saltella la cavalleria italiana. L'ordine e gli incidenti sembrano egualmente impossibili.

Una volta a Brescia a tarda sera volevamo arrivare in fretta in una certa via, che a nostro avviso era piuttosto lontana. Un vetturino chiede tre lire, noi ne offriamo due. Il cocchiere rinuncia al viaggio e per pura gentilezza ci descrive la distanza addirittura spaventosa di quella via. Noi cominciamo a vergognarci della nostra offerta. D'accordo, tre lire. Saliamo, tre giri di carrozza per brevi strade, siamo là dove volevamo andare. Otto, più energico di noialtri due, dichiara che naturalmente non gli viene neppure in mente di pagare tre lire per quel tragitto durato un minuto. Una lira è più che abbastanza. Ecco qua una lira. È già notte, il viottolo è deserto, il vetturino è robusto. Si infervora subito, come se la lite durasse già da un'ora: Cosa? – Quella è frode. – Ma cosa crediamo. – Si sono pattuite tre lire, bisogna pagare tre lire, tre lire oppure staremo a vedere. Otto: "Il tariffario o le guardie!" Tariffario? Non c'è tariffario – E dove sono i tariffari per le vetture! – Era un accordo per una corsa notturna, ma se gli diamo due lire, ci lascia andare. Otto con un tono da far paura: "Il tariffario o le guardie!" Ancora grida e ricerche, poi viene tirato fuori un tariffario sul quale non si vede altro che sporcizia. Ci accordiamo quindi per 1 lira e 50 e il vetturino prosegue per la stretta via, nella quale non può girare, non solo furente, ma anche, come mi pare di capire, malinconico. Perché il nostro contegno non è stato purtroppo quello giusto; in Italia non ci si può comportare così, altrove può andar bene, non qui. Solo, chi ci pensa, nella fretta? Non ci si può far nulla, in una piccola breve settimana aviatoria non si può diventare italiani.

Ma il rimorso non deve guastarci la gioia sul campo d'aviazione, non ne risulterebbe che rimorso rinnovato, e noi, più che andare, saltiamo nell'aerodromo, in un entusiasmo di tutte le articolazioni che ci afferra a volte d'improvviso, l'uno dopo l'altro, sotto questo sole.

Passiamo davanti agli hangar che se ne stanno lì con i loro tendoni tirati, come palcoscenici chiusi di commedianti girovaghi. Sui frontoni stanno i nomi degli aviatori, i cui apparecchi essi nascondono, e sopra la bandiera della loro patria. Leggiamo i nomi Cobianchi, Cagno, Calderara, Rougier, Curtiss, Moncher (un trentino che porta i colori italiani, ha più fiducia in quelli che non nei nostri), Anzani, club degli aviatori romani. E Blériot? chiediamo. Blériot, al quale abbiamo pensato tutto il tempo, dov'è Blériot?

Sullo spiazzo recintato davanti al suo hangar, Rougier, un ometto dal naso vistoso, va su e giù in maniche di camicia. È concitatamente occupato in un'attività non subito comprensibile, agita le braccia, muove frenetico le mani, si tasta tutto il corpo camminando, manda i suoi operai dietro il tendone dell'hangar, li richiama indietro, entra lui stesso, spingendo tutti dinanzi a sé, mentre di lato sua moglie, in un aderente vestito bianco, un piccolo cappello nero schiacciato a forza fra i capelli, le gambe delicatamente divaricate nella gonna corta, fissa il vuoto della calura, una donna d'affari con tutte le preoccupazioni degli affari raccolte sul piccolo capo.

Davanti all'hangar attiguo siede, tutto solo, Curtiss. Attraverso le tende un poco scostate si vede il suo apparecchio; è più grande di quanto non si racconti. Quando passiamo, Curtiss tiene il *New Yorker Herald* sollevato dinanzi a sé e legge una riga in alto su una pagina; mezz'ora dopo passiamo di nuovo e lui tiene quella pagina già nel mezzo; dopo un'altra mezz'ora ha finito la pagina e ne comincia una nuova. Evidentemente oggi non vuole volare.

Ci voltiamo e vediamo l'immenso campo. È così grande che ogni cosa che vi si trovi sembra abbandonata: il traguardo accanto a noi, l'albero dei segnali in lontananza, la catapulta di lancio da qualche parte a destra, un'automobile del comitato, che con la bandierina gialla tesa nel vento descrive un'arco per il campo, si ferma nella sua stessa polvere e riparte.

Un deserto artificiale è stato costruito qui, in una terra quasi tropicale, e l'alta aristocrazia italiana, splendenti signore parigine e tutte le altre migliaia di persone sono raccolte qui, per scrutare in questo deserto assolato, per ore e ore, fra le palpebre strette a fessura. Non c'è nulla su questo spiazzo di ciò che di solito, su altri campi sportivi, porta un po' di distrazione. Mancano le graziose sequenze di ostacoli delle corse dei cavalli, i bianchi disegni dei campi da tennis, il fresco tappeto erboso dei campi di calcio, le pietrose salite e discese delle piste automobilistiche e ciclistiche. Solo due o tre volte nel corso del pomeriggio un corteo di colorati cavalieri trotta in diagonale per la pianura. I piedi dei cavalli sono invisibili nella polvere, la luce uniforme del sole non cambia fin verso le cinque del pomeriggio. E affinché nulla distragga dalla vista di questa distesa, manca anche la musica, solo i fischi della folla nei posti popolari cercano di soddisfare le esigenze dell'orecchio e dell'impazienza. Vista dalle costose tribune alle nostre spalle, quella gente si fonde senz'altro, senza distinzione, con la distesa vuota.

In un punto della ringhiera di legno sono raccolte diverse persone. "Com'è piccolo!" esclama un gruppo francese come gemendo. Che succede? Ci facciamo largo. Ma là sul campo, vicinissimo, con un vero colore giallastro, c'è un piccolo aeroplano che viene preparato per il volo. Ora vediamo anche l'hangar di Blériot, e, accanto, quello del suo allievo Leblanc, costruiti sul campo stesso. Appoggiato a una delle ali dell'apparecchio sta, subito riconosciuto, Blériot, e, con la testa immobile sul collo, sorveglia i suoi meccanici che lavorano al motore.

Un operaio afferra una delle pale dell'elica per avviarla, le dà uno strattone, qualcosa si scuote, si sente un suono simile al respiro di un uomo massiccio che dorme; ma l'elica non si muove oltre. Si fa un altro tentativo, si fanno dieci tentativi, a volte l'elica s'arresta subito, a volte si concede per un paio di giri. È un problema di motore. Cominciano altri lavori, gli spettatori si stancano più dei diretti interessati. Il motore viene oliato da tutte le parti; viti nascoste vengono allentate e poi strette; un uomo corre nell'hangar a prendere un pezzo di ricambio; non va bene neanche quello; torna indietro di corsa e, accoccolato sul pavimento dell'hangar, lo aggiusta con un martello tenendolo fra le gambe. Blériot cede il sedile a un meccanico, il meccanico a Leblanc. Gli uomini, ora l'uno ora l'altro, danno strattoni all'elica. Ma il motore è inflessibile, come uno scolaro cui sempre si dà una mano, cui tutta la classe suggerisce, ma no, non ce la fa, si incaglia sempre, si incaglia sempre nello stesso punto, si ferma definitivamente. Per un poco Blériot rimane a sedere immobile sul suo sedile; i suoi sei collaboratori gli sono intorno, senza muoversi; tutti sembrano sognare.

Gli spettatori possono tirare il fiato e guardarsi attorno. Passa la giovane signora Blériot dal viso materno, seguita da due bambini. Quando suo marito non può volare, è contrariata, e quando vola ha paura; e oltre tutto il suo bel vestito è un po' troppo pesante per questa temperatura.

Di nuovo l'elica viene avviata, forse meglio di prima,

o forse no; il motore si accende con un gran rombo, come se fosse un altro; quattro uomini tengono di dietro l'apparecchio, e in mezzo all'aria immobile tutt'intorno la corrente prodotta dall'elica vibrante si insinua a colpi nei loro camici da lavoro. Non si sente una parola, solo il frastuono dell'elica sembra impartire ordini, otto mani lasciano l'apparecchio, che corre a lungo sulle zolle, come una figura maldestra sul parquet.

Vengono fatti molti di questi tentativi e tutti terminano senza che lo si voglia. Ciascuno fa balzare in piedi il pubblico, lo fa salire sulle sedie di paglia, sulle quali con le braccia spalancate ci si tiene in equilibrio e al contempo si possono manifestare speranza, paura e gioia. Ma nelle pause la nobiltà italiana passa lungo le tribune. Ci si saluta, ci si inchina, ci si riconosce, ci sono abbracci, si salgono e si scendono le scale verso le tribune. Ci si indica l'un altro la principessa Letizia Savoia Bonaparte, la principessa Borghese, una signora anziana dal viso color dell'uva giallo scura, la contessa Morosini. Marcello Borghese è con tutte le signore e con nessuna, da lontano sembra avere un viso comprensibile, ma da vicino le sue guance si chiudono sopra gli angoli della bocca con tratti del tutto estranei. Gabriele d'Annunzio, piccolo e debole, danza apparentemente timido davanti al conte Oldofredi, uno dei membri più autorevoli del comitato. Dalla tribuna, oltre il parapetto, sporge il viso massiccio di Puccini, con un naso che si potrebbe dire da bevitore.

Ma queste persone le si scorge solo se le si cerca, altrimenti si vedono ovunque, a offuscare tutto il resto, le signore in lungo della moda attuale. Preferiscono camminare anziché sedere, nei loro vestiti non si sta comodi a sedere. Tutti i volti, velati alla maniera asiatica, vengono portati in una leggera penombra. Il vestito lento e molle sul busto fa sì che l'intera figura, da dietro, appaia titubante; si ha una sensazione ambigua, come inquieta, quando dame simili appaiono titubanti! Il corsetto è basso, ormai quasi impossibile ad afferrarsi; la vita sembra più larga del solito, perché tutto è così sottile; queste donne vogliono essere abbracciate più in basso.

Era solo l'apparecchio di Leblanc, quello che è stato mostrato finora. Ma ora si arriva all'apparecchio con cui Blériot ha sorvolato la Manica; nessuno l'ha detto, tutti lo sanno. Una lunga pausa e poi Blériot è in aria, si vede il suo busto eretto sopra le ali, le sue gambe sono infilate dentro in profondità, sono una parte del meccanismo. Il sole è sceso e, filtrando da sotto il baldacchino delle tribune, illumina le ali sospese. Tutti, in completo abbandono, guardano su verso di lui, in nessun cuore c'è posto per qualcun altro. Vola per un breve giro, e poi compare quasi in verticale sopra di noi. E tutti guardano allungando il collo il monoplano che oscilla, viene ripreso da Blériot e addirittura sale. Ma cosa accade? Quassù a venti metri sopra la terra c'è un uomo imprigionato in un telaio di legno e si difende da un pericolo invisibile volontariamente sfidato. Ma noi stiamo di sotto, respinti all'indietro e inconsistenti, e guardiamo quest'uomo.

Tutto finisce bene. L'albero dei segnali indica al contempo che il vento si è fatto più favorevole e che Curtiss volerà per il gran premio di Brescia. Dunque sì? Non si fa neanche in tempo a parlarne, che già ronza il motore di Curtiss, non si fa in tempo a guardare, che già vola via, vola sopra la distesa che gli si ingrandisce dinanzi, vola verso i boschi lontani, che solo ora sembrano salire. A lungo va il suo volo sopra quei boschi, lui scompare, noi guardiamo i boschi, non lui. Da dietro case, Dio sa dove, spunta fuori alla stessa altezza di prima, si avventa contro di noi; se sale, si vedono le superfici inferiori del biplano inclinarsi scure, se scende, le superfici superiori splendono nel sole. Passa attorno all'albero dei segnali e gira, indifferente al fragore dei saluti, diritto nella direzione da cui è venuto, per ridiventare in fretta piccolo e solitario. Compie cinque di questi giri, vola 50 chilometri in 49' 24" e vince così il gran premio di Brescia, 30.000 lire. È una prova perfetta, ma le prove perfette non possono essere apprezzate: di prove perfette, alla fine, si ritiene capace chiunque, per prove perfette non sembra occorrere coraggio. E mentre Curtiss lavora da solo là sui boschi, mentre sua moglie, che tutti conoscono, sta in ansia per lui, la folla lo ha quasi dimenticato. Da ogni parte ci si lamenta soltanto che Calderara non volerà (il suo apparecchio s'è rotto), che Rougier traffica già da due giorni intorno al suo velivolo Voisin senza lasciarlo andare, che Zodiac, il dirigibile italiano, non è ancora arrivato. Sull'incidente di Calderara circolano voci così lusinghiere, che vien da credere che l'amore della nazione lo solleverebbe in aria con sicurezza tanto maggiore che non il suo velivolo Wright.

Curtiss non ha ancora terminato il suo volo, che già in tre hangar i motori s'accendono come per entusiasmo. Il vento e la polvere si scontrano provenendo da direzioni opposte. Due occhi non bastano. Ci si gira sulla sedia, si barcolla, ci si afferra a qualcuno, ci si scusa, qualcuno barcolla, ci trascina con sé, ci ringrazia. Cala la sera dell'autunno italiano, non tutto, sul campo, si distingue più con chiarezza.

Proprio quando Curtiss passa dopo il suo volo vittorioso, e si toglie il berretto senza guardare e sorridendo appena, Blériot inizia un piccolo volo circolare, di cui tutti già prima lo ritenevano capace! Non si sa se si applaude Curtiss oppure Blériot oppure già Rougier, il cui grande e pesante apparecchio ora si lancia in aria. Rougier siede alle sue leve come un gentiluomo allo scrittoio, al quale si può giungere salendo, alle sue spalle, una piccola scala. Sale in piccoli cerchi, sorpassa Blériot, fa di lui uno spettatore e non finisce di salire.

Se vogliamo ancora trovare una vettura, è tempo di andare; molta gente già si accalca passandoci dinanzi. Si sa, questo volo è soltanto un esperimento, e siccome son già quasi le sette di sera, non viene più registrato ufficialmente. Nel cortile dell'aerodromo gli autisti e gli inservienti sono in piedi sui sedili e indicano Rougier, davanti all'aerodromo i cocchieri sono in piedi sulle molte vetture sparse e indicano Rougier; tre treni pieni fino all'inverosimile non si muovono a causa di Rougier. Per fortuna troviamo una vettura, il cocchiere si accoccola ai nostri piedi (la cassetta non c'è), e partiamo, ridiventati infine esistenze autonome. Max fa l'osservazione giustissima che anche a Praga si potrebbe e si dovrebbe organizzare qualcosa di simile. Non dovrebbe essere per forza una gara, dice, sebbene anche di questo varrebbe la pena, ma a invitare un aviatore non dovrebbero esserci difficoltà e nessuno degli organizzatori avrebbe di che pentirsene. La cosa sarebbe anzi davvero semplice; adesso Wright vola a Berlino, prossimamente Blériot volerà a Vienna, Latham a Berlino. Basterebbe dunque convincerli a una piccola deviazione. Noi due non rispondiamo, innanzi tutto perché siamo stanchi, e poi perché non avremmo comunque niente da obiettare. La strada svolta e Rougier compare così in alto da far credere che ben presto la sua posizione sarà misurabile solo con le stelle che fra un istante si mostreranno in cielo, che già si colora di scuro. Non smettiamo di voltarci indietro; proprio in quel momento Rougier sale ancora, ma la nostra strada, definitivamente, si addentra nella campagna.

Primo capitolo del libro *Richard e Samuel*

Il primo lungo viaggio in ferrovia (Praga-Zurigo)

Samuel: Partenza 26. VIII. 1911 all'una e due minuti del pomeriggio.

Richard: Guardando Samuel annotare brevemente qualcosa nella sua familiare, minuscola agenda, mi torna in mente la vecchia e bella idea che ciascuno di noi tenga un diario di questo viaggio. Glielo dico. Dapprima rifiuta, poi si dichiara d'accordo, giustifica entrambe le decisioni, ambedue le volte capisco solo superficialmente, ma non ha importanza, purché i diari si tengano. – Adesso ride di nuovo del mio taccuino per appunti, che in effetti, rilegato in lino lucido nero, nuovo, molto grande, quadrato, assomiglia piuttosto a un quaderno di scuola. Prevedo che sarà difficile e comunque fastidioso portarselo in tasca per tutto il viaggio. Del resto, a Zurigo posso comprarne uno più pratico insieme con Samuel. Ha anche una stilografica. Me la farò prestare ogni tanto.

Samuel: A una fermata, di fronte al nostro finestrino un vagone di contadine. Una, che ride, ne tiene in grembo un'altra addormentata. Svegliandosi, questa ci fa un cenno, oscena nel suo dormiveglia: "Vieni." Come per schernirci, perché non possiamo andar là. Nello scompartimento attiguo, una scura, eroica, assolutamente immobile. Con il capo affondato all'indietro nello schienale guarda lungo il vetro. Sibilla delfica.

Richard: Ma quel che non mi piace è il suo saluto alle contadine, ruffiano, che finge confidenza, quasi servile. Ora il treno si muove e Samuel resta solo col suo sorriso eccessivo e il suo sventolar di berretto. – Non esagero? – Samuel mi legge la sua prima annotazione, che mi fa una grande impressione. Avrei dovuto prestar maggiore attenzione alle contadine. – Il controllore, in maniera assai poco comprensibile, come se avesse a che fare solo con gente che percorre spesso quel tragitto, chiede se qualcuno vuole ordinare del caffè a Pilsen. Se ci sono ordinazioni, incolla sul finestrino dello scompartimento uno stretto foglietto verde per ogni porzione, come una volta a Misdroy, quando ancora non c'era il pontile, il piroscafo lontano indicava per mezzo di bandierine il numero dei battelli necessari allo sbarco. Samuel non conosce Misdroy. Peccato ch'io non sia stato là con lui. A quel tempo era molto bello. Anche stavolta sarà meraviglioso. Il viaggio è troppo veloce, tutto passa troppo rapidamente, che voglia mi assale ora di lunghi viaggi! – Che paragone antiquato ho fatto prima, visto che il pontile di Misdroy esiste ormai da cinque anni. – A Pilsen il caffè sul marciapiede. Chi ha il foglietto non è obbligato a prenderlo, e lo si può avere anche senza.

Samuel: Dal marciapiede vediamo sporgersi dal nostro scompartimento una ragazza sconosciuta, la futura Dora Lippert. Carina, naso grosso, piccola scollatura nella camicetta di pizzo bianco. Prima circostanza comune proseguendo il viaggio: il suo gran cappello avvolto nella carta cade dalla rete dei bagagli e dolcemente mi plana in testa. – Ci racconta che è figlia di un ufficiale trasferito a Innsbruck, e che sta andando dai suoi genitori che non vede da molto tempo. Lavora in un ufficio tecnico di Pilsen, tutto il giorno, ha molto da fare, ma le piace, è molto contenta della sua vita. In ufficio la chiamano "il nostro uccellino, la nostra rondinella". In ufficio è in mezzo a tutti uomini, la più giovane. Oh, è divertente in ufficio! Si scambiano i cappelli al guardaroba, si inchiodano i *croissants* delle dieci, oppure con la gomma arabica s'incolla a un collega la penna alla cartella. Anche noi abbiamo l'opportunità di collaborare a un simile scherzo "perfetto". Ella scrive infatti una cartolina ai suoi colleghi d'ufficio: "La profezia si è purtroppo avverata. Ho preso il treno sbagliato e ora sono a Zurigo. Cordiali saluti." Noi dobbiamo imbucare la cartolina a Zurigo. Ma lei conta che, "da gentiluomini", non aggiungeremo nulla alla scritta. In ufficio staranno naturalmente in pensiero, telegraferanno e Dio sa cos'altro ancora. – È wagneriana, non perde un'opera di Wagner – "quella Kurz di recente nel ruolo di Isotta" – sta leggendo l'epistolario di Wagner con la Wesendonck, se l'è persino portato dietro a Innsbruck, glielo ha prestato un signore, naturalmente quello che le suona le riduzioni per pianoforte. Ha purtroppo – dice – poco talento per il pianoforte, e noi ce ne siamo già accorti sentendola canticchiare qualche motivo. – Raccoglie carta da cioccolatini, con la quale fa una gran palla di stagnola, che ha portato con sé. La palla è destinata a un'amica; ignoto l'ulteriore uso. Ma raccoglie anche fascette da sigari, quelle certamente per un vassoio. – Il primo controllore bavarese le dà occasione di esprimere, brevemente e con grande fermezza, le sue contraddittorie e oscure opinioni di figlia d'un ufficiale sull'esercito austriaco e sull'esercito in genere. Giudica infatti dei rammolliti non solo i militari austriaci, ma anche quelli tedeschi e tutti i militari in genere. Ma in ufficio non corre alla finestra quando passa la banda militare? No, appunto, perché quelli non sono militari. Sì, sua sorella minore, lei è diversa. Va sempre a ballare al circolo ufficiali di Innsbruck. A lei invece le uniformi non fanno nessun effetto, per lei gli ufficiali non esistono. Evidentemente ne ha colpa, in parte, il signore che le presta gli spartiti, ma in parte anche il nostro passeggiare sul marciapiede della stazione di Fürth, perché dopo il viaggio si sente così riposata a camminare, e si liscia i fianchi con le mani. Richard difende l'esercito, ma fa sul serio. – Le espressioni preferite di lei: perfetto, con un'accelerazione dello zero virgola cinque, sbattere fuori, immancabile, rammollito.

Richard: Dora L. Ha guance tonde con abbondante peluria bionda; ma sono così esangui, che a lungo si dovrebbe premervi le mani prima che comincino ad arrossarsi. Il corsetto le sta male, sopra l'orlo sul petto la camicetta si sgualcisce; bisogna non tenerne conto.

Sono contento di sederle di fronte e non a lato, perché non riesco a parlare con qualcuno che mi sieda accanto. Samuel, per esempio, si siede di preferenza vicino a me; siede volentieri anche vicino a Dora. Io invece mi sento spiato, quando qualcuno mi si siede accanto. Perché, in fondo, per una persona in quella posizione non si ha lo sguardo già pronto, occorre prima voltarsi. È vero però che, stando di fronte, specialmente quando il treno è in movimento, sono escluso a tratti dalla conversazione fra Dora e Samuel; non si può avere tutto. In compenso li ho visti sedere muti l'uno accanto all'altra, seppure per brevi istanti; non per colpa mia, naturalmente.

La ammiro, è così sensibile alla musica. Samuel però sembra sorridere ironico quando lei, sommessa, gli canta qualcosa. Forse la melodia non era del tutto corretta, ma non è comunque ammirevole che una ragazza che vive sola in una grande città si interessi con tanto fervore alla musica? Ha persino fatto portare in camera sua, che pure è una camera d'affitto, un pianoforte preso a nolo. Si pensi un poco: una faccenda così complicata come un trasporto di pianoforte, che crea problemi a intere famiglie, e quella ragazza debole! Che indipendenza, che risolutezza ci vuole!

Le chiedo come viva. Abita con due amiche, la sera una di loro compra la cena in una rosticceria, chiacchierano volentieri insieme e ridono molto. Che tutto questo avvenga alla luce del lume a petrolio, mi sembra assai strano, a sentirlo, ma non voglio dirglielo. Evidentemente non le importa nulla neppure della cattiva illuminazione, perché con la sua energia potrebbe certo strapparne una migliore alla padrona di casa, quando le venisse in mente.

Siccome conversando ci mostra tutto quel che ha nella borsetta, vediamo anche un flacone pieno di una ripugnante sostanza gialla. Solo ora veniamo a sapere che ha qualche problema di salute, che anzi è stata ammalata per molto tempo. E che dopo era molto debole. Allora il principale le aveva consigliato (si pensi a quanto sono gentili in ufficio) di andare in ufficio solo mezza giornata. Ora sta molto meglio, deve solo prendere quella medicina a base di ferro. Le consiglio di buttarla dalla finestra. Lei si dice subito d'accordo (quella roba ha un sapore tremendo), ma poi non si riesce a farglielo fare sul serio, sebbene io, più che mai proteso verso di lei, cerchi di esporle le mie idee, che proprio a questo proposito sono così chiare, sulla cura naturale dell'organismo umano; e lo faccio con il sincero intento di aiutarla, o quanto meno di impedire a quella ragazza, che non ha chi la consigli, di danneggiarsi, e così per un istante mi sento la sua fatalità fortunata. – Vedendo che lei non smette di ridere, lascio perdere. Mi è stato d'ostacolo anche il fatto che Samuel abbia tentennato il capo per tutto il mio discorso. Lo conosco. Lui crede ai medici e giudica ridicola la terapia naturista. Capisco bene la sua posizione: non ha mai avuto bisogno d'un medico e non ha mai riflettuto sull'argomento con serietà e indipendenza di giudizio; per esempio non sa riferire a sé quella medicina disgustosa. – Se fossi stato solo con la signorina, l'avrei già convinta, perché se non ho ragione su questo punto non ce l'ho da nessuna parte.

La causa della sua anemia mi è parsa chiara fin dall'inizio. L'ufficio. Si può prendere la vita d'ufficio, al pari di ogni altra cosa, come un gioco divertente (e questa ragazza la prende davvero così, è completamente cieca), ma nella sostanza, nelle disgraziate conseguenze? – Io ne so qualcosa. E una ragazza dovrebbe stare in ufficio? Le sottane femminili non sono fatte per star seduti, come debbono tendersi in ogni punto, per potersi spostare in continuazione, per ore, avanti e indietro sul duro sedile di legno! E così quei sederi rotondi si schiacciano, e anche i seni contro lo spigolo della scrivania. – Esagero? – Una ragazza in ufficio è sempre, per me, uno spettacolo ben triste.

Samuel è già entrato in confidenza con lei. È persino riuscito a convincerla, cosa che non avrei ritenuto possibile, a venire con noi alla carrozza ristorante. Entriamo in quel vagone, in mezzo a passeggeri sconosciuti, con un senso di reciproca appartenenza che lega tutti e tre in maniera addirittura incredibile. Bisogna ricordarselo, per rafforzare un'amicizia occorre frequentare un nuovo ambiente. Ora siedo persino accanto a lei, beviamo vino, le nostre braccia si sfiorano, il nostro comune piacere d'essere in vacanza fa di noi una vera famiglia.

Quel Samuel l'ha persuasa, vincendo la sua viva resistenza, rafforzata anche da un acquazzone, a impiegare la mezz'ora di sosta a Monaco per fare un giro in automobile. Mentre lui va a procurarsi la macchina, lei mi dice sotto il porticato della stazione, afferrandomi per il braccio: "La prego, impedisca questo giro. Io non posso. È assolutamente impossibile. Glielo dico perché di lei ho fiducia. Col suo amico non si può parlare. È folle!" – Saliamo in macchina, la situazione mi riesce penosa, inoltre mi ricorda esattamente il film *La schiava bianca*, nel quale l'eroina, innocente, viene spinta in auto e rapita da uomini sconosciuti, nel buio, all'uscita della stazione. Invece Samuel è di buon umore. Siccome il gran tetto della macchina ci toglie la visuale, vediamo a malapena il primo piano degli edifici. È notte. Prospettive da un seminterrato. Samuel invece ne trae idee fantastiche sulle dimensioni di castelli e chiese. Siccome Dora continua a tacere nell'oscurità del sedile posteriore, e io già temo una scenata, Samuel comincia infine a stupirsi e le chiede, a mio modo di sentire in maniera un po' troppo convenzionale: "Ebbene, non sarà mica arrabbiata con me, signorina? Le ho fatto qualcosa?" e così via. Lei replica: "Visto che ormai sono qui, non voglio guastarle il divertimento. Ma non avrebbe dovuto costringermi. Se dico di no, non lo dico senza motivo. Non posso andare in giro in macchina." "Perché?" chiede lui. "Non posso dirglielo. Ma dovrebbe capirlo da solo che non sta bene che una ragazza vada in giro di notte in compagnia di uomini. E c'è dell'altro. Supponga ch'io sia già impegnata..." Indoviniamo, ciascuno per sé, con silenzioso rispetto, che c'entra in qualche modo il signore wagneriano. Bene, io non ho nulla da rimproverarmi, ma cerco tuttavia di rasserenarla. Anche Samuel, che finora l'ha trattata un poco dall'alto in basso, ne sembra pentito e parla solo del giro in macchina. Lo chauffeur, su nostra richiesta, annuncia i nomi degli invisibili monumenti. I pneumatici sibilano sull'asfalto bagnato come la macchina del cinema. Ancora quella *Schiava bianca*. Le lunghe vie nere deserte e lavate. L'immagine più nitida: le grandi finestre senza cortine del ristorante "Le quattro stagioni" che, chissà come, ci è noto come il locale più elegante. Inchino di un cameriere in livrea dinanzi a un gruppo di clienti. Davanti a un monumento che in una felice intuizione dichiariamo essere il celebre monumento a Wagner, ella mostra interesse. Ci consentiamo una sosta più lunga solo presso il monumento alla Libertà con le sue fontane sferzate dalla pioggia. Ponte su un Isar solo presagito. Belle ville signorili lungo il Giardino Inglese. Ludwigstraße, Theatinerkirche, Feldherrnhalle, birrerie Pschorr. Non capisco cosa mi succeda: non riconosco niente, sebbene sia stato più volte a Monaco. Sendlinger Tor. Stazione, che ero ansioso di raggiungere in tempo (soprattutto a causa di Dora). Così, come una molla perfettamente calibrata, siamo filati per la città in venti minuti esatti, stando al tassametro.

Sistemiamo la nostra Dora, come se fossimo i suoi parenti monacensi, in uno scompartimento che va diretto a Innsbruck, in cui una signora in nero, più temibile di noi, le offre la sua protezione per la notte. Solo allora vedo che a noi due si può affidare una ragazza in tutta tranquillità.

Samuel: L'affare con Dora è fallito in pieno. Più si andava avanti e peggio era. Avevo intenzione di interrompere il viaggio e di pernottare a Monaco. Fino alla cena, più o meno alla fermata di Ratisbona, ero convinto di farcela. Ho cercato di accordarmi con Richard scrivendo due parole su un foglietto. Pare che non l'abbia nemmeno letto, occupato com'era a nasconderlo. In fondo non ha alcuna importanza, non avevo voglia di quella ragazza insipida. È stato Richard a farne un personaggio, con le sue frasi involute e le sue cortesie. E questo l'ha rafforzata nelle sue smancerie idiote, che alla fine in macchina sono diventate insopportabili. Al momento del commiato, con coerenza, è diventata una Gretchen tedesca. Richard, che naturalmente le portava la valigia, si comportava come se lei gli avesse regalato un'immeritata felicità, io ero penosamente imbarazzato. Per dirla in breve: le donne che viaggiano sole o vogliono altrimenti essere considerate indipendenti, non possono poi ricadere nella consueta, forse già antiquata civetteria, giocando ad attirare e a respingere, e traendo poi vantaggio dalla confusione che fanno sorgere. Perché si fa presto a capire il gioco e, con gran piacere, ci si lascia respingere con più forza di quanto esse abbiano probabilmente desiderato.

Dopo questa conoscenza di viaggio non del tutto limpida, fu davvero un piacere particolare trovare in stazione una sala apposita per lavarsi le mani e il viso. Ci viene aperta una "cabina"; certamente ci si possono figurare bagni più belli, del resto abbiamo appena il tempo sufficiente a girarci di qua e di là, avvolti nei nostri vestiti, nello stretto spazio fra i due lavandini, eppure ci troviamo d'accordo sul fatto che quella istituzione rivela cultura. A Praga si avrebbe un bel cercare nelle stazioni, prima di trovare qualcosa del genere.

Saliamo nello scompartimento in cui, con grandissima apprensione di Richard, abbiamo lasciato il bagaglio. Richard fa i suoi ben noti preparativi per la notte, si mette il plaid sotto la testa come cuscino e si fa ricadere sul viso, come un baldacchino, il cappotto appeso. Mi piace che, almeno quando si tratta del suo sonno, sia privo di riguardi, che, per esempio, oscuri la lampada senza chiedere, sebbene sappia che in treno io non riesco a dormire. Si allunga sul suo sedile come se avesse un diritto particolare rispetto ai suoi compagni di viaggio. S'addormenta subito pacifico. E poi si lamenta sempre dell'insonnia.

Nello scompartimento ci sono due giovani francesi (liceali di Ginevra). Uno, nero di capelli, ride in continuazione, ride persino per il fatto che Richard non gli lasci quasi posto (tanto s'è allungato), poi per il fatto che, approfittando di un momento in cui Richard si alza per chiedere agli altri di non fumare tanto, gli occupa una parte del giaciglio. Simili piccole battaglie vengono combattute fra stranieri in silenzio e quindi con grande leggerezza, senza scuse e senza rimproveri. – I francesi fanno passare le ore della notte porgendosi l'un l'altro una scatola di metallo piena di biscotti, o arrotolando sigarette, o andando tutti i momenti in corridoio, chiamandosi, tornando dentro. A Lindau (loro dicono "Lendó") ridono di cuore, e con un tono sorprendentemente limpido per quell'ora della notte, per il controllore austriaco. I controllori stranieri hanno un effetto irresistibilmente comico, anche, su di noi, il controllore bavarese a Fürth con la gran borsa rossa che gli sbatacchiava in basso sulle gambe. – Veduta prolungata sul liscio lago di Costanza illuminato dalle luci del treno, fin dall'altra parte, alle lontane luci della riva opposta, oscura e brumosa. Mi torna in mente la vecchia poesia di scuola "Il cavaliere sul lago di Costanza". Passo un bel po' di tempo a ricostruirmela nella memoria. – Irrompono tre svizzeri. Uno, che resta anche dopo che gli altri due sono scesi, è dapprima inconsistente, ma verso il mattino acquista contorni più precisi. Ha posto fine alla lite fra Richard e il francese dai capelli neri dando torto a entrambi e sedendosi fra loro per il resto della notte, col bastone fra le gambe. Richard dimostra di riuscire a dormire anche da seduto.

La Svizzera stupisce per le case indipendenti e isolate, e quindi dall'apparenza particolarmente eretta, in tutte le cittadine e i paesi lungo la ferrovia. Mancanza di una rete di strade a San Gallo. Forse si esprime così il particolarismo dei singoli, un tratto tipicamente tedesco,

– incoraggiato dai problemi di terreno. Ogni casa, con le sue imposte verde scuro e con tutto quel verde su travature e ringhiere, ha un carattere come di villa. Ospita tuttavia un'azienda, solo una, la famiglia e il lavoro non sembrano distinti. Quest'uso di condurre un'attività commerciale in una villa mi fa pensare al romanzo *L'assistente* di R. Walser.

È domenica, le cinque del mattino, 27 agosto. Tutti i finestrini ancora alzati, tutti dormono. Sempre la sensazione che noi, rinchiusi in questo treno, respiriamo l'unica aria viziata che ci sia per chilometri all'intorno, mentre il paesaggio là fuori si disvela in maniera naturale, che solo da un treno notturno, alla luce di una lampada che continua ad ardere, si può osservare davvero. Dalle montagne oscure esso è dapprima spinto, in forma di valle particolarmente stretta, fra quelle e il nostro treno, poi rischiarato di un riflesso biancastro dal vapore mattutino come dal chiarore di un lucernario, i pascoli compaiono via via, freschi, come intatti, di un verde vivo, cosa che mi sorprende in questo anno così arido, infine l'erba impallidisce in una lenta metamorfosi man mano che il sole sale nel cielo. – Conifere con grandi e pesanti rami che ondeggiano lungo tutto il tronco fino ai piedi.

Forme simili si vedono spesso nei quadri di pittori svizzeri; fino a oggi le ritenevo semplici stilizzazioni.

Una madre con i suoi bambini comincia sulla strada pulita la passeggiata domenicale. Mi ricorda Gottfried Keller, che fu educato da sua madre.

Nei terreni prativi dappertutto accuratissime recinzioni; alcune sono costruite con tronchi grigi appuntiti come matite, spesso tagliati verticalmente a metà. Così da ragazzi dividevamo le matite per cavarne la grafite. Non ho mai visto recinzioni simili. Ogni paese offre cose nuove nella vita quotidiana e occorre guardarsi dal trascurare, solo per la gioia di tali impressioni, le rarità.

Richard: La Svizzera abbandonata a se stessa nelle prime ore del mattino. Samuel mi sveglia alla vista, dice lui, di un ponte molto bello, che però è già passato prima ch'io alzi gli occhi, e si procura così, con quel gesto, forse la prima forte impressione della Svizzera. Io la guardo dapprima, troppo a lungo, passando dall'alba interiore a quella esteriore.

La notte ho dormito insolitamente bene, come quasi

sempre mi accade in treno, il mio sonno in treno è, alla lettera, un lavoro ben fatto. Mi stendo, poggio da ultimo il capo, provo brevemente alcune posizioni, mi isolo da tutti i presenti, per quanto possano guardarmi da ogni lato, coprendomi il viso col soprabito o col berretto da viaggio, e il benessere iniziale del corpo che assume una posizione nuova mi spinge nel sonno con un soffio. All'inizio il buio è naturalmente un buon aiuto, andando avanti diventa quasi superfluo. Anche la conversazione potrebbe proseguire come prima, solo che neanche un chiacchierone seduto lontano è in grado di resistere al monito costituito da uno che dorme seriamente. Perché non c'è luogo, come lo scompartimento d'un treno, in cui i maggiori contrasti nello stile di vita s'accostino in maniera tanto immediata, diretta e sorprendente e, in seguito alla continua osservazione reciproca, comincino a interagire in un tempo tanto breve. E anche se un dormiente non fa addormentare subito tutti gli altri passeggeri, li rende tuttavia più silenziosi oppure, contro la sua volontà, intensifica la loro pensosità fino a indurli a fumare, come purtroppo è accaduto in questo viaggio, dove io ho inalato nubi di fumo di sigaretta nell'aria pura di sogni discreti.

Il mio buon sonno in treno lo spiego col fatto che il nervosismo che mi deriva dal troppo lavoro non mi lascia dormire col frastuono che produce in me e che viene attizzato di notte da tutti i casuali rumori del grande caseggiato e della via, dalle ruote di ogni carrozza che s'avvicina, da ogni litigio fra ubriachi, da ogni passo sulle scale, tanto che spesso, adirato, riverso tutta la colpa su questo frastuono esteriore, mentre in treno la regolarità dei rumori della corsa – siano essi le sospensioni del vagone, l'attrito delle ruote, l'urtarsi delle rotaie, il vibrare di tutte le strutture in legno, vetro e ferro – costituisce un livello come di quiete perfetta, sul quale posso dormire, in apparenza, come un uomo sano. Questa apparenza crolla subito, naturalmente, al fischio penetrante della locomotiva, oppure a un mutamento di velocità, oppure, certamente, all'impressione lasciata dalle fermate, che si protrae, esattamente come attraverso l'intero treno, anche attraverso l'intero mio sonno fino al risveglio. Allora, senza sorpresa, sento annunciare i nomi di località che mai mi sarei aspettato di attraversare, come questa volta Lindau, Costanza, credo anche Romanshorn, e da loro traggo minor vantaggio che se li avessi sognati, me ne viene anzi solo disturbo. Se mi sveglio durante il viaggio, il risveglio è più brusco perché è contro la natura del sonno in treno. Apro gli occhi e mi volgo un istante al finestrino. Non vedo molto, e quel che vedo viene afferrato con la memoria incurante di colui che sogna. E tuttavia giurerei di aver visto alle due di notte da qualche parte nel Württemberg, ammesso che abbia espressamente riconosciuto il Württemberg, un uomo che, sulla veranda della sua casa di campagna, si chinava sulla ringhiera. Alle sue spalle era socchiusa la porta dello studio illuminato, come se fosse uscito solo per rinfrescarsi la testa prima di andare a dormire... A Lindau, in stazione, ma anche al momento di entrarvi e poi di uscirne, la notte era piena di canti e siccome in un viaggio simile, nella notte fra il sabato e la domenica, si raccoglie sempre, solo lievemente disturbati nel sonno, molta vita notturna, per lunghi tratti il sonno ci sembra particolarmente profondo e il movimento fuori particolarmente rumoroso. Anche i controllori, che vedevo spesso passare lungo il vetro appannato del mio finestrino, e che non volevano svegliare nessuno ma solo fare il loro dovere, gridavano troppo forte verso di noi, nei locali deserti della stazioni, una sillaba del nome della fermata, e poi tutte le altre. Allora ai miei compagni di viaggio veniva voglia di comporsi il nome per intero, oppure si alzavano per leggerlo attraverso il vetro che continuavano a pulire; ma il mio capo già ricadeva sul legno.

Ma visto che si può, come me, dormire così bene in viaggio – Samuel trascorre tutta la notte a occhi aperti, come afferma lui –, allora bisognerebbe anche potersi svegliare solo al momento dell'arrivo, per ritrovarsi, al momento del risveglio da un sonno sano, rannicchiati in un angolo dello scompartimento, col viso unto, il corpo madido, i capelli schiacciati in tutte le direzioni, con biancheria e vestiti che hanno resistito 24 ore nella polvere del treno senza essere puliti e arieggiati, e dover continuare il viaggio in quelle condizioni. Se ora se ne avesse la forza, si maledirebbe il sonno, ma così ci si limita a invidiare in silenzio quelli che, come Samuel, hanno forse dormito solo a brevi intervalli, ma in compenso hanno potuto sorvegliarsi meglio, hanno fatto quasi tutto il viaggio in piena coscienza e che, reprimendo il sonno, al quale in fondo avrebbero anche potuto abbandonarsi, sono rimasti ininterrottamente padroni della loro lucidità. La mattina ero nelle mani di Samuel.

Stavamo alla finestra l'uno accanto all'altro, io solo a causa sua, e mentre lui mostrava cosa c'era da vedere della Svizzera e raccontava di quello che avevo perduto dormendo, io assentivo e ammiravo, come voleva lui. È una fortuna che egli non percepisca in me simili stati, oppure non li giudichi correttamente, perché proprio in simili momenti è più gentile nei miei confronti di quando me lo merito di più. Ma quella volta pensavo sul serio solo alla Lippert. Faccio fatica a crearmi un vero giudizio su nuove e brevi conoscenze, specialmente femminili. Mentre la conoscenza è in corso, infatti, preferisco sorvegliare me stesso, perché in quel punto c'è molto da osservare; e così anche in lei ho colto solo una parte infinitesima di ciò che, fuggevolmente e subito perduto, intuivo. Nel ricordo, invece, quelle conoscenze prendono subito grandi forme adorabili, perché là sono mute, obbediscono soltanto alla propria attività e, dimenticando interamente la nostra persona, mostrano il loro disprezzo della nostra conoscenza. Ma c'era un altro motivo per cui tanto desideravo Dora, l'ultima ragazza dei miei ricordi. Quella mattina Samuel non mi bastava. Aveva voluto fare con me, come mio amico, un viaggio, ma non era molto. Questo significava solo che in ogni giorno di questo viaggio avrei avuto al fianco un uomo vestito, il cui corpo posso vedere solo in bagno, senza peraltro avvertire alcun desiderio di quella vista. In fondo Samuel tollererebbe il mio capo sul suo petto, s'io volessi piangere, ma possono, alla vista del suo viso virile, del suo pizzetto che appena si muove, delle sue labbra serrate – e qui mi fermo – possono dunque, di fronte a lui, salirmi agli occhi lacrime di liberazione?

(continua)

Strepito

Sono in camera mia nel quartier generale dello strepito di tutta la casa. Sento sbattere tutte le porte, il loro strepito mi risparmia soltanto i passi di chi va dall'una all'altra, riesco ancora a sentire qualcuno che in cucina chiude lo sportello del forno. Mio padre sfonda le porte della mia stanza e passa strascicando la vestaglia sul pavimento, dalla stufa nella stanza accanto viene raschiata via la cenere, Valli chiede, gridando ogni singola parola attraverso l'anticamera, se il cappello di papà sia già stato spolverato, un sibilo che vuol essermi amico non fa che sollevare l'urlo di una voce che risponde. Scatta la maniglia della porta di casa, che strepita come una gola catarrosa, poi si apre con la melodia di una voce di donna e si chiude infine con un colpo sordo, virile, dal suono ancor più irriguardoso. Mio padre è uscito, e comincia ora, introdotto dalle voci dei due canarini, uno strepito più delicato, più distratto, senza speranza. Già prima ci pensavo – i canarini me lo richiamano alla mente –, s'io non debba forse aprire una fessura nella porta, strisciare come una serpe nella stanza accanto e, così sul pavimento, implorare le mie sorelle e la loro governante di darmi pace.

Il cavaliere del secchio

Consumato tutto il carbone; vuoto il secchio; inutile la pala; la stufa respira gelo; la stanza invasa da aliti ghiacciati; davanti alla finestra alberi rigidi di brina; il cielo uno scudo argenteo levato contro chi gli chieda aiuto. Debbo procurarmi del carbone; non posso morire di freddo; alle mie spalle, spietata, la stufa; dinanzi a me, spietato, il cielo; di conseguenza debbo cavalcare esattamente fra i due e, nel mezzo, cercare aiuto presso il carbonaio. Ma egli si è già fatto insensibile alle mie consuete preghiere; dovrò dimostrargli per filo e per segno che non ho più un solo granello di carbone e che quindi lui è per me come il sole nel firmamento. Dovrò presentarmi con il mendicante che, rantolando per la fame, sta per crepare sulla soglia di casa e così la cuoca dei padroni si decide a versargli in gola gli ultimi fondi di caffè; allo stesso modo il carbonaio, furente, ma nel bagliore del comandamento: "Non uccidere!", sarà costretto a scaraventarmi nel secchio una pala di carbone.

Già la mia ascesa deve essere decisiva: per questo vado fin là cavalcando il secchio. Nella mia qualità di cavaliere del secchio, con la mano sul manico, la più semplice delle imbrigliature, scendo in faticosi tornanti le scale; ma in strada il mio secchio s'alza in volo, che meraviglia, che meraviglia; non più bello è il movimento dei cammelli che, stesi a riposare al suolo, si alzano scuotendosi sotto il bastone del capocarovana. La via immobile nel gelo viene percorsa ad un trotto regolare; spesso salgo all'altezza dei primi piani delle case; mai scendo fino alle porte d'ingresso. E inconsueta è l'altezza a cui mi fermo davanti alla volta dello scantinato del carbonaio, sul cui fondo egli sta rannicchiato al tavolino e scrive; ha aperto la porta per far uscire il calore in eccesso.

"Carbonaio!" grido con voce bruciata e scavata dal freddo, avvolto in nuvole di fiato. "Per favore, carbonaio, dammi un po' di carbone. Il mio secchio è così vuoto che posso cavalcarlo. Abbi la bontà. Appena posso, te lo pago."

Il carbonaio si mette la mano all'orecchio. "Ho sentito bene?" chiede al di sopra della spalla a sua moglie che fa la calza sulla panca della stufa. "Ho sentito bene? Un cliente."

"Io non sento niente," dice la moglie con un respiro regolare e quieto sopra i ferri da calza, la schiena avvolta in un piacevole calore.

"Oh sì," esclamo, "sono io; un vecchio cliente; fedele e devoto; solo momentaneamente privo di mezzi."

"Moglie," dice il carbonaio, "eppure c'è, c'è qualcuno; non posso ingannarmi fino a questo punto; dev'essere un vecchio, vecchissimo cliente, se sa parlare così al mio cuore."

"Che hai, marito?" chiede la donna e, fermandosi un istante, stringe al petto il suo lavoro. "Non c'è nessuno, la strada è vuota, tutti i nostri clienti son già stati riforniti; possiamo chiudere il negozio per giorni e riposare."

"Ma sono qui sul secchio," grido io e insensibili lacrime di freddo mi velano gli occhi, "per favore alzate lo sguardo; mi scorgerete subito; vi prego di darmi una pala di carbone; e se me ne darete due, sarò immensamente felice. Gli altri clienti sono già stati riforniti. Ah, almeno lo sentissi già sbattere nel secchio!"

"Vengo," dice il carbonaio e con le corte gambette si accinge a salire la scala dello scantinato, ma la moglie gli è già dappresso, lo trattiene per il braccio e dice: "Tu resti qui. Se non desisti dalla tua ostinazione, salgo io. Ricordati di quanto hai tossito questa notte. Ma per un affare, e magari un affare solo inventato, dimentichi moglie e figli e sacrifichi i tuoi polmoni. Vado io." "Allora indicagli tutte le qualità di carbone che abbiamo in magazzino; i prezzi te li dico io da qui." "Bene," dice la moglie e sale in strada. Naturalmente mi vede subito. "Signora carbonaia," dico io, "i miei ossequi; solo una pala di carbone; direttamente qui nel secchio, me lo porto a casa da solo; una pala del più scadente. La pago naturalmente tutta, ma non subito, non subito." Che suono di campana sono le due parole "non subito" e che stordimento provocano mescolandosi con lo scampanio serale che giunge dal campanile vicino!

"Allora, cosa vuole?" chiede il carbonaio. "Nulla," dice la moglie di rimando, "non c'è nulla; non vedo nulla, non sento nulla; suonano solo le sei e noi chiudiamo. Il gelo è immenso; probabilmente domani avremo ancora molto lavoro."

Ella non vede nulla e non sente nulla; si slaccia tuttavia il grembiule e con quello cerca di soffiarmi via. Purtroppo funziona. Il mio secchio ha tutti i pregi di una buona cavalcatura; non ha resistenza; è troppo leggero; un grembiule da donna basta a spazzargli via le gambe da terra.

"Malvagia," grido allontanandomi, mentre lei, volgendosi al negozio, mezzo sprezzante e mezzo soddisfatta colpisce il vuoto con la mano, "malvagia! Una pala del più scadente ti ho chiesto, e tu me l'hai rifiutata." E con queste parole salgo nelle regioni delle nevi eterne e mi perdo per sempre.

NOTE AI TESTI

a cura di Andreina Lavagetto

Elenco delle abbreviazioni

E — edizione (E_1, E_2, E_3 ecc. = prima, seconda, terza edizione).

B — Franz Kafka, *Beschreibung eines Kampfes. Novellen, Skizzen, Aphorismen aus dem Nachlaß*, New York/Frankfurt a.M. 1946 (*Gesammelte Werke*, hg. von Max Brod).

BB — Martin Buber, *Briefwechsel aus sieben Jahrzehnten*, hg. von Grete Schaeder, Bd. I: 1897-1918, Bd. II: 1918-1938, Heidelberg 1972-73.

Be — *Beschreibung eines Kampfes. Die zwei Fassungen*. Parallelausgabe nach den Handschriften. Hg. von Max Brod, Textedition von Ludwig Dietz, Frankfurt a.M. 1969.

BinderH — Hartmut Binder (Hg.), *Kafka-Handbuch in zwei Bänden*. Bd. I: *Der Mensch und seine Zeit*, Bd. II: *Das Werk und seine Wirkung*, Stuttgart 1979.

BinderK$_1$ — Hartmut Binder, *Kafka-Kommentar zu sämtlichen Erzählungen*, München 1975.

BinderK$_2$ — Hartmut Binder, *Kafka-Kommentar zu den Romanen, Rezensionen, Aphorismen und zum Brief an den Vater*, München 1976.

BK — Max Brod-Franz Kafka, *Eine Freundschaft. Briefwechsel*, hg. von Malcolm Pasley, Frankfurt a.M. 1989.

BKR — Max Brod-Franz Kafka, *Eine Freundschaft. Reiseaufzeichnungen*, hg. unter Mitarbeit von Hannelore Rodlauer von Malcolm Pasley, Frankfurt a.M. 1987.

Br — Franz Kafka, *Briefe 1902-1924*, hg. von Max Brod, Frankfurt a.M. 1975.

Brw — Kurt Wolff, *Briefwechsel eines Verlegers 1911-1963*, hg. von Bernhard Zeller und Ellen Otten, Frankfurt a.M. 1966.

Dietz — Ludwig Dietz, *Franz Kafka. Die Veröffentlichungen zu seinen Lebzeiten [1908-1924]*. Eine textkritische und kommentierte Bibliographie, Heidelberg 1982.

F — Franz Kafka, *Briefe an Felice und andere Korrespondenz aus der Verlobungszeit*, hg. von Erich Heller und Jürgen Born, Frankfurt a.M. 1976.

FK — Max Brod, *Franz Kafka. Eine Biographie*, Frankfurt a.M. 1954.

H — Franz Kafka, *Hochzeitsvorbereitungen auf dem Lande und andere Prosa aus dem Nachlaß*, Frankfurt a.M. 1953 (*Gesammelte Werke*, hg. von Max Brod).

J — G. Janouch, *Gespräche mit Kafka. Aufzeichnungen und Erinnerungen*, Frankfurt a.M. 1968.

M — Franz Kafka, *Briefe an Milena*. Erweiterte und neu geordnete Ausgabe, hg. von Jürgen Born und Michael Müller, Frankfurt a.M. 1983.

Sy — J. Born, L. Dietz, M. Pasley, P. Raabe, K. Wagenbach, *Kafka-Symposion*, Berlin 1965.

T — Franz Kafka, *Tagebücher* (Kritische Ausgabe), hg. von Hans-Gerd Koch, Michael Müller und Malcolm Pasley, Frankfurt a.M. 1990.

W — Klaus Wagenbach, *Franz Kafka. Eine Biographie seiner Jugend*, Bern 1958.

Wolff — Kurt Wolff, *Autoren, Bücher, Abenteuer. Betrachtungen und Erinnerungen eines Verlegers*, Berlin 1965.

Contemplazione. Per M.[ax] B.[rod]
(E₁ = *Betrachtung.* Für M.B. Leipzig: Ernst Rowohlt 1913 [recte 1912])

È la prima raccolta di prose kafkiane pubblicata in volume. Il 29 giugno 1912 Max Brod e Kafka, in viaggio per Weimar, si fermano a Lipsia, dove Brod presenta l'amico a Ernst Rowohlt e a Kurt Wolff, che allora dirigevano insieme la casa editrice Rowohlt. Di quel colloquio, cui furono presenti anche Walter Hasenclever e Kurt Pinthus, abbiamo il racconto di Kurt Wolff, che ricorda con "spettrale nitidezza" quanto Kafka, "silenzioso, impacciato, tenero, vulnerabile, intimidito", soffrisse per l'imbarazzo della situazione: "Che Max Brod mi perdoni," scrive Wolff, "[...] ma al primo istante ho avuto un'impressione incancellabile: l'impresario presenta la star da lui scoperta." In contrasto con l'entusiasmo di Brod per le doti letterarie dell'amico, l'atteggiamento di Kafka nei confronti di una possibile pubblicazione è già ambiguo. "Ma voleva," continua Wolff, "che le sue piccole cose senza importanza venissero stampate? Ma no, no, no. Respirai di sollievo quando la visita ebbe termine e presi congedo dagli occhi bellissimi, dall'espressione infinitamente commovente di un uomo senza età, che s'avviava allora verso i trent'anni, la cui immagine però, oscillando fra la malattia e la maggior malattia, restò sempre, per me, senza età. Si potrebbe dire: un ragazzo che non ha mai compiuto il passo per entrare nell'età virile. Accomiatandosi in quel giorno di giugno del 1912, Kafka disse una frase che non ho mai sentito, né prima né poi, da un altro autore, e che quindi è per me indissolubilmente legata al solo Kafka: 'Le sarò sempre più riconoscente per la restituzione dei miei manoscritti che per la loro pubblicazione'" (Wolff 68).

Anche Max Brod racconta le circostanze che portarono alla pubblicazione di quel primo libro: "Il viaggio a Weimar fu significativo anche per il fatto che ci portò a Lipsia, dove io feci incontrare Franz con Ernst Rowohlt e Kurt Wolff [...]. Da tempo, infatti, ardeva in me il desiderio di veder stampato un libro del mio amico.

"Nei confronti di quel desiderio Franz assunse un atteggiamento davvero contraddittorio. Voleva e non voleva. A tratti prevalse il rifiuto, soprattutto quando, tornato a Praga, dovette accingersi ad estrarre da tutti i suoi manoscritti, in particolare dai diari, quelle brevi prose che riteneva pubblicabili, per dare loro l'ultima rifinitura: cosa che non avvenne senza riserve, consultazione del Grimm e disperazione per l'incertezza delle regole di punteggiatura e di dettagli ortografici. In base ai saggi che avevo portato a Lipsia, la casa editrice aveva mostrato subito la sua disponibilità (erano bei tempi); stava solo a Franz consegnare il manoscritto definitivo. E qui lui prese ad impuntarsi, a trovare pessimo tutto quello che aveva scritto, a pensare che quel raccogliere vecchie prose 'senza valore' gli impedisse di produrre opere migliori. Ma io tenni duro. Il diario di Kafka testimonia la sua rivolta contro di me, che però non gli valse nulla. Il libro doveva esser terminato e fu terminato. Quando la scelta che Franz giudicò degna di pubblicazione si dimostrò incredibilmente piccola, l'editore decise di far stampare *Contemplazione* (questo il titolo del libro) in caratteri insolitamente grandi. Le 99 pagine della prima edizione, oggi molto rara, stampata in 800 copie numerate, assomigliano, con le loro immense lettere, ad antiche tavole votive. E così, per uno di quei casi singolari che, come dice Schopenhauer, non hanno in sé più nulla di casuale, l'intrinseco carattere di questa grande prosa ha trovato espressione insuperata" (FK 152-153).

Kafka se ne va dunque da Lipsia con un accordo, come scrive, "piuttosto serio". Tornato a Praga il 27 luglio 1912, dopo il viaggio a Weimar e un soggiorno di tre settimane nel sanatorio di Jungborn, nello Harz, comincia a lavorare al progetto e ad essere tormentato dalle incertezze e dai ripensamenti. Scrive il 7 agosto nel diario: "Lungo tormento. Scritto finalmente a Max che non riesco a rifinire le prose mancanti, che non voglio costringermi e che quindi non pubblicherò il libro" (T 427). "Carissimo Max," dice infatti la lettera a Brod, "dopo un lungo tormento, abbandono. Non sono in grado, né lo sarò nel prossimo futuro, di perfezionare le prose che ancora mancano. Siccome ora non ci riesco, ma ci riuscirò senza dubbio in un altro, più felice momento, vuoi davvero consigliarmi (e con quale motivazione, te ne prego) di far pubblicare in piena coscienza cose cattive, che poi mi ripugnerebbero come i due colloqui dell''Hyperion' [*Colloquio con l'orante* e *Colloquio con l'ubriaco*, cfr. *infra*]? Quel che finora è battuto a macchina non basta, probabilmente, per un libro, ma il fatto che non venga stampato (o peggio), non è forse infinitamente meno grave di questo dannato costringersi? Ci sono in queste brevi prose alcuni passi per i quali vorrei diecimila consiglieri; ma se le trattengo, se non le spedisco, non avrò bisogno che di te e di me, e sarò soddisfatto. Dammi ragione! Questo artificiale lavorare e riflettere mi disturba in continuazione e mi procura uno strazio inutile. Solo sul letto di morte è lecito lasciare che cose cattive restino definitivamente tali [...]" (BK 110).

Più ostinato di lui, Brod riesce però a farlo tornare al proposito iniziale. La revisione definitiva avviene in casa di Brod la sera del 13 agosto 1912. Lì, ospite inattesa, Kafka incontra Felice Bauer, la donna cui, con una vicenda tormentosa, resterà legato fino al 1917. "Buon giorno!" scrive Kafka il giorno dopo. "Caro Max, ieri, ordinando le prose, ero sotto l'influenza della signorina, è ben possibile che ne sia risultata una qualche stupidaggine, una sequenza forse solo segretamente strana. Per favore, rivedi tutto un'ultima volta [...]" (BK 111). Quello stesso 14 agosto Brod spedisce il dattiloscritto a Lipsia, e Kafka scrive a Rowohlt: "[...] Le sottopongo le brevi prose che desiderava vedere; ne risulta già un piccolo libro. Mentre le raccoglievo a questo scopo, mi sono trovato talvolta a dover scegliere fra il mio senso di responsabilità, che chiedeva d'esser placato, e il gran desiderio di avere anch'io un libro fra i vostri bei volumi. Certamente, non sempre mi sono risolto senza ambiguità. Ora però sarei naturalmente felice se le prose Le piacessero al punto di pubblicarle. In fondo, quanto in esse c'è di cattivo non è immediatamente visibile, neppure con il massimo esercizio e la più grande abilità. La più diffusa individualità degli scrittori consiste proprio nella peculiare maniera con cui ciascuno nasconde la cattiva qualità [...]" (Br 103). Comincia così il carteggio con la casa editrice. Il 4 settembre 1912 Wolff (con cui Kafka esclusivamente tratterà e che, dopo la separazione da Rowohlt, sarà l'editore di tutte le sue opere, tranne l'ultima) scrive di aver accettato le prose e di aver trovato un rimedio all'esiguità del testo: i caratteri insoliti e grandissimi vanno incontro al desiderio di Kafka che, ricevute le prime bozze, è addirittura entusiasta. La tipografia Poeschel & Trepte inizia la stampa il 19 ottobre 1912; il 3 novembre Kafka riceve le bozze da correggere e il 10 dicembre le copie gratuite.

Oltre al rigore, divenuto proverbiale, nei confronti dei propri scritti, una circostanza più concreta ci aiuta a comprendere le angosciose esitazioni di Kafka dinanzi alla pubblicazione del suo primo libro. Scegliendo le diciotto prose che lo formeranno, accogliendo, con alcune varianti, tutte quelle che erano già uscite in riviste, e isolando le altre dai diari o dai due manoscritti di *Descrizione di una battaglia* (cfr. *infra*), Kafka setacciava e inflessibilmente distillava quasi un decennio di attività letteraria, chiudendo i conti con la prima fase della sua produzione. Le due stesure di *Descrizione di una battaglia* rimasero frammento e non vennero mai pubblicate da Kafka.

È soprattutto grazie al carteggio con Felice, iniziatosi il 20 settembre 1912, che ci sono note ulteriori osservazioni di Kafka a proposito di *Contemplazione*. Dopo aver costantemente informato Felice dei progressi editoriali del "libretto", al cui congedo dall'autore ella aveva assistito la sera dell'incontro, Kafka le invia infine, l'11 dicembre 1912, una copia con dedica, accompagnata da una lettera: "Senti, sii gentile col mio povero libro. Sono appunto i pochi fogli che quella nostra sera mi vedesti mettere in ordine. Allora non fosti ritenuta 'degna' di vederli, mia folle e vendicativa amata! Oggi ti appartiene come a nessun altro, a meno ch'io non te lo strappi di mano per gelosia, per essere stretto da te tutto solo senza dover dividere il mio posto con un vecchio, piccolo libro. Forse ti accorgerai di come le singole prose si differenzino per età. Ce n'è una, per esempio, che ha certamente 8 o 10 anni. Mostra il tutto a meno gente che puoi, che non guastino la tua voglia di me. [...]" (F 175).

Con particolare insistenza, Kafka chiede a Felice, nelle settimane seguenti, un giudizio su *Contemplazione*, finché, dopo un'inutile attesa, si risolve a parlare lui stesso del suo testo; colpiscono i ripetuti richiami, oltre che all'insignificanza, alla vecchiezza delle prose. "Il mio libro ti piace altrettanto poco quanto, allora, la mia fotografia. Non sarebbe un male, perché si tratta in gran parte di vecchie cose; ma è pur sempre, ancora, una parte di me, e dunque una parte di me a te sconosciuta. [...] Non dovresti neanche dire che non ti piace (probabilmente non sarebbe vero), solo dire che non riesci a raccapezzarti. C'è dentro, in effetti, un disordine irrimediabile, o meglio: ci sono lampi di luce che penetrano in un'infinita confusione, e bisogna avvicinarsi molto per riuscire a scorgere qualcosa. Sarebbe dunque più che comprensibile che tu non sapessi come reagire di fronte al libro, e resterebbe la speranza che, in un momento buono e debole, esso ti attraesse tuttavia. Nessuno saprà come reagire, questo mi era e mi è chiaro – il sacrificio in fatica e denaro che il mio prodigo editore ha fatto per me, e che è stato del tutto vano, non manca di tormentarmi [...]" (F 218, notte fra il 29 e il 30 dicembre 1912).

A Felice Kafka parla anche dei giudizi critici sul suo libro, e delle reazioni che essi suscitano in lui. Di una lettera appena ricevuta dal narratore e saggista austriaco Otto Stoessl, che esprimeva un giudizio davvero lusinghiero su *Contemplazione*, Kafka scrive nella notte fra il 31 gennaio e il 1° febbraio 1913: "Stoessl parla anche del mio libro, ma fraintendendolo così completamente che per un istante ho pensato che forse è davvero buono, visto che riesce a trarre in inganno un uomo così intelligente e letterariamente esperto come Stoessl: equivoci tali non li si riterrebbe possibili nei confronti di libri, bensì solo di persone vive e dunque ambivalenti. Ti trascrivo il passo in questione [...]: 'Ho letto subito e d'un fiato il Suo libro interiormente ed esteriormente così bello, e ho goduto dell'equilibrio singolarmente sospeso e dell'intima allegria dei piccoli monumenti a piccoli e grandi momenti. C'è in esso un umorismo particolarmente riuscito, per così dire rivolto all'interno, non diversamente da quando, dopo una notte di buon sonno, dopo un bagno ristoratore, in abiti puliti, si saluta con gioiosa attesa e incomprensibile vigore un soleggiato giorno di festa. È l'umorismo di chi è in un'ottima disposizione [...].' [...] La lettera" termina Kafka riferendosi ad un articolo di Otto Pick "si accorda molto bene, del resto, con una recensione uscita oggi, esageratamente positiva, che scorge nel libro soltanto dolore" (F 278-279). Analoga costernazione per le lodi di Brod: "Di recente ho scritto cose offensive sulla Lasker-Schüler e su Schnitzler. Come avevo ragione! Ma entrambi se ne volano via come angeli sopra l'abisso in fondo al quale io giaccio. E le lodi di Max! Non loda propriamente il mio libro, il libro esiste, il giudizio andrebbe esaminato, se qualcuno ne avesse voglia; ma lui loda soprattutto me, e questa è la cosa più ridicola di tutte" (F 306).

Malizioso è invece l'accenno all'articolo di Paul Friedrich del 15 agosto 1913: "Nel 'Literarisches Echo' è uscita di recente una recensione di *Contemplazione*. È molto amabile, ma di per sé nulla di rilevante. Solo un passo colpisce [...]: 'L'arte celibe di Kafka.' Che ne dici, Felice?" (F 445).

Fra le diciotto prose di *Contemplazione* Kafka accolse i nove racconti che, in due gruppi, aveva già pubblicato su due autorevoli periodici. Nel marzo 1908, il primo numero della rivista "Hyperion", diretta da Franz Blei e da Carl Sternheim, aveva pubblicato otto prose numerate, senza titolo singolo, raccolte sotto il titolo collettivo di *Contemplazione*. Con piccole varianti, quegli otto racconti saranno, nel volume del 1912, rispettivamente: *Il commerciante* (I), *Guardando fuori distratti* (II), *Tornando a casa* (III), *Due che passano correndo* (IV), *Vestiti* (V), *Il passeggero* (VI), *Il rifiuto* (VII), *Gli alberi* (VIII). "Hyperion" era una rivista prestigiosa ed esclusiva destinata a un ristretto numero di abbonati (1050 copie). Nei dodici numeri della sua esistenza pubblicò scritti di Musil, Claudel, Rilke, Gide, Hofmannsthal, Croce, Robert Walser, Verhaeren, Carl Einstein, Barrès e altri.

Due anni dopo, il 27 marzo 1910, il quotidiano "Bohemia" pubblicava quattro delle prose precedenti, più una quinta inedita. Il titolo collettivo era questa volta *Contemplazioni* e i titoli singoli: *Alla finestra* (= *Guardando fuori distratti*), *Di notte* (= *Due che passano correndo*), *Vestiti*, *Il passeggero*, *Riflessioni per cavallerizzi.* "Bohemia" era un quotidiano praghese di lingua tedesca e d'orientamento nazional-liberale; redattore dell'inserto culturale e letterario era dal 1909 Paul Wiegler, noto come scopritore e traduttore di Laforgue. Kafka lo ammirava moltissimo (F 162, H 55). Il legame d'amicizia si conservò anche dopo il ritorno, nel 1913, di Wiegler a Berlino.

Tre delle prose di *Contemplazione* (*Due che passano correndo, Riflessioni per cavallerizzi, L'infelicità dello scapolo*) furono riprodotte nella "Deutsche Montags-Zeitung" di Berlino il 31 marzo 1913.

Contemplazione ebbe una sola riedizione, decisa dalla casa editrice Kurt Wolff ancor prima che le 800 copie iniziali fossero esaurite (E$_2$ = *Betrachtung*. Für M.B. Zweite Ausgabe. Leipzig: Kurt Wolff [1915])

Il verdetto

(E$_1$ = *Das Urteil*. Eine Geschichte von Franz Kafka für Fräulein Felice B. In: "Arkadia. Ein Jahrbuch für Dichtkunst". Hg. von Max Brod. Leipzig: Kurt Wolff 1913)

Il testo del *Verdetto* è contenuto nel sesto quaderno dei diari (T 442-460). È preceduto da una breve annotazione, datata 20 settembre 1912, in cui Kafka menziona la prima lettera da lui scritta a Felice Bauer (F 43-44) ed è seguito, con la data del 23 settembre, da un passo divenuto celebre: "Questa storia, 'il verdetto', l'ho scritta di getto nella notte fra il 22 e il 23 dalle 10 di sera alle 6 di mattina. Poi non riuscivo più a tirare fuori del tavolo le gambe divenute rigide per essere rimasto tanto tempo a sedere. La spaventosa fatica e gioia di fronte alla storia che mi si dispiegava dinanzi, di fronte a me che avanzavo come dentro un'acqua. Più volte questa notte ho portato il mio peso sul dorso. Come tutto può essere osato, come per tutte le idee, anche le più remote, è pronto un grande fuoco in cui esse muoiono e risorgono. Il cielo che diventava azzurro davanti alle finestre. Una vettura che passava. Due uomini che attraversavano il ponte. Alle due ho guardato l'orologio per l'ultima volta. Quando la domestica ha attraversato per la prima volta l'anticamera, ho scritto l'ultima frase. Spenta la lampada e luce del giorno. I leggeri dolori al cuore. La stanchezza che se ne andava a metà della notte. L'ingresso, tremante, nella stanza delle sorelle. Lettura. Ma prima lo stirarsi davanti alla domestica e il dire: 'Ho scritto finora.' La vista del letto intatto, come se l'avessero portato dentro in quell'istante. Confermata la convinzione che, con la stesura del mio romanzo, mi trovo in zone vergognosamente basse della scrittura. Solo così si può scrivere, solo in una tale connessione di tutte le parti, con una tale assoluta apertura del corpo e dell'anima. Mattinata a letto. Gli occhi sempre limpidi. Molte sensazioni portate con me durante la scrittura: per esempio la gioia per il fatto che avrò qualcosa di bello per l'Arcadia di Max, pensieri a Freud naturalmente [...]" (T 460-461).

La successiva annotazione del 25 settembre testimonia di un Kafka in uno stato di straordinaria eccitazione, preso nel flusso della scrittura che *Il verdetto* aveva aperto, sicuro della grandezza del suo racconto: "Mi sono trattenuto con la violenza dallo scrivere. Mi sono girato e rigirato nel letto. L'afflusso del sangue alla testa e l'inutile cessare di scorrere. Che nefandezze! – Ieri lettura a casa di Baum [1] davanti ai Baum, alle mie sorelle, a Marta, alla dottoressa Bloch [...]. Verso la fine la mano mi si è mossa incontrollata e vera dinanzi al viso. Avevo gli occhi pieni di lacrime. L'indubitabilità del racconto ha trovato conferma. – Questa sera mi sono strappato dallo scrivere [...]" (T 463).

A questa annotazione segue il testo del primo e l'inizio del secondo capitolo del "romanzo" cui Kafka più volte accenna nelle lettere e nei diari: *Il disperso*, pubblicato postumo da Max Brod con il titolo *America* (T 464-488 e 168-191). Il diario s'interrompe quindi, lasciando scoperti gli importantissimi mesi dell'autunno-inverno 1912-13, documentati invece dai diversi carteggi e dai ricordi di Max Brod. Nella sua biografia dell'amico, Brod sottolinea come già da qualche tempo, nella tarda estate del 1912, Kafka desse segno (anche, secondo Brod, grazie all'esercizio un po' forzato del progetto comune *Richard e Samuel*, cfr. *infra*) di essersi lasciato alle spalle un lungo periodo di sterilità, finché, con la stesura del *Verdetto*, non avvenne "il passaggio definitivo" alla scrittura (FK 155). Non a torto Brod scorge nel combinarsi dell'incontro con Felice Bauer e della nascita di *Contemplazione* uno dei fattori che innescarono una straordinaria fase produttiva. "Quando, il 29 settembre," ricorda Brod, "tornai da Portorose [...], Franz ci aspettava alla stazione e subito parlò del *Verdetto*, la novella appena scritta, che mi avrebbe dato volentieri per la mia rivista annuale 'Arkadia'. E lì essa fu pubblicata, nell'unica annata di quel periodico (1913), con una dedica per la fidanzata" (FK 156). Brod si serve del proprio diario per ricostruire l'atmosfera di quei mesi: "29 settembre: 'Kafka in estasi, passa le notti scrivendo. Un romanzo che si svolge in America.' 2 ottobre: 'Kafka, che continua ad essere molto ispirato. Finito un capitolo. Come ne sono felice.' [...] Il 6 ottobre mi legge il *Verdetto* e il *Fuochista* [...]. Ma già il 28 ottobre riporta l'annotazione funesta che Franz ha

[1] Oskar Baum, scrittore praghese coetaneo di Kafka; insieme a Brod e a Felix Weltsch, uno degli amici più cari.

scritto alla signorina F. una lettera di ventidue pagine e che è turbato dalle preoccupazioni per il futuro. Così ebbe inizio la tragedia di quella relazione. [...] Il 3 novembre trovo annotato: 'Da Baum, dove Kafka legge il suo meraviglioso secondo capitolo. È innamoratissimo di F. e felice. Questo suo romanzo – un incanto.' E già il 24 novembre di quel fine d'anno insolitamente ricco Kafka ci legge a casa di Baum 'la sua magnifica novella dell'insetto' (dunque *La metamorfosi*). Così tre delle opere principali di Kafka sono nate fra la fine di settembre e la fine di novembre del 1912, dunque nello spazio di due mesi [...]" (FK 156-157).

Il 24 ottobre 1912, in una fase ancora molto formale del loro rapporto, Kafka scrive a Felice: "In primavera al più tardi uscirà da Rowohlt a Lipsia una 'Rivista annuale di poesia' curata da Max. Ci sarà una mia piccola storia: *Il verdetto*, che porterà la dedica: 'per la signorina Felice B.' Significa usare troppo dispoticamente dei Suoi diritti? Visto, soprattutto, che questa dedica già da un mese accompagna il racconto, e che il manoscritto non è più in mio possesso? Può forse valere a scusarmi il fatto di essermi costretto a tralasciare l'aggiunta 'affinché ella non riceva regali sempre e solo da altri'? Per il resto, fin dove posso vedere, la storia non ha nella sua essenza la benché minima connessione con Lei, tolto il fatto che una ragazza che vi compare di sfuggita si chiama Frieda Brandenfeld e dunque, come ho notato più tardi, ha le Sue stesse iniziali. La sola connessione consiste piuttosto nel fatto che la piccola storia cerca di essere, da lontano, degna di Lei. Questo vuole esprimere anche la dedica" (F 53).

Verso la fine del novembre 1912 l'Associazione Herder, tramite il suo presidente Willy Haas, invita Kafka a partecipare a una lettura pubblica di opere di giovani autori praghesi. Kafka accetta (lettera del 25 novembre, Br 112) e il 4 dicembre legge *Il verdetto* nella piccola sala per conferenze dell'hotel Stephan in piazza San Venceslao, suscitando negli ascoltatori una profonda impressione. A Felice, due giorni più tardi, Kafka invierà un ritaglio di giornale con un commento alla serata: "Guarda un po', ragazza fortunata," le scrive, "come nell'articolo che accludo, sebbene si trattasse solo di una manifestazione privata, si lodi pubblicamente ed esageratamente la tua piccola storia. E chi scrive non è una persona qualsiasi, bensì Paul Wiegler" (F 162). In "Bohemia" del 6 dicembre Wiegler aveva infatti affermato che la novella di Kafka era "il manifestarsi di un grande, sorprendentemente grande, appassionato e disciplinato talento, che già ora possiede la forza di compiere il suo cammino."

Kafka commentò più di una volta il suo racconto. Brod ricorda un colloquio in cui, "di punto in bianco", Kafka gli disse:

"Tu lo sai cosa significa la frase finale? – Io ho pensato ad una forte eiaculazione" (FK 158).

"In occasione della correzione delle bozze del *Verdetto*," scrive Kafka l'11 febbraio 1913, riprendendo il suo diario, "annoto tutti i collegamenti che nella storia sono riuscito a capire, nella misura in cui ora li ho presenti. È necessario, perché la storia è uscita da me coperta di sporco e di muco come in un parto vero, e solo io ho la mano che possa giungere al suo corpo, e che ne abbia la voglia.

"L'amico è il legame fra padre e figlio, il loro principale tratto comune. Seduto alla sua finestra, solo, Georg fruga con voluttà in questo elemento comune, crede di avere il padre in sé e, se si eccettua una fuggevole triste preoccupazione, ritiene che tutto vada bene e pacificamente. Lo sviluppo del racconto mostra come il padre emerga dall'elemento comune e si ponga di fronte a Georg come il suo opposto, rafforzato da altri, minori tratti in comune, ossia l'amore e l'attaccamento alla madre, la fedeltà alla sua memoria, la clientela che il padre ha originariamente acquisito alla ditta. Georg non ha nulla; la fidanzata, che nella storia vive solo grazie al legame con l'amico, e dunque all'elemento comune, e che, siccome il matrimonio non s'è ancora celebrato, non può entrare nel circolo di sangue che include padre e figlio, viene scacciata senza difficoltà dal padre. L'elemento comune è interamente ammassato intorno al padre, Georg lo avverte solo come cosa estranea, divenuta autonoma, da lui mai sufficientemente protetta, esposta alle rivoluzioni russe, e solo perché non gli resta altro che la vista del padre, il verdetto, che gli preclude interamente il padre, agisce con tanta forza su di lui.

"Georg ha lo stesso numero di lettere di Franz. In Bendemann 'mann' è solo un rafforzamento di 'Bende', a beneficio di tutte le possibilità ancora sconosciute della storia. 'Bende' ha lo stesso numero di lettere di Kafka e la vocale *e* si ripete negli stessi punti della vocale *a* in Kafka.

"Frieda ha lo stesso numero di lettere di Felice e la stessa iniziale; Brandenfeld ha la stessa iniziale di Bauer, e a quest'ultima parola è legata in certo qual modo anche per il significato.[2] Forse non sono rimasti senza influsso neanche il pensiero di Berlino e il ricordo della Marca di Brandeburgo" (T 491-492).

Il giorno dopo, 12 febbraio 1913, Kafka conclude le sue osservazioni: "Descrivendo l'amico all'estero ho pensato molto a Steuer.[3] Quando, circa tre mesi dopo questo racconto, l'ho incontrato per caso, mi ha raccontato di essersi fidanzato circa tre mesi prima.

[2] "Bauer" significa contadino; "Feld" significa campo.
[3] Un amico d'infanzia di Kafka.

"Ieri, dopo aver letto il racconto a casa di Weltsch, il padre di Weltsch è uscito dalla stanza e, rientrando dopo qualche tempo, ha lodato soprattutto la concretezza figurativa della storia. Con la mano tesa ha detto: 'Vedo quel padre dinanzi a me' e intanto guardava solo la sedia vuota dov'era rimasto seduto durante la lettura.

"Mia sorella ha detto: 'È la nostra casa.' Io mi sono meravigliato di questo suo fraintendere i luoghi e ho detto: 'Allora il padre dovrebbe vivere nel gabinetto'" (T 492-493).

Le medesime considerazioni sul gioco dei nomi vengono esposte a Felice in una lettera del 2 giugno 1913, in cui Kafka più esplicitamente sottolinea le modalità inconsce della stesura del *Verdetto* e la sua perplessità di fronte a possibili significati ricostruibili solo a posteriori: "Trovi nel *Verdetto* un qualche significato, intendo un significato lineare, coerente, che si possa seguire? Io non lo trovo, né riesco a spiegare niente. Ma ci sono molte cose strane. Guarda solo i nomi! [...] E c'è dell'altro ancora, tutte cose, naturalmente, che ho scoperto solo in seguito. [...] Quando, allora, mi sedetti per scrivere [...], volevo raffigurare una guerra, un giovane doveva vedere dalla finestra una folla che s'avvicinava, ma poi tutto mi si è torto fra le mani" (F 394).

"*Il verdetto* non si può spiegare," le scrive otto giorni dopo. "[...] La storia è piena di astrazioni, che però non vengono neppure ammesse. L'amico non è quasi un personaggio reale, è piuttosto ciò che il padre e il figlio hanno in comune. La storia è forse un cammino circolare intorno al padre e al figlio, e la mutevole figura dell'amico è forse il cambiamento prospettico dei rapporti fra padre e figlio. Ma non sono sicuro neanche di questo" (F 396-397).

"Intrinseca verità" è la qualità centrale che Kafka riconosce alla sua storia "un poco arruffata ed insensata", senza la quale essa "non sarebbe nulla" (F 156).

Contro le previsioni, e nonostante Kafka già l'8 marzo 1913 inviasse a Wolff la correzione delle seconde bozze del *Verdetto*, "Arkadia" non uscì nel primo semestre del 1913, bensì qualche mese più tardi.

Nel frattempo Wolff aveva chiesto a Kafka i manoscritti del *Fuochista* e della *Metamorfosi* in vista di una loro pubblicazione nella collana "Der jüngste Tag". In questa occasione Kafka, accettando, esprime un desiderio: "Ho solo una preghiera [...]. *Il fuochista, La metamorfosi* [..] e *Il verdetto* costituiscono, interiormente ed esteriormente, un'unità; esiste fra loro un legame manifesto e, ancor più, un legame segreto, alla cui raffigurazione, raccogliendo i tre testi in un libro intitolato, per esempio, *I figli*, non vorrei rinunciare. [...] L'unità delle tre storie mi sta a cuore non meno dell'unità di ciascuna di esse" (lettera dell'11 aprile 1913, Br 116).

Nonostante l'impegno formale di Wolff (Brw 31) a rispettare la volontà dell'autore, il volume *I figli* non venne mai pubblicato.

Il progetto "Arkadia", ideato da Max Brod e poi attivamente sostenuto da Franz Blei, nutriva l'ambizione di diventare il foro letterario dei giovani autori delle diverse province austro-ungariche, rivolto anche e soprattutto alla Germania del Reich e agli ambienti artistici della sua capitale. Avrebbe, secondo Brod, dato voce "esclusivamente e in assoluta purezza alle forze poetiche contemporanee, in tutti i campi della letteratura". La rivista si articolava in una sezione drammatica (Walser, Werfel, Blei), una sezione epica (Kafka, Stoessl, Heimann, Mell, Baum, Speier, Beradt, Brod, Wolfenstein, H. Janowitz, Tucholsky, Jacob, Walser) e una sezione lirica (Blei, Walser, Brod, Lautensack, Pick, F. Janowitz). La sua risonanza fu scarsa; a suo svantaggio tornò anche il fatto che Wolff era ormai concentrato su un'idea destinata invece a un grande successo, la collana di brevi opere contemporanee "Der jüngste Tag", che in qualche modo rendeva superflua la rivista di Brod. "Arkadia" non sopravvisse alla prima annata.

Appunto fra i volumetti di "Der jüngste Tag" trovò posto, nel 1916, l'edizione in volume del *Verdetto* (E$_2$ = *Das Urteil. Eine Geschichte. Für F.* [1. Auflage] Leipzig: Kurt Wolff 1916). Kafka non aveva mai abbandonato l'idea di raccogliere in un libro tre novelle fra loro legate: il progetto iniziale dei *Figli* si era modificato nell'idea di *Punizioni*, che avrebbe unito *Il verdetto*, *La metamorfosi* e *Nella colonia penale* (Br 134, 148). Non incontrando il favore dell'editore, e nutrendo a sua volta qualche dubbio sulla realizzabilità del suo desiderio, Kafka rinunciò di buon grado in favore della proposta, avanzata da G.H. Meyer (che in quegli anni, in assenza di Wolff, guidava la casa editrice), di pubblicare in "Der jüngste Tag", separatamente, prima *La metamorfosi* (Brw 34), poi *Nella colonia penale* (Br 147): accettò, ma pose energicamente, seppur con garbo, la condizione che, prima degli altri due, uscisse un volume esclusivamente dedicato al *Verdetto*. Dal carteggio con Meyer fra l'ottobre 1915 e l'ottobre 1916 emerge, chiara e determinata, la volontà di Kafka di dare alla sua prima novella la veste di libro: "Il racconto è più poetico che epico, dunque ha bisogno, attorno a sé, di spazio assolutamente libero, per poter produrre il suo effetto. È inoltre il lavoro che mi è più caro, ed è sempre stato mio desiderio che, se possibile, si affermasse autonomamente" (19 agosto 1916, Br 149). Il testo presenta varianti rispetto alla stampa in "Arkadia".

Un'ulteriore edizione, sempre nella collana "Der jüngste Tag" (E₃ = *Das Urteil. Eine Geschichte. Für F.* [2. Auflage] München: Kurt Wolff [1920?]), presenta ulteriori varianti.

Il manoscritto è conservato presso la Bodleian Library di Oxford.

Il fuochista. (Un frammento)

(E₁ = *Der Heizer. Ein Fragment.* [1. Auflage] Leipzig: Kurt Wolff 1913)

Negli ultimi giorni di settembre del 1912 Kafka scrive nei diari l'inizio di un romanzo (l'intero primo capitolo e il principio del secondo, T 464-488 e 168-191). Si tratta della seconda stesura di un'opera, *Il disperso*, iniziata nell'inverno 1911-12. Della prima versione, il cui manoscritto non si è conservato, Kafka parlerà più tardi a Felice come delle "circa 200 pagine di una stesura della storia, assolutamente inutilizzabile, scritta nell'inverno e nella primavera scorsi" (lettera del 9-10 marzo 1913, F 332). Le lettere e i diari del 1912 riportano diverse e sempre vaghe allusioni al "romanzo", che lamentano per lo più fatica, scontentezza, esasperazione. Si ricordi l'annotazione, citata in precedenza, della notte del *Verdetto*, in cui Kafka afferma di trovarsi, con la stesura del romanzo, in "zone vergognosamente basse della scrittura".

Ma con *Il verdetto* sembra sciogliersi anche il nodo del romanzo. Kafka ricomincia da capo e nel giro di sei settimane scrive i primi sei capitoli della nuova versione. Il 6 ottobre legge a Brod il primo capitolo (FK 156-157): nella notte fra il 7 e l'8 ottobre, in una lettera drammatica, scrive a Brod: "Dopo aver scritto bene nella notte fra sabato e domenica – avrei potuto trascorrere la notte scrivendo, e poi il giorno la notte e il giorno e poi infine volare via – e anche oggi, sicuramente, avrei potuto scrivere bene – una pagina, in realtà solo l'ultimo respiro delle dieci scritte ieri, è addirittura finita, sono costretto [...] a interrompere" (BK 115). Su insistenza dei genitori, infatti, Kafka trascorrerà le due settimane successive a sostituire il cognato nella fabbrica d'amianto di proprietà della famiglia; l'interruzione violenta di una fase produttiva che, con quella intensità, Kafka sperimentava per la prima volta, lo induce a pensare al suicidio (BK 116 e FK 157). Il 15 ottobre invia a Brod il secondo capitolo (BK 118). L'11 novembre annuncia a Felice che le manderà d'ora innanzi lettere più brevi perché vuole "consumarsi fino all'ultimo respiro" per il suo romanzo. "La storia che sto scrivendo," aggiunge, "e che a dire il vero ha una prospettiva infinita, si chiama [...] *Il disperso* e si svolge esclusivamente negli Stati Uniti dell'America settentrionale.

Per il momento sono conclusi 5 capitoli, il sesto è quasi finito. I singoli capitoli si chiamano: I Il fuochista, II Lo zio, III Una casa di campagna nei pressi di New York, IV Il cammino verso Ramses, V Nell'Hotel Occidental, VI Il caso Robinson. – Ho citato questi titoli come se potessero suggerire una qualche idea, non è naturalmente possibile, ma voglio conservare i titoli presso di Lei finché non sarà possibile. È il primo lavoro di grandi proporzioni nel quale, dopo un tormento di 15 anni – disperato tranne sporadici momenti – da un mese e mezzo mi sento al sicuro" (F 86). Il 13 novembre 1912 anche il sesto capitolo è terminato. "Per il momento," scrive Kafka a Brod, "l'intero romanzo è incerto. Ieri, con la violenza, e dunque rozzamente e male, ho finito il sesto capitolo" (BK 119). Il lavoro procede con lentezza nei due mesi successivi, finché il 26 gennaio 1913 Kafka comunica a Felice di aver deciso di interrompersi: "Il mio romanzo! L'altro ieri sera mi sono dichiarato sconfitto da lui. Mi sfugge da ogni parte, non riesco più a contenerlo, è vero che non scrivo nulla che sia privo di connessione con me, ma negli ultimi tempi si è troppo allentato, i tratti inautentici emergono e non vogliono scomparire, il tutto corre un pericolo maggiore se continuo a lavorare che se, provvisoriamente, abbandono" (F 271). I diari del giugno 1914 riportano uno schizzo per la stesura dell'ultimo capitolo, che Kafka scriverà poi fra il 5 e il 18 ottobre, durante una vacanza dal lavoro (cfr. T 751), e che leggerà a Brod il 26 dicembre 1914. Due ultime annotazioni relative al romanzo si trovano nei diari del 1915 (T 757) e del 1916 (T 793). L'opera rimase incompiuta e fu pubblicata da Brod nel 1927 con il titolo *America*. Per l'esatta ricostruzione del testo, l'integrazione dei frammenti e il lavoro svolto da Brod si veda l'edizione critica: Franz Kafka, *Der Verschollene*, hrsg. von Jost Schillemeit, Bd. I: Textband, Bd. II: Apparatband, Frankfurt a.M.: S. Fischer 1983.

Il primo capitolo del *Disperso*, *Il fuochista*, si delinea fin dal principio come un testo autonomo e in sé conchiuso. "A proposito, ieri sera," racconta Kafka a Felice il 9-10 marzo 1913, "ho fatto una scoperta che dovrebbe esser spaventosa, e che invece mi ha quasi sollevato. Sono tornato a casa tardi [...], non volevo scriverti [...], né andare a dormire [...] e così, siccome avevo davanti i quaderni del mio romanzo [...], li ho presi, li ho letti dapprima con fiducia indifferente, come se ricordassi ancora esattamente la sequenza delle cose buone, mediocri e cattive in essi, ma poi ho cominciato sempre più a stupirmi e sono giunto infine all'inconfutabile convinzione che, come insieme, solo il primo capitolo è il frutto di un'intrinseca verità, mentre tutto il resto, con l'eccezione, naturalmente, di passi più o meno lunghi, è stato scritto come nel ricordo di un sentimento grande ma completamente assente, e quindi è da scartare. Questo significa che di circa 400 pagine grandi di quaderno ne restano (credo) solo 56. Se a queste 350 si aggiungono le circa 200 pagine di un'altra versione della storia, assolutamente inutilizzabile, scritta nell'inverno e nella primavera scorsi, ho scritto per questa storia 550 pagine inutili" (F 332).

Il 2 aprile 1913 Kurt Wolff scrive a Kafka di mandargli in tutta fretta "il primo capitolo del Suo romanzo che, come Lei e il dott. Brod sostenete, può essere pubblicato da solo" (Brw 29). Kafka risponde a giro di posta inviando il dattiloscritto: "Se possa essere pubblicato autonomamente, non lo so; è vero che non dimostra le successive 500 pagine completamente fallite, ma resta pur sempre non sufficientemente conchiuso. È un frammento, e tale resterà; questo suo futuro è ciò che conferisce al capitolo la massima completezza" (Br 115). "Grazie infinite," gli risponde Wolff l'8 aprile, "per avermi gentilmente inviato il primo capitolo. Debbo contraddirLa con calore. Mi sembra conchiuso e bello e vorrei pubblicarlo in 'Der jüngste Tag'. [...] Se Lei è d'accordo con le condizioni, posso cominciare subito la composizione" (Brw 30). Kafka si dice d'accordo ed esprime in questa occasione il desiderio del volume *I figli* (Br 116). Il 24 aprile Kafka rispedisce le bozze corrette e chiede che al titolo venga aggiunta la dicitura "Un frammento" (Br 117). Il 24 maggio riceve il volume: "Arroganza perché ho ritenuto così buono *Il fuochista*. La sera l'ho letto ai miei genitori, non c'è critico migliore di me mentre leggo davanti al padre che ascolta con estremo fastidio. Molti punti superficiali dinanzi a profondità palesemente inaccessibili" (T 561).

Il libro, il terzo della collana "Der jüngste Tag", uscì con una copertina, scelta da Franz Werfel, che riproduceva un disegno di W.H. Bartlett tratto dal libro *American Scenery*, by N.P. Willis, Esq. Illustrated in a series of views by W.H. Bartlett, London/New York (1838): The Ferry at Brooklin, NY, p. 90. Kafka, sempre straordinariamente sensibile alla veste grafica dei suoi libri, scrive a Wolff il 25 maggio: "Quando ho visto l'illustrazione del mio libro, mi sono dapprima spaventato, perché in primo luogo confutava me, che avevo rappresentato una New York modernissima, in secondo luogo era in vantaggio rispetto al racconto, agendo prima di lui e, in quanto immagine, in maniera più concentrata rispetto alla prosa, in terzo luogo era troppo bella; se non fosse una vecchia immagine, potrebbe quasi essere di Kubin. Ma ormai mi sono adattato e sono addirittura molto contento che Lei mi abbia sorpreso, perché, se avesse chiesto il mio parere, non avrei saputo risolvermi in quel senso e avrei perduto quella bella immagine" (Br 117-118).

Sono documentati l'interesse di Kafka per le condizioni di vita negli Stati Uniti d'America e le sue letture sull'argomento.

I diari dell'11 novembre 1911 (T 243) riportano un'annotazione relativa a un'intervista di Edison, dopo il suo viaggio in Boemia, sull'emigrazione ceca in America. E il 9 dicembre 1914, sempre nei diari (T 706-707), Kafka scrive di un colloquio con il cugino Emil Kafka sulla vita di quest'ultimo a Chicago.

Nel 1912 era uscito il libro-reportage di Arthur Holitscher *Amerika heute und morgen. Reiseerlebnisse* (America oggi e domani. Esperienze di viaggio), che Kafka comprò nella successiva edizione del 1913 (W 257). Singole parti del libro erano inoltre state pubblicate nella rivista "Die neue Rundschau", cui Kafka era abbonato; Kafka le lesse a Max Brod (Br 519).

Sempre nel 1912 era stata pubblicata la traduzione tedesca del volume di František Soukup *Amerika. Řada obrazů amerického života* (America. Una serie di immagini della vita americana). Kafka assistette il 1° giugno 1912 alla conferenza con diapositive che Soukup tenne a Praga su "L'America e i suoi funzionari" (cfr. T 424 e F 213).

Non molte sono le osservazioni fatte da Kafka, in anni più maturi, sul suo frammento del 1913. "Il Copperfield di Dickens," annota Kafka nei diari dell'8 ottobre 1917 (T 840-841), "(*Il fuochista* pura e semplice imitazione di Dickens, ancor più il progettato romanzo. Faccenda della valigia, colui che rende felici e che incanta, i lavori umili, l'innamorata nella fattoria, le case sporche, ma soprattutto il metodo. Il mio intento, lo vedo ora, era di scrivere un romanzo alla Dickens, ma arricchito delle luci taglienti che avrei tratto dalla mia epoca, e delle luci più torbide che avrei acceso prendendole da me stesso. La ricchezza di Dickens e il suo possente fluire senza esitazioni, ma di conseguenza passi di spaventosa impotenza, in cui egli, stanco, non fa che rimestare fra i risultati già raggiunti. Barbara l'impressione dell'insieme insensato, una barbarie che io, grazie alla mia debolezza e reso esperto dal mio epigonismo, ho peraltro evitato. Freddezza di cuore dietro la maniera traboccante di sentimento. Quei massi di rozza caratterizzazione, che vengono artificialmente confitti in ogni persona e senza i quali Dickens non sarebbe in grado di arrampicarsi, nemmeno di sfuggita, sulla vetta della sua storia. Il legame di Walser con lui nell'uso, che sfuma e si confonde, di metafore astratte.)"

In uno dei colloqui con Janouch (J 52) Kafka disse, commentando l'osservazione che il tratto positivo del *Fuochista* va scorto nella giovinezza di Karl: "*Il fuochista* è il ricordo di un sogno, di qualcosa che forse non è mai stato realtà. Karl Roßmann non è ebreo. Ma noi ebrei nasciamo vecchi."

Quando Milena Jesenská, la traduttrice ceca di Kafka e la donna che a lui fu legata da un amore profondissimo, gli inviò nell'aprile 1920 la traduzione del *Fuochista*, Kafka le scrisse nella lettera di risposta (M 15): "Sono felice di poter fare davvero un piccolo sacrificio con le poche osservazioni sul *Fuochista* che Lei desidera da me; sarà come pregustare quella pena infèrnale che consiste nel ripercorrere la propria vita con gli occhi della conoscenza, dove la cosa peggiore non è l'esame dei misfatti palesi, bensì di quegli atti che in un primo tempo si erano giudicati buoni."

Una nuova edizione del *Fuochista* comparve all'inizio del 1916, con piccolissime varianti al testo, caratteri tipografici diversi e la copertina senza il disegno di Bartlett (E_2 = *Der Heizer*. Ein Fragment. Zweite Auflage. Leipzig: Kurt Wolff 1916).
La terza edizione è una ristampa della seconda (E_3 = *Der Heizer*. Ein Fragment [3. Auflage] Leipzig: Kurt Wolff [1917-1918]).
Il manoscritto è conservato presso la Bodleian Library di Oxford.

La metamorfosi

(E_1 = *Die Verwandlung*. In: "Die weißen Blätter". Eine Monatsschrift. Hg. von René Schickele. 2. Jg. 10. Heft (Oktober) Leipzig: Verlag der weißen Bücher 1915)

La metamorfosi fu scritta fra il 17 novembre e il 7 dicembre 1912. Il 17 novembre – un giorno di tristezza e depressione trascorso quasi interamente a letto – Kafka scrive a Felice: "Oggi, comunque, ti scriverò ancora, anche se ho molte cose da sbrigare; metterò per iscritto, inoltre, una piccola storia che mi è venuta in mente a letto in mezzo a quello strazio, e che ora mi opprime nel punto più interno di me" (F 102). La convinzione di poter scrivere *La metamorfosi* in una sola sera, di dover dunque solo trascrivere un disegno narrativo già tracciato, e di non grandi dimensioni, si rivela subito illusoria. Quella stessa notte Kafka scrive a Felice: "Carissima, è l'una e mezzo di notte, la storia che ti ho annunciato non è, di gran lunga, terminata, al romanzo [*Il disperso*] non ho aggiunto una sola riga, vado a letto con ben poco entusiasmo" (F 102).
Riferendo a Felice, nelle settimane seguenti, il procedere, l'ampliarsi, il modificarsi della sua "piccola storia", Kafka consente di ricostruirne esattamente le fasi di composizione. "Mi sono appena seduto per lavorare alla mia storia di ieri," scrive il 18 novembre, "chiaramente istigato da tutta questa disperazione. Oppresso da tante cose, in mezzo all'incertezza al tuo riguardo, assolutamente incapace di cavarmela con il lavoro in ufficio, pervaso, di fronte a questo romanzo ormai fermo da un giorno, dal selvaggio desiderio di continuare la nuova storia, che chiama con altrettanto imperio; vicino in maniera allarmante, da alcuni giorni e notti, all'insonnia perfetta, e altre co-

se ancora in testa, meno importanti ma che tuttavia mi turbano e mi agitano [...]" (F 105). "È tarda notte," scrive il 23, "ho messo da parte la mia piccola storia, alla quale peraltro non avevo lavorato per due sere e che in silenzio comincia ad acquisire le dimensioni di una storia abbastanza lunga. [...] Te la leggerò. Sì, sarebbe bello leggerti questa storia e intanto tenerti la mano, perché fa un po' spavento. Si chiama *Metamorfosi*, ti farebbe davvero una bella paura" (F 116). La notte successiva: "Carissima! Che storia straordinariamente ripugnante è quella che metto ora da parte per rinfrancarmi pensando a te. È già progredita di un pezzo oltre la metà, e in generale non ne sono scontento, ma incute uno sconfinato ribrezzo; queste cose, vedi, vengono dallo stesso cuore in cui tu vivi e che tolleri come dimora. Non esserne triste, perché, chissà, quanto più scrivo e mi libero, tanto più puro e degno diventerò forse per te, ma è certo che ci sono ancora tante cose da espellere da me e le notti non sono mai abbastanza lunghe per quest'opera, d'altronde così voluttuosa" (F 117). Il 24 novembre Kafka annuncia che avrebbe sicuramente terminato *La metamorfosi* il giorno successivo, se non fosse dovuto partire per un breve viaggio di lavoro (F 122). "Mi dispiace tanto," aggiunge il giorno dopo, "anche se spero che [il viaggio] non avrà per la storia conseguenze gravissime [...]. Parlando di conseguenze gravissime intendo dire che la storia, purtroppo, è già abbastanza danneggiata dal mio modo di lavorare. Una storia simile andrebbe scritta, con una interruzione al massimo, in due periodi di 10 ore, allora avrebbe il ritmo e l'impeto che le sono naturali, e che domenica scorsa essa aveva nella mia testa. Ma io non dispongo di due periodi di 10 ore. Così occorre cercare di fare il meglio possibile, visto che il meglio ci è precluso" (F 125). Tornato dal viaggio, e dopo una settimana di fatica per la scrittura che non scorre, che non procede ("qualcosa rotola avanti torbido e indifferente, e la necessaria chiarezza lo illumina solo a tratti"; "il romanzo è fermo da oltre una settimana e la nuova storia, pur avviandosi alla fine, mi dà ad intendere da due giorni che mi sono incagliato" [F 135]), Kafka può annunciare il 1º dicembre: "Carissima Felice, dopo aver concluso la lotta con la mia piccola storia (una terza parte, ma questa volta, con certezza, l'ultima, ha cominciato a delinearsi), debbo dirti ancora, assolutamente, buona notte" (F 145). E il 3 dicembre: "Carissima, senz'altro avrei dovuto resistere tutta la notte scrivendo. Sarebbe mio dovere, perché sono vicinissimo alla fine della mia piccola storia, una fine cui infinitamente gioverebbe l'unitarietà e il fuoco di ore che, succedendosi, si tengano" (F 153). "L'eroe della mia piccola storia," riferisce Kafka il 5-6 dicembre in questo suo racconto parallelo, "è morto poco fa. Se ti consola, sappi che è morto in pace e riconciliato con tutti. La storia non è proprio finita, ma ora me ne manca la vera voglia, e lascio la fine per domani. [...] Peccato che certi suoi passi tradiscano, distintamente incisi, i miei stati di spossatezza, le interruzioni d'altra specie e i fastidi che non la riguardano; certamente avrebbe potuto essere elaborata in maniera migliore, lo si nota soprattutto nei suoi lati più dolci. È questa, appunto, la sensazione che eternamente rode in me; io da solo, io con le forze creatrici che sento in me, a prescindere dal loro vigore e dalla loro resistenza, avrei portato a termine, in condizioni di vita più favorevoli, un lavoro più puro, più efficace, più organizzato di quello che ora esiste" (F 160). Finalmente, nella notte fra il 6 e il 7 dicembre 1912, l'ultimo annuncio: "Carissima, ascoltami, la mia piccola storia è terminata, ma la conclusione scritta oggi non mi piace per nulla, avrebbe dovuto esser migliore, non c'è dubbio" (F 163).

Già nel marzo 1913 Kurt Wolff ha sentore di una storia d'insetti. "Illustrissimo dott. Kafka," scrive il 20 marzo, "Franz Werfel mi ha tanto parlato di un suo nuovo racconto (si chiama *La cimice*?) – che ora mi piacerebbe proprio leggerlo. Vuole mandarmelo?" (Brw 28). Alla successiva, pressante richiesta di Wolff, Kafka risponde con un provvisorio diniego: "L'altra storia di cui dispongo, *La metamorfosi*, non è neanche copiata, perché negli ultimi tempi tutto mi ha distolto dalla letteratura e dal desiderio di lei" (Br 115). La proposta di Kafka è, come sappiamo, di serbare *La metamorfosi* per il volume *I figli*. Per qualche tempo, nel carteggio con gli editori, non si parla più della *Metamorfosi*, ma Kafka continua a considerarsi impegnato: quando Robert Musil, allora redattore della "Neue Rundschau", gli chiede di mandargli qualche manoscritto, Kafka annota nei diari: "Lettera di Musil. Mi rallegra e mi intristisce, perché non ho nulla" (23 febbraio 1914, T 500). All'inizio di marzo, tuttavia, forse anche in seguito ai suoi progetti di trasferimento a Berlino, Kafka ci ripensa e manda *La metamorfosi* a Musil, che la accetta per la pubblicazione (cfr. F 556). Pare però che la decisione sia del solo Musil e non della redazione, che oppone resistenza: ma l'inizio della guerra e la chiamata alle armi di Musil pongono comunque fine al progetto. "Caro Max," propone allora Kafka a Brod nel marzo 1915, "[...] ecco il manoscritto. Mi è venuto in mente che si potrebbe tentare, ora che non c'è più Blei, di pubblicare la storia nei 'Weiße Blätter'. La data di pubblicazione mi sarebbe indifferente, l'anno prossimo o fra due anni" (BK 141).

Dopo una pausa dovuta all'inizio della guerra, la rivista "Die weißen Blätter" aveva ripreso le pubblicazioni, nel gennaio 1915, sotto la direzione di René Schickele. La rivista si presentava come "l'organo delle nuove generazioni" e si proponeva di "non passare sotto silenzio, senza prendere posizione, nessuno dei campi della vita moderna" e di non essere quindi solo "l'espressione artistica, ma anche morale e politica della nuova generazione" (così Schickele nel programma). Accanto allo "Sturm" e alla "Aktion", i "Weiße Blätter" sono considerati una delle riviste classiche dell'espressionismo. Le "Edizioni dei libri bianchi", che pubblicavano la rivista, erano, di fatto, uno degli organi editoriali di Wolff.

Giunta ai "Weiße Blätter" tramite Brod, *La metamorfosi* fu pubblicata nel numero di ottobre 1915 senza essere stata rivista da Kafka (E_1). Meyer scrive infatti l'11 ottobre: "Sembra che Lei non abbia affatto visto le bozze della *Metamorfosi*. Se così stanno le cose, la colpa è di Schickele [...]. La prego tuttavia di voler giustificare la circostanza tenendo conto dell'assurdità delle attuali condizioni" (Brw 33). Nella stessa lettera Meyer propone una seconda edizione della *Metamorfosi* in "Der jüngste Tag". La composizione e la stampa per la nuova edizione cominciano immediatamente, incrociandosi con l'uscita della prima. Il 15 ottobre Kafka rispedisce già le bozze corrette: "Accludo la correzione della *Metamorfosi*. Mi dispiace solo che la stampa sia diversa dal *Napoleone* [il libro di Sternheim, uscito nella stessa collana, che Meyer aveva inviato come modello]. La pagina del *Napoleone* è ben chiara e si offre bene allo sguardo, mentre quella della *Metamorfosi* è scura e compressa. Se si potesse cambiare qualcosa, mi farebbe molto piacere" (Br 134). Kafka viene accontentato, come anche a proposito della copertina.

La serie "Nuovi narratori tedeschi", cui anche *La metamorfosi* era destinata, portava infatti sul frontespizio disegni tratti da litografie di Ottomar Starke. Kafka si allarma subito: "Mi sono preso un piccolo [...], probabilmente inutile spavento. Mi è venuto in mente, siccome Starke è un vero illustratore, che forse potrebbe voler disegnare l'insetto. Questo no, per favore, questo no! Non voglio limitare la sua libertà d'azione, voglio soltanto avanzare una preghiera derivante dalla mia conoscenza, ovviamente migliore, della storia. L'insetto non può essere disegnato. Ma non può neppure esser mostrato da lontano. Se questa intenzione non sussiste, se, dunque, la mia richiesta è ridicola, tanto meglio. [...] Se potessi fare una proposta per un'illustrazione, sceglierei scene come: i genitori e il procuratore dinanzi alla porta chiusa o, ancor meglio, i genitori e la sorella nella stanza illuminata, mentre la porta che dà nella stanza attigua, totalmente oscura, è aperta" (Br 136, 25 ottobre 1915).

Il libro che uscì nel novembre 1915 (E_2 = *Die Verwandlung*. [1. Auflage] Leipzig: Kurt Wolff 1915) raffigurava in copertina, sullo sfondo a destra una porta con un battente aperto, in primo piano a sinistra un uomo in veste da camera che si prende il viso fra le mani.

La terza edizione (E_3 = *Die Verwandlung* [2. Auflage] Leipzig: Kurt Wolff [1918?]) è difficilmente databile; con argomentazioni plausibili Dietz (*op. cit.*) conclude trattarsi del 1918. Nel carteggio con l'editore non viene mai menzionata. Non è escluso che Kafka, come accadde anche a Benn con la pubblicazione di *Cervelli*, non ne fosse al corrente. I molti refusi inducono a credere che la ristampa sia avvenuta in gran fretta e con poca cura.

Anche nel caso della *Metamorfosi* Kafka fu molto attento alle recensioni. "Nell'ultima 'Neue Rundschau'," scrive a Felice il 7 ottobre 1916, "*La metamorfosi* viene citata e, con argomentazioni ragionevoli, respinta; c'è un punto che dice: 'L'arte narrativa di Kafka ha qualcosa di primordialmente tedesco.' E, per contro, nel saggio di Max: 'I racconti di Kafka vanno annoverati fra i documenti più ebrei del nostro tempo.' Un caso difficile. Sono forse un cavallerizzo da circo che corre su due cavalli? Purtroppo non sono un cavallerizzo: sono invece disteso al suolo" (F 719-720).

Gli scritti a cui Kafka allude sono l'articolo *Fantasia*, uscito nella "Neue Rundschau" (1916, vol. 2, pp. 1421 sgg.) a firma di Robert Müller; e il saggio di Max Brod *I nostri letterati e la comunità*, in cui, appunto, si dice di Kafka: "Sebbene nelle sue opere non compaia mai la parola 'ebreo', esse vanno annoverate fra i documenti più ebrei del nostro tempo."

Parlando poi dell'insuccesso della serata monacense in cui ebbe luogo la lettura pubblica della *Colonia penale* (cfr. *infra*), Kafka scrive a Felice: "A proposito, tornato a Praga mi sono ricordato delle parole di Rilke. Dopo alcune osservazioni gentili sul *Fuochista*, disse che né nella *Metamorfosi* né nella *Colonia penale* è mai stata quella coerenza. L'osservazione non è immediatamente comprensibile, ma acuta" (F 744).

Val la pena di citare per esteso, come giudizio di Kafka sul proprio racconto, la lettera-testamento scritta a Brod il 29 novembre 1922, in uno stadio già molto avanzato della malattia che lo avrebbe portato alla morte; la lettera non fu mai spedita, e venne ritrovata dallo stesso Brod fra le carte di Kafka: "Caro Max, forse questa volta non mi alzo più, l'arrivo della polmonite è più che probabile dopo un mese di febbre polmonare, e a scacciarla non servirà nemmeno ch'io scriva di lei, sebbene ciò abbia un certo potere.

"Per questa eventualità, dunque, ecco le mie ultime volontà riguardo a tutti i miei scritti:

"Fra tutto ciò che ho scritto hanno validità solo i libri: Verdetto, Fuochista, Metamorfosi, Colonia penale, Medico condotto e il racconto Un digiunatore. (I pochi esemplari di *Contemplazione* possono restare, non voglio imporre a nessuno la fatica di mandarli al macero, ma nulla di ciò che il volume contiene deve essere ristampato.) Quando dico che quei cinque libri e il racconto hanno validità, non significa ch'io abbia il desiderio che essi vengano ristampati e consegnati ai tempi a venire; al contrario, il loro definitivo perdersi esaudirebbe il mio desiderio più vero. Ma visto che ormai esistono, non impedisco a nessuno, se ne ha voglia, di conservarli.

"Invece, tutto quello che, scritto da me, ancora esiste (pubblicazioni in riviste, manoscritti o lettere), senza eccezione [...], tutto questo, senza eccezione, preferibilmente senza essere letto [...] va bruciato; a te chiedo di farlo il più presto possibile" (BK 421-422).

Il manoscritto della *Metamorfosi* è di privata proprietà.

Nella colonia penale
(E₁ = *In der Strafkolonie*. Leipzig: Kurt Wolff 1919)

Il racconto fu composto, come risulta da un'annotazione di diario del 31 dicembre 1914 (T 751), durante le due settimane di vacanza fra il 5 e il 18 ottobre 1914. Il 2 dicembre 1914 Kafka lesse il testo agli amici: "Pomeriggio da Werfel con Max e Pick. Letto *Nella colonia penale*, non del tutto scontento, tranne che per gli evidentissimi, incancellabili errori" (T 703).

La novella attese a lungo prima d'esser pubblicata. Kafka non la offerse all'editore, né questi gliela richiese. Per parecchio tempo dopo la sua stesura Kafka continuò ad affermare di non avere nulla di pronto per la stampa. Solo nel contesto del volume *Punizioni* il racconto gli pareva pubblicabile. Il manoscritto venne comunque inviato a Wolff, il quale, in una lettera che non si è conservata, scrisse a Kafka le sue impressioni. "Le Sue gentili parole sul mio manoscritto" scrive allora Kafka l'11 ottobre 1916 in risposta a quella lettera, "mi hanno fatto un grande piacere. Il suo biasimo per la penosità dell'insieme coincide interamente con la mia opinione, che però, su questo punto, io nutro nei confronti di quasi tutto ciò che ho finora scritto. Osservi quanto siano poche le cose che, in questa o in quella forma, siano scevre da quella penosità! A spiegazione di questo mio ultimo racconto aggiungo soltanto che non è solo lui a esser penoso: l'intera nostra epoca in generale, e la mia in particolare, furono sempre e sono tutt'ora penosissime, anzi la mia epoca particolare lo è addirittura più a lungo di quella generale. Dio sa a quali profondità sarei giunto su questa strada, se avessi continuato a scrivere, o meglio, se la mia condizione e il mio stato mi avessero concesso quello scrivere ch'io bramavo con tutti i denti confitti in tutte le labbra. Ma non l'hanno fatto. Così come sono ora, non mi resta che attendere la pace, ed è questo il fatto per cui, almeno esteriormente, mi rappresento come indubitabile contemporaneo. Sono d'accordo con lei anche sul fatto che la *Colonia penale* non deve uscire in 'Der jüngste Tag'" (Br 150-151). Con la medesima lettera Kafka respinge anche, definitivamente, l'offerta di stampare *Punizioni*.

Il carteggio con l'editore s'interrompe per qualche tempo, per riprendere nel luglio 1917 a proposito del *Medico condotto* (cfr. *infra*). Il 1° settembre Wolff torna a parlare della *Colonia penale* e propone di pubblicarla contemporaneamente al nuovo volume di racconti. "Ho spiegato al dott. Brod," si sente in dovere di chiarire Wolff, "perché io abbia sempre avuto, ed abbia tuttora, certe remore a pubblicare la *Colonia penale* fra i volumetti di 'Der jüngste Tag' al prezzo di 8 Pf. Ma si capisce che non ho mai pensato di rinunciare alla pubblicazione di quest'opera, che ammiro e stimo straordinariamente" (Brw 45). "Riguardo alla *Colonia penale*," lo tranquillizza Kafka il 4 settembre, il giorno in cui gli viene diagnosticata la tubercolosi, "sussiste forse un malinteso. Mai ho chiesto la pubblicazione di questa storia col cuore davvero sgombro. Le ultime due o tre pagine sono un vero pasticcio, la loro esistenza è indizio di un difetto più profondo, c'è, da qualche parte, un tarlo che scava e svuota la storia anche nei punti in cui è piena. La sua offerta di stampare il racconto con la stessa veste del *Medico condotto* è naturalmente allettante e mi solletica tanto da rendermi quasi inerme – tuttavia La prego, almeno per il momento, di non pubblicarlo" (Br 159).

Può darsi che a muovere Kafka a questa decisione abbia contribuito la lettura pubblica della *Colonia penale* che egli tenne il 10 novembre 1916 nella galleria Goltz di Monaco. La serata, cui era presente anche Felice, fu un insuccesso ("ho letto là la mia sudicia storia in perfetta indifferenza, la bocca d'una stufa non può essere più fredda" [Br 153]), e le recensioni furono piuttosto dure (cfr. F 744, in cui Kafka si dichiara d'accordo con i giudizi negativi).

Ma Wolff non desiste e l'11 ottobre 1918 torna sulla sua proposta, offrendo a Kafka di stampare la *Colonia penale*, per la quale dice di provare un amore misto "a un certo orrore e sgomento per la tremenda intensità della terribile trama", nella nuova serie delle "Stampe Drugulin", accanto a opere di Werfel, Jammes, Péguy e Březina (Brw 49). Questa volta Kafka accetta, e il 4 novembre 1918 Wolff gli rispedisce il manoscritto per un'ultima correzione. Kafka, che in quel periodo è ammalato, invia il manoscritto l'11 novembre, dopo averne tolto "un pezzetto" (Br 245). Il libro esce nel maggio 1919.

Della *Colonia penale* non si è conservato il manoscritto.

Frammenti a: Nella colonia penale
(diari del 7, 8 e 9 agosto 1917-T 822-827)

"Come?" disse l'esploratore

L'esploratore si sentiva troppo stanco per poter dare ordini o addirittura fare qualcosa. Trasse solo un fazzoletto dalla tasca, e fece un movimento, come ad intingerlo nel lontano secchio, poi lo premette sulla fronte e si distese vicino alla fossa. Così lo trovarono due uomini che il comandante aveva mandato a prenderlo. Balzò in piedi come rinfrancato, quando gli parlarono. Disse, con la mano sul cuore: "Se permetto questo, sono un cane schifoso." Ma poi prese alla lettera le sue parole e cominciò ad andare in giro a quattro zampe. Solo a tratti balzava in piedi, si strappava letteralmente via, si appendeva al collo di uno degli uomini, gridava fra le lacrime "perché mi tocca tutto questo" e tornava di corsa al suo posto.

E anche se tutto era immutato, il bulino era tuttavia là, e sporgeva ritorto dalla fronte sfondata.

Come se tutto ciò riportasse alla coscienza dell'esploratore che quanto sarebbe ora seguito era una questione esclusivamente sua e del morto, scacciò con un gesto della mano il soldato e il condannato; essi esitavano, egli lanciò loro un sasso, essi continuavano a confabulare, allora egli corse da loro e li colpì con i pugni.

"Come?" disse l'esploratore d'improvviso. Era stato dimenticato qualcosa? Una parola decisiva? Un gesto? Un tendere la mano? Chi può penetrare in quella confusione? Dannata perfida aria tropicale, che ne fai di me? Non so cosa stia accadendo. La mia facoltà di giudizio è rimasta a casa, al Nord.

"Come?" disse l'esploratore d'improvviso. Era stato dimenticato qualcosa? Una parola? Un gesto? Un tendere la mano? Possibilissimo. Un grossolano errore di calcolo, un'idea fondamentalmente sbagliata, un frego stridente e sprizzante inchiostro attraversa il tutto. Ma chi lo rettifica? Dov'è l'uomo che lo rettifichi? Dov'è il buon vecchio mugnaio del mio paese nel Nord, che ficchi quei due tipi ghignanti laggiù in mezzo alle macine del mulino?

L'esploratore fece un gesto incerto della mano, desistette dai suoi sforzi, allontanò daccapo i due dal cadavere e indicò loro la colonia, ordinando loro di andar là. Con un riso gorgogliante mostrarono di aver gradualmente compreso l'ordine, il condannato premette il viso coperto da vari strati di sporcizia sulla mano dell'esploratore, il soldato batté con la destra (nella sinistra dondolava il fucile) sulla spalla dell'esploratore, i tre erano una cosa sola.

L'e[sploratore] dovette respingere con la violenza la sensazione, che ora lo assaliva, che in quel caso si fosse fatto ordine perfetto. Si sentì stanco e abbandonò il progetto di seppellire subito il cadavere. Il calore, che continuava a crescere (l'e[sploratore] non voleva alzare la testa verso il sole, per non cominciare a barcollare), l'improvviso, definitivo tacere dell'ufficiale, la vista dei due che, dall'altra parte, lo fissavano estranei, e con i quali, per la morte dell'uff[iciale], aveva perso ogni legame, infine la brutale, meccanica confutazione che l'opinione dell'uff[iciale] aveva trovato lì – tutto questo – l'esploratore non resistette oltre in piedi e si sedette sulla sedia di bambù. Se la sua nave si fosse spinta fino a lui in mezzo a quella sabbia senza sentieri per prenderlo a bordo, sarebbe stata la cosa più bella. Sarebbe salito, dalla scala avrebbe solo rivolto un ultimo rimprovero all'ufficiale per il feroce supplizio del condannato. Lo racconterò a casa, avrebbe detto ad alta voce, affinché sentissero anche il capitano e i marinai che di sopra si chinavano curiosi oltre il parapetto. "Giustiziato?" avrebbe allora chiesto, giustamente, l'ufficiale. "Ma eccolo qua" avrebbe detto, e avrebbe indicato il facchino dell'esploratore. E davvero questi era il condannato, l'e[sploratore] se ne convinse guardando attentamente ed esaminando con cura i tratti del viso. "Complimenti," dovette dire l'e[sploratore] e lo disse volentieri. "Un trucco da prestigiatore?" chiese ancora. "No," disse l'ufficiale "un errore da parte Sua, sono giustiziato come Lei ha ordinato." Il capitano e i marinai ascoltavano ora ancor più curiosi. E tutti insieme guardarono l'u[fficiale] che si passava la mano sulla fronte e rivelava un bulino che sporgeva ritorto dalla fronte sfondata.

Un medico condotto. Piccoli racconti

(E = *Ein Landarzt*. Kleine Erzählungen. Meinem Vater. (München und Leipzig): Kurt Wolff (1919) [uscito nel 1920?])

Fra il 26 novembre 1916 e il 1° marzo 1917 Kafka visse a Praga in una piccola casa sulla collina dello Hradschin, al numero 22 della Alchimistengasse, che la sorella Ottla gli aveva messo a disposizione. Kafka trascorreva lì, scrivendo, la sera e parte della notte, per poi tornare a dormire nella casa dei genitori. Dal 1° marzo 1917 si trasferì in un appartamento dello Schönborn Palais, un edificio patrizio della Marktgasse. Entrambe le case (se ne legga la descrizione nella lettera a Felice di fine dicembre 1916-inizio gennaio 1917, F 749-753) vennero poi lasciate a fine agosto 1917, e Kafka tornò a vivere con la famiglia.

Kafka trascorse dunque l'inverno 1916-17 in solitudine quasi perfetta; un inverno durissimo ("l'inverno del dolore" lo chiama Brod nella dedica di un libro regalato all'amico), nel pieno di una guerra che stava portando al definitivo dissolversi dell'impero austro-ungarico, in una Praga paralizzata dalla fame e dalla mancanza di carbone. Di questo periodo – un'altra intensissima fase produttiva dopo alcuni anni di difficoltà e di tentativi da Kafka giudicati falliti – non esistono annotazioni di diario, né lettere a Felice o a Max Brod. Fra l'inizio del dicembre 1916 e, rispettivamente, la fine dell'aprile 1917 (datazione Binder, BinderK₁ 192-236) o del maggio-giugno 1917 (datazione Wagenbach-Pasley, Sy 50-64) Kafka scrisse 12 delle 14 prose del futuro volume *Un medico condotto*. Furono composti inoltre: *Il ponte, Il cacciatore Gracco* (e i relativi frammenti), *Il cavaliere del secchio, Il vicino, Durante la costruzione della muraglia cinese, Il colpo al portone, Un incrocio.* Furono scritte infine annotazioni di varia natura, raccolte nel settimo, primo, sesto e secondo degli otto celebri quaderni blu in ottavo, che ospitano anche alcuni dei racconti citati. Le due prose che Kafka decise di inserire inoltre nel volume, *Davanti alla legge* e *Un sogno*, erano state scritte in precedenza, nella seconda settimana del dicembre 1914 (datazione Binder, BinderK₁ 182-183, cfr. T 706-707): l'uno parte integrante del romanzo *Il processo* (cap. IX, *Nel duomo*), l'altro in strettissima connessione con esso.

La pubblicazione di *Un medico condotto* avvenne con modalità ormai consuete nel rapporto fra Kafka e Kurt Wolff. Informato da Max Brod della nuova produzione di Kafka, l'editore gli scrive il 3 luglio 1917 pregandolo di mandargli i dattiloscritti (Brw 41). "Sono felicissimo di avere di nuovo sue notizie dirette," gli risponde Kafka il 7 luglio. "In questo inverno [...] tutto mi è stato un poco più facile. Le invio qualcosa fra gli scritti utilizzabili nati in questo periodo, 13 prose. L'insieme è assai lontano da ciò che in realtà voglio" (Br 156). Wolff è invece entusiasta, trova le prose "straordinariamente belle e mature" e chiede di pubblicarle (20 luglio 1917, Brw 43). Il 27 luglio (Br 157-158) Kafka si dice felice di accettare e propone di integrare il volume con *Un sogno* e *Davanti alla legge*, già più volte pubblicati in riviste. In risposta alla disponibilità di Wolff (1° agosto 1917, Brw 43-44), Kafka invia un elenco di 15 titoli: "Come titolo del nuovo libro propongo: *Un medico condotto*, con il sottotitolo 'Piccoli racconti'. L'indice me lo figuro più o meno così: *Il nuovo avvocato, Un medico condotto, Il cavaliere del secchio, In galleria, Un vecchio foglio, Davanti alla legge, Sciacalli e arabi, Una visita in miniera, Il villaggio vicino, Il messaggio dell'imperatore, Il cruccio del padre di famiglia, Undici figli, Un fratricidio, Un sogno, Relazione per un'accademia*" (20 agosto 1917, Br 158-159).

Nonostante la volontà di Wolff di pubblicare subito il libro, l'inizio della composizione si protrae oltre il previsto e solo il 7 gennaio 1918 l'editore è in grado di spedire a Kafka le prime bozze (Brw 46). Questi ne invia la correzione il 27 gennaio, pregando che venga rispettato l'indice originario e che venga inserita la dedica "A mio padre". Non ricevendo più notizie di Wolff nei mesi successivi, Kafka pensa di accettare le offerte dell'editore Reiss e di Paul Cassirer (BK 236, 246). "Grazie per aver fatto da intermediario presso Wolff," scrive a Brod alla fine del marzo 1918. "Da quando ho deciso di dedicare il libro a mio padre, è molto importante per me che esca presto. Non che, così, io possa riconciliare il padre, le radici di questa ostilità sono inestirpabili, ma avrei pur sempre fatto qualcosa [...]" (BK 246). Solo le bozze che arrivano a spizzichi da Wolff trattengono Kafka dal proposito di ritirare il libro. Non prima del 13 settembre 1918, infatti, G.H. Meyer si rifarà vivo, riferendo che la stampa del *Medico condotto* si sta protraendo per mancanza di carta e per altre difficoltà tecniche. E non prima del 1° agosto 1919 Kafka avrà, tramite Brod, altre notizie: "A casa di Wolff ho parlato molto di te, la stampa del libro è quasi terminata. Il correttore che lo aveva perso è stato licenziato (non solo per questo)" (BK 267).

Non si può stabilire con certezza la data di pubblicazione del *Medico condotto*. Più di un argomento, fra cui la bozza di un frontespizio con correzioni manoscritte dell'autore, in cui la data 1919 compare cancellata con un frego, fa pensare che il volume sia uscito nel 1920.

Il libro raccoglie solo 14 delle 15 prose proposte inizialmente da Kafka. Non si sa se *Il cavaliere del secchio* sia stato ritirato dall'autore o sia andato perduto nell'immensa confusione che regnava in quel periodo alla casa editrice.

Dei 15 racconti proposti da Kafka a Wolff nell'agosto 1917, diversi erano già stati pubblicati, o erano in via di pubblicazione, su riviste e quotidiani. Anche il progetto di una raccolta in volume precede l'interessamento dimostrato da Wolff. Nell'aprile 1917 Martin Buber, in una lettera che non si è conservata, richiede a Kafka dei testi per il suo mensile sionista "Der Jude". Scrive Kafka a Buber il 22 aprile: "La mia risposta ha tardato qualche giorno perché le prose dovevano esser prima ricopiate. Le invio 12 brani [...]. Vorrei che tutti, aggiunti ad altri, uscissero un giorno in volume, con il titolo comune: *Responsabilità*" (BB 491-492). Buber fa sapere di aver scelto due racconti. "I miei migliori ringraziamenti per la sua cortese lettera," gli risponde Kafka il 12 maggio. "Così, dunque, anch'io comparirò in 'Der Jude': e l'ho sempre ritenuto impossibile. La prego di non definire 'similitudini' i miei brani, non sono similitudini; se debbono avere un titolo complessivo, allora sarebbe forse meglio: *Due storie di animali*" (BB 494). Così, infatti, rispettivamente nei numeri di ottobre e di novembre di "Der Jude", uscirono *Sciacalli e arabi* e *Relazione per un'accademia*.

Un digiunatore. Quattro storie

(E₁ = *Ein Hungerkünstler*. Vier Geschichten. Berlin: Verlag Die Schmiede 1924)

Riallacciandosi per più di un aspetto ai racconti scritti nella Alchimistengasse e nei mesi immediatamente seguenti, un altro gruppo di testi e annotazioni nasce fra l'ottobre 1917 e la fine del 1920: *Un eroismo quotidiano, La verità su Sancho Pansa, Il silenzio delle sirene, Prometeo,* le *Considerazioni sul peccato, il dolore, la speranza e la vera via* fra l'ottobre 1917 e il febbraio 1918; la *Lettera al padre* nel novembre 1919; la serie di aforismi *Egli* nel gennaio-febbraio 1920; *Ritorno a casa, Lo stemma della città, Poseidone, Comunità, Di notte, Il rifiuto, La questione delle leggi, La leva militare, L'esame, L'avvoltoio, Il nocchiero, La trottola* negli ultimi mesi del 1920.

Alla fine del dicembre 1917 Kafka si separa definitivamente da Felice. Nell'inverno 1919, a Schelesen, incontra Julie Wohryzek, con la quale si fidanza. Ma il secondo tentativo, dopo quello con Felice, di sposarsi e di fondare una famiglia fallisce nell'autunno dello stesso anno. Si è aperta intanto la corrispondenza con Milena Jesenská. Milena e Kafka vivranno nel 1920 un amore intensissimo ma evidentemente incapace di trasformarsi in una vita in comune. I mesi fra la fine del 1920 e l'inizio del 1922 costituiranno una fase di quasi completa sterilità letteraria.

"Per salvarmi da ciò che si dicono i nervi," scrive Kafka verso la fine del marzo 1922 all'amico Robert Klopstock, "ho ricominciato da qualche tempo a scrivere; sto seduto al tavolo dalle sette di sera in avanti, ma non è nulla [...]" (Br 374). Il 15 marzo Kafka legge a Brod il primo capitolo del *Castello* (FK 226); al romanzo continuerà a lavorare per tutta l'estate, ma già in settembre annuncerà a Brod da Planá: "Sono qui da circa una settimana, che non ho trascorso molto piacevolmente (ho dovuto lasciar perdere, evidentemente per sempre, la storia del castello, [...] non sono più riuscito a riprenderla, sebbene la parte scritta a Planá non sia così male come quella che tu conosci)" (timbro d'arrivo 11 settembre 1922, BK 415).

Spinto, dall'aggravarsi della malattia e da un'inquieta, febbrile lucidità sulla propria condizione esistenziale, a cercare continuamente sollievo – in campagna, in diversi sanatori, semplicemente in luoghi dove trovar pace –, Kafka trascorre gli ultimi due anni di vita fra Praga, Spindlermühle, Planá (dove Ottla ha una casa di campagna, Dobřichovice, Müritz sul

Mar Baltico, Schelesen). Il 24 settembre si trasferisce a Berlino presso Dora Diamant, la ragazza che ha conosciuto quell'estate a Müritz e che gli resterà accanto fino alla morte. Dal 17 marzo all'inizio dell'aprile 1924 Kafka sarà un'ultima volta a Praga, prima di partire per l'Austria, dove, prima nel sanatorio Wiener Wald, poi nella clinica universitaria viennese del prof. Hajek, infine nel sanatorio di Kierling presso Klosterneuburg, trascorrerà le ultime settimane di vita. Assistito da Dora e da Robert Klopstock, muore il 3 giugno 1924.

Negli ultimi due anni di vita Kafka scrive *Primo dolore, La partenza, L'intercessore, Un digiunatore, Indagini di un cane, I coniugi, Arrenditi, Delle similitudini, Una donnina, La tana, Josefine la cantante.*

Le attestazioni di stima e di ammirazione da parte di Kurt Wolff si erano fatte, nel corso del 1921 e del 1922, esplicite e generosissime (cfr. Brw 54-55). E tuttavia Kafka pubblicò il suo ultimo libro, la raccolta di quattro racconti *Un digiunatore*, per la giovane casa editrice Die Schmiede di Berlino. Non si sa molto di questa piccola, ma prestigiosa casa editrice, diretta da Rudolf Leonhard, a cui collaborarono, nei pochi anni della sua vita, Benn, Döblin, Hasenclever, Čapek, Goll, A. Ehrenstein, Kisch, C. Sternheim, W. Mehring, Th. Lessing, L. Frank, J. Roth, A. Holitscher e altri: il nazismo si preoccupò di cancellarne il più possibile le tracce. Con ogni probabilità Kafka venne in contatto con Leonhard tramite l'amico Ernst Weiß, che per Die Schmiede aveva pubblicato già diversi libri.

Secondo le testimonianze di Dora Diamant e di Klopstock, Kafka lavorò fino all'ultimo – addirittura fino al mattino della morte – alla correzione dei quattro racconti. Anche i cosiddetti "biglietti di conversazione", foglietti su cui Kafka scriveva quando ormai non era più in grado di parlare per la tubercolosi alla laringe (cfr. Br 484-491), portano annotazioni relative alla correzione di tre dei quattro racconti. "Le condizioni fisiche di Kafka in questo periodo," ricorda Klopstock, "e la circostanza che, nel vero senso della parola, egli stesse morendo di fame, erano spettrali. Quando terminò la correzione, che dovette essere per lui un'immensa fatica, non solo mentale, e inoltre una sorta di sconvolgente ri-incontro spirituale, le lacrime gli rigarono a lungo le guance. Era la prima volta che assistevo, in Kafka, a una tale manifestazione di emozioni" (citato da Dietz, 129).

Il volume uscì nello stesso 1924.

I singoli racconti

Primo dolore

(E$_1$ = *Erstes Leid*. In: "Genius. [Halbjahres-] Zeitschrift für werdende und alte Kunst". Hg. von Carl Georg Heise, Hans Mardersteig. Drittes Jahr, zweites Buch. München: Kurt Wolff 1921 [recte 1922])

Il racconto fu scritto su un singolo foglio (il quindicesimo) strappato dal dodicesimo quaderno dei diari. Siccome il quaderno aveva ancora pagine libere prima della quindicesima, quest'ultima deve essere stata utilizzata dopo che Kafka ebbe smembrato e raccolto i diari per darli in lettura a Milena. Poiché la consegna avvenne nella prima settimana dell'ottobre 1921 (T 863), è questo il termine *post quem* per la datazione del racconto. Il termine *ante quem* è costituito dall'invio, all'inizio del maggio 1922, del dattiloscritto alla redazione della rivista "Genius" (BK 370, Brw 55). Binder (BinderK$_1$ 252-253) restringe il possibile periodo di composizione al gennaio-febbraio 1922, sulla base di affinità tematiche del racconto con annotazioni di diario di quei mesi (per esempio: "Fermezza. Non voglio evolvermi in maniera determinata, voglio spostarmi in un altro punto [...], mi basterebbe stare appena appena vicino a me, mi basterebbe poter percepire il punto in cui mi trovo come se fosse un altro punto" (T 889).

In risposta alle richieste di Wolff, Kafka inviò il dattiloscritto di *Primo dolore* a Hans Mardersteig, amico e collaboratore di Wolff, allora direttore della rivista "Genius". Nell'inserto letterario di questo periodico uscì per la prima volta, nel 1922, la "ripugnante piccola storia" (così Kafka), che l'autore, subito dopo averla inviata, aveva già voglia di "togliere dal cassetto di Wolff e di cancellare dalla sua memoria" (BK 370).

Il manoscritto è conservato presso la Bodleian Library di Oxford.

Una donnina

(E$_1$ = *Eine kleine Frau*. In: "Prager Tagblatt", 49. Jg. 1924, Nr. 95, 20.4.1924)

Il racconto fu scritto a Berlino, secondo la testimonianza di Dora Diamant, nella prima abitazione al n. 8 della Miquelstraße a Stegliz, dunque fra il 26 settembre e il 15 novembre 1923. L'ispiratrice pare essere stata la padrona di casa. Scrive Kafka a Brod il 2 novembre: "Del resto ancor oggi non sono in possesso di tutte le mie energie mentali, molte ho dovuto spenderle per un evento tremendo: il 15 novembre cambio casa. (Ma ho quasi paura di scrivere questa cosa, che la mia padrona apprenderà soltanto il 15, fra i mobili che le appartengono e che leggono con me da dietro le mie spalle, ma loro, alcuni almeno, sono dalla mia parte.)" (BK 441). La vita a Stegliz è descritta da Kafka in una lettera a Brod della fine dell'ottobre 1923 (BK 435-436).

Nonostante fosse già stato deciso di pubblicare *Una donnina* nel volume della Schmiede, Kafka la consegnò, leggermente abbreviata, al quotidiano "Prager Tagblatt", per guadagnare un po' di denaro in quel periodo di recessione economica e di terribile inflazione.

Il manoscritto, singoli fogli di carta quadrettata, è conservato presso la Bodleian Library di Oxford.

Un digiunatore. Racconto
(E₁ = *Ein Hungerkünstler*. Erzählung. In: "Die neue Rundschau". 33. Jg. der freien Bühne. Hg. Oskar Bie, S. Fischer, S. Saenger. [Oktoberheft] Berlin und Leipzig: S. Fischer 1922)

Il racconto è contenuto nel cosiddetto quaderno marrone in quarto, che Kafka iniziò nell'inverno 1922. Fu scritto con ogni probabilità nel febbraio-marzo 1922.

Scrive Kafka nei diari del 29 gennaio 1922: "In questo mondo sarebbe terribile la situazione di essere solo qui a Sp[indelmühle], oltre tutto su un sentiero abbandonato [...], oltre tutto un sentiero insensato senza meta terrena, [...] oltre tutto anch'io abbandonato in questo luogo, [...] incapace di fare conoscenza con qualcuno, incapace di sopportare una conoscenza, in fondo pieno di infinito stupore per un gruppo di gente allegra, [...] o addirittura per una coppia di genitori con i loro figli, oltre tutto non solo qui abbandonato, anche a Praga, nel mio 'paese' e, precisamente, non abbandonato dagli uomini, non sarebbe la cosa peggiore, potrei correr loro dietro finché ho vita, bensì abbandonato da me per quanto riguarda gli uomini, dalle mie forze per quanto riguarda gli uomini, ho persone che mi amano, ma io non so amare, sono troppo lontano, sono bandito, ho, siccome sono un uomo e le radici vogliono cibo, anche 'laggiù' (o lassù) i miei rappresentanti, miserevoli insufficienti commedianti, che possono essermi sufficienti [...] solo perché il mio nutrimento principale viene da altre radici in altra aria, anche quelle radici miserevoli, ma capaci di vivere" (T 895-896).

Rudolf Kayser, che era succeduto ad Alfred Döblin alla direzione della "Neue Rundschau", la più importante rivista letteraria del tempo, si mise in contatto con Kafka attraverso Max Brod per pubblicare qualche sua prosa. Kafka gli inviò, probabilmente nel giugno 1922, *Un digiunatore*, che gli pareva "più sopportabile" del racconto mandato poco prima a Wolff (BK 373).

Un digiunatore uscì nel numero di ottobre della "Neue Rundschau" e fu subito ristampato nel quotidiano "Prager Presse" (E_2 = *Ein Hungerkünstler*. In: "Prager Presse", 2. Jg. 1922, Nr. 279, 11.10.1922).

Il manoscritto è conservato presso la Bodleian Library di Oxford.

Josefine la cantante
(E_1 = *Josefine die Sängerin*. In: "Prager Presse", 4. Jg. 1924, Nr. 110, 20.4.1924)

Il racconto fu scritto a Praga nella seconda metà del marzo 1924, prima della partenza per il sanatorio Wiener Wald. Ricorda Robert Klopstock: "In quei giorni [Kafka] scrisse la storia *Josefine, ovvero il popolo dei topi*, e quando una sera ne ebbe terminato l'ultimo foglio, mi disse: 'Credo di aver iniziato al momento giusto a studiare lo squittio degli animali. Ho appena finito una storia su questo argomento'" (Br 521).

Binder (BinderK₁ 324-325) avanza l'ipotesi che uno dei motivi ispiratori della figura di Josefine fosse costituito da Puah Bentovim, la giovane insegnante di ebraico di Kafka, e dalla sua attività nelle comunità sioniste e ortodosse di Praga.

Il testo era fin dall'inizio destinato alla Schmiede. Ma dal sanatorio Kafka scrive a Brod il 9 aprile, riferendosi alle cure mediche di cui ha bisogno: "Caro Max, costa e costerà probabilmente una somma spaventosa, Josefine deve dare una mano, non c'è altra soluzione. Per favore, offrila a Otto Pick; se la prende, mandala *in seguito* alla Schmiede, se non la prende, mandala *subito*. Per quanto mi riguarda, si tratta evidentemente della laringe. Dora è con me [...]" (BK 453). Brod si occupò di tutto; Pick, direttore del quotidiano "Prager Presse", accettò il racconto e lo pubblicò immediatamente. *Josefine* ebbe il suo titolo completo solo nel volume *Un digiunatore* (E_2).

Il manoscritto, costituito da singoli fogli di carta quadrettata, è conservato presso la Bodleian Library di Oxford.

Colloquio con l'orante
Colloquio con l'ubriaco
(E_1 = *Gespräch mit dem Beter. Gespräch mit dem Betrunkenen*. In: "Hyperion". Eine Zweimonatsschrift. Hg. von Franz Blei. 2. Folge, I. Band, Heft 8 [März-April]. München: Hans von Weber 1909)

I due schizzi uscirono insieme, nel 1909, nella rivista di Franz Blei che l'anno precedente aveva pubblicato le otto prose di *Contemplazione*.

Come documentano i segni a margine nel manoscritto, Kafka trasse le due prose dalla prima stesura di *Descrizione di una battaglia*, e le rielaborò per la pubblicazione. Da un'analisi comparata della stesura A, della stampa nell'"'Hyperion" e della stesura B di *Descrizione di una battaglia*, Dietz (Dietz 29 e Be) trae la conclusione che il testo preso da A e corretto per la pubblicazione sia servito come base per la stesura B.

La datazione delle due versioni di *Descrizione di una battaglia*, da cui Kafka trasse anche 11 delle 18 prose del volume *Contemplazione*, è oltremodo difficile. Riportiamo qui, in breve, le ipotesi di Dietz:

Descrizione di una battaglia	1904?-1912?
Manoscritto A senza correzioni	1906-1907
Manoscritto A con successive correzioni	1908-1909
Manoscritto B	1909/1910/1912?

Colloquio con l'orante	1904?-1909/10
nella versione del manoscritto A senza correzioni	1906-1907
nella versione del manoscritto A con successive corr.	1906-1909
nella versione del manoscritto B	1909-1910

Colloquio con l'ubriaco	1904?-1909
nella versione del manoscritto A senza correzioni	1906-1907
nella versione del manoscritto A con successive corr.	1906-1909

(il testo non venne ripreso da Kafka nel manoscritto B)

I due manoscritti di *Descrizione di una battaglia* sono proprietà degli eredi di Max Brod.

Gli aeroplani a Brescia

(E_1 = *Die Aeroplane in Brescia*. In: "Bohemia". 82. Jg., Nr. 269, Morgen-Ausgabe, Prag, Mittwoch, 29.9.1909)

Fra il 4 e il 14 settembre 1909 Kafka trascorre con Max e Otto Brod una vacanza a Riva del Garda. Il 9 settembre gli amici leggono sulla "Sentinella Bresciana" la notizia di una settimana aviatoria che si apre quel giorno a Brescia e che terminerà il 20 settembre. Nonostante la mancanza di soldi, i tre si mettono in viaggio il giorno seguente – così il racconto di Max Brod (FK 126-129) –, raggiungono Desenzano col battello, quindi, col treno, Brescia. La sera visitano la città. Il mattino seguente, 11 settembre, vanno col treno locale a Montichiari, dove si sta svolgendo la manifestazione. Fanno ritorno la sera stessa.

Il testo – il resoconto di quella giornata di volo – viene scritto nella seconda metà del settembre 1911.

In una versione molto ridotta rispetto al manoscritto originale, *Aeroplani* esce, in tempi straordinariamente brevi, nel quotidiano "Bohemia", diretto da Paul Wiegler; l'intermediario fra Kafka e l'editore è, come sempre, Max Brod, il cui resoconto parallelo, *Settimana aviatoria a Brescia*, uscirà invece, nell'ottobre, nel semestrale monacense "März".

Max Brod decide di accogliere *Gli aeroplani a Brescia*, in versione integrale, nel suo volume di saggi *Sulla bellezza di immagini brutte* (Leipzig: Kurt Wolff 1913), ma sarà costretto a toglierlo all'ultimo momento, a composizione già avvenuta, per le eccessive dimensioni del libro.

Già al momento del progetto, tuttavia, nel novembre 1911, Kafka non pare entusiasta dell'idea: "Ieri tutto il pomeriggio da Max. Stabilita la sequenza dei saggi per la *Bellezza di immagini brutte*. [...] Vuole accogliere nel libro anche il mio Brescia. Ogni parte buona di me si oppone" (T 242).

Diversi anni dopo, il 20 aprile 1914, Kafka scrive a Felice: "Max ed io, naturalmente, ci vediamo, addirittura tutti i giorni. Ma, a meglio osservare, non siamo più così vicini come, sia pure solo a tratti, siamo stati in passato. (Non siamo mai stati così vicini come durante i viaggi, aspetta, ti mando nei prossimi giorni due piccoli articoli che riguardano i nostri viaggi: uno, sopportabile, scritto da me, l'altro, insopportabile, scritto da tutti e due. [...])" (F 559).

Il manoscritto degli *Aeroplani a Brescia* non si è conservato.

Max Brod-Franz Kafka:
Primo capitolo del libro Richard e Samuel.
Il primo lungo viaggio in ferrovia (Praga-Zurigo)

(E_1 = *Erstes Kapitel des Buches "Richard und Samuel" von Max Brod und Franz Kafka: Die erste lange Eisenbahnfahrt (Prag-Zürich)*. In: "Herderblätter". Hg. im Auftrag der J.-G.-HerderVereinigung Prag von Willy Haas, Norbert Eisler, Otto Pick. I. Jg. Nr. 3. Mai. Prag: Verlag der Herder-Vereinigung 1912)

Il 26 agosto 1911 Kafka e Brod partono per un viaggio a Zurigo, Lugano, Stresa, Milano e Parigi che si protrarrà fino al 13 settembre. Kafka propone (per poi immediatamente pentirsene) di scrivere due diari di viaggio paralleli, per poi confrontare le impressioni. "La cattiva idea: descrizione contemporanea del viaggio e della reciproca disposizione interiore relativamente al viaggio. La sua impossibilità dimostrata dal passaggio di una vettura di contadine. [...] Con la descrizione del saluto di Max sarebbe penetrata nel resoconto una falsa ostilità." Così comincia, il 26 agosto, il diario di viaggio di Kafka (T 943-

1017), che nelle prime pagine (943-946) presenta passi simili o addirittura identici al futuro "primo capitolo".

Non si sa con esattezza quando Brod e Kafka abbiano concepito l'idea di un romanzo scritto a quattro mani. Il secondo quaderno dei diari riporta un inizio di racconto (o romanzo?) in cui quattro amici, Robert, Samuel, Max e Franz, che hanno l'abitudine di fare un viaggio insieme una volta l'anno, progettano di incontrarsi regolarmente per dedicarsi a un interesse comune. Pasley (BKR 288) fa risalire la composizione dello schizzo al giugno 1911 (T 162-167), mentre Brod, nella sua edizione dei diari di Kafka, lo inserisce fra un'annotazione del 26 agosto e un'annotazione del 26 settembre 1911. Accettando l'ipotesi di Pasley, sicuramente più fondata, resta comunque impossibile stabilire se lo schizzo sia stato scritto in vista di un romanzo in comune o se invece, come appare assai più probabile, l'idea si sia delineata solo durante il viaggio in Svizzera e in Italia – secondo la testimonianza di Brod (FK 106) se ne parlò per la prima volta a Lugano –, e Kafka abbia fuso il nuovo progetto con la vecchia idea. Solo fra le annotazioni parigine di Kafka (probabilmente dell'11 settembre 1911) si trova un appunto per un possibile titolo: "Robert-Samuel" (T 974). Dopo il ritorno a Praga, i due amici completano dapprima i rispettivi diari, poi, nonostante le esitazioni e i ripensamenti di Kafka, si apprestano a scrivere. "Ora tentare uno schizzo per l'introduzione a Richard e Samuel" annota Kafka il 14 novembre nel diario (T 250. Il cambiamento di nome da Robert a Richard dev'essere avvenuto in questi giorni). Si tratta di un abbozzo di introduzione che Brod pubblicò postumo in H 429-432, e che di recente è stato ripubblicato in BKR 207-208.

Il primo capitolo di *Richard e Samuel* venne scritto dai due amici in due domeniche successive, il 19 e il 26 novembre 1911. Annota Kafka il 19 nei diari: "Io e Max dobbiamo proprio essere fondamentalmente diversi. Per quanto io ammiri i suoi scritti quando li ho dinanzi come un'unità inaccessibile al mio e a qualsiasi altro intervento (anche oggi in una serie di brevi recensioni), pure ogni frase che scrive per Richard e Samuel si accompagna ad una scontrosa concessione da parte mia, che io avverto dolorosamente fin nel profondo. Almeno quest'oggi" (T 258). La parte centrale del capitolo viene composta la domenica seguente (T 271), mentre il finale viene poi scritto dal solo Kafka: "Venerdì, è tanto che non scrivo niente, ma questa volta è stato in parte per contentezza, perché ho finito da solo il primo capitolo di R. e S. e ritengo riuscita soprattutto la descrizione iniziale del sonno nello scompartimento" (8 dicembre 1911, T 281). Aggiunge Kafka: "A Max non sono piaciute le ultime parti scritte da me, sicuramente perché non le ritiene adeguate all'insieme, ma probabilmente le giudica scadenti di per sé" (T 282). Tolto questo ultimo passaggio, è impossibile distinguere con certezza i rispettivi contributi di Kafka e Brod alla stesura. Scontenti l'uno dell'altro, gli amici cercano di scrivere un secondo capitolo, poi la cosa viene lasciata cadere. Entrambi, in dichiarazioni future, ricorderanno con piacere (Brod con un po' di rimpianto) l'esperimento.

Sia Kafka che Brod accettano volentieri la proposta di pubblicazione avanzata da Willy Haas, allora presidente dell'Associazione Herder di Praga, e consegnano il testo alla rivista degli "Herderblätter" che, come scrive Brod (*Der Prager Kreis*, 1966), fu il primo organo di stampa a "dare chiara espressione a ciò che più tardi si sarebbe chiamato la 'scuola di Praga'".

Il primo lungo viaggio in ferrovia esce nel maggio 1912.

Strepito

(E$_1$ = *Großer Lärm*. In: "Herderblätter". Hg. im Auftrag der J.-G.-Herder-Vereinigung Prag von Willy Haas, Norbert Eisler, Otto Pick. I. Jh. Nr. 4-5. Oktober. Prag: Verlag der Herder-Vereinigung 1912)

Lo schizzo si trova nel terzo quaderno dei diari, dopo un'annotazione datata 5 novembre 1911 (T 225).

Con alcune varianti, e tralasciando la frase iniziale ("Voglio scrivere con un costante tremore sulla fronte.") Kafka consegnò il testo alla redazione degli "Herderblätter", che lo pubblicò nell'ottobre 1912.

Sono noti la straordinaria sensibilità di Kafka ai rumori, il suo infinito bisogno di quiete e di solitudine, la disperazione in cui lo gettava lo spietato muoversi e strepitare del mondo circostante. Numerosissimi i passi di diario e le lettere che ne sono testimonianza. Scrive Kafka a Felice l'11 novembre 1912: "No, non si può dire ch'io viva del tutto ritirato dalla mia famiglia. Lo dimostra la descrizione, che allego, della situazione acustica del nostro appartamento, che è appena uscita – poco dolorosa punizione pubblica della mia famiglia – su una piccola rivista praghese" (F 87). Altri passi si riferiscono direttamente all'appartamento della Niklasstraße in cui la famiglia Kafka visse dal 1907 al 1913: "Mio padre non sta bene, è a casa. Quando a sinistra cessa lo strepito della colazione, inizia a destra lo strepito di mezzogiorno, ovunque vengono aperte porte, come se le pareti venissero sfondate. Soprattutto, però, permane il centro di ogni infelicità. Non riesco a scrivere" (lettera a Brod del 17 dicembre 1910, BK 84). "Mio padre e mia madre non stanno bene, il nonno è ammalato, in sala da pranzo ci sono gli imbianchini, la famiglia vive nella mia stanza come in un carrozzone di zingari" (lettera a Brod del 23 marzo 1909, BK 59). "La mia stanza è una camera di passaggio, o meglio una strada di collegamento fra il salotto e la camera da letto dei genitori" (a Felice, 21 novembre 1912, F 111). "Dunque, [Felice,] mi sono rifugiato di nuovo da te. Di là mia sorella e una cugina continuano a parlare dei loro bambini, mia madre e Ottla intervengono nella conversazione, mio padre, mio cognato e il marito della cugina giocano a carte, si sentono risa, parole di scherno, urla e carte che sbattono sul tavolo, solo a tratti interrotte da mio padre che imita suo nipote; ma sopra tutto canta il canarino, che è giovanissimo, appartiene a Valli, abita temporaneamente da noi e ancora non sa distinguere il giorno dalla notte" (a Felice, 19 gennaio 1913, F 258). "Adesso è dopopranzo, il piccolo Felix è appena stato trasportato, in braccio alla governante, nella camera da letto attraverso la mia stanza, dietro di lui passa mio padre, dietro di lui mio cognato, dietro di lui mia sorella" (a Felice, 9 marzo 1913, F 330).

Il manoscritto di *Strepito* è conservato presso la Bodleian Library di Oxford.

Il cavaliere del secchio

(E$_1$ = *Der Kübelreiter*. In: "Prager Presse". I. Jg. 1921, Nr. 270, 25.12.1921)

Contenuto nel primo quaderno in ottavo, immediatamente contiguo alla prima stesura del *Cacciatore Gracco*, *Il cavaliere del secchio* fa parte del gruppo di racconti scritti nella Alchimistengasse e risale all'inverno 1916-17 (datazione Binder: fine dicembre 1916-gennaio 1917; datazione Pasley-Wagenbach: gennaio-febbraio 1916).

Il racconto si trovava nel gruppo di 15 prose che Kafka inviò a Wolff nell'agosto del 1917 per la pubblicazione di *Un medico condotto*. Nell'elenco di titoli accluso a questa spedizione, il *Cavaliere* si trova al terzo posto dopo *Il nuovo avvocato* e *Un medico condotto* (Br 158). Il titolo compare ancora nella lista che G.H. Meyer spedì a Kafka nel settembre 1918 per chiederne conferma (Brw 48). La raccolta *Un medico condotto* uscì tuttavia, per cause sconosciute, priva di questo racconto.

Il cavaliere del secchio fu pubblicato nel 1921 dal quotidiano "Prager Presse".

Rispetto al manoscritto originale, il testo pubblicato è privo del paragrafo finale (H 55): "È più caldo, qui, che laggiù sulla terra invernale? Bianco svetta tutt'intorno, il mio secchio è la sola cosa scura. Se prima ero in alto, ora sono caduto, e lo sguardo alle montagne mi distorce il collo. Distesa di ghiaccio irrigidita nel bianco, intersecata a tratti dalle scie di pattinatori scomparsi. Sulla neve profonda che non cede d'un pollice, seguo le tracce dei piccoli cani artici. La mia cavalcata non ha più senso, sono sceso e porto il secchio sulla spalla."

Il manoscritto è conservato presso la Bodleian Library di Oxford.

Indice

Parte seconda. I racconti pubblicati singolarmente in riviste

Stampa Grafica Sipiel
Milano, novembre 1991